教育部特色专业建设点
安徽师范大学汉语言文学专业系列教材

WENXUE PINGLUN WENXUAN

文学评论文选

主　编　陈文忠
编写者（以音序排列）
陈文忠　江守义　李　伟
桑　农　章　池

安徽师范大学出版社
·芜湖·

责任编辑：胡志恒
装帧设计：任　彤

图书在版编目（CIP）数据

文学评论文选 / 陈文忠主编 . —芜湖 : 安徽师范大学出版社, 2012.12（2025.1重印）
ISBN 978-7-5676-0244-1
Ⅰ. ①文… Ⅱ. ①陈… Ⅲ. ①文学评论 - 文集 Ⅳ. ①I06-53

中国版本图书馆CIP数据核字（2012）第311786号

文学评论文选

陈文忠　主编

出版发行：安徽师范大学出版社
芜湖市九华南路189号安徽师范大学花津校区　　邮政编码：241002
网　　址：http://www.ahnupress.com/
发 行 部：0553-3883578 5910327 5910310（传真）　E-mail：asdcbsfxb@126.com
经　　销：全国新华书店
印　　刷：苏州市古得堡数码印刷有限公司
版　　次：2012年12月第1版
印　　次：2025年1月第7次印刷
规　　格：700×1000　1/16
印　　张：17.25
字　　数：291千
书　　号：ISBN 978-7-5676-0244-1
定　　价：45.00元

目 录

绪言：典范是最好的老师

《文学评论文选》是“文学理论”课程的实践性配套教材。文学理论的功能，其实质就是文学批评和文学史研究的方法论。《文选》的编撰，旨在选择各体各类典范性评论文章，帮助学生掌握不同类型评论文章的写作特点、写作思路和写作方法。

“文学理论”的功能是多样的，如引导创作，指导欣赏，规范批评等等。从文学理论现代发展趋势看，研究者愈来愈强调其作为文学批评和文学史研究方法论的功能特性。荷兰学者佛克马在《二十世纪文学理论》的“导论”中开宗明义：“为了阐释文学作品和把文学当作人们一种特殊的传达模式来看待，我们必须掌握文学理论；不依赖于一种特定的文学理论，要使文学研究达到科学化的程度是难以想象的。”①

文学理论的方法论意义，可以从两方面来理解：首先，文学理论体系中的每一个概念、范畴和命题，都具有引导创作、指导欣赏和规范批评的多重意义，而最基本的功能则指向文学研究。俄罗斯学者波斯彼洛夫在其主编的《文艺学引论》中指出：“本书所探讨的文学理论概念是文艺学研究所必需的全套工具，不管这种研究的具体目的如何。这些概念组成了一个体系：其中每个概念都具有一定的科学方法论的功能。”②其次，文学理论作为文学研究的方法论，既包含微观的具体作品分析评价的方法，也包含宏观的文学史研究的方法。美国学者韦勒克在《文学理论》序言中表示：“文学理论是一种方法上的工具”，它包含了“‘文学批评理论’和‘文学史的理论’”。③一言以蔽之，现代文学理论的基本任务，就是通过对文学活动的本质特征、文学作品的结构形态、文学发展的独特规律的哲学性探讨，为文学评论和文学史研究提供理论原则和研究方法。因此，文学理论又被称为“元批评”。

---

① 佛克马、易布思：《二十世纪文学理论》，生活·读书·新知三联书店1988年版，第1页。

② 波斯彼洛夫：《文艺学引论》，湖南文艺出版社1987年版，第574页。

③ 韦勒克、沃伦：《文学理论》，生活·读书·新知三联书店1984年版，第38页。

但是，理论知识不等于实践能力。学了文学理论并非就能从事文学研究，并非就会撰写文学评论。要从事文学研究和文学评论的写作，必须同时具备三方面素养：一是对文学作品的敏锐而精细的审美感受力；二是面对各种文学现象灵活运用文学理论知识的能力；三是必须掌握不同类型评论文章的学术思路和写作方法。

西哲有云："例子是最好的定义，典范是最好的老师"。书画始于临摹，写作始于模仿。著名作家汪曾祺曾坦言："我是沈从文先生的学生。一个作家形成自己的风格大体要经过三个阶段：一、摹仿；二、摆脱；三、自成一家。初学写作者，几乎无一例外，要经过摹仿的阶段。我年轻时写作学沈先生，连他的文白杂糅的语言也学。"①确实，研究旁人的创造发明方法是成为成功的创造者的前提。文学创作始于经典作品的模仿和借鉴，文学评论同样离不开典范论文的研读和揣摩。一生"写的全是理论文"的美学家朱光潜同样强调："为着自己创作，就要钻研一些模范作品。无论是写诗或写散文，都要精读一些模范作品。就像写字作画都要'临帖'一样，从而摸索出大家名手的诀窍。这是文艺创作家成功的秘诀，也是一切行业成功的秘诀。"②认真研读典范的文学评论，揣摩其理论方法，掌握其学术思路，体会其写作方式，是从抽象的理论原则到实际的评论能力所必不可少的"中介环节"。如果缺少这一"中介环节"，文学理论就会止于纸上谈兵式的空头知识，难以转化为学术研究中的实践智慧。因此，典范论文的研读是文学理论教学的有机延伸，也是从知识到智慧必不可少的学习环节，更是学术能力培养和学术创新的必由之途。

从文学研究到评论写作，无不需要面对相互关联的三个问题：一要明确对象的文体特点，是诗歌或散文，还是小说或戏剧；二要确定评论的具体角度，是主题探讨还是人物分析，是情节研究还是风格阐释；三要确定采用的研究方法，是社会学的还是心理学的，是原型批评还是比较文学，等等。文体特点，论题角度，研究方法，这三个问题连贯而来，逐层深入，必须首先明确，方能进入论文的思考、构思和写作。对这三个问题的自觉意识，是学术思考深入细致、论文构思思路明晰、分析阐释富有说服力的关键。

根据评论写作的这一特点，本《文选》的选文也相应包括三个部分：不同文体的评论原则，不同论题的研究方式，不同方法的具体运用。

第一部分"不同文体的评论原则"：即陈思和《文本细读在当代的意义及

① 汪曾祺：《晚翠文谈新编》，生活·读书·新知三联书店2002年版，第70页。
② 朱光潜：《谈写作学习》，《朱光潜全集》第10卷，安徽教育出版社1993年版，第655页。

其方法》以下六篇，陈文可视为全书的综论，以下各篇依次阐述古典诗歌、现代小说、古典悲剧、古代散文、现代电影等不同文体，分析评论的一般原则和应注意的问题。

第二部分“不同论题的具体研究”：即解志熙《人生的困境与存在的勇气——论〈围城〉的现代性》以下七篇，依次是作品的主题思想、人物形象、叙事方式、艺术风格等论题的专题研究。

第三部分“不同方法的独特运用”：即朱光潜《说“曲终人不见，江上数峰青”》以下八篇，依次是美学分析、文本细读、女性批评、原型批评、叙事模式分析、审美阐释学、接受史研究、比较文学方法的独特运用。

每一部分的选文，虽未能面面俱到，但可以满足中文系本科生掌握基本的评论类型和主要的研究方法之需。论文的评论对象和涉及内容，尽可能覆盖到不同的文体类型和不同的文学史现象。从文体看，有古代诗歌也有现代诗歌，有古代散文也有现代散文，有古今小说戏剧也有现代电影；从文学史看，则包括了古代文学、现代文学、欧美文学，等等。从论文的写作看，每一篇论文不仅见解独到，阐述深入，而且立意构思、行文布局、论述语言等，均各具特色，足资借鉴。

每篇选文后面，附有“说明”和“文献链接”。“说明”主要从论文写作的角度，对本篇论文的论述主旨、学术思路、论述步骤和研究方法诸方面，作提示性说明，以帮助读者领会论文要义，揣摩学术思路和研究方法。“文献链接”提供了一组相关的论著或论文，既可扩大读者的学术视野，也可作为相关课题研究的参考文献。一百多部、篇文献，对其要义都作了简要说明，既有助于学生阅读理解，也增加了学术信息量，成为本书的一大特色。

本《文选》由“国家级”精品课程“文学理论”建设团队部分成员编写。参编成员有陈文忠教授、江守义教授、章池副教授、桑农副教授、李伟副教授。编写过程如下：首先主编根据“国家级”精品课程“文学理论”建设规划要求，提出编选思路和选文要求，经集体讨论后由编写组成员分头初选；初选完成后，编写组成员集体审读每一篇选文，并最后确定入选篇目；然后分工撰写各篇“说明”，提供“文献链接”，撰写文献提要；最后由主编统理全稿，通读“说明”，撰写全书“绪言”和各单元“引言”。选文“说明”的撰写者，置于各篇篇末。

《文选》的试用性教材于2011年底完成，2012年春季学期正式用于中文系2010级“文学理论”课程的教学。教学采用以学生为主、师生的互动方式。每个教学周由一组学生主讲一篇论文。一开学便确定各组主讲的论文，课外集体准备。课堂上，先由主讲小组的同学分头发言，包括学术背景、论文结构、写作特色、学术创见、阅读体会等等；然后集体课堂讨论，其他小组派代表发表意见；最后由教师评点总结。一个学期讲完《文选》的全部论文。同学们对这种人人参与、人人上讲台的教学模式，态度积极，讨论热烈，收获超出预期。同时，对试用教材也提出了许多建设性意见，如扩大选文范围、“文献链接”作简要说明等等。在此，我们对这一届同学的积极参与、建设性建议以及文本校对付出的劳动，表示衷心感谢。

本《文选》所选论文，大都为各领域前辈学者和当今时贤的优秀之作。在此，特向他们表示崇高的敬意和热忱的谢意。所选论文的格式和注释，为求统一做了技术性处理，个别文章加拟标题或有所增删，其余则一仍其旧。安徽师范大学文学院领导支持、关心本教材的编写工作，并提出了指导性意见。安徽师范大学出版社及时安排出版，编辑胡志恒先生，敬业亦专业，为本书高品质出版付出了辛劳，贡献了智慧，在此一并谨致谢意。

陈文忠

2012年11月6日

文体分析编

引　言

文学批评必须从作品出发，首先必须从作品的文体出发，从文体的审美特性出发。为什么？明代学者陈洪漠说：“文莫先于辨体，体正而后意以经之，气以贯之，辞以饰之。体者，文之干也；意者，文之帅也；气者，文之翼也；辞者，文之华也。”美国小说家亨利·詹姆斯说：“‘体裁’是文学生命本身；完全地辨识诸体裁，洞彻各体裁之固有意义，深入其密实的内部，这将产生真理和力量。”总之，文体是作品的存在方式和生命形式。每一种文体都是作家观察世界的独特方式，每一种文体都有一套独特的审美惯例。因此，文学批评的首要原则，就是从文体的审美特性出发。

这组论文以生动的文笔论述了“不同文体的评论原则”。这是我们阅读各篇论文应把握的重心。具体而言，陈思和的《文本细读在当代的意义及其方法》，结合现当代文学经典谈论文本细读的方法，具有普遍指导意义。以下各篇，叶嘉莹的《关于评说中国旧诗的几个问题》，谈古诗分析方法；杨绛的《有什么好？——读奥斯丁的〈傲慢与偏见〉》，谈小说分析方法；苏国荣的《中国古典悲剧的发展概貌和审美品格》，为古典悲剧研究提供了理论参照；倪其心的《知人论文，具体分析》，为怎样分析古代散文提出了具体建议；戴锦华的《〈小鞋子〉的叙事艺术》，则为电影赏析提供了一个生动范例。

《文学理论》中的“文学作品类型”部分，是文体批评的方法论基础，但偏重理论阐述而不免抽象。这组论文结合具体作品谈论不同文体的批评方法，有理有据，娓娓道来，既授“鱼”，又授“渔”，便于领会掌握。（陈文忠）

文本细读在当代的意义及其方法

陈思和

在中国的语境中，文本分析的实际含义可表述为：细读文本。目前，文学批评或文化批评渐渐成为一种技术性、工具性的僵固模式。在这一理论套路的操练下，文学作品的文学性、审美性被遮蔽和湮没了。因此，有必要从作为文学史教学最基本的教学类型——细读文本出发，解读文学作品，提升艺术审美性，认识文学史的过程和意义，实现“细读文本”作为主体心灵审美体验的交融与碰撞，回到文学之所以为文学的文学性上来。

一、文本细读与文学史教学

近二十年来的中国现代文学研究和教学的发展，大致经过了一个转折。在20世纪的五六十年代，现代文学是一门新兴的学科，那时学术界占主导地位的学术流派和治学方法都是从古典文学派生出来的，学习研究现代文学者也多是从古典文学的治学方法中寻找路径和方法。比如，作家的著述系年和年谱的编写，作家资料的收集以及文本细读，等等。“文化大革命”结束后，学术界为了纠正原先过于强调意识形态化而导致的以论带史倾向，更加强调了学术的客观性和资料性的重要意义，方法上似乎又回到作家作品的具体研究上来。20世纪80年代，研究现代文学的学者几乎都是从系统阅读一个作家的作品开始起步，他们的第一本论著，多半是具体的作家研究和作品论。1985年以后的情况就有所不同，一来是学术风气强化了宏观研究的必要性，二来是西方理论学说的不断引进，导致了学术界盛行新方法和新理念，对文学史的理论研究逐渐取代了具体的作家作品研究，文本细读逐渐不被人们所重视。

当轻视文本阅读的治学态度渐渐地成了一种风气时，问题就有些严重起来。我这样说是有感而发的。我每年主持研究生入学考试的时候，都发现一些相同的现象：许多考生对几本流行的文学史著作准备得相当充分，对于一些流行的学术话题和读物也相当熟悉，但当你抽样地选一些文学作品作为问题的话，立刻就会发现破绽，他们对于文学作品阅读量不仅相当少，而且几乎不具备解读作品的能力。曾有一位考生诚实地告诉我：他的导师对他说，做学问就先要建立起一个自己的理论框架，然后把符合框架的作品往里面填。我听了当时就很想告诉他，如果你学习现代文学史没有成百成千地阅读作品，没有对于现代文学史上的名著融会贯通、如数家珍，那么，所谓的文学史理论体系都是别人的，而与你无关，你将永远被关在这一专业的门槛以外，你不会产生真正的独立见解和自己的学术观点。现在考研究生的考生只注意招生章程上开列的参考著作，其实，再详细的参考书都不可能把阅读作品的细目开列出来，而这恰恰是考你专业基础是否扎实的关键所在。

我常常想，所谓文学作品和文学史的关系，大约类似于天上的星星和天空之间的关系。构成文学史的最基本元素就是文学作品，是文学的审美，就像夜幕降临，繁星闪烁，其实每个星球彼此都隔得很远很远，但是它们之间互相吸引，互相关照，构成天幕下一幅极为壮丽的星空图。这即是我们所要面对的文学史。我们穿行在各类星球之间，呼吸着神秘的气息，欣赏那壮丽而清奇的大自然，这就是遨游太空。研究文学史，就是一种遨游太空的行为。星月的闪亮，反衬出天空夜幕的深邃神秘。我们要观赏夜空，准确地说就是观赏星月，如果没有星月的灿烂，我们很难设想天空会是什么样子的，它的魅力又何在呢？我们把重要的人物称之为“星”，把某些专业的特殊贡献者称之为“明星”，也是为了表达这样的意思。当我们在讨论文学史的时候，就不能不把主要的注意力放在这样一批类似“星”的文学名著上。换句话说，离开了文学名著，没有了审美活动，就没有文学史。

只有在对文学名著有了充分的理解和欣赏，我们才会有好奇心去关心，这些名著是怎样诞生的？作家是在怎样的生活环境下创作这部文学名著的？作家的生活经验与创作之间构成怎样的关系？于是，才进入文学史的第二个层面即文学史知识的掌握。文学史知识包括文学思潮流派的发生原因和经过，包括作家的生活环境与命运遭际，也包括文学与外部社会的各种关系，诸如出版、市场、经济和各种社会制度等方面的关系。但所有这些因素都是围绕文学名著的解读和传播服务的。离开了文学著作的审美意义，所有文学史知识都成为文学外部的因素，文学外部的因素只能证明外部世界的一些原因，而不能针对艺术审美本身。所以，许多文学史构成因素用之于社会研究或者文化研究是有价值的，但并不能为文学的审美自身证明什么新的证据。我把文学史上的精品视为艺术奇观，其原因似乎很难从具体的生活环境给以准确地揭示，我们只有在不断地欣赏与体验中来确认其价值。

只有在充分掌握了文学史知识的基础上，我们才能进一步来了解现代文学的一个基本特征，即它的并不长远的历史过程本身体现了知识分子的人文精神及其寻思。20世纪中国文学在世界格局的观照下并不能说已经达到了很高的艺术境界，但它是活的文学，有血有肉的文学，这意味着文学创作中体现和包容了知识分子的巨大的精神探求的动力。这是与我们每个人都有关的精神传统，或许我们正是其中的一员。在这个意义上学习和理解现代文学，我觉得是直接关联到我们自己的人生道路选择和行为模式的规定。但即使是这样一种比较崇高的目标，作为借助现代文学这个专业来完成的知识分子人文精神的指归，同样是从审美出发的。我们生活在一个人性力量普遍缺失的环境里，尔虞我诈、追名逐利都已经成为社会发展的主要动力，人心干枯就仿佛土壤的干枯，它无法再生出新鲜活泼的生命意义来。为了寻求精神甘泉，一些人走宗教的道路，这也是人们精神不死的证明之一。但我更相信人性的自身力量，相信人依靠理性与美好感情可以保卫自己的尊严和自信。这就是人文精神。在中国这样一个宗教传统相当薄弱的国度里，坚持和弘扬人文精神，是凝聚民族信心的主要力量；而对于美的感受和对于美的创造，则是人文精神的基础部分。阅读文学作品就是一种训练，训练读者对文学语言和文学美感的感受能力与把握能力，进而发现和洞见人性的丰富性，使自己的内心世界丰富起来，滋润起来。

我常常以胡风为代表的“七月派”创作为例来说明这个过程。如果说第一个层次需要我们认真细读文学作品，从诗歌里领悟诗人们的美好感情；那么第二个层次需要我们掌握的是有关“七月派”诗人的遭遇和整个胡风事件的来龙去脉；而在第三个层次里，我们将学习和讨论中国知识分子面对种种特定环境的精神反应、自觉的使命、追求以及他们所遭受的灾难的教训。然而，对胡风事件的所有理解都是从对“七月派”创作的美好的感性认识开始的。只有在艺术上认定了诗人们的创作价值，才能提出后来的质疑：创作了这么美好的作品的人们为什么会遭受如此的灾难？我们应该从中吸取什么样的教训？这一切都是从阅读作品开始的。如果离开了第一个层面的感性认识，那么整个理解都会出现片面性。

我把文学史的教学分为三大类，其中最基本的教学类型应该是从细读文本出发，通过文学作品的解读，在提升艺术审美能力的同时认识文学史的过程和意义。由于艺术创造是与人的生命运动联系在一起的，是生命的自我实现的一种方式，所以，以艺术形式出现的社会道德意义的评判标准应该是以生命的开花为目标。就像五四时期新文学运动所提出的以“人的文学”为其标准一样，人的文学也是以生命开花为其核心的。只有建立在以读解作品为主型的文学史的基础上，我们才能进一步探讨以文学史知识传播为主型和以知识分子人文精神为主型的两种文学史的教学意义与可能性。后一种可能要到研究生阶段才能探讨，而在大学本科生阶段，甚至是硕士研究生阶段，能够指导学生细读文学名著，提升学生的艺术审美能力，通过文学名著的阅读提高他们对文学史的基本理解，要比盲目的理论鼓吹或者死记硬背一些文学史知识有益得多。何况作为一门文学作品细读的课程，它总是为文学史学习做准备的，所设计的作品选读课程的背后依然构建着文学史的模式，或者说是教师对20世纪中国文学史的一种理解和描绘。文学作品选读不会离开对文学史的认识，我们通过对文学作品的选读，同样能够达到对文学史的基本了解，也同样能够普及必要的文学史知识。读单篇的具体的文学作品当然不需要顾及文学史知识，但如果你学的是一门课程，修了整整一个学期的文学作品选读，或者读了整整一部文学作品选教材的话，实际上已经接受了某种文学史的观念。

二、细读文本与文学性因素

细读文学作品的过程是一种心灵与心灵互相碰撞和交流的过程。我们阅读文学，是一种以自己的心灵为触角去探索另一个或为熟悉或为陌生的心灵世界。我这里所指的心灵世界，包括两个主体：一个是作家的主体，即作家在创作的背后应有一个完整的理想境界，是作家对作品应达到的境界的期待；另一个是读者的主体，即读者对阅读作品所期待的一种理想境界。但文学作品本身是一个自在的客体，它既不可能完全等同于作家的主体期待，也不可能完全重合读者的主体期待。文学阅读的过程也正是这样三个元素的互相融合与冲突的过程。

我试图用三个定语来作为自己阅读文学作品的途径，那就是欢悦地、投入地、感性地阅读作品才能使自己真正地进入文学。欢悦即快乐，这是最重要的一点。曾经有许多的学生问过我：人生有许多选择，你为什么选择文学？我回答说，因为我喜欢文学，我读文学作品的时候是最放松最快乐的时候，也是想象力最活跃最放纵的时候。读作品当然不能为了应付考试，也不是为了完成什么写作任务，首先是为了快乐。通过阅读文学作品，让我重温人性的温馨与美好，让我窥探人性的黑暗和深刻，同时也让我遐想、励志、憧憬和寻找生活勇气，人生所有不能达到的境界几乎都可以在文学里得到满足。我想，很多人都有过这样切身的体会，无论遭遇了什么样的困境和绝望，读一部好的文学作品会使你平静下来，忘却身边的烦恼。人需要最后的精神家园，而惟有文学才能给予。其次是投入，读文学不是读文件，可以放松自己的情绪，任自己被文学的语言和审美境界所吸引所感动，你可以哭笑自如，可以拍案叫绝，可以舞之蹈之，可以废寝忘食。投入是一种忘我境界，只有“忘我”，才能把你的人生经验和内心欲望都极大地调动起来，使你与文学产生生命相连的亲密关系，你从文学中读出的是你自己的内心隐秘的声音。这时候的文学是属于你的，属于你的独立的精神世界的，于是就有了第三条保持感性的要求。读文学最怕是失去了主观的感性内容，当你情绪与文学融为一体的时候，你需要了解的是：你为什么读之感动？这既要了解文学，也要了解你自己，你需要通过阅读文学来认识自己内心深处纠缠着怎样的情感因素。这时候最忌讳的是依靠一个教条的理性指令：就像多数评论家所教导的那样——从主题思想到政治教条，或者是验证某种思想理论，最终把文学自身的魅力割裂得支离破碎，荡然无存。一旦属于你个人经验和完整的生命意象的审美效果失落了，那么，再精致的文学也会索然无味。文学的魅力就在于，它能使人的生命变得丰富起来，满溢开去。这就是巴金老人所说的“生命的开花”，也是文学艺术所能达到的最高境界。离开了这根本的一条，文学的意义都变得非常可疑了。

这三个定语所修饰的阅读态度，都说明了阅读者对作品的主体性参与。作为阅读者，他首先是在当下环境中生活着的人，是一个对当下生活有着自己的感情寄托和主观要求的人。当他欢悦地、投入地、感性地进入文学世界，必然会带入自己强烈的生命信息和主观愿望。从这种主体性出发，他在阅读中总是会读到他所愿意读到的东西。文学是美好的，也是丰富的，它能够从各个方面来满足阅读者的阅读需要。但这种主体性包含了文学性和非文学性两个部分。前者是诉诸感情或者出于审美的需要，后者解决的是知识或者工具的需要；前者没有功利性的目的，而后者则相反。在其他社会科学尚不发达的情况下，社会科学研究者不能不利用文学作品作为研究政治历史、文化经济以及各种相关学科的资源与材料；这本来是社会科学研究者不得已而为之的做法，而不是文学自身的本质功能。

当然，不能否认非文学性要素在读者的阅读过程中同样体现为主体性，也不能否认文学创作确实包容非文学性的功能。但是，当文学批评者以明确的功利主义标准来决定文学创作的价值的时候，当庸俗社会学的研究方法逐渐取代了文学性的批评与研究的时候，文学的文本意义就会发生质的变化——文学性被放逐、被忽视甚至遭受耻辱的野蛮时代离我们也就不遥远了。之所以要在讨论文本细读时提出这个问题，是因为我一直在思考：文本细读本身是一种方法，可以为各种文学批评和研究的目的服务，也可以体现为各种层面的阅读需要。因此，我们必须先要解决的是，文学名著的文本细读究竟应该从文学性着眼还是从它的社会性着眼？我们有没有可能提供一种方法，即透过文学性读解以达到对社会性的认识，而不是回复到庸俗社会学的批评方法？提出这一问题与思想的倾向性无关，只是对那种把文学作为意识形态工具的批评方法的一种警惕。

文学作品的文本细读，当然是应该从文学性出发，那么，文学性因素究竟应该怎样衡量？是什么样的文学性因素在文学作品里足以包容社会性而不是排斥它？如果抽象地来讨论这些问题，就会显得含糊不清，如果从文学艺术的审美功能这一点上来理解，所谓文学性就是诉诸感情或者满足审美的需要。阅读审美当然是主观的形式，因此也只能在极为主观的体验下才能真正确认文本的文学性因素。

我可以举一个自己阅读的例子。我的学术生涯是从研究巴金起步的。最初读巴金的小说是在“文化大革命”时期，我才十三四岁，那个时候每个少年都百无聊赖。有一次，我读了巴金的长篇小说《憩园》，这是一本旧书，封面都撕掉了，我那时读繁体字直排本还很吃力，但读完以后却被它深深地感动了。“文革”中泛滥成灾的暴力事件与小说描写的温馨故事完全背道而驰，风马牛不相及，我的内心竟然遭受了很大冲击。每天黄昏的时候，太阳斜斜地照过来，树的影子慢慢地长下去，我就呆呆地朝着树底下看，仿佛眼前就会转出这么个人来——我脑子里想，这个人是灰白的长头发，胡子很肮脏，穿一件蓝绸布大褂，是个很瘦的老乞丐。我不知道是怎么回事，老是觉得看见过这么一个人物，脑子里老是出现这样的形象。然后我就想，如果他出现了，我就会像书中的孩子一样给他什么东西。其实，生活里从来没有过这么一个落日、黄昏、老人的衰败的形象，但是这个故事却让我激发了全部内在的同情心，激发了人性中的善良的道德力量，帮助我辨别当年的形势和以后的人生道路。后来我读大学写毕业论文时，就毫不犹豫地选择读巴金的书，研究巴金，进而再研究现代文学史。艺术这个东西就是这样，你未必能够有效地利用它，但它会在你心里生下这么一个根，那就是对人生的理解，对自我的理解，对生命的理解。也许《憩园》并不是巴金最有影响的小说，我也没有对这部作品作过深入的研究，但杨梦痴这个形象我就一直深深记得。人文的培养就是这样，文学的魅力也就是这样产生的。

文学性因素对读者的影响，主要体现在人格上的潜移默化作用，而非清晰的理性的指点迷津，更不是思想理论的演绎图解，文学对社会的理性批判也并非是很重要的标准。正如我从《憩园》里所受到的感动，在“文革”时代，正是一种当下意识的批判立场，它与当时的主流意识形态格格不入，这样的独特的感情世界里包含了对社会主流意识的抗衡和批判。如果读者一定要在这个文本里寻找社会批判的意义，其深刻性或许不及巴金其他的革命小说（如《激流三部曲》《爱情的三部曲》等），而我却在它问世二十多年以后的中国现实环境下，切实地感受到了它的微弱温馨里所含有的尖锐的批判力量和孤独的人道力量。我讲这个例子只是想说明，文本细读的功能在于探讨一部作品可能隐含的丰富内涵与多重解释，窥探艺术的奥秘与审美的独特性，而不是重返以往庸俗社会学所作过并被实践已经证明是错误的所谓的社会学分析。

既然文本细读的文学性因素联系着极为隐秘的个人感情经验，那么，文本细读的过程则是个人经验的传播与交流，是人心从互相隔膜到互相了解的心灵撞击与交流的过程。我不赞成把文本细读看作是与作家主体和社会客体都无关的纯技术形态，因为作家主体的所有信息都会从文本中反映出来，包括他对社会的态度与立场。但文本也不是一个思想或者意识形态的简单图解。文本细读不应该有标准答案，它只是一个待启发、待补充与交流的开放性的文学性平台，有时候需要热烈的争辩来充实其留白空间，有时候需要静静的玄想才能感受其丰富的内涵。中国古代有“诗无达诂”的说法，西方也有“说不尽的莎士比亚”之说，我觉得两者的意思差不多，任何对文学作品的解读都不能穷尽其艺术魅力，也没有一种永恒的标准答案。而如果过分强调文本的非文学的因素，尤其是知识性的考据或者工具论的演绎，丰富的艺术魅力就只能简化为一些类似数学公式般的教条，失去了文学创作应有的生命活力。我想，这是文学和非文学因素在文本细读中的必然区别。

三、文本细读的方法

文本细读是一种能力，它可以帮助你阅读文学名著，帮助你透过文字或者文学意象，达到作品所隐蔽的精髓之地。通常来说，优秀的文学名著总是含有多层次的丰富内涵，其表层所承载的总是社会上一般流行观点的意义，但其真正的精华不能仅仅以此为目的。前面已经说过，作家在创作的背后有一个完整的理想境界，这是他对自己的创作应达到的境界的期待。这种期待有的时候是作为一种无意识存在于作家的创作心理中，可能连作家自己也不怎么清楚，但是它恰恰是创作的最初或者最根本的动机，决定了作品的文学性因素。细读文本的任务是揭示出这些隐含在作品里的真正的动机，把作品的艺术内涵充分地显现出来。

（一）直面作品

这是阅读者最重要的把握作品的途径。我们细读的一般都是文学名著，经过了许多人的研究和解说，这些解说仿佛是一层层外衣，可能把文学名著装饰得五彩缤纷，也可能把它的真身包裹得严严密密，使我们读不出它的本来的光鲜面目。既然阅读是一种个人隐秘感情世界的自我发现和自我保护，那么我们必须强调要直面文学作品，以赤裸的心灵和情感需求来面对文学，寻找一种线索，来触动文学名著所隐含的作家的心灵世界与读者参与阅读的心灵世界之间的应和。而其他外在的因素——研究和解说，只能在读者与文本之间已经有了心心相印的可能性以后，才能够发挥它的有益的意义。如果一个读者在没有直接阅读作品之前先读了大量的有关评论，那就很容易陷入自我迷失，找不到自己的感觉。有一次，我向学生布置了阅读茅盾《子夜》的课前作业，到了课堂上讨论的时候，许多学生都迷茫地问道：吴荪甫不是很可怜的一个人吗？为什么说他体现了资本家的两重性？很显然，关于“两重性”这个结论不是学生们读小说读出来的，而是他们从相关的评论和解说中获得的，然而他们的当代生活经验已经无法与这样的结论联系起来了。我不想讨论这个“两重性”的结论到底还有没有意义，只是想说，这样一种从评论中理解作品，事实上反而束缚了他们对作品的理解和想象，也妨碍了从作品里寻找他们自己的隐秘的经验。

每个人可能都是带了自己的隐秘的经验进入阅读的，但这并不意味着文本可以被随心所欲的肢解和剖析。因为作品一旦形成，就有它自身的逻辑存在，即使作家也无法完全支配作品的思想倾向和内容发展。所以，最成功的文本细读不是研究者依据一种理论对文本作任意分析，而是研究者将自己的阅读心得与文本的内在逻辑合二为一，才能够达到细读所需要的主客体的和谐。我可以举王安忆的《长恨歌》为例。这部小说在最初发表时并没有引起很大的轰动，很多读者都认为它不过是正在兴起的“上海热”文化炒作中又多了一个时尚文本。事实上也是这样，当这部小说在海外出版、获奖以及引起轰动时，海外研究者也是把王安忆定位为张爱玲之后的“海派传人”。但问题就接踵而来，如果这个作品仅仅是图解海派文化的时尚之作，就无法解释为什么最后结局如此煞风景——如此的凄凉寂寞？从我的个人兴趣所好而言，我是不喜欢那些时尚的“海派怀旧热”的，但我读《长恨歌》之后感到有一种说话的欲望，恰恰与海外的“怀旧说”相反，我从小说里读出了一种巨大的反讽和挑战：王安忆在向形形色色的矫揉造作的“海派怀旧”文章挑战。她以王琦瑶卑琐的死，讽刺了当今上海所谓的“怀旧热”文化的粗鄙性实质。这样一解，我完全理解了小说第三卷里出现的长脚、老克拉、张永红等一批粗鄙的怀旧者的意义。再往前推论，我把王琦瑶看作是上海文化的人格象征，清楚地读出了这一人格象征如何经历了第一卷的繁华与腐朽同体生成的短暂辉煌时期，经历了第二卷的民间记忆如何以抗衡巨大政治风暴来保存都市颜色的潜在时期，最终又如何在重睹芳华时期被“文化大革命”遗留下来的粗鄙文化所扼杀的悲惨结局。旧时代的上海历史终于一去不复返。

我这样细读《长恨歌》，当然是出于我对上海这座城市文化的理解和期待，也是依据了小说的自身逻辑，还原了小说真实的创作动机和蕴涵的都市文化意义，同时也得到了王安忆继《长恨歌》以后创作的长篇小说《富萍》的证实——在这部小说里，王安忆歌颂了新时代的上海的主人翁是如何创造现代都市文化的。我不想在读解这部小说时运用各种时髦理论，但我想从中获得作家有关这座城市的真实的想法和表达的意图。

（二）寻找经典

我这里所指的经典不是指作品本身，现代文学谈不上什么经典。“经”是指经书，“典”是指典籍，指那种在历史上被人反复引用、反复阐发的文化资源。所谓的“经典”，是指文化传统中最根本的意象。比如，西方的文学经典是古希腊文化、希伯来文化，是《圣经》。在西方，即使是现代的、后现代的文学，也都离不开对文学资源的依赖。哪怕是创造一个新的名词，也要从古希腊语或者拉丁语的词根开始讲起，这个单词是什么意思，怎么演变过来，到今天是什么意思。这就是引经据典，表示现代人说话是有依据的。尼采，这是一个反传统反基督教最激烈的人，他说“上帝死了”，可是他所依据的日神精神、酒神精神都有古希腊文化的原型，他还是回到了经典。这一点与我们现代文学研究的治学态度非常不一样。

我讲现代文学史，要从鲁迅的早期小说《斯巴达之魂》说起。这部小说一般无人注意，即使讲鲁迅的早期作品，也是讲他的论文或者文言小说《怀旧》。不过我还是喜欢《斯巴达之魂》，它不仅神采飞扬，体现了鲁迅强烈的浪漫主义的创作精神（这也是贯穿了鲁迅一生的创作精神），而且是因为在20世纪初到五四新文学运动，大多数作家都是自觉斩断自己的文化传统转而向西方的流行文化和时尚文化模仿，这使“五四”新文学保持了青春活力的特色，但也是它之所以肤浅不深的根本原因。但这种趋势并不妨碍少数优秀的作家从头开始学习西方文化，企图从文化源头上理解和引进西方文化的传统。鲁迅从古希腊的历史中攫取了这个片段，并融化到自己的艺术创作里，正是反映了当时的中国文学中世界性因素的形成。《斯巴达之魂》所表达的就是一种创作中的“经典”意识。

好的文学作品少不了经典的帮助。因为经典所反映的是作家观察、思考和表述生活现象的思维依据。这是我们所不能忽略的。例如，最近读张爱玲的《倾城之恋》，白流苏和范柳原两人在香港的恋爱进入关键的那个晚上，范柳原的话里引了一句《诗经》里的话：“死生契阔，与子相悦。执子之手，与子偕老。”这首诗引自《诗经》里的《邶风·击鼓》。原来的诗句是：“死生契阔，与子成说。执子之手，与子偕老”，可是张爱玲把第二句改成了“与子相悦”。我不知道她这是要显示范柳原引诗引错了呢，还是其他的什么原因？张爱玲并不是不知道，她后来写了一篇创作谈《自己的文章》，里面又把这首诗引用了一遍，而这次的引文是“与子成说”[①]。这样的手法似乎只有张爱玲会做，她把她小说的意思上升到经典意义去讨论，从古代的经典意象里找出一种来跟小说相对应的因素。

这首诗是什么意思呢？就是打仗的时候，人们觉得生死茫茫，生死散聚就在一刹那之间，人是把握不了的，那么，虽然生生死死把握不住，但是可

① 张爱玲《自己的文章》，收入《流言》，中国科学公司1944年版，第18页。

以“与子成说”，即我曾经跟你相约，跟你立过誓的，我们一定要生生死死在一起，一定要白头到老。这是闻一多的解释。还有陈子展教授的解释，他说这不是夫妻间的誓言，而是战士之间的友谊：我们在一起打仗，我们说过，我们生在一起，死在一起。这两种解释都可以通。“与子成说”说明了这是一首非常积极、非常肯定的民歌，在生死渺茫当中有一种肯定性的东西。张爱玲是知道这首诗里有肯定性的东西，她本人也赞同这个东西，她骨子里有一种追求积极性的东西。可是另一方面，张爱玲又是个虚无主义者，在她看来，什么都是假的，爱情也没有真心的。她为了强调范柳原和白流苏都是自私自利的人，她说，一个是自私的男人，一个是自私的女人，两个人都是精刮，整天为自己打算，玩弄小计谋，直到战争爆发，两个人才不得不在一起了。她为了表达这样一个庸俗的看法（世界上是没有爱情的，没有肯定性的），为了表现范柳原是个浪荡子，她就改了一个字——所谓“相悦”，就是说我看到你很高兴，你看到我也很高兴。这样一改，意思就变得很油滑，天地无情，生死无常，人都掌握不了自己的命运，因为掌握不了，大家相悦一下就可以了。这样一来，后两句就变得很轻浮，就没有办法来解释后面的东西。这就是修改经典，这一改就把小说里面人物的性格改掉了。

我原来不喜欢《倾城之恋》，我对庸俗虚无主义都不喜欢。我最终读懂张爱玲这篇小说，就是发现这两个字有差异，本来我还以为这两个字是印错了，后来发现不可能，因为《传奇》再版过的，如果印错，再版的时候完全可以改过来。当然，《诗经》也可能有很多版本，但即便如此，张爱玲为什么要使用不同的版本呢？我的感觉就是，张爱玲本人的创作意图跟这个作品所展示的艺术形象之间是有距离的，通过无形中的修改，表达了她内心深处对爱情的根深蒂固的不信任，对人生的根深蒂固的虚无感。张爱玲喜欢调侃，喜欢把庄严的事说得很不堪。但它不能掩盖这样一个事实，就是张爱玲的骨子里是相信“死生契阔，与子成说”的，问题是她从她的家庭教育中感觉不到真正的爱情。这样一种理性因素和她内在本能是有矛盾的，我们通过《倾城之恋》里所引的经典可以看出来。

（三）寻找缝隙

读《倾城之恋》，还会发现另外一个有趣的现象：故事写的是白流苏和范柳原两人的“倾城之恋”，作家却漏掉了一个重要场景的描写，那就是两人的第一次见面。按照张爱玲婆婆妈妈的叙事习惯，这样重要的场景（决定了两人一见钟情的开端），本来是不应该把它疏漏的，只能说这是作家故意的，因为只有这样才能使白、范两人的恋爱变得不真实。我们在阅读文学作品的时候要学会寻找缝隙。文本细读不是笼统地讲故事，我们细读的时候要注意读出它的破绽，读出作家遗漏的或者错误的地方。我有一个信念，任何一部好的文学作品，背后一定有一个完整的世界。——只有诗歌不一样，因为诗歌是抒情的。小说的背后有一个完整的故事，有一个完整的理想的模型，但是作家没有能力把这个模型全部写出来。比如说，作家写一个爱情故事，他的意识里肯定存在着一个完整的爱情故事，但他不可能把心里感受到的爱情原原本本地表现出来，写出来的只是所要表达的一部分。很多作家在写完作品以后说，我的笔无力啊，我写不出这个伟大的故事。有的作家把作品改来改去，就是达不到他想要达到的这么一个完整的境界。这就有一个差距。所谓的"缝隙"，就暗示了这种差距的存在。"缝隙"里隐藏了大量的密码，帮助你完善这个故事。

《雷雨》里也有一个遗漏的情节：周朴园在蘩漪之前还有一位妻子，就是取代鲁妈的那个有钱人家的小姐。这个妻子在《雷雨》里面好像完全被忘掉了，什么都没留下。西方文学里不是有《阁楼上的疯女人》（the Mad Woman in the Attic）吗？从女权主义来说，这是一个值得关注的缝隙。为什么曹禺在剧本里对这个连名字也没有的女人一点信息也不提供呢？相反，对于生育过两个孩子的梅侍萍（鲁妈），周家却保留了大量的信息，又是照片又是老家具，还以周萍生母的身份时时挂在周朴园的口头上。二位离去后荣辱相差如此之大，不能不引起细读的深思。

还有就是，剧中人物口头上经常提起"三十年前"怎么怎么，指的是三十年前周家把鲁妈赶走的事件。可是，有一次讲课，我突然觉得不对呀，鲁大海出生三天的时候鲁妈被赶走的，鲁大海在剧本里出现时是二十七岁，应该是二十七年前被赶走才对啊？为什么说是三十年前呢？可能是"三十年前"说起来比较顺口，这里当是口误，可我觉得还是不对。我仔细排他们的年龄，周萍是二十八岁，那么周朴园与鲁妈在一起至少是在二十九年以前，也就是说，周朴园和鲁妈两个人相爱的时间是三年，所以，一点儿也没错，"三十年前"恰恰不是把鲁妈抛弃的日子，而是他们相爱的日子，他们两个人从相好到生子再到分离，正好是三个年头。那么，我就想，周朴园和鲁妈都不是在回忆一个悲惨的日子，而是在他们的潜意识里回忆着一个美好的日子。什么样的事情能这么刻骨铭心，值得他们在潜意识里面一再出现？那只有他们美好的爱情。我再想，周朴园并不是强奸了这个丫环，他们是相好了三年，而且三年里生了两个孩子，他们的家还布置得非常像个样子，事情已经过去三十年了，周朴园还保持了鲁妈当年的布置，他每次与蘩漪吵架，就要拿旧衬衣来怀旧。所有的事情都联系起来，你就会发现，其实周朴园对鲁妈的感情是非常深厚的。一个中年人有过一次失败的恋爱，这次恋爱又是刻骨铭心的，那后面的婚姻肯定是不幸福的，曾经沧海难为水嘛！所以，后来周朴园与蘩漪的婚姻生活当然是不幸福的。通过蘩漪的不幸福，通过那个已死的无名妻子的悲惨命运，周朴园和鲁侍萍其实是幸福的。这个故事就这么倒上去看，什么都想通了。

以前我们解释《雷雨》总说周朴园是如何的虚伪，可感觉里总是稀里糊涂的。如果从那些被遗漏的缝隙里寻找信息，《雷雨》说的就是一个非常完整的家庭伦理悲剧。周朴园和鲁妈的悲剧不就是过去陆游与唐婉的故事吗?《钗头凤》为什么可以流传千古，而周朴园就要遗臭百年呢？我觉得，对《雷雨》我读到了我能读通的东西。我们过去对文学名著的很多解释都是从教条出发的，我们不相信文本背后还有一个更加完整的世界，我们只相信显文本提供的东西。这是我要说的寻找缝隙，通过作家的遗漏和疏忽，慢慢读出很多我们从字面上读不出的东西。

（四）寻找原型

原型与经典不一样，原型指作品里隐藏了一个隐形结构，通常隐形结构来自民间的文化资源，反映了民间对于现实生活的习惯性理解。我们听一个作家讲一个故事，好像是千变万化非常丰富。其实，千变万化的故事背后是有一个原型的。这个原型结构就是文化模式，也是民间故事的基本模式。人的想象力是非常有限的。我再举个例子。20世纪90年代初，王朔与人合伙创作了电视连续剧《渴望》，引起过许多争论。这个故事写的是老干部王某在“文革”中落难，其女婿也遭株连，不得不遗弃孩子小芳，后被普通市民刘慧芳收养；刘慧芳嫁给了干部子弟王沪生，为了小芳受尽王家的白眼，最后导致离婚并放弃亲生儿子；然而最终真相大白，小芳正是王家当年所遗弃的孩子。这个故事让我想起传统剧目里《赵氏孤儿》的模式：赵家蒙难——孤儿遗失在外——程婴为了保护孤儿牺牲亲生儿子——程婴含辛茹苦，遭受世人遗弃——孤儿长大，赵家昭雪——程婴含笑而死；而《渴望》的故事模式也是：王家蒙难——小芳遗失在外——慧芳为抚养小芳，不得不放弃儿子冬冬

——慧芳含辛茹苦，遭到王家遗弃——小芳长大，王家团圆——慧芳却瘫痪在床。

很显然，这是同一个原型在起作用。刘慧芳的故事正是忠臣义仆原型的现代版本，而正是这种“信而见疑，忠而被谤”的文化原型引起了民间观众，特别是在皇城根儿下的北京市民的激动。同样的原因，这种原型在“十里洋场”的文化环境下脱胎而来的上海市民心目中却反应平平，尤其在知识分子中间更难获得认同。刘慧芳说到底就是一个义仆，对“文革”中落难的忠臣，即一个老干部家庭，充当了他们的义仆。我讲这个故事，不是要去套两者的关系，其实这两者之间是没有关系的，只是传统民间文化原型的再延续，它不是通过实际上的模仿，而是通过文化原型的反复出现，把一些基本的文化观念传播开来、保留下来。义仆的故事在中国古代文学作品里是很多的，“五四”以后被逐步淡化，20世纪50年代以后不再提了，现在又改头换面地重新流行起来，大家都为这个刘慧芳伤心流泪，好人一生难以平安。我觉得，这个故事里面宣传的奴性思想太浓厚了。王朔早期的小说作品我还是比较欣赏的，我喜欢这种“痞子精神”里面含有的反抗因素，代表了北京下层市民的某种冲动情绪。可是到了1990年代，王朔从小说到影视创作，媚俗的因素越来越多。当他的影视作品被传媒炒得很热的时候，“痞性”也就逐渐转而向“奴性”靠拢了。通过不同的文本分析，你就可以看出人的精神状态。而这种精神状态，在我看来是很悲哀的，也可以说是我们中国文化的悲哀。

文学作品的阅读，最直接最感性的层次就是直感，就是你直面文本时的那种感觉；深入下去是对技巧的分析，寻找经典，发现错误，发现缝隙；再深入分析的话，就能看出其原型。这对作家创作来说可能是无意识的，只是文化教育和文化熏陶的结果，它在无形中寄寓于人们的心灵。你心灵有多少东西，它都会无意间表达出来。这种细读就使阅读变得有趣，就是说，我们通过阅读可以看到的东西比这个文本本身所描写的东西要多得多。

四、简短的结语

我很喜欢“完美”这个词所指向的境界。这个境界里不仅包含了完整，而且还包含了美好，真正的生命境界就应该是这样的。社会上很多庸人总是千方百计地诋毁文学的理想和美好的力量，嘲笑这是不切实际的空洞之论。

但我要说，美本身就是人的生命构成的一部分，如果丧失了对美的感知能力，丧失了对好的伦理的自制能力，那么，这种生命形态至少是极不完整的，也是极不美好的。这就是阅读文学在现代生活内容中不能缺少的关键所在。我们今天都生活在纷乱之中，似乎每个人都在匆匆忙忙地奔走，日理万机。——我自己也是这样一个红尘中人，在我的周围，总是有许多事情迫在眉睫地等待着我去做，每一件事单个来看都是很重要的，为了努力我就不得不疲于奔命，有时会感到心力疲惫不堪，越是要追求完美的人生就越是不完美。终于有一天我走进一位朋友的家里，那天他正在给研究生上课，内容是讲解《庄子》，在那小小的客厅里挤了二十多人，有学生，也有慕名而来的商人、职员和作家，大家静静地听着，一句一句地读解。我坐在一旁听着讲解和读着文本，忽然感受到一种无比的幸福。宁静的读书气氛和神秘的天地境界使我忘记那些杂乱无章而又喧嚣骚动的生活，这时候我才感受到人生还有如此完整美好的境界。现实生活环境下找不到的乐趣，只有在读解文本中才能真正地感受到。

（原载《河北学刊》2004年第2期）

【说明】

2003年，北京大学出版社“名家通识讲座书系”出版了陈思和教授的《中国现当代文学名篇十五讲》，本文是全书的导论。文章对文本细读的意义、态度和方法作了深入具体的阐述，例证分析以现当代作品为主，理论方法则对各种文体的评论写作具有普遍意义，故作为本《文选》的开篇。

本文具有现实针对性，作者有感于文学史教学中轻视文本细读的风气而作。首先，强调了文本细读对文学史教学的重要性。作者指出：“所谓文学作品和文学史的关系，大约类似于天上的星星和天空之间的关系。构成文学史的最基本元素就是文学作品，是文学的审美，就像夜幕降临，繁星闪烁。”其次，讨论了细读文本的态度和文学性因素。作者用“欢悦地、投入地、感性地”三个词来描述自己阅读态度，并认为“欢悦即快乐，这是最重要的一点”；进而指出，文学作品的文本细读应当从文学性出发，“所谓文学性就是诉诸感情或者满足审美的需要。阅读审美当然是主观的形式，因此也只能在极为主观的体验下才能真正确认文本的文学性因素。”再次，作者根据自己的阅读经验和学术体会，提出了一套“文本细读的方法”：一是“直面作品”，即从作品本身出发而不是从流行见解出发；二是“寻找经典”，即发现现当代作品中的“经典意识”和“经典因素”；三是“寻找缝隙”，即通过发现作家的“遗漏和疏忽”，读出从字面上读不出的东西；四是“寻找原型”，即在古典作品中寻找现代作品的叙事原型和叙事模式。“文本细读的方法”是全文的核心和重心所在，源于作者现当代文学研究的学术体会，对古代文学和外国文学的研究也有启示意义。

“文本细读”是英美新批评倡导的批评方法，它主张立足文本，从文本中发掘不易发掘的细微意义以加深对作品的理解。新批评的细读法多用于晦涩的现代诗的分析，诗歌中的语义、语气、意象、比喻、象征、音步、格律、态度和情绪等，是细读分析的主要内容，通过辨析诗歌中含混、张力、反讽等特征，揭示作品的内在结构和含义。本文提出的细读法，基于作者自己的学术经验，以中国现当代叙事文学作品为主，与新批评以诗歌为主的细读法可互为补充。

本文的重心是阐述“文本细读的方法”，作者在论述方法原则时，没有停留于抽象的理论说明，而是以经典实例分析为主，从而为读者运用这一套方法提供了生动的范例。

陈思和，1954年生，男，广东省番禺市人，复旦大学中文系教授、博士生导师，主要从事现当代文学研究。主要著作有《巴金论稿》《中国新文学整体观》《中国当代文学史教程》《中国当代文学关键词十讲》等。（陈文忠）

【文献链接】

1. 艾布拉姆斯：《批评理论的总趋向》，《镜与灯：浪漫主义文论及批评传统》，北京大学出版社1989年版。《批评理论的总趋向》是《镜与灯》一书的导论，它为人们提供了一篇简明的西方批评史和一幅区分各种批评理论和实践的简要的图解。全文五节。第一节“艺术批评的诸坐标”描述了艺术活动的基本结构，作为艺术批评的方法论基础。作者指出，每一件艺术品总要涉及四个要素，即艺术家、艺术品、世界和欣赏者，每一种周密的理论都会对这四个要素加以区辨，据此可以把西方批评理论区分为四大类型，即模仿说、实用说、表现说、客观说。以此为基础，作者建构了以艺术品为中心的“三角形”批评模式。这一模式对现代文学理论和文学研究产生了深刻影响。就文学研究而言，它启示我们应以艺术品为中心，同时考察艺术品与作者、艺术品与世界、艺术品与读者等多方面关系。

2. 韦勒克、沃伦：《文学理论》（修订版），江苏教育出版社2005年版。本书是20世纪西方文学理论经典，基于新批评又超越新批评。全书共4部分19章，包括“定义和区分”“初步工作”“文学的外部研究”和“文学的内部研究”。从第7章“文学和传记”开始的“外部研究”，多角度阐述了历史学、心理学、社会学、思想史和其他艺术与文学及文学研究的关系；从第12章“文学作品的存在方式”开始的“内部研究”，对新批评的细读法作了系统的阐述。《文学理论》全书的理论价值，远远超出新批评的学术视野，是一部名副其实的文学批评和文学史研究的方法论。

3. 胡经之、王岳川主编：《文艺学美学方法论》，北京大学出版社1994年版。全书13章，除绪论“文艺学美学方法论透视”，以下12章系统介绍了西方20世纪文学研究的方法。每一章大致包括理论阐释、方法运用和特色评价三个方面。此书是20世纪80年代“方法热”中产生的诸多同类著作中较出色的一种，是我们了解西方20世纪文艺学美学方法论、了解西方20世纪文论史、开拓文学研究的理论视野、值得一读的入门书。

4. 陈思和：《中国现当代文学名篇十五讲》，北京大学出版社2003年版。本书是作者通过文本细读展示文学史发展线索的成功实践。全书可分两大部分，第一讲、第二讲是全书导论，前者阐述了作者的文学史教学观和文本细读法，后者梳理了中国现代文学创作的两种思潮和两种价值取向；第三讲以下，是四大文体的十二部现当代名著的文本细读，试图从七个方面展示中国现当代文学创作的艺术主题和风格特点。本书有助于我们了解作者的文学史教学观，体会文本细读法，提高文学鉴赏水平。

5. 陈文忠：《接受史视野中的经典细读》，《江海学刊》2007年第6期。本文认为，传统的经典细读主要是以寻找原意为目的的静态的客观主义经典细读。然而，文学经典的意义整体始终处于动态生成和历史累积的过程之中；前人的理解不是我们理解的障碍，而是我们创造性理解的前提。据此，本文作者倡导一种动态的接受史视野中的经典细读，并对接受史细读的多重思路作了具体阐述。接受史细读的意义在于，可以变单个批评家一得之见的独唱，为历代读者见仁见智的合唱；这既有助于丰富对经典的理解，也有助于激发现代读者的创造性想象。

关于评说中国旧诗的几个问题

叶嘉莹

以前朱自清批评民国初年新诗人模仿法国象征派诗的流弊，曾经提出过“创造新语言的心太切”，“母舌太生疏”，及“句法过分欧化”的几种缺点。现在的说诗人似乎也有着“引用新理论之心太切”，“对旧诗传统太生疏”，及“思想之模式过分西化”的几种相类似的缺点。然而我们却也决不可因噎废食的把这一条拓新的途径，认为不祥而妄加堵塞。因为中国文学批评之需要新学说新理论来为之拓展和补充，可以说是学术发展的必然趋势，这是任何人都无法加以阻遏的。唯一可以补救的方法，只有使这些勇于开新的有志之士，对自己可能发生的错误有较大的反省，对自己所忽略的旧传统有较深的体认。也许如此才不致把中国旧诗的评说导向歧途，而使之确实能得到博大中正而合理的拓展。

因此，本文在下面便想举出一些评说旧诗最容易犯的错误，来提供给说诗者做为参考。

一、诗之句法及字意问题

首先我们所要提出来讨论的是有关诗之句法及字意的问题。中国语文如我们在前面所言，本来就是极富有弹性的，有时可以加以节略，有时可以加以颠倒，在组合方面缺少严格之文法限制的一种语文。而中国旧诗的语言，为了要适应声律或对偶的缘故，较之散文和口语在组合方面就显得有更为精简而错综的现象。因此如果对旧诗语文的组合惯例没有熟悉的认知，在解说旧诗的诗意时当然便不免会发生种种的错误。在这一方面，语言系统迥异于中国的西方人士，自然较中国人士发生误解的可能性更多，而距离旧诗传统较为生疏的现代说诗人，较之旧传统训练出来的说诗人发生误解的可能性自然也较多。然而即使是旧诗传统训练出来的说诗人，对于某些精简错综的诗句，实在也仍不能避免有时会发生误解，我们现在就先举一个旧传统的说诗人，发生误解的例证来看一看。

清代曾著有《选诗定论》的吴淇，在解说《古诗十九首》时就曾发生过一些极明显的错误。如其解说“游子不顾返”一句云：“顾返犹言反顾”，“游子日远，岂敢望其还家，求其一反顾而不得”。吴氏的这种解说，实在犯了两点错误。其一乃是对字义方面的误解。“顾”字在中国旧诗中通常有两种用法，一是“顾念”的意思，一是“回顾”的意思。吴淇解作“返顾”便是用的“回顾”的意思，但其实这一句 的“顾”字，却是“顾念”之意。《文选》李善注此句即曾引郑玄《毛诗笺》曰：“顾，念也。”所以张庚《古诗十九首解》便曾解释此句云：“‘不顾返’犹言不思返也。”吴淇把“顾念”之意误解作“回顾”，当然是由于对字意之误解所造成的一个错误。再则，此一句中就句法而言，实在应把“不顾”二字连起来读，而不当把“顾返”二字连起来读。“不顾”二字在古诗中往往连用，如乐府《东门行》云：“出东门，不顾归”与此句之“不顾返”的句法便极为相近。吴淇忽略了“不顾”二字连读的习惯，竟误把“顾返”二字连读，又因为“顾返”二字本无如此连读的可能，遂颠倒过来勉强解作“返顾”。当然，有的词语是可以颠倒使用的，如孙奕《履斋示儿编·倒用字》一节中所举的“莽卤”之于“卤莽”，“角圭”之于“圭角”，便都是此种例证，但那实在因为它们相结合的两个字乃是词性相同的字，如“卤”及“莽”之皆为形容词，“角”及“圭”之皆为名词。可是“返顾”则前一字为副词，后一字为动词，词性既不相同便决无可能颠倒过来说成“顾返”之理。吴淇对于中国旧诗之字意与句法惯例可谓只知其一而不知其二，因此才会对字意及句法都产生了误解。

以吴淇这样一位清代著名的学者，尚不免会因一时的疏忽而产生如上的误解，何况今日的说诗人，距离旧诗的传统日远，写作旧诗的经验日少，对旧诗的句法之组合的习惯也日益生疏，而现代人又往往喜欢自标新意，“自标新意”本来是一种可喜的现象，只是在对于旧诗之传统不甚熟悉的情形下，自标新意的结果有时就不免会产生某种程度的误解。例如有人解说王融的《自君之出矣》一首乐府小诗，对其中的“思君如明烛，中宵空自煎”二句，就曾提出一种较新的读法，以为可以在“思”字下一顿，而把“君如明烛”当作是所思的对象之象喻。这种读法在文法上虽没有明显的错误，可是就中国旧诗句式的顿挫习惯，以及就《自君之出矣》这类乐府诗的特殊句式而言，却都显然地有着一些问题。因为就前者言，五言诗一般是二、三的顿挫，所以此句的读法应是在“思君”二字下一顿，而此句的“如明烛”三字，及下句之“中宵空自煎”，则是承接着上面的“思君”二字来写思君之情的热切悲苦，有“如明烛”之“中宵空自煎”。如果在“思”之下读断变成一、四的顿挫，虽在旧诗中也有此种例证，如“自君之出矣”在文法上便是如此。但凡是旧诗中此种变格的句式大多都是在文法上没有按正格句式诵读之可能时，方得成立。如韩愈之“有穷者孟郊”“在梓匠轮舆”“乃一龙一猪”等都可为证。但如在一句诗中本可按正规句式读，而变格读法便难以成立，此其一。再则就《自君之出矣》这一体乐府小诗言，诗中末二句之必在“思君”之下读断，乃是一般约定俗成的读法，如范云的“思君如蔓草，连延不可穷”，辛弘智的“思君如百草，撩乱逐春生”，便都是以“如蔓草”之“连延不可穷”以及“如百草”之“撩乱逐春生”，来写“思君”之情的不可以已。而并不是说所思的人“如百草”或“如蔓草”，此其二。此外，自全诗上下文来看，如果把此句读作思“君如明烛”，将后四字视为所思之对象，则与下面的“中宵空自煎”之写思念之情的句子，便不相衔接，此其三。在这种情形下，说者又提出了一个新解，以为“中宵”一句可以脱离上句而独立起来解释作“午夜煎炙着它自己”，并加以英译。这句诗从这种现代化的读法及英译来看虽似可以成立，然而如果就中国古典诗而言，则“中宵”一词一贯都是指时间而言，并没有将之人格化起来作为主词用的例子，此其四。像这种情形便大都是因为现代的说诗人不大顾及旧诗传统之句法字意而造成的误会。

至于就西方人士而言，则他们的语言系统既与中国迥异，当然发生误解的情形也就更多。最近有一本新出版的英译《诗经》，作者提出了许多新鲜的见解，可是却因在解说诗意时对句法与字意有一些误解，因此遂往往使他的结论也失去了依据。例如其中有一节谈到诗经中一些恋爱的诗篇，作者首先引了一段“襄王云雨”的故实，强调中国古代文学中有着“性”的主题，于是接着引了几首《诗经》中的恋爱诗来作为例证，其中有一首是《郑风·将仲子》。作者自出新意，以对话的方式来译这首诗，每章首尾皆译作女子之口吻，而将其中的“仲可怀也”一句译为男子的口吻。译文为：

Chung:Will I ever hold you in my arms

他的见解和译法虽新，可惜这句译文却犯了三点错误。其一，作者在“仲”字后面加了一个冒号，于是后面三字遂成为“仲”所说的话，“仲”成了说话的人。这种标点及造句的方式，实在过于现代化了，可以说与中国旧诗的句法传统完全不合。我们就以诗经一书来看，诗经中表示说话口气的共有三种方式，我们可以用新式标点分别如下：

一、在说话者后面加一个“曰”字，如《郑风·溱洧》：“女曰：‘观乎’，士曰：‘既且’。”

二、把说话的指称“曰”字完全省略，而直接以对话方式写出，如《齐风·鸡鸣》：“‘鸡既鸣矣，朝既盈矣’。‘匪鸡则鸣，苍蝇之声’。”

三、前一句叙述说话及受话之人，后一句接写所说的话。如《大雅·蒸民》：“王命仲山甫：‘式是百辟’”及“王命仲山甫：‘城彼东方’”。

这些是《诗经》中表示说话口气的通例，决没有像这位译者所用的把所说的话放在一个短句中，不用“曰”字而只以冒号“:”表示说话的口气如“仲：‘可怀也’”的方式。这当然是译者对诗经的句法不清楚而造成的错误。再者，中国古典文学中，当一句中前面有一个名词后面有一个动词，而两个词中间有个“可”字的时候，则前面的名词必定是后面动词的受格而决非主格，如“头可断”“血可流”“彼可取而代之”“气可养而致”都是此种句法的例证。因此在“仲可怀也”一句中，“可怀”者实在是“仲”而并不是说“仲”要去“怀”什么人。这是译者对句法认识不清而造成的又一点错误。三则就“怀”字之字意言之，中国文言文中此字通常大概有三种用法。一种是作名词用，如“襟怀”“素怀”；另一种是作动词“怀念”的意思用，如“怀乡”“怀旧”；再一种是作动词“怀有”或“怀藏”的意思用，如“怀才”“怀宝”。至于如这位译者所解释的“揽入怀中 hold in my arms”之意思用，则除曲文中有“床儿上被儿里怀儿抱”的用法外，在古典诗中，特别是在《诗经》一书中，可说决无此种用法。而且若用为“怀抱”之意，则多与“抱”字连用，若只用一个“怀”字，如“怀妻”“怀女”“怀人”等，则一定是“怀念”之意，而非“怀抱”之意。同时，在《诗经》中所用的“怀”字，大都为“怀思”“怀念”之意，译者竟译为“揽入怀中”之意，这当然是因译者对中国旧诗之句法与字意缺乏认识所造成的错误。

而由于对一句诗中一两个字的误解，往往可导致对通篇主旨的误解，因而也就可能影响到评说时整个论点的错误。即如“仲可怀也”一句，是“怀思”而非“怀抱”之意，如此则这首诗虽为情诗，但与译者依其错误译文所强调的“性”的主题，便显然仍有一段距离。此外，这位译者在同一书中还曾根据《诗经·王风·兔爰》的“我生之初尚无为”一句，认为《诗经》中也有道家的“无为”思想。其实《兔爰》中的“无为”是“无事”之意，也就是无战乱之事的意思，与道家“无为”的思想完全无关。译者的《诗经》

一书是近年才出版的，他决不会没参考过前人的注解及其他译文，然而竟有着这样显著的错误。这很可能是因为他想要标举新意之心太切，“性”的主题及“道家”思想恰好都是今日西方最流行的题目，因此他遂有心对这些主题特别加以强调以吸引读者，可是由于对《诗经》的句法与字意未能有清楚的认识，所以在他想要出奇兵以制胜的时候误入了歧途，终至遭到全军覆没的结果。这种错误虽出于一位西方人士的著作，然而覆车可鉴，他所以致误的原因，实在颇可供今日说诗人的反省及参考。

二、诗之情意结构问题

其次我们所要讨论的是旧诗中句法结构之外的情意结构的问题。诗歌既大多以表现内心情意之活动为主，所以如何透过诗歌的口吻神情来掌握诗人内心情意之动向，自然是说诗人所当注意的一项重要课题。有些说诗人对诗歌的句法字意虽有清楚的认知，然而却仍不能探触和理解到诗人真正意向之所在，有时便正是因为对一首诗的口吻神情未能有清楚之体认的原故。最近有朋友寄给我一篇书评，其中论及英译本李义山诗《北楼》一首的“酒竟不知寒”一句的译文，译者原把此句译作“The wine is cold but I have not even noticed it”，这句译文从字义及句法来看并无错误，但评者却在其中看到了不妥之处，他提出中国诗中“寒”字及“冷”字习惯用法的比较，以为二字虽字意相近，可是习惯上中国却只说“寒江”“寒月”，而从不说“寒酒”。此外，他又提到李义山《北楼》一诗乃是写他身在南方对北国中原的怀念，所以这句诗的“不知寒”应该并不是说酒冷，而是说南方天气暖，酒力虽销而却不觉天气之寒的意思（原为英文，意译如此）。这位译者所提出的实在是对旧诗的一种极精微的辨识与体认，他的意见是极可贵的，不过他把这句诗改译为“Although I have finished the wine，I do not feel cold”却似乎仍有值得商榷之处。为了对这首诗详细加以讨论，现在先把全诗抄在下面：

> 春物岂相干，人生只强欢。花犹曾敛夕，酒竟不知寒。异域东风湿，中华上象宽。此楼堪北望，轻命倚危栏。

这首诗据其所写的气候而言，历来注家都以为是义山在桂林时所作，这是不错的。冯浩在“酒竟”一句下即曾注明是“暗点炎方”，足见句中之

"寒"字是指气候而言，而不是指酒说的。译者虽曾提及此诗是李义山在桂林时作，而且也曾说明全诗表现了南方气候之潮湿炎热，可是译文中却把"寒"字误译为酒冷之意，这当然是一时疏忽所致。经过评者对"寒""冷"二字用法之比较，这句译文之错误是显而易见的，不过评者把"酒竟"二字译作"Although I have finished the wine"，如此则把"竟"字解释为"饮尽"之意，而忽略了"竟"字在这句诗中原当做为虚字的表示口吻神情的作用。就中国旧体诗的句法习惯而言，如果是律诗中的对句，则其前一句与后一句间每有呼应之处，如"酒竟不知寒"的"竟"字便与前句"花犹曾敛夕"的"犹"字相对。照旧体诗用字习惯来说，"竟""犹"二字都是表示语气的虚字，而凡表示语气的虚字应该正是一首诗情意结构的重要关键所在。就义山诗此二句而言，它的口吻应是说花"犹然"如此，而酒却"竟然"如彼之意。为讨论此二句诗的情意结构，我们必须从上一句说起。

上句"花犹曾敛夕"之"花"，我以为并非泛指，它应是专指南方所盛产的木槿花而言。这种花的特性是朝开暮萎，义山在桂林时对此花留有极深刻的印象，所以他在桂林所作的诗中便常提到这种花，而且特别致慨于其朝开暮萎之特征，如其《朱槿花》二首五律及《槿花》一首七绝，都可为证。至于在《北楼》这首诗内，"花犹曾敛夕，酒竟不知寒"一联在全诗中之作用，则是承前两句"春物岂相干，人生只强欢"而来，其用意正是要写春日中的强欢之情。如果是在北国中原，则四季有明显的变化，每当春来之际，自"风光冉冉东西陌"到"飒飒东风细雨来"，进而至于"花须柳眼""紫蝶黄蜂"的三春盛事，则所谓"春物"者与这位"荷叶生时春恨生"的诗人李义山，自然有着密切的"相干"之感。如今远在炎方的桂林，虽然计算时节，该已是春天，但却并没有这些显示出鲜明的季节变化的与诗人"相干"的春日之感受，在这种寂寥落寞的心情中欲求强欢，所以才有开端之"春物岂相干，人生只强欢"之语，而第三句的"花"及第四句的"酒"，便正是叙写诗人欲藉看花饮酒以求强欢的一种情绪。然而炎方的春日既无万紫千红轮番开放的盛事，所见的唯一属于花的变化的仅有槿花之朝开暮萎而已。是故诗人才说"花犹曾敛夕"，这正是诗人看花以求"强欢"所得的感受，至于就"饮酒"言，则如在北国中原，每当春来之际，往往余寒犹厉，所以诗人们向来在赏花时也常要饮酒，这不仅因饮酒的微醺可增加赏花的意兴，同时也因春寒犹厉才更需要在赏花时饮酒以抵御身外的春寒，何况在身外的春寒中也才能更领略到饮酒的兴致。如今李义山既远在炎方，则虽欲勉强藉饮酒以求强欢，然而却可惜竟全无身外春寒之感，如是则情味全非矣，所以方才会说“酒竟不知寒”。这两句诗合起来读，乃是写义山在炎方春来之际，因全然不见使他感到“相干”的“春物”之变化，然而人生行乐耳，所以乃有藉着看花饮酒以求强欢之意。看花之强欢虽然犹可感到槿花朝开暮萎的一点变化，可是饮酒的强欢则却竟然全无助人酒兴的身外春寒之感。在这二句诗中，义山实在不仅写出了炎方的气候，也写出了自己在异域勉强寻欢的一种惆怅无聊的心情。如果把这句看成是说“酒冷”，当然并非诗人的本意，但如果只说是天寒而未能提出此句“竟”字与上句之“犹”字，在对比中所显示的那份强欢的惆怅之感，则也未能完全掌握诗人的本意。像这一类的疏失，就是由于对全诗情意方面的结构，未加仔细留意的缘故。这种疏失当然是我们在解说一首诗时所当小心避免的。

三、诗中之用字及用典问题

接着我们所要讨论的是诗中用字及用典之出处与诗之解说的关系。先谈用字，所谓用字是指诗人在诗中所使用的某些词字乃是前人曾经使用过的词字。如仇兆鳌引李密诗之“玉露凋林晚”及沈约诗之“暮节易凋伤”等句，来注解杜甫《秋兴》的“玉露凋伤枫树林”一句诗，又如李善引《楚辞》之“悲莫悲兮生别离”及《古杨柳行》之“谗邪害公正，浮云蔽白日”，来注解《古诗十九首》之“与君生别离”及“浮云蔽白日”二句诗，便都是指明诗歌中用字有出处的极好例证。这种用字有时出于有心，有时出于无意，其与诗歌之内容意义也有时有关，有时无关。如《楚辞》乃是古人所熟知的书，则十九首之作者在写下“与君生别离”一句时，对《楚辞》“悲莫悲兮生别离”之句，便很可能在意识上有着某一种关联。至于“浮云蔽白日”一句既与《古杨柳行》的诗句完全相同，其间之有所关联当然就是更可能的一件事。虽然读者不知道这些出处也可读懂《古诗十九首》那两句诗，可是如果读者也知道这些出处，则在读《古诗十九首》“与君生别离”一句时，就可以因《楚辞》之句而同时也产生“悲莫悲兮”的联想，因此对这一句诗便可以有更为丰富深入的体会。又如在读“浮云蔽白日”一句时，就可以因《古杨柳行》的诗句而想到“浮云蔽白日”的意象原来也可能有着“谗邪害公正”的喻示，因而对这首古诗引发更深的喻托之想。像这一类的出处，对诗之了解及评说当然有着相当重要的关系。至于仇注所引的李密及沈约的诗句，则以杜甫

“读书破万卷”的博学，在其写作时虽未必有心袭用，而这些词字之涌现于杜甫笔下，自然也未始全无潜意识的某种关联。何况李密的“玉露凋晚林”一句，五字中与杜甫“玉露凋伤枫树林”一句相同的有四字之多，无论就诗人或就读者而言，其联想到李密的诗句便也是一件极自然的事。在这些例证中，比较起来沈约的“暮节易凋伤”一句实在与杜甫诗之关联较少。因为杜甫诗中的“凋伤”乃是指树的凋伤，而沈约的则是指人，而且“凋伤”二字乃是极常用的词字，杜甫之用它实在未必与沈约的诗有关。不过读者对熟知的词字较易引起共鸣，这也是何以古人重视用字要有出处的原故。今人往往以为古人这种注解的方法过于琐碎拘泥并无高深之见，而视为鄙不足道，其实诗歌中所用的词字，原是诗人与读者赖以沟通的媒介，唯有具有相同的阅读背景的人才容易唤起共同的体会和联想，而这无疑是了解和评说一首诗所必具的条件。

有一次，有位外国同学翻译赵秉文的《题巨然泉岩老柏图》一诗，将其中“为回笔力挽万牛”一句译作：

> When I face it, the strength of the brushwork attracks me with the force of 10000 bullocks.

“万牛”形容笔力之壮当然是不错的，可是在这句诗中却并不是说笔力之壮可以吸引我这观书的人，而是说那笔力可以把如此枝干雄伟气象磅礴的一棵古柏呈现在纸上。此诗“万牛”二字原出于杜甫《古柏行》，其中有句云：“大厦如倾要梁栋，万牛回首丘山重”。意思是说古柏之雄伟高大，重如丘山，虽有万牛之力也难以迁挽，以示材大之难为世用。赵秉文这首诗题为《巨然泉岩老柏图》，可见图画中必然也有一株古柏，所以诗人乃用杜甫《古柏行》中的“万牛”二字，以赞美画家巨然笔力之大胜于万牛，竟将此古柏迁挽移植于画面之上，而言外则凡杜甫诗中描述古柏之种种赞美歌颂也便因联想而与画中之古柏结合为一。像这样的诗句如果不知道“万牛”二字的出处，当然便不会有正确深入的了解。

其次谈“用典”。“用典”与“用字”之区别在于后者只是字面上与古人有相合之处，即使不知道这些词字的出处，除了少数的例外，从字面上都仍然可以读得懂。可是用典则不然了，用典乃是在诗句中包含有一则故实，如果不知此一故实的出处，就根本无法读懂这句诗。此外，用字有时可能出于偶合或无意，至于用典则诗人是必然有所取意的。如李义山《安定城楼》一诗的“贾生年少虚垂涕，王粲春来更远游”二句，上句用的是贾谊的典故。据《史记》及《汉书》载贾谊年少颇通诸子百家之书，上书陈政事云：“臣窃惟事势可为痛哭者一，可为流涕者二，可为长太息者六。”下句用的是王粲的典故，据《三国志·魏志》载王粲于西京乱后，往荆州依刘表。李义山此诗据张采田《玉溪生年谱会笺》编于唐文宗开成三年，义山二十七岁，应博学鸿词科不中，居于泾原节度使王茂元幕下时所作。笺云：“贾生对策比鸿博不中选，王粲依刘比已为茂元幕官。”冯浩注亦云：“应鸿博不中选而至泾原时作也，玩三四显然矣。”透过诗中这二句，我们自可看出李义山借用此二则典故，以抒写其有忧时之心而不为世用及依人幕下的一份悲慨。这便是用典的最好例证。在这种情形下，说诗者只要能把诗人所用的故实找到正确的出处，便不难求得正确的解释。

不过有时诗中的典故也并不都是如此明白易解，其较为难解的大约有二种情形。一种是一句诗是两则故实的结合，而字面上却只提供了一个出处，另一种是字面上虽提供了故实的出处，然而诗人所用的却非故实的本意而另有所取意。这两种用典的情形便极易引起误解。我们仍举义山诗为例，先说第一种情形，如其《咏泪》一诗：“人去紫台秋入塞”一句，冯浩注云：“文选恨赋：‘若夫明妃去时，仰天太息，紫台稍远，关山无极。’此谓一离宫阙便远至异域。”冯浩就字面为注，其所说原来不错。然而此诗标题是“泪”，中间二联“湘江竹上痕无限，岘首碑前洒几多。人去紫台秋入塞，兵残楚帐夜闻歌”，实在用的是四则与哭泣流泪有关的故实。“湘江”句用娥皇女英泣竹成斑之传说，见于《博物志》；“岘首”句用晋羊祜堕泪碑的故实，见于《晋书》；“兵残”句用项王被围垓下，悲歌慷慨泣数行下之故实，见于《史记》。依此类推，则“人去紫台”句亦必当为与“泪”有关的故实才是。冯浩引江淹《恨赋》，则只注出了“紫台”的出处为明妃的故实，却未曾注意到此句亦当与流泪有关。而且只就明妃之离宫阙为说，实在不合诗人取用此一故实的本意。或者有人会说，明妃离汉宫时想当然有流泪之事，原不必求其一定有出处，这种说法决不合于诗人用典的惯例。其实此句义山在字面上之所以取用恨赋的“紫台”二字，只不过为了与下句“楚帐”相对而已。至于在故实的含义上，义山实在用的乃是石崇《王明君词》的故实。石崇诗有云：

我本汉家子，将适单于庭。辞诀未及终，前驱已抗旌。
仆御涕流离，辕马悲且鸣。哀郁伤五内，泣泪湿朱缨。

这几句诗极写明妃出塞时哭泣流泪之状，这些句子应该才是义山咏泪一诗中引用明妃出塞故实的真正取意所在。而历来注家对此却并未注出，冯浩但引恨赋以“离宫阙”“至异域”为说，就此诗言，实在是一种误解。像这种把二则故实合用，而字面上只有一个出处的用典例子，乃是说诗人所当特别留心辨认的。

再谈第二种情形。义山《锦瑟》诗云：“庄生晓梦迷蝴蝶，望帝春心托杜鹃”，《无题》诗云：“扇裁月魄羞难掩，车走雷声语未通”。这几句诗从表面上看，“庄生”一句用的是《齐物论》庄子梦为蝴蝶的故实，“望帝”一句用的是《华阳国志》蜀望帝魂魄化为杜鹃的故实。“扇裁”句用的是班婕妤团扇怨之故实，“车走”句用的是司马相如《长门赋》中之故实。如果说诗人拘执出处的原意来解说这几句诗，则“庄生”句必当与化出于万物之外的“物化”之意有关，“望帝”句必当与帝王失国之不幸有关，“扇裁”“车走”二句亦必当于女子失宠被弃之情事有关。然而我们仔细吟味一下义山原诗，就会发现他用这些故实原来与典故之含义并无全面之关系，而只是截取故实的一部分含意做为一种意象之表现而已。今对此诸意象不暇细说，简言之，则“庄生”句不过藉胡蝶以表现一种痴迷的梦境，“望帝”句不过借杜鹃以表现一种不死的春心，“月魄”句不过借之以写团扇之美并进而衬托用团扇遮面的女子的娇羞，“车走”句不过借之以写行车虽近至交错相接，然而却未曾得到一种诉衷曲的机会。像这种用典便不可只据故实立说，而当切实查考诗人用意之所在才真能懂得诗意，否则就会发生误解。冯浩便因对义山此种活用故实，只借之作为意象之表现的方法有所不明，所以在注“庄生”一句时遂一定要按庄子本文的“物化”为说，于是既把道家哲学中的“物化”强解为人死化为异物，又把人死的“物化”牵涉到庄子鼓盆而歌的故实来勉强立说。像这样过于拘执故实牵附立说的情形，当然是说诗人应小心加以避免的。

还有一种与前面所谈的过于拘执故实来解诗完全相反的情形，那便是有些说诗人又过于自命通达，往往把原来诗句用字与用典的出处故实完全置之不顾，但以自己的私意来大胆立说。例如《古诗十九首·明月皎夜光》一首，其中有“白露沾野草，时节忽复易，秋蝉鸣树间，玄鸟逝安适”数句，李善注曾明白引注这几句诗的出处说：“礼记曰：‘孟秋之月白露降’”，又云：

“礼记曰：‘孟秋寒蝉鸣’，又曰：‘仲秋之月玄鸟归’。”根据这些出处，则这首诗所写的自然应属秋季的景物，可是朱自清在其《古诗十九首释》一文中，却因对这首诗前面的“玉衡指孟冬”一句有所不明，误把指方位的孟冬看着指季节的孟冬（孟冬指方位之说，参看《迦陵谈诗·谈古诗十九首之时代问题》），因此遂把这首诗的景物都误解为孟冬的景物，并说：

> 《礼记》的时节只是纪始，九月里还是有白露的，虽然立了冬，而且立冬是在霜降以后，但节气原可以早晚些。

殊不知古人写诗，于此等处实在极为谨严，既然三句中都是用《礼记》中记孟秋之节物的句子，则此诗必然是写孟秋的景物无疑。断不会于霜降立冬之后，节令已到了孟冬，却引用孟秋的故实入诗，朱氏所说“节气原可以早晚些”，在此是说不通的。又如我以前在论吴文英之为人一文中，于谈及吴氏赠贾似道之《金琖子》词“小队登临”一句时，曾举刘毓崧《梦窗词叙》及夏承焘《梦窗词系年》的两种不同说法（见《迦陵谈词》）。刘氏据“小楼登临”一句判断梦窗此词必作于贾似道为制置使之时，夏承焘则据此词前半之“莺花任乱萎”诸句，以为此词必作于贾似道已还朝为宰相之时，而且还曾说：

> 刘氏据“小队登临”句谓指似道制置荆湖时，以其用杜诗“元戎小队出郊垧”。然执宰游山何尝必不可用？以此说文太泥，以此作证太弱。

其实梦窗此词乃是作于贾氏还朝以后固然不错，而“小队登临”则隐含对贾氏出将入相之赞美，同时指其曾为制置使而言也并不错。刘氏据此一句便认定必作于贾氏为制置使之时，其说固病在过于拘泥，而夏氏便迳以为执宰游山亦可用“元戎”之典，又不免过于率意。凡此种种偏失都是造成说诗人对原诗发生误解的重要原因。昔孔子有言曰：“可与言而不与之言，失人；不可与言而与之言，失言。知者不失人亦不失言。”我们对于诗歌中用字与用典的出处，以及此一出处与诗意确实之所指的微妙关系，便也当有此种详细的辨别，才不会对有出处的词语或故实加以忽略，而在解说诗时也才不致有过于拘执或过于率意之病。这是说诗人所当加以注意的另一课题。

四、诗之多义解释之原因

最后我们要讨论的是当一首诗或一句诗可以有多义之解释时，当如何加以别择和判断的问题。一般说来，造成多义的基本原因大约有两种，其一是由于对诗句的构造及句法可有不同的读法，其二是由于对诗歌中意象所提供的喻示可有不同的解说。现在先谈第一种情形。

中国旧诗中，由于所使用的文字之过分简练，及中国语文缺少精密之文法的特质，所造成的因不同读法而引起不同之解说的例证甚多，杜甫的《戏为六绝句》就是其中一个最好的例证。多年以前，郭绍虞在《燕大文学年报》曾发表过一篇文章，题为《杜甫戏为六绝句集解》。在叙文中，他曾经论及这六首诗“代词之所指难求，韵句之分读易淆，遂致笺释纷纭莫衷一是”。其后，于一九六二年，台湾师大国文研究所还曾因以杜甫《戏为六绝句》为试题而引起过一场论辩。足见读者对这六首绝句的解释之人各一辞，难于获得一致的结论。现在我们只取其中第三首作为例证，来略加分析。先录原诗如下：

纵使卢王操翰墨，劣于汉魏近风骚；
龙文虎脊皆君驭，历块过都见尔曹。

这一首诗之所以引起歧解，首在第四句“尔曹”一代词之所指难求。赵次公、邵二泉以为“尔曹”乃指首句之卢王而言，如此则此诗对卢王为贬辞。但自刘辰翁以下之说诗者，则多为“尔曹”乃指卢王以后之“今人”“后生”而言，如此则此诗对卢王为赞辞。这是“尔曹”一代词所引起的歧解。再则次句“劣于汉魏近风骚”之句读，也有许多不同的读法。钱谦益以为此句乃谓“卢王之文劣于汉魏而能江河万古者，以其近于风骚也”，如此则当于“魏”字下读断。浦起龙、卢元昌等则以为“汉魏近风骚”五字当连读，以为此句乃是说卢王之文劣于“汉魏之近风骚”，如此则当于“劣于”二字下读断。像以上这类的歧解，其势不能并存，如果只就此一首诗或一句诗来求其解说，则实在无法作正确的判断。要想解决这种困难，我们首先实应了解唐代诗歌发展的情势，其次该了解杜甫一贯论诗的主旨。就唐诗之发展而言，则王杨卢骆绍齐梁之遗风，时人号为四杰，而自陈子昂诸人倡为复古之说以后，遂有人对四杰之诗风颇多讥议。《玉泉子》及《唐诗纪事》等书就曾载有时人讥杨炯诗为“点鬼簿”、骆宾王为“算博士”之记叙。至于就杜甫个人论诗之主旨而言，则杜甫原是一位集大成的诗人，元稹在杜甫《墓志铭》中即曾赞美他“尽得古今之体势”，而且从杜甫的诗中来看他对六朝齐梁以来之诗人，如庾信鲍照甚至阴铿何逊等都曾有赞美之辞，即在戏为六绝句中他也曾说过“不薄今人爱古人”及“转益多师是汝师”的话，可见他个人绝无轻视四杰或者鄙薄近体之意。当我们把这基本观念弄清楚以后，便可知道杜甫这首诗实在是为四杰申辩之辞，意谓纵使卢王之所以为后人讥议为不及汉魏古诗之近于风骚，然而他们的成就可比美于龙文虎脊之各种毛色的良马皆可为君王之驭，至于“尔曹”后生则如一般凡马，于“历块过都”之际，偶遇艰阻即见其才力之低劣矣。如此，则此诗因代词及句读不明所引起之各种不同的解释，自然便可定于一是而不致再有争执了。由这个例子来看，当一句诗有多义之可能时，首先所当做的实在是仔细看看这多种解释是否相互抵触，如果是，则当从多方求证，为之寻得一种可信的解说。

然而在某些情况下，因不同读法而招致的诗意上的歧解，却不一定都会产生像上面一例的抵触，有时这些歧解反可同时并存，使诗句得到更丰美的意趣。例如李后主的《浪淘沙》词，其中之“流水落花春去也，天上人间”就是个很好的例证。俞平伯在他的《读词偶得》一书中，对此句就曾提出四种不同的读法。第一是把这句看作疑问句的口气，解为：“春去了！天上？人间？哪里去了？”第二是把这句视为嗟叹的口气：“春归了，天上啊！人间呀！”第三是把此句视为对比的口气：“春归去也，昔日天上而今人间矣！”第四是把“流水落花春去也”及“天上人间”，分别看作是对上一句“别时容易见时难”的承应，有“难”“易”对举的口气，解为：“‘流水落花春去也’离别之容易如此，‘天上人间’相见之难如彼。”俞氏本人采取第四种解释，而以前三种为“不好”或“不妙”。其实李后主这句词的佳处所在，原来却正在于它的语法的含混模棱，与语气之沉着真率的一种微妙的结合。读者既可由其含混模棱的语法而生多种解说及联想，又可因其沉着真率的语气而有极深切之感动。在这种深厚丰美的感动和联想间，我们对于这句词的义界，实在不必勉强加以狭隘的分划。而李后主原来就是个以挚情取胜的诗人，这种超乎理性思索的至情之语，实在正可视为其特色的一种表现。像这种“多义”的解说就大可任其同时并存，而不必勉强为之定于一是。俞平伯对于一诗可以有多义之解说似未曾有所认知，因此虽为之提出了四种可能的解说，却又不得不于其中强加轩轾，为之限定为一种解说，遂使原诗意蕴之丰美反而受到了损失。这种情形当然是说诗人当格外小心处理的。

不过在可兼取之多义中，有时也须略加分别轻重主从之义。例如杜甫秋兴第三首“五陵衣马自轻肥”一句，也曾引起说诗人许多不同的解说，或以为“自己轻肥”，或以为“自炫轻肥”，或以为有“轻视”之意，或以为有“羡之”之意，或以为“慨己之不遇”，或以为“慨同学少年之误国”，或以为“慨同学少年之不念故人”。这些不同的解说虽说可同时并存，然而朱自清在《诗多义举例》一文中，对此句之解说便曾提出过主从之说。他以为：“这两句诗的用意，看来以同学少年的得意反衬出自己的迂拙来”，这是诗的主意。又说：“仇兆鳌《杜诗详注》说：‘曰：自轻肥，见非己所关心’……仇兆鳌这一解，照上下文看，该算是从意。”朱自清所提出的在一诗多义中，需有主意与从意的辨别，也是非常重要的一点。

接着我们来讨论一诗多义的第二种情形，也就是由于对于诗歌中意象所提供的喻示有不同的解说，而引起一诗多义之现象的问题。此一问题实在是说诗人所面临的最大的难题。因为诗歌既原以意象之表现为主，而意象所可能引起的联想又极为自由，我们固不当以拘狭的解说来限制丰美的联想，然而若一任说诗者联想的自由奔驰，则说诗的标准又究竟何在？所以此处我们愿提出一些例证，来做为遭遇上述情形时，在取舍和判断上的一点参考。

第一是由于对意象所指之物有不同的解说，因而对其所喻示之含义亦发生不同之诠释者。如李义山“凤尾香罗薄几重”一首《无题》诗中的“断无消息石榴红”一句，历来说诗者对“石榴红”三字之所指，便曾有种种不同的解说。冯浩注解此句时，对其含意就提出过两种不一致的看法，一则以为“可喻合欢”，再则又以为“可喻京宦”。前一说的根据在于义山《寄恼韩同年》诗的第二首，曾有“我为伤春心自醉，不劳君劝石榴花”之语。韩同年盖指韩畏之，与义山同年，亦为王茂元之婿。冯氏以为该诗当作于“韩初娶王氏女”时，上引二句诗则为义山“叹己之未得佳偶”，“石榴花”三字据冯注引简文帝诗“蠡杯石榴酒”，乃是指酒而言，在寄恼韩同年诗中则当指结婚之喜酒。此冯氏所以认为“断无消息石榴红”一句亦有“可喻合欢”之意也。至于“可喻京宦”的根据，则是义山于《回中牡丹为雨所败》之第二首中，曾有“浪笑榴花不及春”之句。冯氏于此句曾引《旧唐书·文苑传·孔绍安传》为注，据孔传载，孔氏应高祖诏咏石榴诗有“只为时来晚，开花不及春”之语，诗中盖隐含有怨其未能及时获得高位之意，所以冯氏遂以为义山“断无消息石榴红”又有“可喻京宦”之意。除去冯氏所提出的这两种说法外，朱鹤龄注则引梁元帝《乌栖曲》之“芙蓉为带石榴裙”为注，虽然朱氏对其喻意未加说明，然而朱氏以“石榴红”为指“石榴裙”之意，则是明白可见的。

综合三种不同的说法，私意以为指“石榴酒”之说最不可信。因为一般而言，“石榴”二字之指酒而言者，在诗中大都有着对酒的暗示。如前引冯注所举之简文帝诗“蠡杯石榴酒”，便明白点出“酒”字来，又如梁元帝诗之“尊中石榴酒”亦同。至于义山《寄恼韩同年》之“我为伤春心自醉，不劳君劝石榴花”，虽未明言“酒”字，可是其“醉”字“劝”字，则显然含有对于“酒”的暗示。可是在他的《无题》诗中的“断无消息石榴红”一句，则通篇上下并未曾有一点此种暗示，所以此句中的“石榴红”三字之意象，其指“酒”的可能性实在最小。再则此句之“石榴红”与“断无消息”连言，则二者间必当有某种关联之意，且此句又与上一句“曾是寂寥金烬暗”相对，则二者之口气呼应间也必当有相关之处。在“曾是”一句中，“金烬暗”三字乃是喻示“曾是寂寥”之情绪中，显在眼前的一种意象，所以“石榴红”三字便也该是喻示在“断无消息”之期待显现于眼前之一种意象。如果把此句的“石榴红”解作结婚之喜酒，则就此句整体所呈现出来的隔绝怅惘之情而言，必当是结婚之喜酒如今尚无消息之意，如此则喜酒必当为眼前所无的意象。这种说法不仅与前一句“金烬暗”之口吻不相配合，而且与此句所强调的“红”字之感受也不相配合，因为此句之如此强调“红”字，正表示“红”应当是眼前之意象。所以如果把此句的“石榴红”解作眼前所没有的石榴酒，这种说法实在不甚可信。

其次再来看把“石榴红”解作“石榴裙”之“红”的说法。按这种说法，“石榴红”三字便可视为女子之服饰，于是也就可能成为眼前之一种意象。以女子裙色之鲜艳来反衬“断无消息”的哀伤，这种说法似乎比石榴酒之说略胜一筹，所以在一篇讨论英译本李义山诗的书评中，评者就曾提出译者把此句解作指结婚喜酒之“石榴酒”有所不妥，不若将之解为指“石榴裙”之“红”而言，更为一般读者所乐于接受。不过如果仔细吟味此一句诗，则“断无消息”四字实在还暗示有“久无消息”的时间之感。石榴裙之红虽可反衬隔绝期待中的寂寞哀伤，可是却并无时间之感。但如果我们把“石榴红”三字看作是指“石榴花”而言，则它便可表现眼前鲜明之意象，又可暗示一种春去夏来的明显的时间流逝之感。而且以石榴花之绽放来表现时间及季节之感，也正是诗人所常用的一种意象。不仅前引孔绍安《咏石榴花》诗的“开花不及春”可以为证，韩愈的“五月榴花照眼明”更是大家所熟知的以榴花表现季节之感的句子，又如义山本人咏回中牡丹诗之二的“浪笑榴花不及春”一句，便也曾以榴花来表现季节之更替。如此看来，则“断无消息石榴红”一句中的“石榴红”之意象，实在当以指石榴花之可能性为最大。此外，也唯有作石榴花之“红”来解释，才可以将“花”字省略而简言“石榴红”，如果是作“石榴酒”或“石榴裙”之红的话，则一般多在诗中点明或暗示“裙”字及“酒”字，而并不只简言“石榴红”。至于石榴花之“红”这一意象所提供之喻示，冯浩虽曾引孔绍安诗之“开花不及春”，以为“可喻京宦”，言外盖谓诗人此句乃慨叹其未能及时得仕。然而这种说法实属臆测，未能避免传统说诗法的拘执比附之病。我们若不如此拘执立说，则此句诗从其意象及其在诗中的位置来看，该只是写一个女子在“断无消息”的期待中，因见石榴红绽，而益深其期待的寂寞之感，同时且不免有一种春光已老年华长逝之哀伤。至于此外是否作者尚有“恐美人之迟暮”的不能及时见用的感慨和喻托，则读者未始不可以有此想，作者也未始不可以有此意，不过就此诗表面写情之基调而论，却不必一定要加以如此拘限的指说。从以上所分析的，我们可以看出，判断诗中意象之何所指虽不可不谨严，但解说却不可以过于拘执，这是说诗人所当注意的。

此外，我愿更举一类例证，那就是对诗中意象所指之实物虽然没有异辞，可是对于其所暗示的喻意则有不同之解说者。例如杜甫《秋兴》八首之七，其中之“织女机丝虚夜月，石鲸鳞甲动秋风”二句，“织女”乃指汉长安昆明池畔织女之石像，“石鲸”则指池中石刻的鲸鱼，二者都是实有之物，一般人对此可以说并无异辞。可是历来说诗者由这两句诗中意象所得的感受和联想，却有极大的不同，因而对这两句诗的喻示和托意也就发生许多极不同的说法。有人以为此一联写昆明池之衰，说“读之则荒烟蔓草之悲见于言外”，杨慎《丹铅总录》即作此说。又有人以为此一联不过是“写池景之壮丽”而已，仇兆鳌《杜诗详注》即作此说，除去这些有无盛衰之感的争辩以外，更有人以为这两句诗另有其他喻托之意。金圣叹《唱经堂杜诗解》即曾经有“织女机丝既虚则杼柚已空，石鲸鳞甲方动则强梁日炽”的说法。还有现代的读者则对此一联另有更新的解说，以为“机杼”和“鳞甲”乃是“井然有序的组织的意象”，而上一句“机丝虚”乃“适足以成为丧失秩序的黑暗时代之象征”，至于“‘石鲸’的巨大与‘鳞甲’的栉次鳞比的意象”则“与我们在一张分州分省的地图上所看到的景象是多么的相像”。从以上的几种说法来看，正所谓“仁者见仁智者见智”，似乎都各有其持之有故的道理在。在这种情形下，我以为如果说诗者承认其所说只是一己读诗的一种感受和联想，则无论其为仁为智，原来都没有任何不可。不过如果说诗者的用心乃是在推求诗人在写作这首诗的原意，则我们便不能不在这些分歧的说法中略作辨别。

先就有无盛衰之感来看，如果从杜甫在这两句诗中所用的字的字面意象来看，则“织女机丝”“石鲸鳞甲”原为昆明池畔之景物，可因之而想见当年昆明池之雄伟壮丽，如是，则当有“盛”的感觉。可是下面的“虚夜月”“动秋风”等字面却又写得极其衰飒，于是当然也有“衰”的感觉。主张此一联只是写“盛”或写“衰”的人，不论就全诗主旨或仅就此二句之表现言，可以说都只看到了诗人感觉的一部分而已。就整体来看，则杜甫这一联实在乃是在铺叙盛世中表露了荒凉之感的双管齐下之笔，所以盛衰之争实在是不必要的。至于说到有无托喻之意，则为谨慎计，说诗人虽可以自此联上一句的“虚夜月”及下一句的“动秋风”等字面，直接感受到一种“落空无成”及“动荡不安”的感觉，但对其究竟何指，却实在不必做过于拘狭的解说。如果一定要加以解说，则当就诗人杜甫本身在写此一诗时所可能发生的联想来推想，而不可仅凭一己之感觉遽加臆测。我们若以此一标准来衡量，则金圣叹之说似乎较为可信。因为“小东大东，杼柚其空”，乃是《诗经·小雅·大东》的诗句，而在《大东》一诗中更有着“跂彼织女，终日七襄”，“虽则七襄，不成报章”的句子。“杼柚”正是指纵横操作的织机，而“不成报章”则是说织女虽终日纺织，却织不成一匹布帛。在《诗经》中，此诗原意乃是喻说当时东方诸侯国人民的空乏贫困，引申之也可指政府之困乏无能，行政之一事无成。所以金圣叹的“织女机丝既虚则杼柚已空”的解说实在乃是颇为可信的既切当且有深意的说法。至于金圣叹以“石鲸”指“强梁”则是因中国古代传统中，“鲸鲵”之称是一向专指叛逆不义的人的称谓和比喻，如《左传》宣公十二年所载“古者，明王伐不敬，取其鲸鲵而封之，以为大戮”，杜预《集解》即曾注云：“鲸鲵，大鱼名，以喻不义之人”，可为明证。金圣叹说杜诗此句虽未引此出处，但这些经书，古代的读书人对之乃是极为熟悉的，而旧传统的说诗的依据，也便全在于读者与作者间这种由相同的阅读背景，相同的联想习惯，所引发的一种共鸣，所谓“相视一笑，莫逆于心”，其相通的一点灵犀便正在于这种微妙的感应。不过中国旧传统的说诗人，却并未能对此种因阅读背景相同而引起的灵犀暗通之际的了悟与联想，善加掌握和运用，而却喜欢就一点喻示便转而做刻舟求剑式的实指。即如金圣叹之说，他的联想的依据，就杜甫之阅读背景及心理背景，还有中国旧诗用字之习惯而言，原是颇有可取之处的。然而他却不肯停止于仅提出其联想，以之表现这两句诗的意象所含的可能性喻示，而更进一步据其联想加以比附实指，于是金圣叹对此二句诗遂又断言云：

> 今日西北或可支吾，万一东南江湖之间，变起不测，则天下事不可为矣。故先生豫设此一着，以讽执政。言若不早为之图……可奈何？

这一段话完全是逸出诗的原意的附会之说。如此说诗，自然乃是由于传统说诗之观念过于拘狭迂腐，遂至未能善加运用诗人与说诗人间所共具的联想的原故。这一点是我们应特别加以注意的。

现代的说诗人虽然免去了古人的比附事实之病，然而却又因阅读的背景与联想的习惯都已与古人迥然不同，往往从一开始，其联想的方向和性质便已与古代诗人相去极远，何况有时现代说诗人又会陷入一些西方理论与学说的窠臼之中，而形成一种新的比附之说。即如有人解释王融之“自君之出矣”一首乐府诗的“思君如明烛”一句，便曾提出说：在西洋文学中蜡烛是“常用的男性象征”，又说：“中国古典文学虽然无男性象征之类的说法，但李商隐的《无题》这类诗里，蜡烛与性的关系颇为明显：‘春蚕到死丝方尽，蜡炬成灰泪始干’，所以我们有理由在此把蜡烛看成男性象征”。这种说法，实在不免有以西洋文学来相比附之嫌。在中国古典文学的传统中，蜡烛所具有的象征意义，大约不外有下列几种可能：

第一，可以为光明皎洁之心意的象征。如陈后主《自君之出矣》一诗中的“思君如昼烛，怀心不见明”，及李商隐《昨夜》一诗中的“但惜流尘暗烛房”，便都是以蜡烛为光明皎洁之心意的象征而慨叹其不为人所认知。

第二，可以为悲泣流泪之象征，如陈后主另一首《自君之出矣》诗中的“思君如夜烛。垂泪着鸡鸣”，杜牧《赠别》诗之“蜡烛有心还惜别，替人垂泪到天明”，即是这类的例子。

第三，可以为中心煎熬痛苦之象征，如贾冯吉《自君之出矣》一诗中的“思君如明烛，煎心且衔泪”，陈叔达同题诗中之“思君如夜烛，煎泪几千行”，便是以蜡烛为兼有中心煎熬及流泪的象征。

以上三种乃是蜡烛在中国古典诗中所常见的象征之意。至于李商隐《无题》诗之“春蚕到死丝方尽，蜡炬成灰泪始干”，从上下二句的承应来看，它所写的实在乃是一种与生命相始终之情爱与悲哀。上一句春蚕之丝到死方尽，乃是写一种缠绵深密之情意的千回百转难尽难销，后一句蜡炬之泪成灰始干，则是写一种煎熬悲泣之痛苦的与生俱存必至成灰始已。从这两句诗及上面举的例子中，我们实在看不出它们有什么“男性象征”的意思。像这种情况，若率而以西方文学的现象来解释中国古典诗歌，似乎就不免有过于牵强之病。所以说诗人对诗中意象的解说，虽然一方面应当破除古人说诗的拘执迂腐的流弊，可是另一方面对古人阅读之背景及联想的习惯，却也应当具有相当的认识，这样才不会以自己的猜想来对诗歌任意加以解说，也才不致以新的比附之说来取代旧的比附之说。这种可能及倾向或许是我们目前最应谨慎避免的。

至于在传统文学批评中，由于对诗中的意象有不同的联想，因而引起的比兴寄托之说，则我另有《常州词派比兴寄托之说的新检讨》一文，对这问题已做过分析和说明，此处不拟再重复了。

（选自《中国古典诗歌评论集》，广东人民出版社1982年版）

【说明】

《关于评说中国旧诗的几个问题——为台湾的说诗人而作》一文，是叶嘉莹教授总结自己古诗词赏析研究经验的名文。全文分三部分：第一部分，回顾中国旧诗的评说传统，认为中国古典诗学的评说原则，可分为受儒家思想影响而形成的“托意言志”说和受道家思想影响而形成的“直观神悟”说，并进而阐述了各自在古典诗歌评说中的长处和缺陷；第二部分，探讨了古典诗歌的文本分析中应注意的几个问题；第三部分，提出了如何培养古典诗歌鉴赏力的问题，重申了“熟读吟诵”“入门须正”及“参证诗话词话”的重要性。

这里选取的是全文的第二部分，也是全文的主体部分。文学是语言的艺术，诗则是语言的精粹。钱锺书说：“诗者，艺之取资于文字者也。文字有声，诗得之为调为律；文字有义，诗得之以侔色揣称者，为象为藻，以写心宣志者，为意为情。及夫调有弦外之遗音，语有言表之余味，则神韵盎然出焉。”（《谈艺录》）在这里，叶嘉莹从诗歌语言的艺术特点出发，深入阐述了古典诗歌分析中应注意的四个重要问题：一、诗之句法及字意问题；二、诗之情意结构问题；三、诗中之用字与用典问题；四、诗之多义阐释之原因。在论述诗歌分析的四大原则时，既有具体例证的精细分析，又有同西方分析方法的相互比较；前者具有说诗的示范性，后者有助于拓宽理论视野。

作者叶嘉莹，1924年生，号迦陵，加拿大华裔学者，专治中国古典诗歌和诗学，1990年被授予加拿大皇家学会院士，现为南开大学中华古典文化研究所所长。迦陵说诗，灵心妙悟，文笔细腻，中西照明，见解精深，蜚声海内外。1980年以来，在中国大陆出版的主要著作有《迦陵论词丛稿》《迦陵论诗丛稿》《中国古典诗歌评论集》《杜甫秋兴八首集说》《王国维及其文学批评》《顾随诗词讲记》以及《迦陵文集》（十册）等等，均值得治古典诗歌者研读。（陈文忠）

【文献链接】

1.周振甫：《诗词例话》，江苏教育出版社2006年版。这是一部古典诗学的普及性著作，也是一部诗话词话的集萃之作。作者从浩如烟海的诗话词话中选取最有理论价值的片段，分为五大部分，依次是“欣赏与阅读”“写作”“修辞”“风格”和“文艺论”；每一部分又分为若干题，如“欣赏与阅读”有“诗家语”“完整和精粹”“逼真和如画”等14题。每一题，先摘取一则诗话或词话，然后对其所包含的理论和论及的诗词作诠释分析。细读全书，对提高诗学修养和诗词鉴赏力大有帮助。

2.臧克家等著：《诗文鉴赏方法二十讲》，中华书局2002年版。这是一册论文集，收集了包括臧克家、周振甫等在内的20位著名诗人学者撰写的20篇“诗文鉴赏方法”文章。20篇文章，一题一议，短小精悍，说理明白透彻，析例具体细致，文笔舒展优美，既可学习古诗文鉴赏方法，更能提高古诗文鉴赏水平。

3.叶嘉莹：《迦陵论词丛稿》，上海古籍出版社1980年版。这是作者在国内出版的第一本词学著作，也是其最见学术功力的词学论著。全书共收论文10篇加一篇“后叙”。论文可分两大部分，前5篇是词评，对唐五代两宋7位词人的风格特色和艺术得失作了精辟分析；后五篇是词论，对常州词派的“比兴寄托”之说和王国维《人间词话》的“境界”说等理论问题作了深入阐释；长篇后叙不可忽视，作者对自己的“兴发感动”的词评观作了系统论述。

4. 叶嘉莹：《迦陵论诗丛稿》，中华书局1984年版。这是《迦陵论词丛稿》的姊妹篇，共收论文14篇加一篇“后叙”。论文分两部分，诗评10篇，主要论析《古诗十九首》以及陶渊明、李白、杜甫、李商隐等诗人的经典诗篇；诗论4篇，分别对中国诗体、钟嵘《诗品》、王国维《人间词话》以及“赋比兴”等问题和论著作了探讨。“后叙”《谈多年来评说古典诗歌之体验及感性与知性之结合》一文，有助于深入理解作者的诗评观念和诗评方法。

5. 葛兆光：《汉字的魔方：中国古典诗歌语言学札记》，复旦大学出版社2008年版。这本书的写作和书名，基于一个明白无误而又为人忽视的事实，即“汉诗是汉字写成的”。作者说：“这是重新理解古典诗歌尤其是特别凸显着中国诗特色的近体诗的关键，恰恰也是人们很容易因为它是‘废话’而‘闲置’的前提，因此，它成了我写这本小书的思路起点，也是我命名这部书叫《汉字的魔方》的原因。”全书共八章，深入研究了汉语诗歌独特的“意脉”“诗律”“典故”“虚字”“对偶”以“文言与白话”等问题，是一部深入诠释汉语诗歌独特魅力不可多得的著作。

有什么好?

——读奥斯丁的《傲慢与偏见》

杨 绛

议论一部作品“有什么好”，可以有不同的解释：或是认真探索这部作品有什么好，或相当干脆的否定，就是说，没什么好。两个说法都是要追问好在哪里。这里要讲的是英国十九世纪初期的一部小说《傲慢与偏见》。女作者珍妮·奥斯丁是西洋小说史上不容忽视的大家，近年来越发受到重视[①]。爱好她的读者，要研究她的作品有什么好，不能欣赏她的人，也常要追问她的作品有什么好[②]。《傲慢与偏见》在我国知道的人比较多，没读过原文的读过译本，没读过译本的看过由小说改编的电影，至少知道个故事。本文就是要借一部国内读者比较熟悉的西洋小说，探索些方法，试图品尝或鉴定一部小说有什么好。

小说里总要讲个故事，即使是没头没尾或无条无理的故事。故事总是作者编的。怎样编造——例如选什么题材，从什么角度写，着重写什么，表达什么思想感情，怎么处理题材，就是说，怎样布局，怎样塑造人物等等，都只能从整部小说里去领会，光从一个故事里捉摸不出。这个故事又是用文字表达的。表达的技巧也只看文字本身，不能从故事里寻求。要充分了解一部小说，得从上述各方面一一加以分析。

---

① 恰普曼（R. W. Chapman）《珍妮·奥斯丁：事迹与问题》(Jane Austen: Facts and Problems)(1948) 211页；

沃特（I. Watt）辑《评论珍妮·奥斯丁文选》(Jane Austen: A Collection of Critical Essays)(1963)引言13页；

埽丹（B. C . Southam）辑《评论珍妮·奥斯丁文选》(Critical Essays on Jane Austen? （1968）引言XI-XII页。

② 小说家康拉德（J. Conrad）就曾诧怪珍妮·奥斯丁“有什么好?”(What is there in her?)——参看埽丹《评论珍妮·奥斯丁文选》引言XIII页。

一

小说里往往有个故事。某人何时何地遭逢（或没遭逢）什么事，干了（或没干）什么事——人物、背景、情节组成故事。故事是一部小说的骨架或最起码的基本成份，也是一切小说所共有的“最大公约数”[①]。如果故事的情节引人，角色动人，就能抓住读者的兴趣，捉搦着他们的心，使他们放不下，撇不开，急要知道事情如何发展，人物如何下场。很多人读小说不过是读一个故事——或者，只读到一个故事。

《傲慢与偏见》的故事，讲十八世纪末、十九世纪初英国某乡镇上某乡绅家几个女儿的恋爱和结婚。主要讲二女儿伊丽莎白因少年绅士达西的傲慢，对他抱有很深的偏见，后来怎样又消释了偏见，和达西相爱，成为眷属。

这个故事平淡无奇，没有令人回肠荡气、惊心摄魄的场面。情节无非家常琐碎，如邻居间的来往、茶叙、宴会、舞会，或驾车游览名胜，或到伦敦小住，或探亲访友等等，都是乡镇上有闲阶级的日常生活。人物没有令人崇拜的英雄或模范，都是日常所见的人，有的高明些、文雅些，有的愚蠢些、鄙俗些，无非有闲阶级的先生、夫人、小姐之流。有个非洲小伙子读了这本书自己思忖：“这些英国的夫人小姐，和我有什么相干呢？”[②]我们也不禁要问，十九世纪外国资产阶级的爱情小说，在我们今天，能有什么价值呢？

可是我们不能单凭小说里的故事来评定这部小说。

二

故事不过是小说里可以撮述的主要情节。故事不讲作者的心思。但作者不可能纯客观地反映现实，也不可能在作品里完全隐蔽自己[③]。他的心思会像弦外之音，随处在作品里透露出来。

写什么样的故事，选什么样的题材。《傲慢与偏见》是一部写实性的小说（novels），而不是传奇性的小说（romance）。这两种是不同的类型。写实性的小说继承书信、日记、传记、历史等真实记载，重在写实。传奇性的小说继

① 佛斯特（E. M. Forster）《小说的面面观》（Aspects of the Novel）（1927）130，47，48页。
② 沃特生（G. Watson）《小说的故事》（The Story of the Novel）（1979）11页。
③ 步斯（W. C. Booth）《小说的修辞学》（The Rhetoric of Fiction）（1961）19-20页。

承史诗和中世纪的传奇故事，写的是令人惊奇的事。世事无奇不有，只要讲来合情合理，不必日常惯见。司各特（W.Scott）写的是传奇性的小说，奥斯丁写的是写实性的小说[①]。奥斯丁自己说不能写传奇性的小说，除非性命交关，万不得已；只怕写不完一章就要失声而笑[②]。为什么呢？她在另一部小说《诺桑觉寺》里故意摹仿恐怖性浪漫故事（gothic romance）的情调打趣取笑。我们由此可以看出，她笑那种令人惊奇的故事脱不了老一套，人物也不免夸张失实。她在家信里说，小说里那种十全十美的女主角看了恶心，使他忍不住要调皮捣蛋。她指导侄女写作的信上一再强调人物要写得自然，要避免想象失真，造成假象。她喜欢把故事背景放在有三四家大户的乡镇上。奥斯丁并不是一个闭塞的老姑娘。她读书看报，熟悉当代有名的作品，来往的亲戚很多，和见世面的人物也有交接，对世界大事和城市生活并非毫无所知[③]。可是她一部又一部的小说，差不多都取材于有三四家大户的乡镇上。看来她和《傲慢与偏见》里伊丽莎白的见解相同。乡镇上的人和大城市的人一样可供观察研究；不论单纯的、或深有城府的，都是有趣的题材，尤其是后者。尽管地方小，人不多，各人的面貌却变化繁多，观察不到的方面会层出不穷。奥斯丁显然是故意选择平凡的题材，创造写实的小说。

三

通常把《傲慢与偏见》称为爱情小说。其实，小说里着重写的是青年男女选择配偶和结婚成家。从奥斯丁的小说里可以看出她从来不脱离结婚写恋爱。男人没有具备结婚的条件、或没有结婚的诚意而和女人恋爱，那是不负责任，或玩弄女人。女人没看到男方有求婚的诚意就流露自己的爱情，那是有失检点、甚至有失身份；尽管私心爱上了人，也得深自敛抑。恋爱是为结婚，结婚是成家，得考虑双方的社会地位和经济基础。门户不相当还可以通融，经济基础却不容忽视。因为乡绅家的子女不能自食其力，可干的职业也

---

① 威雷克与沃仑合著（R. wellek and A. Warren）《文学理论》（Theory of Literature）（1976）226页；克登（J. A. Cuddon）《文学辞典》（A Dictionary of Literary terms）（1979） 434页引康格里夫（William Congreve）语。

② 恰普曼（R. W. Chapman） 搜辑《珍妮·奥斯丁书信集》第二版（1952）（以下简称《奥斯丁书信集》）452–453页。

③《珍妮·奥斯丁：事迹与问题》，115—116页；谭纳（Tony Tanner）《珍妮·奥斯丁和“娴静的小姑娘”》（Jane Austen and “The Quiet Thing”）——参看埽丹《评论珍妮·奥斯丁文选》139页。

很有限。长子继承家产，其他的儿子当教士，当军官，当律师，地位就比长子低；如果经商，就在本阶级内部又下落一个阶层。老姑娘自己没有财产，就得寄人篱下；如果当女教师，就跌落到本阶级的边缘上或边缘以外去了[①]。一门好亲事，不但解决个人的终身问题，还可以携带一家子沾光靠福。为了亲事，家家都挣扎着向上攀附，惟恐下落。这是生存竞争的一个重要关头，男女本人和两家老少都全力以赴，虽然只有三四家大户的乡镇上，矛盾也够复杂，争夺也够激烈，表现的世态人情也煞是好看。《傲慢与偏见》就是从恋爱结婚的角度，描写这种世态人情。

奥斯丁认为没有爱情的婚姻是难以忍受的苦恼[②]。她小说里的许多怨偶，都是结婚前不相知而造成的。结婚不能不考虑对方的人品，包括外表的相貌、举止、言谈，内在的才德品性。外表虽然显而易见，也需要对方有眼光，才能由外表鉴别人品高下。至于才德品性，就得看他为人行事。这又得从多方面来判定，偶然一件事不足为凭，还得从日常生活里看日常的行为。知人不易，自知也不易，在激烈的生存竞争中，人与人之间的误解和纠纷就更难免。《傲慢与偏见》写女主角的偏见怎样造成，怎样消释，是从人物的浮面逐步深入内心，捉摸他们的品性、修养和心理上的种种状态。可以说，奥斯丁所写的小说，都是从恋爱结婚的角度，写世态人情，写表现为世态人情的人物内心。

四

《傲慢与偏见》开章第一句："家产富裕的单身汉，准想娶个妻子，这是大家公认的必然之理"。接下说："这点道理深入人心。地方上一旦来了这么个人，邻近人家满不理会他本人的意愿，就把他看作自己某一个女儿应得的夫婿了。"[③]奥斯丁冷眼看世情，点出这么两句，接着就引出一大群可笑的人物，一连串可笑的情节。评论家往往把奥斯丁的小说比作描绘世态人情的喜剧（comedy of manners），因为都是喜剧性的小说。

喜剧虽然据亚里斯多德看来只供娱乐，柏拉图却以为可供照鉴，有教育意义。这和西塞罗所谓"喜剧应该是人生的镜子……"见解相同，西班牙的

---

① 《奥斯丁书信集》483页谈到老姑娘的穷困；《艾玛》（Emma）——《珍妮·奥斯丁全集》946页谈到女教师的地位。

② 《奥斯丁书信集》410，418页。

③ 这是我自己的翻译：下面引文同。

塞万提斯、英国的莎士比亚都曾引用；斐尔丁在他自称“喜剧性的小说”里也用来阐说他这类小说的功用[①]。这些话已经是论喜剧的常谈。所谓“镜子”，无非指反映人生。一般认为镜子照出丑人丑事，可充针砭，可当鞭挞，都有警戒的作用。

可是《傲慢与偏见》警戒什么呢？对愚蠢的柯林斯牧师、贝奈特太太、凯塞林夫人等人，挖苦几句，讽刺几下，甚至鞭挞几顿，能拔除愚蠢的钝根吗？奥斯丁好像并没有这个企图。她挖苦的不是牧师、或乡绅太太、或贵夫人，不是人为的制度或陋习恶俗造成的荒谬，而是这样的几个笨人。她也不是只抓出几个笨蛋来示众取笑，聪明人并没有逃过她的讥诮。伊丽莎白那么七窍玲珑的姑娘，到故事末尾才自愧没有自知之明。达西那么性气高傲的人，惟恐招人笑话，一言一动力求恰当如分，可是他也是在故事末尾才觉悟到自己行为不当。奥斯丁对她所挖苦取笑的人物没有恨，没有怒，也不是鄙夷不屑。她设身处地，对他们充分了解，完全体谅。她的笑不是针砭，不是鞭挞，也不是含泪同情，而是乖觉的领悟，有时竟是和读者相视目逆，会心微笑。试举例说明。

第十一章，伊丽莎白挖苦达西，说他是取笑不得的。达西辩解说：一个人如果一味追求笑话，那么，就连最明智、最好的人——就连他们最明智、最好的行为，也可以说成笑话。

伊丽莎白说：“当然有人那样，我希望自己不是那种人。我相信，明智的、好的，我从不取笑；愚蠢、荒谬、任性、不合理的，老实说，我觉得真逗乐，只要当时的场合容许我笑，我看到就笑了。不过，那类的事，大概正是你所没有的。”

“谁都难保吧。不过我生平刻意小心，不要犯那一类的毛病，贻笑大方。”

“譬如虚荣和骄傲。”

“对啊，虚荣确是个毛病；骄傲呢，一个真正高明的人自己会有分寸。”

伊丽莎白别过脸去暗笑。[②]

伊丽莎白当面挖苦了达西，当场捉出他的骄傲、虚荣，当场就笑了。可是细心的读者会看到，作者正也在暗笑。伊丽莎白对达西抱有偏见，不正是因为达西挫损了她的虚荣心吗?她挖苦了达西洋洋自得，不也正是表现了骄傲不自知吗？读者领会到作者的笑而笑，正是梅瑞狄斯（George Mereodith）所

---

① 拙作《春泥集》87页。

②《珍妮·奥斯丁全集》264—265页。

谓“从头脑里出来的、理智的笑”[①]。

笑，包含严肃不笑的另一面。刘易斯（C. S. Lewis）在他《略谈珍妮·奥斯丁》一文里指出，坚持原则而严肃认真，是奥斯丁艺术的精髓[②]。心里梗着一个美好、合理的标准，一看见丑陋，不合理的事，对比之下会忍不住失笑。心里没有那么个准则，就不能一眼看到美与丑、合理与不合理的对比。奥斯丁常常在笑的背面，写出不笑的另一面。例如《傲慢与偏见》里那位笨伯柯林斯向伊丽莎白求婚是个大笑话；他遭到拒绝，掉头又向伊丽莎白的好友夏洛特求婚而蒙允诺，又是个大笑话。贝奈特太太满以为阔少爷宾雷已经看中自己的长女吉英，得意忘形，到处吹牛，不料宾雷一去音信杳然。这又是个笑话。伊丽莎白想不到她的好友夏洛特竟愿嫁给柯林斯那么一个奴才气十足的笨蛋，对她大失所望。她听了达西一位表亲的一句话，断定宾雷是听信了达西的话，嫌她家穷，所以打消了向她姐姐吉英求婚的原意。为这两件事，她和吉英谈心的时候气愤地说：“我真心喜爱的人不多，看重的更少；经历愈多，对这个世界愈加不满了。人的性格是没准的，外表看来品性不错，颇有头脑，也不大可靠；我向来这么想，现在越发觉得不错了。”吉英劝她别那么牢骚，毁了自己愉快的心情；各人处境不同，性情也不同；夏洛特家姊妹多，她是个慎重的人，论财产，这门亲事是不错的，说不定她对柯林斯也多少有点儿器重。伊丽莎白认为不可能，除非夏洛特是个糊涂虫。她不信自私就是慎重，盲目走上危途就是幸福有了保障。她不能放弃了原则和正义来维护一个朋友。吉英怪妹妹说话偏激，又为宾雷辩护，说他不是负心，活力充沛的青年人免不了行为不检；女人出于虚荣，看到人家对自己倾倒就以为他有意了。伊丽莎白说，男人应当检点，不能随便对女人倾倒。尽管宾雷不是存心不良，尽管他不是蓄意干坏事或叫人难堪，也会做错事情，对不起人。没头脑，不理会别人的心情，又拿不定主意，就干下了坏事。[③]

姊妹俩各有见地，据下文来看，妹妹的原则不错，姐姐的宽容也是对的。从这类严肃认真的文字里，可以看出奥斯丁那副明辨是非、通达人情的头脑（common sense）。她爱读约翰生（Ssmuel Johnson）博士的作品，对他钦佩之至，称为“我的可爱的约翰生博士”。她深受约翰生的影响，承袭了他面对实

---

① 《论喜剧》（An Essay on Comedy）（1919）88页。

② 沃特辑《评论珍妮·奥斯丁文选》33页。

③ 《珍妮·奥斯丁全集》312—313页。

际的智慧（practical wisdom）[①]，评论者把她称为约翰生博士精神上的女儿[②]。奥斯丁对她所处的世界没有幻想，可是她宁愿面对实际，不喜欢小说里美化现实的假象[③]。她生性开朗，富有幽默，看到世人的愚谬、世事的参差，不是感慨悲愤而哭，却是了解、容忍而笑。沃尔波尔（Horace Walpole）有一句常被称引的名言："这个世界，凭理智来领会，是个喜剧；凭感情来领会，是个悲剧。"奥斯丁是凭理智来领会，把这个世界看作喜剧。

这样来领会世界，并不是把不顺眼、不如意的事一笑置之。笑不是调和；笑是不调和。内心那个是非善恶的标准坚定不移，不肯权宜应变，受到外界现实的冲撞或磨擦，就会发出闪电一样的笑。奥斯丁不正面教训人，只用她智慧的聚光灯照出世间可笑的人、可笑的事，让聪明的读者自己去探索怎样才不可笑，怎样才是好的和明智的。梅瑞狄斯认为喜剧的笑该启人深思。奥斯丁激发的笑就是启人深思的笑。

五

《傲慢与偏见》也像戏剧那样，有一个严密的布局。小说里没有不必要的人物（无关紧要的人物是不可少的陪衬，在这个意义上也是必要的），没有不必要的情节。事情一环紧扣一环，都因果相关。读者不仅急要知道后事如何，还不免追想前事，探究原因，从而猜测后事。小说有布局，就精练圆整，不致散漫芜杂。可是现实的人生并没有什么布局。小说有布局，就限制了人物的自由行动、事情的自然发展。作者在自己世界观的指导下，不免凭主观布置定局。把人物纳入一定的运途；即使看似合情合理，总不免显出人为的痕迹——作者在冒充创造世界的上帝。

可是《傲慢与偏见》的布局非常自然。读者不觉得那一连串因果相关的情节正在创造一个预定的结局，只看到人物的自然行动。作者当然插手安排了定局，不过安排得轻巧，不着痕迹。比如故事里那位笨伯牧师柯林斯不仅是个可笑的人物，还是布局里的关键。他的恩主是达西的姨母凯塞林夫人，

---

① 赖赛尔斯（Mary Lascelles）《珍妮·奥斯丁和她的艺术》（Jane Austen and her Art）（1939）7，43页。关于约翰生的实际智慧，贝特（W.J.Bate）的巨著《撒缪尔·约翰生》（Samuel Johnson）（1978）年18章296—314页有详明的阐述。

② 刘易斯《略谈珍妮·奥斯丁》——沃特辑《评论珍妮·奥斯丁文选》34页。

③ 赖赛尔斯《珍妮·奥斯丁和她的艺术》70，143页。

他娶的是伊丽莎白的好友夏洛特。伊丽莎白访友重逢达西就很自然。布局里另一个关键人物是伊丽莎白的舅母，她未嫁时曾在达西家庄园邻近的镇上居住。她重游旧地，把伊丽莎白带进达西家的庄园观光，也是很自然的事。这些人事关系，好像都不由作者安排而自然存在。一般布局的转折往往是发现了隐藏已久的秘密；这里只发现了一点误会，也使故事显得自然，不见人为的摆布安排。奥斯丁所有的几部小说——包括她生前未发表的早年作品《苏珊夫人》（Lady Susan）都有布局，布局都不露作者筹划的痕迹。是否因为小乡镇上的家常事容易安排呢？这很耐人寻味。

奥斯丁也像侦探小说的作者那样，把故事限于地区不大、人数不多的范围以内。每个人的一言一行和内心的任何波动，都筹划妥贴，细事末节都不是偶然的。奥斯丁指导她侄女写作，要求每一事都有交代，显然是她自己的创作方法。这就把整个故事提炼得精警生动，事事都有意义。小小的表情，偶然的言谈，都加深对人物的认识，对事情的了解。精研奥斯丁的恰普曼（R.W.Chapman）说，奥斯丁的《艾玛》（Emma）也可说是一部侦探小说。其实奥斯丁的小说里，侦探或推理的成份都很重。例如《傲慢与偏见》里达西碰见了他家账房的儿子韦翰，达西涨得满面通红，韦翰却面如死灰。为什么呢？宾雷为什么忽然一去不返呢？韦翰和莉蒂亚私奔，已经把女孩子骗上手，怎么倒又肯和她结婚呢？伊丽莎白和吉英经常像福尔摩斯和华生那样，一起捉摸这人那人的用心，这事那事的底里。因为社交活动里，谁也不肯“轻抛一片心”，都只说“三分话”；三分话保不定是吹牛或故弄玄虚，要知道真情和真心，就靠摸索推测——摸索推测的是人心，追寻的不是杀人的凶犯而是可以终身相爱的伴侣。故事虽然平淡，每个细节都令人关切。

奥斯丁只说她喜欢把故事的背景放在有三四家大户的乡镇上，却没有说出理由。可是我们可以从作品里，看到背景放在乡镇上所收的效果。

六

奥斯丁的侄儿一次丢失了一份小说稿。奥斯丁开玩笑说：反正她没有偷，她工笔细描的象牙片只二寸宽，她侄儿大笔一挥的文字在小象牙片上不合用[①]。有些评论家常爱称引这句话，说奥斯丁的人物刻画入微，但画面只二寸

①《珍妮·奥斯丁全集》468—469页。

宽。其实奥斯丁写的人物和平常人一般大小，并不是小象牙片上的微型人物。《红楼梦》里的大观园并不比奥斯丁笔下的乡镇大，我们却从不因为大观园面积不大而嫌背景狭窄。奥斯丁那句话不过强调自己的工笔细描罢了，评论家很不必死在句下，把她的乡镇缩成二寸宽。

奥斯丁写人物确是精雕细琢，面面玲珑。创造人物大概是她最感兴趣而最拿手的本领。她全部作品（包括未完成的片段）写的都是平常人，而个个特殊，没一个重复，极不重要的人也别致得独一无二，显然都是她的创造而不是临摹真人；据说她小说里的地名无一不真，而人物却都是虚构的①。一个人的经历究竟有限，真人真事只供一次临摹，二次就重复了。可是如果把真人真事充当素材，用某甲的头皮、某乙的脚跟皮来拼凑人物，就取之无尽、用之不竭，好比万花筒里的几颗玻璃屑，可以幻出无穷的新图案。小说读者喜欢把书中人物和作者混同。作者创造人物，当然会把自己的精神面貌赋与精神儿女。可是任何一个儿女都不能代表父母。《傲慢与偏见》里的伊丽莎白和作者有相似的地方，有相同的见解；吉英也和作者有相似的地方和相同的见解。作者其他几部小说里的角色，也代表她的其他方面。

她对自己创造的人物个个设身处地，亲切了解，比那些人物自己知道得还深、还透。例如《傲慢与偏见》第59章，吉英问伊丽莎白什么时候开始爱上达西。伊丽莎白自己也说不上来。可是细心的读者却看得很明白，因为作者把她的情绪怎样逐渐改变，一步步都写出来了。伊丽莎白嫌达西目中无人。她听信韦翰一面之辞，认为达西亏待了他父亲嘱他照顾的韦翰。她又断定达西破坏了她姐姐的婚姻。达西情不自禁向她求婚，一场求婚竟成了一场吵架。这是转折点。达西写信自白，伊丽莎白反复细读了那封信，误解消释，也看到自己家确也有叫人瞧不起的地方。这使她愧怍。想到达西情不自禁的求婚，对他又有点儿知己之感。这件不愉快的事她不愿再多想。后来她到达西家庄园观光，听到佣仆对达西的称赞，不免自愧没有知人之明，也抱歉错怪了达西。她痴看达西的画像，心上已有爱慕的意思。达西不记旧嫌，还对她殷勤接待，她由感激而惭愧而后悔。莉蒂亚私奔后，她觉得无望再得到达西的眷顾而暗暗伤心，这就证实了自己对达西的爱情。

---

① 赖赛尔斯《珍妮·奥斯丁和她的艺术》128页。

奥斯丁经常为她想象的人物添补细节。例如吉英穿什么衣裳，爱什么颜色，她的三妹四妹嫁了什么人等等，小说里虽然没有写，奥斯丁却和家里人讲过，就是说，她都仔细想过。研究小说的人常说，奥斯丁的人物是圆的立体，不是扁的平面；即使初次只出现一个平面，以后也会发展为立体[①]。为什么呢？大概因为人物在作者的头脑里已经是面面俱全的立体人物，读者虽然只见到一面，再有机缘相见，就会看到其他方面。这些立体的人物能表现很复杂的内心。有的评论家说，奥斯丁写道德比较深入，写心理只浮光掠影[②]；有的却说她写心理非常细腻，可充亨利·詹姆斯（Henry James）和普鲁斯特（Marcel Proust）的先驱[③]。这两个说法应该合起来看。奥斯丁写人物只写浮面，但浮面表达内心——很复杂的内心，而表达得非常细腻。她写出来的人，不是一般人，而是“那一个”。

按照西洋传统理论，喜剧不写个人；因为喜剧讽刺一般人所共有的弱点、缺点，不打击个别的人。英国十七世纪喜剧里的人物都是概念化的，如多疑的丈夫，吃醋的老婆，一钱如命的吝啬鬼，吹牛撒谎的懦夫等。十七世纪法国大戏剧家莫里哀剧本里的人物，如达居夫（Tartuffe）和阿尔赛斯特（Alceste），都还带些概念化。

戏剧里可以有概念化的角色，因为演员是有血有肉的人，概念依凭演员而得到了人身。小说里却不行。公式概念不能变成具体的人。人所共有的弱点如懦怯、懒惰、愚昧、自私等等，只是抽象的名词，表现在具体人物身上就各有不同，在穷人身上是一个样儿，在富人身上又是一个样儿；同是在穷人身上，表现也各各不同。所以抽象的概念不能代表任何人，而概念却从具体人物身上概括出来。人物愈具体，愈特殊，愈有典型性，愈可以从他身上概括出他和别人共有的根性。上文说起一个非洲小伙子读了《傲慢与偏见》觉得书里的人物和他毫不相干。可是他接着就发现他住的小镇上，有个女人和书里的凯塞林夫人一模一样。我们中国也有那种女人，也有小说里描写的各种男女老少。奥斯丁不是临摹真人，而是创造典型性的平常人物。她取笑的不是个别的真人，而是很多人共有的弱点、缺点。她刻画世态人情，从一般人身上发掘他们共有的根性；虽然故事的背景放在小小的乡镇上，它所包含的天地却很广阔。

---

① 出自佛斯特《小说的面面观》113页。

② 步斯《小说的修辞学》163页。

③ 沃尔芙（Viegimia Woolf）《珍妮·奥斯丁》——沃特辑《评论珍妮·奥斯丁文选》24页。

七

以上种种讲究，如果仅仅分析一个故事是捉摸不到的。可是作者用文字表达的技巧，更在故事之外，只能从文字里追求。

小说家尽管自称故事真实，读者终归知道是作者编造的。作者如要吸引读者，首先得叫读者暂时不计较故事只是虚构，而姑妄听之（That willing suspension of disbelief）[①]，要使读者姑妄听之，得一下子摄住他们的兴趣。这当然和故事的布局分割不开，可是小说依靠文字为媒介，表达的技巧起重要作用。《红楼梦》里宝玉对黛玉讲耗子精的故事，开口正言厉色，郑重其事，就是要哄黛玉姑妄听之。《傲慢与偏见》开卷短短几段对话，一下子把读者带进虚构的世界，这就捉住读者，叫他们姑妄听之。有一位评选家认为《傲慢与偏见》的第一章可算是英国小说里最短、最俏皮、技巧也最圆熟的第一章[②]。

但姑妄听之只是暂时的，要读者继续读下去，一方面不能使读者厌倦，一方面还得循循善诱。奥斯丁虽然自称工笔细描，却从不烦絮惹厌。她不细写背景，不用抽象的形容词描摹外貌或内心，也不挖出人心摆在手术台上细细解剖。她只用对话和情节来描绘人物。生动的对话、有趣的情节是奥斯丁表达人物性格的一笔笔工致的描绘。

奥斯丁创造的人物在头脑里孕育已久，生出来就是成熟的活人。他们一开口就能使读者如闻其声，如见其人，并且看透他们的用心，因为他们的话是“心声”，便是废话也表达出个性来。用对话写出人物，奥斯丁是大师。评论家把她和莎士比亚并称[③]，就因为她能用对话写出丰富而复杂的内心。奥斯丁不让她的人物像戏台上或小说里的角色，她避免滥套，力求人物的真实自然。他们口角毕肖，因而表演生动，摄住了读者的兴趣。

奥斯丁的小说，除了《苏珊夫人》用书信体，都由“无所不知的作者”（the omniscient author）叙述。她从不原原本本、平铺直叙，而是按照布局的次序讲。可以不叙的不叙，暂时不必叙述的，留待必要的时候交代——就是说，等读者急要了解的时候再告诉他。这就使读者不仅欲知后事如何，还要

① 柯尔立治（S.T.Coleridge）《文学传记》（Biographia Literaria）十四章（人人丛书版）161页。
② 引自凯恩斯（Huntington Cairns）选《艺术的边际》（The Limits Art）（1948）1074页。
③ 沃特《评论珍妮·奥斯丁文选》引言4—5页。

了解以前的事，瞻前顾后，思索因果。读者不仅是故事以外的旁听者或旁观者，还不由自主，介入故事里面去。

奥斯丁无论写对话或叙述事情都不加解释。例如上文伊丽莎白挖苦达西的一段对话，又如伊丽莎白对达西的感情怎么逐渐改变，都只由读者自己领会，而在故事里得到证实。奥斯丁自己说，她不爱解释，读者如果不用心思或不能理解，那就活该了。她偶尔也向读者评论几句，如第一章末尾对贝奈特夫妇的评语，但不是解释，只是评语，好比和读者交换心得。她让读者直接由人物的言谈行为来了解他们，听他们怎么说，看他们怎么为人行事，而认识他们的人品性格。她又让读者观察到事情的一点苗头，从而推测事情的底里。读者由关注而好奇，而侦察推测，而更关心、更有兴味。因为作者不加解释，读者仿佛亲自认识了世人，阅历了世事，有所了解，有所领悟，觉得增添了智慧。所以虽然只是普通的人和日常的事，也富有诱力；读罢回味，还富有意义。

奥斯丁文笔简练，用字恰当，为了把故事叙述得好，不惜把作品反复修改。《傲慢与偏见》就是曾经大斫大削的。“文章千古事，得失寸心知”，奥斯丁虽然把《傲慢与偏见》称为自己的宠儿，却嫌这部小说太轻松明快，略欠黯淡，没有明暗互相衬托的效果。它不如《曼斯斐尔德庄园》沉挚，不如《艾玛》挖苦得深刻，不如《劝导》缠绵，可是这部小说最得到普遍的喜爱。

小说“只不过是一部小说”吗？奥斯丁为小说张目，在《诺桑觉寺》里指出小说应有的地位。“小说家在作品里展现了最高的智慧，他用最恰当的语言，向世人表达他对人类最彻底的了解。把人性各式各样不同的方面，最巧妙地加以描绘，笔下闪耀着机智与幽默。”①用这段话来赞赏她自己的小说，最恰当不过。《傲慢与偏见》就是这样的一部小说。

一部小说如有价值，自会有读者欣赏，不依靠评论家的考语。可是我们如果不细细品尝原作，只抓住一个故事，照着框框来评断：写得有趣就是趣味主义，写恋爱就是恋爱至上，题材平凡就是琐碎无聊，那么，一手“拿来”一手又扔了。这使我记起童年听到的故事：洋鬼子吃铁蚕豆，吃了壳，吐了豆，摇头说：“肉薄、核大，有什么好？”洋鬼子煮茶吃，滗去茶汁吃茶叶，皱眉说：“涩而无味，有什么好？”

（原载《文学评论》1982年第3期）

① 《珍妮·奥斯丁全集》1078页

【说明】

英国小说家奥斯丁有六部传世小说，即《诺桑觉寺》《理智与感情》《傲慢与偏见》《爱玛》《曼斯菲尔德庄园》和《劝导》，《傲慢与偏见》是最著名的代表作。本文作者以《傲慢与偏见》为例，全面探讨了“品尝或鉴定一部小说有什么好”的方法和途径。人物、情节、环境和主题，被视为小说的四大要素，小说的艺术分析也大多从这四个方面入手。本文作者则认为，小说就是讲个好故事，小说分析当以故事为中心，从七个方面着手：一、小说中故事的生动性；二、故事选材的写实性或传奇性；三、故事表现世态人情的角度；四、通过故事所表现的作品的思想感情和审美倾向；五、故事情节的结构布局；六、人物形象的塑造方法；七、语言技巧和叙述视角。我们不妨把这七个方面称为“杨绛小说分析法”，它从《傲慢与偏见》的精细赏析中概括而来，而不是七条干巴巴的抽象教条，故极具说服力和启发性。当然，小说的类型和风格是多种多样的，不同风格形态的作品上述诸方面各不相同，评论者应当从作品本身出发，揭示出不同作品的艺术特色。另外，当你撰写评论文章时，有时可以面面俱到，有时不妨抓住最有创见的一点深发开去。

本文最大的写作特色是现身说法，寓学理于实例之中，在经典作品的赏析中，传授小说的评论方法，可谓既授之以“鱼”，又授之以“渔”。

作者杨绛，1911年生，江苏无锡人，著名作家、翻译家、欧洲小说研究家。其文学名著翻译如《堂吉诃德》《吉尔·布拉斯》《小癞子》等，1994年编成《杨绛译文集》（三卷本）；其他主要著作，1993年收入《杨绛作品集》（三卷本）。《作品集》第三卷中的“文论”专辑，收入了杨绛《春泥集》和《关于小说》两部文学评论集的全部论文，为研究外国文学、比较文学和小说评论者所必读。（陈文忠）

【文献链接】

1.苏珊娜·卡森编：《为什么要读简·奥斯丁》，译林出版社2011年版。这是一册西方的“名家评名家”，编者精选了近一百年来包括毛姆、福斯特、伍尔夫等在内的33位作家、评论家的美文。他们从各自的阅读经验出发，告诉我们“为什么要读简·奥斯丁”。文章短小精悍，见解独到，从不同角度探讨了奥斯丁作品中机智俏皮的人物对话、自然发展的故事情节，普遍永恒的道德真理；同时，呈现了奥斯丁魅力无限的文学世界与不同时代读者的紧密联系，故也可视为近一百年来的“奥斯丁接受史”。

2. 福斯特：《小说面面观》，人民文学出版社2009年版。卢伯克的《小说技巧》（1921）、福斯特的《小说面面观》（1927）和缪尔的《小说结构》（1928），被称为西方“小说美学经典三种”，其中要数《小说面面观》的影响最大。粗略统计，迄今海峡两岸这本小书的中译本已有七个。全书共九章，除“导言”和“结语”，依次讨论了故事、人物、情节、幻想、预言、布局与节奏等小说构成要素。作者福斯特是英国著名小说家，小说家论小说，别有一番情味。

3. 布斯：《小说修辞学》，北京大学出版社1987年版。本书曾被《美国大百科全书》称为“20世纪小说美学的里程碑”。作者是芝加哥大学教授，著名文学批评家。本书以薄伽丘以来西方小说史为基础，考察了西方小说观念和小说技巧的演变，重点研究了小说中作者、叙述者、人物与读者之间的修辞关系。本书所提出的讲述与显示、作者的声音、叙述者类型、隐含的作者等概念命题，为小说批评提供了全新的理论视野。

4. 戴维·洛奇：《小说的艺术》，上海译文出版社2010年版。本书是1991年至1992年，作者应《星期日独立报》“诗艺”栏目所写的关于“小说的艺术”文章的结集。作者每周从经典或当代的小说或短篇故事里择取一两个小段，来解释“小说的艺术”的方方面面。全书的论述从小说的“开始”开始，以小说的“结尾”结尾，共50篇。戴维·洛奇是英国著名小说家，也是大学教授。每一篇文章短小精悍，生动有趣，由经典片段开始，融赏析、批评与学理为一体，为小说评论的写作，提供了别具一格的范式。

5. 周振甫：《小说例话》，江苏教育出版社2006年版。《小说例话》是《诗词例话》的姊妹篇，写法与《诗词例话》有所不同。作者选择有评语、眉批、句下批的五部古典名著，即《三国演义》《水浒传》《红楼梦》《儒林外史》和《聊斋志异》，把名著的批语和评语按现代小说学分为七类，即思想倾向、人物、情节、细节、结构、作法、修辞，然后结合小说内容进行分析诠释。全书以问题为经，以名著纬，以评语批语为中心，加以作者娓娓道来的诠释发挥，是提高古典小说鉴赏力和评论能力不可多得的读物。

6. 王德威：《想像中国的方法：历史、小说、叙事》，生活·读书·新知三联书店1998年版。作者是著名海外华人学者，本书是作者在大陆出版的第一本小说评论集。全书23篇论文，代表了作者思考“小说中国”

的方式与实践。所涵盖的作品始自晚清，迄于当代，讨论的文类包括了狭邪与政治、科幻与历史、乡土与怪诞等多种。在这些论文中，作者有意描写传统小说史未及探勘的脉络，细究经典作家作品比较幽微的层面，为中国近现代小说的研究提供了独特的视角。《序》关于“小说中国”三层含义的诠释，精辟又精彩。

中国古典悲剧的发展概貌和审美品格①

苏国荣

悲剧是一个美学范畴，在审美对象中占有重要地位。作为审美对象，悲剧有广义和狭义的两种。广义的悲剧是指文学艺术中一切具有悲剧性质的作品。各种不同的作品如《孔雀东南飞》（诗歌）、《红楼梦》（小说）、《舍身饲虎图》（壁画）、《十面埋伏》（音乐）、《葬花》（舞蹈）等，都以自己的艺术个性表现出动人的悲剧精神。我们一般都把它们称作悲剧。

在文学艺术中，最能表现悲剧精神的是戏剧。因为悲剧精神是人与人之间、人与自然之间冲突的结果。而戏剧是在人物的行动中展开冲突的艺术形式，最有利于通过冲突来渲染悲剧气氛。因而，狭义的悲剧，是指戏剧中的悲剧。本文的论述对象，并非包括诗歌、小说等在内的广义的古典悲剧，而是戏剧中的一种民族形式——我国古典戏曲中的悲剧。

古典悲剧的发展概貌

我国戏曲的正式形成，是由悲剧开端的。南宋时期两本号称“戏文之首”的南戏——《赵贞女蔡二郎》和《王魁负桂英》，就是悲剧。从《南词叙录》等记载可看出，它们具有浓厚的悲剧气氛。类似这样的“书生负心”悲剧，在宋元时期的早期南戏中还很多，据沈璟编《南九宫十三调曲谱》卷四《刷子序》云：

> 书生负心：叔文玩月，谋害兰英；张协身荣，将贫女顿忘初恩。无情，李勉把韩妻鞭死；王魁负倡女身亡。叹古今，欢喜冤家，继着莺燕争春。

这只曲子，一连罗列了六本早期南戏的“书生负心”戏，计有《三负心陈

---

① 原题为《我国古典悲剧的发展概貌和审美品格》，文中小标题有所调整。

叔文》《张协状元》《李勉》《王魁负桂英》《欢喜冤家》《莺燕争春》。这些戏曲除《张协状元》等个别的还留存外，其他均已散失，但从上述每个戏的简要情节和钱南扬编《宋元戏文辑佚》的残篇来看，它们大都是描写书生在中举发迹后抛弃了“糟糠之妻”，改与豪门显贵联姻后而造成的悲剧。这类悲剧，反映了宋王朝在推翻唐王朝的门阀制度后，通过科举制度重新组合封建统治集团的社会现实。新贵和旧宦把联姻作为政治勾结的手段，借以扩大自己的势力，是这类悲剧产生的社会原因。从悲剧人物的社会地位和悲剧产生的社会根源看，它们都是属于描写“小人物”（市民、农妇）的“社会悲剧”。

“偏于琐屑中传出苦情”①，是我国早期悲剧的一大特点。用小人物为主体的社会悲剧来开创我国悲剧的历史，与西欧以王公贵族为主体的“命运悲剧”来揭开悲剧的历史很不一样。这种情况的形成，与我国早期的悲剧作者多下层知识分子和民间艺人有关。徐渭在《南词叙录》中说，我国最早的两个悲剧《赵贞女蔡二郎》《王魁负桂英》是“俚俗妄作”的。这些俚儒俗人最熟悉下层人民的悲苦生活，深知他们不幸遭遇的社会根源。这种情况，与欧洲悲剧诗人多奴隶主阶级中的开明人士和资产阶级中的知识分子是不同的。他们熟悉的对象不同，影响到悲剧形成的历史也不相同。

元代是我国悲剧的黄金时代，优秀悲剧成批出现，题材范围有了很大的开拓，比之早期悲剧主要集中在“负心”戏上，有了长足进步。当时悲剧的盛况，正如王国维在《宋元戏曲史》中所说：

> 元则有悲剧在其中，就其存者言之，如《汉宫秋》《梧桐雨》《西蜀梦》《火烧介子推》《张千替杀妻》等，初无所谓先离后合，始困终亨之事也。其最有悲剧之性质者，则如关汉卿之《窦娥冤》，纪君祥之《赵氏孤儿》，剧中虽有恶人交搆其间，而其蹈汤赴火者，仍出于其主人翁之意志，则列之于世界大悲剧中，亦无愧色也。

王国维认为《窦娥冤》《赵氏孤儿》可“列于世界大悲剧中，亦无愧色”，并非过誉之词。十八世纪三十年代《赵氏孤儿》传入欧洲后，轰动了欧洲各国，认为“《赵氏孤儿》是成功的作品，是中国人民智慧的产物，是可以跟古代

① 祁彪佳：《远山堂曲品》，《中国古典戏曲论著集成》第6册第24页。

希腊悲剧相提并论的。"[①]受到了大戏剧家伏尔泰、歌德等人的称道，并纷纷将其翻译改编后在舞台上演出。《窦娥冤》随后也流传到了欧洲，受到广泛重视。

元代悲剧是大量的，目前仅存的一百六十多个剧本中，悲剧就有二、三十个。这些悲剧，有相当数量反映了个人与社会的矛盾，把悲剧成因指向黑暗的异族统治集团。《窦娥冤》等对元代贪赃枉法、虐刑酷政的黑暗吏治作了深刻揭露；《汉宫秋》《东窗事犯》《赵氏孤儿》等，用历史题材反映了元代社会深刻的民族矛盾；《荐福碑》《潇湘夜雨》等，反映了元代知识分子和"良家妇女"在异族统治下的非人生活。这些动人的悲剧，都是元代社会生活的真实写照。

从艺术上看，元代杂剧中的悲剧已出现悲喜交集的写法，关汉卿等作家作了成功的探索，如《窦娥冤》的喜剧性穿插就非常精彩。堂堂的楚州太守桃杌见来告状的跪倒便拜，口中念念有词："但来告状的，便是我的衣食父母。"这个丑角的插科打诨，深刻地揭示了窦娥悲剧形成的根本原因。这儿的喜，毫无硬插进去的感觉，而是整个悲剧转化的关键，做到了喜中见悲，悲喜交融。其他作家也有一些成功的尝试。但从元杂剧的整体看来，悲喜交集还未被一般作者自觉运用，《汉宫秋》《梧桐雨》《西蜀梦》《介子推》《豫让吞炭》等，都是一悲到底的剧目，与明清悲剧都是悲喜交集的很不相同，结局也很少有"团圆"的顺境，王国维所说"初无所谓先离后合，始困终亨之事也。"说得不免绝对些，但确实还未成为普遍性形态。

到了明朝，随着阶级矛盾、民族矛盾、统治阶级内部矛盾日益激化，斗争愈益激烈，悲剧也更加多了起来，尤以女性悲剧为多。这一情况的形成，恐与明朝的理学统治有关。明人陆容在《菽园杂记》中说："嘉兴之海盐，绍兴之余姚，宁溪之慈溪，台州之黄岩，温州之永嘉，皆有习为倡优者，……其扮演传奇，无一事无妇人，无一人不哭，令人闻之易生凄惨。"从这一记载可看出，明初以来，各声腔剧种的悲剧是很多的。封建社会在政治、经济、思想上的残酷统治，使得"人生难遇欢时节，世路无门行转蹶"[②]，处处是悲剧，无一事不哭。正因为如此，广大人民非常爱看悲剧，据明人吕天成《曲品》记载，当时有个悲剧"《冬青记》，悲愤激烈"，中秋节晚上赛戏时，有个戏班"于虎邱千人石上演此，观者万人，多泣下者。"[③]悲剧感人肺腑竟达

---

① 范存忠:《〈赵氏孤儿〉杂剧在启蒙时期的英国》,《文学研究》1957年第3期。

② 周朝俊:《红梅记》第一出副末登场语。

③ 中国戏曲研究院编:《中国古典戏曲论著集成》第6册第233页。

到如此情状，说明它在下层人民中具有广泛的社会基础。

这一时期的悲剧，带有自己的时代特色。假如说，元代悲剧主要是反映民族矛盾，以及下层人民和权豪势要的斗争，明朝悲剧则主要是反映统治阶级的内部矛盾（如《清忠谱》《千忠戮》等），情与理的矛盾（如《娇红记》等）。

明代悲剧比之元代，在艺术上有如下两个重大变化。

一是元代一悲到底的悲剧，到明代几乎已经绝迹，悲剧成分几乎都是悲喜交集的。这一特征的形成，与民族的美学观念在戏曲创作中日趋成熟有关，戏曲作家愈来愈认识到悲与喜是生活中经常相随在一起的伴侣，它们相互依存，不断转化。悲剧中的“苦乐相错”，正是生活中的“悲欢离合”的艺术反映。也与戏曲剧本体制在明朝发生了重大变化有关，明传奇已从元杂剧的四折一楔子发展为四五十出，这样长的悲剧，如不用悲喜交集、冷热相济的手法来调剂，剧场效果则是很难设想的。也许正因为这样，有些人觉得我国古代没有悲剧。其实，悲剧中的悲喜交集，并非我国所特有，莎士比亚“四大悲剧”中的三个（《李尔王》《麦克佩斯》《哈姆莱特》），都有丑角插科打诨的喜剧性场面。由此可见，因我国悲剧有喜剧的成分，而认定我国无悲剧，是毫无道理的。

二是明代悲剧的结局，由元代的部分剧目的“团圆”，发展到几乎全部剧目的“团圆”（这种“团圆”，并非实体性的团圆，而是指悲剧主人公在不幸死去以后在精神上的象征性“团圆”）。鲁迅认为，明代小说和戏曲的团圆结尾，有其形成的时代原因：“明太祖统一天下之后，疑忌功臣，横行杀戮，善终的很不多，人民为对于被害之功臣表同情起见，就加上宋江服毒成神之事去。——这也就是事实上缺陷者，小说使他团圆的老例。”[①]也与明代的演出场所多在藩王府邸、官吏家宅有关，这些达官贵人都喜吉庆。悲剧多团圆结局，也受了乐观主义民族精神的影响。在这方面，更多的是民间给予的。明朝在《宁波志》上有这样的记载：“吴中有花蝴蝶，橘蠹所化也，妇孺以梁山伯、祝英台呼之”[②]。可见《梁祝》中的结局“蝶双飞”，是完全来自民间的。这样的结局，体现了广大人民对封建礼教的痛恨和不幸青年的同情，是一种精神不死的艺术象征。明末悲剧《娇红记》的结局，也是一对自由青年殉情合冢后化为鸳鸯翱翔在蓝天之中，都是这种乐观主义民族精神的形象体现。这类结局，在悲剧的“团圆”结尾中占主要地位。

① 鲁迅：《中国小说的历史的变迁》，《鲁迅全集》第8卷第337页。

② 陆容：《菽园杂记》卷十一曾转述这一故事。

清初的悲剧带有鲜明的时代色彩。有以“亡国之音哀以思”的愁情，来总结大明王朝灭亡的历史教训的，如《长生殿》《桃花扇》；有反映市民运动和农民起义的抗争精神的，如《万民安》《雷峰塔》《庆顶珠》等；还有反映统治阶级内部矛盾的，如一些富有悲剧精神的“打朝戏”。

这一时期悲剧有如下特点：

一是悲剧反映社会生活的画面，比之元明二代大为开阔了。如《长生殿》成功地描写了安史之乱的起因和爆发的全过程，把最高统治集团的荒淫腐化、统治阶级的内部矛盾、下层人民的苦难生活，真实地、生动地反映了出来。它那广阔的生活画面，在以往悲剧中是见不到的，就连同一题材的作品，如元杂剧《梧桐雨》，明传奇《惊鸿记》，也远不相及。《桃花扇》也成功地描写了明王朝灭亡的巨大历史事件，朝廷内外各色人等都在这一事件中沉浮，跳动着各自心灵的脉搏。《桃花扇》不仅写出了李香君的悲剧，更重要的是写出了时代的悲剧。它们都具有史诗的特点。

二是悲剧冲突富有力度和气势。元明悲剧哀怨凄婉的色彩在这时已较少见，凄风苦雨中的心灵颤动，已被急风暴雨的正面冲突所代替。《庆顶珠》《雷峰塔》《万民安》等英雄悲剧，为农民起义、市民暴动中壮烈牺牲的英雄豪杰唱出了一曲曲悲壮动人的赞歌。雷霆万钧的磅礴气势，展示了封建社会末期的劳动人民和封建势力最后决战时刻的力量和气概。

古典悲剧的艺术种类

我国的悲剧，大体上可分为英雄悲剧、生活悲剧（或称“社会悲剧”）、抒情悲剧、性格悲剧和命运悲剧五种。它们各以自己的风貌品性，把我国古代的悲剧苑圃点缀得五彩缤纷，摇曳多姿。各个朝代几乎都同时存在着这些不同类型的悲剧。悲剧品种的多样性，也是我国古典悲剧的一个特点。

英雄悲剧

英雄悲剧一般出现于阶级斗争和民族矛盾的尖锐时刻，悲剧内容充满了鲜明的政治色彩。这样的悲剧及其主人公，往往具有事业的正义性、冲突的激越性、性格的刚烈性、效果的鼓舞性等特点。

在英雄悲剧中，直接反映阶级斗争的题材有《赵氏孤儿》《清忠谱》《雷峰塔》《庆顶珠》等，反映民族斗争的题材有《东窗事犯》《精忠旗》《李陵碑》等；悲剧主人公程婴、周顺昌、白素贞、肖恩、岳飞、杨继业都为正义事业作出了重大牺牲。斗争是尖锐的，残酷的。他们的对手往往是强大而凶恶的，可是他们勇往直前，威武不屈。这样的悲剧人物，正如黑格尔所说："人物性格……是伟大坚强的，有能力抵挡住一切消极因素，有勇气接受他的命运，既不否认自己所做的事，也不因此就垮塌下来。"①刚烈的性格，充满了大无畏的斗争精神，给观众以强烈的振奋和鼓舞。吴伟业在《清忠谱序》中高度赞扬了周顺昌为了社稷和人民，与魏党进行了艰苦卓绝的斗争，"决然以死生去就争之"。他的壮烈牺牲，使得很多人"随而号泣"。作者惊叹"公之节义，能使人感奋至此！"即使"百千岁后"，也能使"观者泣，闻者叹"。三百年后的今天，周顺昌的高风亮节，堂堂正气，确实还在感动着我们。优秀的英雄悲剧，都具有这种使人"感奋"的作用。

生活悲剧

生活悲剧与英雄悲剧形成了鲜明的对照，它所采用的是日常生活的题材。剧中主人公也不像英雄悲剧中的人物那样具有英雄本色，而往往是处在生活底层的小人物。他们并不像英雄人物那样在轰轰烈烈的事业中赴汤蹈火，而只是为了争得一个人应有的起码的生活权利而挣扎，可是他们往往被强大的反动势力所吞噬。这类悲剧的主人公多是妇女，如《窦娥冤》中窦娥，《王魁负桂英》中的敫桂英，《琵琶记》中的赵五娘，《娇红记》中的王娇娘等。她们心地善良，性格娴美，委屈求全；当黑暗势力把她们逼得无路可走的时候，也会在温顺的性格中迸发出仇恨的火花。她们的力量太小了，结局往往是非常凄惨的，赵五娘的幸运只是个别的例外。封建社会的人间地狱，被这样的悲剧揭露得淋漓尽致。

抒情悲剧

比较典型的抒情悲剧有《汉宫秋》《梧桐雨》《西蜀梦》等。这样的悲剧，并无多少复杂的情节和事件的纠葛。戏剧动作缺少外在因素，更多的是内在意向。悲剧主人公往往凭他独立的内心活动自己站出来表现自己。它们像音乐中的咏叹调，诗歌中的咏怀诗，具有浓郁的抒情气氛。悲剧冲突一般不在外部面对面地进行，而在人物内心展开。《西蜀梦》乍看起来似无冲突，实际

---

① 黑格尔:《美学》第3卷下册第299页。

上冲突也很激烈。它通过蜀帝刘备对以往盛世的怀念和今日衰败的叹息，反复咏唱内心的愁情和哀思，从而展开了历史的必然要求和这个要求实际上不可能实现的悲剧性冲突。这类悲剧，情感色彩强烈，一唱三叹，缠绵悱恻，悲凉凄婉，似猿啼鹤吟，闻者断肠。

性格悲剧

所谓性格悲剧，按照德国美学家里普斯的说法，是指“灾难是由主人公本身的邪恶招惹出来的”[①]那种悲剧。别林斯基也有类似的说法:性格“悲剧里的流血灾变，不是偶然的和外部的东西”，而是内在的必然[②]。他们认为，像莎士比亚的悲剧，一般都是性格悲剧，如《麦克佩斯》《奥赛罗》等，就是这类悲剧的典范之作。

我国也有类似的性格悲剧，《长生殿》《烂柯山》《霸王别姬》《走麦城》《斩马谡》等均是。这些悲剧的成因，主要出于悲剧主人公的主观因素，所谓“性格缺陷”。但是我们必须看到，性格并不是抽象的、先天的（有先天的成分，并不主要），而是作为“社会关系总和”的人，在处世态度上的一种特殊表现形式，并非单纯是人的自然形式的个性显现。唐明皇放荡昏庸，杨贵妃骄纵任性，是与他们处于最高统治地位的奢侈生活分不开的。朱买臣妻的自私、势利，是落后的小农经济的产物，也有剥削阶级的思想影响。霸王的刚愎，关羽的自信，马谡的轻慢，无不与他们的生活经历、社会地位相连结。由此看来，性格悲剧也具有深刻的社会内涵。

命运悲剧

命运悲剧是悲剧作者对悲剧成因的一种看法。古希腊的悲剧作者尚处于人类的蒙昧时代，还未充分认识到大自然的奥秘和生活悲剧的实质，往往将人的不幸归结于命运的安排、神的力量，这是一种宿命论思想。到了莎士比亚时代，社会科学有了较大发展，人已开始驾驭自己的命运，命运之神受到了亵渎:“滚出去，滚出去，命运女神是娼妇!”[③]从此，命运悲剧开始少了起来，逐渐被“性格悲剧”和“社会悲剧”所代替。

中国古代的优秀悲剧，并不把主人公的悲惨遭遇归结于命运，而是把笔

---

① 里普斯:《喜剧性与幽默》，《古典文艺理论译丛》第7辑第89页。

② 别林斯基:《智慧的痛苦》，《别林斯基选集》第2卷第116页。

③ 莎士比亚语，卞之琳译《哈姆莱特》第72页。

锋指向社会。关汉卿认为窦娥冤狱的造成，是由于“衙门从古向南开，就中无个不冤哉!”[①]孟称舜为申纯、王娇娘的不幸呼喊:“怨天公将人磨折”[②]，也是在控诉罪恶的社会，并非真在怨天公。他们认为，“世间万事，皆非偶然”[③]，“世路路无门”，才是人生悲剧的根本原因。把悲剧成因归结于社会的黑暗，是我国古代悲剧的主流。但是，类似“万事劝人休碌碌，举头三尺有神明”的宿命论思想，还在某种程度上左右着我国古代的部分悲剧，尤其是元代，命运悲剧还有一定的数量。《朱砂担》《盆儿鬼》《荐福碑》《生金阁》《魔合罗》等，就是这样的作品。这些作品，程度不同地暴露了社会的一些黑暗，有一定积极意义。马致远的《荐福碑》，对元代知识分子的艰难处境，作了入木三分的刻画:“这壁拦住贤路，那壁又挡住仕途。如今聪明的越受着聪明苦，越痴呆的越享了痴呆福”。但作者把这种时乖命蹇归结为天意，连张镐准备以拓碑解决进京赴考路费的办法都无法实现，在拓前被雷公把碑石轰得粉碎。《朱砂担》在一开头就宣扬“百日之内有血光之灾”，悲剧主人公终于没有逃脱这个下场。这些悲剧，反映了元代一些悲剧作者在强大的黑暗势力面前的无能为力，最后只得归结为天意，求助于神明。

明代以后，命运悲剧不像元代成批出现，但也有像《天下乐》(张大复作，写锺馗事)那样的命运悲剧，而其主旨已将知识分子的怀才不遇、世无伯乐的牢骚，指向最高封建统治者，基调比元代的命运悲剧要明朗乐观。清代的《清风亭》已不是由命运来决定死亡，而是将天公作为报仇雪恨的手段。这样的悲剧，已经难以用“命运悲剧”来概括了。

古典悲剧的审美品格

各个国家和民族的悲剧，都有自己的审美品格，它们之间尽管有相似的地方，但又各自具有鲜明的风格和个性。我国悲剧在具有阳刚之美的同时，还具有阴柔之美，有时往往是刚柔相济的；悲喜交集、苦乐相错的中和之美，更是我国悲剧的一大特点；我国悲剧还有一种道德之美，虽然西方悲剧也崇尚这种美，但我国悲剧在这方面表现得似乎要更强烈些。现试就上述三方面作些分析。

在西方，人们一般把崇高视作悲剧的审美特征，与喜剧的滑稽形成了鲜

---

① 关汉卿《窦娥冤》第四折〔收江南〕。

② 孟称舜:《娇红记》第二十九出《诘问》。

③ 孟称舜在《赵氏孤儿》第二折的眉批，《古今名剧合选·酹江集》。

明的对照。前者的美感形态是壮美，后者是优美。我国悲剧的审美特征，尽管不能以崇高来包罗万象，但崇高毕竟是中国悲剧的审美主调。从这意义上说，别林斯基认为“悲剧是戏剧诗的崇高的一面”①，是有一定道理的。

悲剧是一种具有深刻社会内容的崇高；社会性崇高，是所有崇高的本质和核心，它来源于人们在生产斗争和阶级斗争中不屈不挠的斗争精神。在中国古典悲剧中，崇高在英雄悲剧中得到了集中体现。《赵氏孤儿》中的程婴为了拯救全国的婴儿和赵盾的后代，献出了自己儿子的生命。《精忠旗》的岳飞为了收复中原，与金兵进行了不屈不挠的斗争，最后遭秦桧搆陷，满门抄斩。《庆顶珠》中的肖恩沿着农民革命的道路继续奋进，在抗税斗争中英勇牺牲。……他们以堂堂正气，一腔鲜血，写下了悲壮激越的光辉篇章，充满了感人肺腑的崇高精神。在这儿，“伟大和宏壮构成悲剧特色”②。我们可以把悲剧的这种美感形态称作阳刚之美（即西方所说的壮美）。阳刚之美给人以快感。快感的获得，是由于悲剧的崇高使人们“对自己的力量和人的尊严的自豪感，或者是肃然拜倒于伟大之前，承认自己的渺小和脆弱”③。这是一种激励人们振奋向上的精神快感和情感满足。

中国悲剧为了表现这种精神性的崇高，往往以巨大浑厚的景物和大气磅礴的气势构成自己的形象特点。康德认为崇高有两种：一种是数量的，如高山的体积；一种是力量的，如暴风雨的气势。类似这些壮丽、奇特的形象，常常被我国的悲剧作家熔制到悲剧人物的精神境界中。元人悲剧《介子推》第四折，当介子推被晋文公在深山烧死时，曲词写得甚是宏壮：

> 焰腾腾火起红霞，黑洞洞烟飞墨云。闹垓垓火块纵横，急穰穰烟煤乱滚。悄鏖鏖火巷外潜藏，古爽爽烟峡内侧隐。我则见烦烦的烟气熏，纷纷的火焰喷。急煎煎地火燎心焦，密匝匝烟屯合峪门。

悲剧主人公的崇高形象，在满山遍野的火海中腾然而起，照人眼目。其他如《窦娥冤》的六月飞雪，《汉宫秋》的大漠孤雁，《万民安》的临刑地震，……都以扬厉雄杰的“大文字”描写“大英雄”④。即使不是英雄悲剧，也多以浑

① 别林斯基:《智慧的痛苦》,《别林斯基选集》第2卷第122页。
② 别林斯基:《智慧的痛苦》,《别林斯基选集》第2卷第122页。
③ 车尔尼雪夫斯基:《论崇高与滑稽》,《美学论文选》第98页。
④ 孟称舜在《赵氏孤儿》第二折的眉批,《古今名剧合选·酹江集》。

厚、阔大的形象来制造悲剧气氛:

> 隐隐天涯，剩水残山五六搭。萧萧林下，坏垣破屋两三家。秦川远树雾昏花，灞桥衰柳风潇洒。煞不住碧窗纱，晨光闪耀鸳鸯瓦。

这是《梧桐雨》中的唐明皇在进川路上的凄厉哭声，哀情满怀地在思念着铁蹄下殒命的贵妃。千里江山的凄凉景色，隐含着悲剧诗人对大宋王朝的思念之情。

中国古典悲剧的美感形态不仅有阳刚之美，还有阴柔之美。正如明人孟称舜在《古今名剧合选序》中所说:

> 夫曲之为词，分途不同，大要则宋伶人之论柳屯田、苏学士者尽之:一主婉丽，一主雄爽。婉丽者，如十七八女娘唱“杨柳岸晓风残月”；而雄爽者，如铜将军铁绰板唱“大江东去”词也。

他收在这部选集之一的《酹江集》中的悲剧，具有“雄爽”的阳刚美；收在这部选集之二的《柳枝集》中的悲剧，具有“婉丽”的阴柔美。这种阴柔美，也可称为秀美。

阴柔美（秀美）来自力量和体积的节省，它以柔顺婉丽的风韵给人以快感。朱光潜先生对此有很好的解释:“秀美的东西往往是娇小、柔弱、温顺，总有一点女性的因素在其中。它是不会反抗的，似乎总是表现爱与欢乐，唤起我们的爱怜。”因而他认为:“秀美感与怜悯有紧密联系。”“在秀美带有一点悲哀的时候，与悲剧感最接近。”[①]杨显之《潇湘秋夜雨》的悲剧主人公张翠鸾是那么温顺、软弱和娇小，她像一条细嫩的柳枝在凄风苦雨中飘摇着，时乖命蹇的生涯使她一次次陷入困境，差点儿死去。“读此剧觉潇潇风雨，从疎棂中透入”[②]，不免产生爱怜之感。孟称舜将这个悲剧收进《古今名剧合选》的《柳枝集》，是有眼力的。

中国古典悲剧的主人公多是妇女。“其扮演传奇，无一事无妇人，无一事不哭”。这与古希腊悲剧，以及莎士比亚、高乃依等人悲剧的主人公多是男性是不一样的。这种情况的形成，与中国封建社会妇女的社会地位低下有关，

---

① 朱光潜《悲剧心理学》第80、81页。

② 孟称舜在《萧湘夜雨》上的眉批，《古今名剧合选・柳枝集》。

族权、夫权、神权往往把她们推向悲剧的深渊。“自古红颜多薄命”，道出了我国多妇女悲剧的社会根源。妇女悲剧尤以生活悲剧为多，这与英雄悲剧多系男性主人公形成了鲜明对照。《王魁负桂英》《窦娥冤》《娇红记》《祝英台》等中的悲剧女主人公，一个个都是那么娴美、柔顺、善良。可是生活之神却把她们摆布得如此凄惨，使人们不免产生爱怜之感，给人以一种秀丽的美感愉悦。自亚里斯多德开始，西欧的戏剧家和理论家一般都把“恐惧”作为悲剧效果的必具因素。而中国悲剧不像西欧悲剧那么令人恐惧，也许与悲剧主人公多善良、温顺的女性有关，所谓“柔气不摄”（公孙尼子《乐记·乐言篇》），即是此谓。

但是，我们也能从这类悲剧中看到另一个重要侧面:当生活把这些悲剧人物逼得无路可走，连做人的权利都被剥夺的时候，她们也要呼喊，也要抗争。这时，她们的性格就不那么温顺了，刚烈的火花灼灼，给人以一种壮丽的审美感受。这类悲剧以《窦娥冤》《雷峰塔》等体现得更为典型。总的来看，我国古代以女性为主人公的悲剧，一般都具有阴柔之美和阳刚之美两种美感形态。

我国古代悲剧除了阳刚之美和阴柔之美外，还具有中和之美。“非和弗美”（葛洪《抱朴子·勖学篇》），是我国古典美学思想的核心。

关于中和的含义，按照《礼记·中庸》的解释是:

> 喜怒哀乐之未发谓之中，发而皆中节谓之和。中也者，天下之大本也；和也者，天下之达道也。致中和，天地位矣，万物育矣。

意思是说，喜怒哀乐的情感从内心发出以后，要合乎节度。也就是说，情感的外发要适当，不要过激。孔子在《论语·八佾篇》所说的“乐而不淫，哀而不伤”，指的就是这种情感的中和。中和是儒家思想的理论支柱，影响极为深远，在二三千年的封建社会中，既是治国平天下的“大本”，也是伦理、道德、哲学、美学、艺术思想之“达道”。

《国语·周语》云:“乐从和”。这儿的“乐”，不单指音乐，而是一切艺术的总和，包括后世的戏剧。悲剧作为戏剧之一种，它的美学根柢当亦“从和”。元代的戏曲批评家锺嗣成在《录鬼簿》中说:“歌曲词章，由于和顺积中，英华自然发外。自有乐章以来，得其名者止于此。”他把中和（“和顺积中”）看作戏曲的最高境界和作品成功的关键，这与先秦以来文论中的“和美说”是一脉相承的，对后世戏曲发生了深远的影响。

悲剧要求情感的外发要“和顺积中”，是通过悲喜交集的手法和大悲之后的象征性团圆结局来达到的。这样，可以使读者或观众不致因浓厚的悲剧气氛而过于悲伤和高度紧张。这与古希腊一悲到底的悲剧①是迥然有别的。

悲剧的悲与喜的中和，逆境（悲剧主人公的死亡或不幸）与顺境（不幸之后象征性的团圆）的中和，是在两种对立物的相克和相济中实现的，即在矛盾的斗争和统一中获得。

和之相克，是用异己的对立物来抑止自己。即《国语·郑语》所说:“以他平他谓之和”。为了“以他平他”，必须有几种相异的物体处在同一体中，“故先王以金、木、土、水、火杂，以成百物。”金克木，木克土，土克水，水克火，火克金，……如此循环往复，百体生矣，万物长矣。“和则生物，同则不继”②，这是客观世界各种事物的形成规律。李渔所说戏剧“务使一折之中，七情俱备”，说的就是这个道理。悲剧的基调是悲的，但在每折之中，几乎都有喜、怒、哀、乐……的不同情感色彩，使对立的情感在相克中互相抑止和中和（如以喜克悲，以乐克哀），不致使某种单一情感过于外溢，悲剧气氛过于令人悲伤，使观众压抑得透不过气来，从而达到“哀而不伤”的悲剧效果。嵇康在《声无哀乐论》中说:“古人知情不可恣，欲不可极，因其所用每为之节，使哀不致伤，乐不致淫，斯其大较也。”（《嵇中散集》卷五）这种“节有度”的观点，是完全符合我国古典悲剧的实际情况的。《精忠旗》在岳飞一家被杀之后，紧接着写秦桧病笃；《清忠谱》也在周顺昌和颜佩韦五人殉难之后，随写魏党失败时的丑态；《雷峰塔》在白素贞金山水斗失败之后，接写断桥相会的喜剧场面；……都是用喜的情感来适度地冲淡悲的气氛，“使哀不致伤”，给观众以情感上的调剂和精神上的满足。

悲剧的情感节制，不仅表现在悲喜交集的手法上，还表现在最后的结局上。我国悲剧一般都以悲剧主人公的逆境作为实体性的结局，悲剧主人公几乎都在悲剧高潮中死去；但在这逆境的大悲之后，还往往有一些安慰性的小喜，如《窦娥冤》的平狱申雪，《赵氏孤儿》的孤儿报仇，《精忠旗》的满门旌表，《娇红记》的鸳鸯翔云，《清忠谱》的锄奸慰灵，《雷峰塔》的雷峰佛圆，《祝英台》的双蝶飞舞……如此等等，都是用象征性的亮色，来适度地冲淡和抑止由死亡或不幸造成的过度悲伤，实体性在象征性中得到中和。

---

① “一悲到底”是古希腊悲剧的一般形态，并非所有悲剧都是如此，如欧里庇得斯的《伊翁》《海伦》等，就是把悲剧性和喜剧性结合起来的新型悲剧。

② 本段引语均本《国语·郑语》。

悲剧的情感节制，和戏曲的“委曲尽情”并非对立的。“节有度”，不是不要戏曲的“尽情”，不是不要制造浓郁的悲剧气氛，而是要使这种情感“尽情”而不溢。所谓“情深而文明，气盛而化神，和顺积中，而英华发外”（公孙尼子《乐记·乐言篇》），说的就是二者的统一。

和之相济，是指对立物的相反相成。所谓“反情以和其志，比类以成其行”；“小大相成，终始相生，倡和清浊，迭相为经。”（公孙尼子《乐记·乐言篇》）在悲剧中，则是以喜衬悲，由苦生乐。即我国古代戏曲批评家所说的：“于歌笑中见哭泣”①；“哭不得则笑，笑之悲深于哭”②。像《桃花扇》是“一部极凄惨、极哀艳、极忙乱之书”，但中间夹用一些喜剧化的手法，“以一个家破国亡之人，其自道履历，乃云‘最喜无祸无灾，活了九十七岁。’此非打趣语，乃伤心语也。”③其结局也是以一个达观老人的趣语来指出悲剧主人公李香君的归宿；浓雾弥漫的深山老林，加重了国破家亡的悲剧气氛。一些有胆识的戏剧家，甚至在整本戏中采用喜剧的形式写悲剧的内容，明人徐渭所写的杂剧《雌木兰》《女状元》，就是这样的作品。这两出戏自始至终充满了喜剧色彩，两位女主人公都是女扮男装的喜剧人物，一文一武，才华横溢。她们驰骋沙场和文苑，所向披靡，没有一个男人是其对手。可是当她们卸下男装，换上裙钗，治国安邦的才能顿被扼杀，英雄无用武之地。最后她们都嫁了丈夫，走上了封建社会每个妇女所走的人生道路，除了生男育女，就是整日价“做嫂入厨房”，“为婆尝羹菜”（剧中语）。作者在《女状元》的结尾慨叹道：“世间好事属何人，不在男儿在女子！”难怪他要把它们总名为《四声猿》了。我们读了这两出戏，在喜过笑过之后，似乎又被带进了峡猿啼夜，声寒神泣的境界中去了。鲁迅说：“悲剧将人生有价值的东西毁灭给人看”④。这两出戏，很富有悲剧精神，它们发人深思：黑暗的封建社会，毁灭了多少妇女的聪明才智呀！这儿，悲与喜已完全交融在一起，喜成了表现悲的有力手段，使得悲的内容更加委婉而幽深。悲，是在乐观、豁达、幽默的情感形式中显现出来的，因而它又是“哀而不伤”的。

中和对悲剧情感的适当，场面的调剂，艺术的和谐，以及乐观主义民族精神的抒发，都有积极的影响。但也有其保守、调和的一面。它在政治上强

① 祁彪佳：《远山堂剧品》，《中国古典戏曲论著集成》第6册第144页。
② 巽倩龙友氏在孟称舜的悲剧《二胥记》第二十三出《哭庭》〔三煞〕上的眉批。
③ 饮冰：《小说丛话》，《晚清文学丛钞·小说戏曲研究卷》第52页。
④ 鲁迅：《再论雷峰塔的倒掉》，《鲁迅全集》第1卷第297页。

调“四海之内，合敬同爱”，抹煞阶级差别，这就是“乐者，天地之和也”的本质。中和强调情感的节制，实际上是强调以理节情的理性精神。所谓“怨而不怒”，包含着防止下层人民对统治阶级不满的政治意蕴。他们生怕人们由于不满而引起过度的情感冲动，做出犯上越轨的行为来。“过制则乱，过则作暴”[①]，是这一政治意蕴的直接说明。我国历史上一些进步文人的文艺观，并不受中和思想消极面的束缚，如司马迁提出的，后经李贽等人进一步阐发的“发愤之所作”说，就和“怨而不怒”说针锋相对的。在我国古典悲剧中，固然也有像鲁迅先生在《中国小说的历史的变迁》一文中所批评的那样，“到团圆的时节，又常是奉旨成婚”的调和型结局，如《琵琶记》《潇湘秋夜雨》就是这样的作品。但也不失像《赵氏孤儿》《窦娥冤》那样“十分涕愤”，“堪与《史记》相映”[②]的优秀悲剧。

中国古典悲剧的美感形态，还有一种道德之美。优秀悲剧都具有这种美，它们含有巨大的伦理力量，千百年来，一直在陶冶和净化着人们的心灵。

悲剧冲突是通过人物的动作来实现的。人物的动作都有自己的支撑点，具有深刻的内在意蕴。黑格尔认为:“每一个动作后面都有一种情致在推动它，这种推动力量可以是精神的，伦理的和宗教的”[③]。我国悲剧人物的动作，多是伦理力量在推动，这与中国古代的美学思想往往把美和善连结在一起有关。《国语·楚语》是这样来看待美的:“夫美也者，上下、内外、小大、远近皆无害焉，故曰美。”至于一个人所以能“有美名也，唯其施令德于远近，而小大安之也。”美的内涵，成了善的德行，体现了上下各方人等的伦理关系。由于这儿强调的是“下”之“民利”，而不是“上”之“私欲”，故有一定人民性。艺术（乐）为了体现这种善的美，必须肩负起于“远近皆无害”的道德宣传（这在阶级社会很难做到）。《左传》和《乐记》都明确提出了“乐以安德”“乐以观德”的思想，孟子则将此看作乐（艺术）的生命（《孟子·离娄章句》）。

这种美学观念，也鲜明地反映在我国古代戏曲理论中。李调元《雨村曲话序》云:

夫曲之为道也，达乎情而止乎礼义者也。……若夫忠臣、孝子、义

① 本段引文均本《乐记·乐象篇》。

② 孟称舜在《赵氏孤儿》第二折的眉批，《古今名剧合选·酹江集》。

③ 黑格尔:《美学》第3卷下册第246页。

夫、节妇，触物兴怀，如怨如慕，而曲生矣。

这种“乐以安德”的观念，在悲剧中体现得最为充分。不少优秀悲剧的主人公都具有高尚的道德情操。《精忠旗》岳飞一心为国的“忠”，《琵琶记》赵五娘照料公婆的“孝”，《娇红记》王娇娘忠于爱情的“节”，《赵氏孤儿》程婴舍子救人的“义”，都赋予爱国的、民主的人民性的内容，具有积极的伦理价值，直到现在还陶冶着人们的心灵，给人以美的享受。这儿的审美对象所产生的审美价值，“是由于它们的本质而美，例如品德。”①

“悲剧的内容是伟大的伦理现象的世界”②。假如说，这是中西悲剧共同的，那么，中国悲剧的伦理内容，则显得更为浓重些。

我们也要看到，我国古代悲剧还有一部分充满着封建伦理道德的说教，即使是优秀悲剧，也难免夹杂着糟粕。在继承这份丰厚的悲剧遗产时，需加以分析、批判和剔除。

1984年5月25日于前海瞻霁楼

（原载《文学评论》1985年第1期）

【说明】

本文比较系统地梳理并阐述了中国传统戏曲中的悲剧艺术问题，为古典悲剧的鉴赏评论提供了一个宏观的参照系。全文分三部分。第一部分按时间顺序回顾了我国古典悲剧的发展概况。主要概述了南宋、元代、明朝和清初四个时期悲剧内容和艺术上的发展流变与时代特点。第二部分总结了我国古典悲剧的种类。概括介绍了英雄悲剧、生活悲剧、抒情悲剧、性格悲剧、命运悲剧等五种类型。这种“五分法”的分类标准并不统一，有罗列之欠，但亦可窥见中国古典悲剧的一般类型特点。第三部分探讨了我国古典悲剧的审美品格。比较西方悲剧艺术及其理论观念，立足于我国古典悲剧作品的实际呈现，将其审美形态归纳为四种，即阳刚之美、阴柔之美、中和之美和道德之美。其中尤以中和之美的阐述最为切中肯綮。从中国古典美学“非和弗美”的思想出发，阐发了中国古典悲剧中和之美的思想文化根源，并分析了它的两种主要实现途径：悲喜交集的手法和大悲之后的象征性团圆结局。关于中

① 普洛丁:《九卷书》第一部第6卷，《西方美学家论美和美感》第53页。
② 别林斯基:《智慧的痛苦》，《别林斯基选集》第2卷第118页。

国古典戏曲有无悲剧的问题，一直存有争议，本文作者持肯定的立场，并进行了细致的爬梳和系列阐发，作为肯定论的代表性观点颇可观之。若将其几篇相关论文组合阅读，更可见其全貌。

作者苏国荣（1934—2000），生前为中国艺术研究院戏曲研究所研究员，主要从事戏曲文学和戏曲美学的研究。代表性专著有《中国剧诗美学风格》《戏曲美学》等。（章池）

【文献链接】

1.苏国荣：《中国古典悲剧的民族特征》，《文艺研究》1981年第4期。在中国有无悲剧的论争中，作者是坚定的肯定派。本文立足中国古典悲剧艺术和理论，与西欧的悲剧艺术和理论相对照，着重分析了中国古典悲剧的民族特征。主要论及三方面：悲喜交集、苦乐相错、迂回递进的结构方式和喜剧化手法的广泛运用；团圆的结局方式及其四种类型；悲剧人物、悲剧事件选择的自由与高下不拘等。本文是苏国荣中国古典悲剧系列研究的第一篇论文，论述细致，影响甚大。

2.吴国钦：《论中国古典悲剧》，《学术研究》1984年第2期。本文具有学术争鸣性质。作者一方面认为中国古代有悲剧，并以《十大古典悲剧集》为证；另一方面对苏国荣上文“我们判断一个戏是不是悲剧，主要的不是看手法，而是看内容”的说法，提出了商榷，认为既应看内容，又当看形式，尤其是表现手法。进而在与西方悲剧的比较中，探讨了中国古典悲剧的特征，分别从主人公形象、戏剧冲突、戏剧效果、表现手法诸方面作了阐述；最后对中国悲剧的大团圆结局及其类型，提出了自己的看法。文章对苏国荣观点的反驳，似有断章取义之欠。

3.苏国荣：《传统戏曲悲剧的含义、冲突和人物》，《戏剧艺术》1984年第4期。此文循着作者中国有悲剧的立场，通过考察西方传统悲剧理论，立足中国传统戏曲创作实际，试图梳理出中国传统悲剧独具的含义、冲突、人物的基本内涵与形态。文章指出中国传统戏曲的悲剧冲突具有严肃性、完整性、贯穿性的特点，冲突形态主要表现为个人和社会、理想和现实、情感和事业、主观和客观四种。悲剧主人公主要有三种：为正义事业而牺牲的人、为谋求合理要求而受难的人、因本人错误而遭不幸的人。

4.程孟辉：《西方悲剧学说史》，中国人民大学出版社1996年版。本书是继朱光潜《悲剧心理学》之后，又一部中国学者系统介绍西方悲剧学说的著作。全书分十二章，主要论述了亚里士多德的悲剧学说、文艺复兴时期的悲剧学说、古典主义时期的悲剧学说、欧洲启蒙运动时期的悲剧学说、德国古典悲剧学说、唯意志论的悲剧学说、批判现实主义的悲剧学说、马克思恩格斯的悲剧学说、移情学派的悲剧学说、精神分析学派的悲剧学说、新黑格尔主义的悲剧学说、现代西方悲剧学说等。

5.朱伟明：《试论中国古典戏曲的分类与悲、喜剧观念的介入》，《文学评论》2003年第2期。本文试图对引入西方的“悲剧”“喜剧”观念研究中国古典戏曲的做法，从历史与现实的考察中，给予学理上支持。文章细致梳理了中国古典戏曲的分类及戏曲观念的嬗变，认为悲剧与喜剧观念的介入，既与研究者对戏曲作为独立的文学样式的特点的认识相联系，同时作为一种新的分类方法，也是中国戏剧学体系建立与发展的必然结果，是近代以来中国学者的一种理性的选择。中国传统戏曲文学观念历史流变的梳理与辨析是本文的亮点。

知人论文　具体分析
——谈谈怎样分析古代散文

倪其心

引言："分析"与"欣赏"

一般地说，从先秦到明清，依照作品内容和形式特点来区分，古代散文大体可简括为两类：应用散文和创作散文。应用散文要求内容切实，不能虚构；创作散文则恣意为文，有意虚构。中唐作家柳宗元说："文有二道：辞令褒贬，本乎著述者也；导扬讽谕，本乎比兴者也。著述者流，盖出于《书》之《谟》《训》，《易》之《象》《系》，《春秋》之笔削，其要在于高壮广厚，词正而理备，谓宜藏于简册也。比兴者流，盖出于虞、夏之咏歌，殷、周之《风》《雅》，其要在于丽则清越，言畅而意美，谓宜流于谣诵也。"（《杨评事文集后序》）大致概括了中唐以前的文学观念：散文著述属于应用范围，诗歌韵文则属于创作系统。所以诸子百家、《左传》，《史记》、《汉书》、两汉政论、魏晋文章，以及《水经注》、《颜氏家训》等，都为散文之列，其中或有神话传说、寓言故事，但都是著述的例证，并非独立的创作。而楚辞为《诗》的变体，汉赋是古《诗》之流，六朝骈文讲究情韵骈丽，乃至韩愈《进学解》、欧阳修《秋声赋》、苏轼前后《赤壁赋》等，都是辞赋骈文的流变。中唐出现了韩愈、柳宗元倡导的"古文运动"，散文语言发生划时代的变化，独立的创作散文作品出现了。但是，严格地说，真正可称为文学创作的散文，其实是用散文语言创作的别种样式，例如韩愈《毛颖传》应属寓言性传奇，柳宗元《永州三戒》实属寓言作品，而大量出现的散文创作是传奇小说。一般的散文作品，大多仍属应用散文，如序跋题记、史论传赞之类，都是"著述者流"，切实而不虚构。但是由于中唐以后，散文取代了流行的骈文，作家刻意为文，各种各类应用散文的文学性较高，因此就视为文学散文。实际上，宋元至于明清，在传统的文学观念里，散文作品仍属应用范围，因此朱熹说，作文“大要七分实，只二三分文”，明吴讷以为“文辞以体制为先，（《文章辨体凡例》），而传统的文体分类仍以“诗”“文”为两大类。所以，本文所谈的“古代散文”，实际是指古代的应用散文中文学性较高的作品。

古代散文当然也是古代作家依照他对自己时代的社会生活的认识而创作出来的，那么后世的读者应该可以把它分析开来，以便了解、认识、评论作家的这一作品写什么、为什么写和怎么写的，也就是分析它的主题、主题思想和艺术表现形式。由于古今语言的距离，我们今天阅读古代散文，首先要克服语言困难，弄懂每字每句的意思。其次要切实掌握作品的主题和主题思想，能够中肯得当地说出作品的艺术特点和成就，也就是能确切回答：这一作品写什么、为什么写和怎么写？这就必须进行分析。分析作品是阅读和欣赏作品之间的必不可少的环节。它既不同于阅读，也不同于欣赏。而分析与欣赏的区别更为微妙。分析作品要求符合作品的客观实际和作者的本来意图，而欣赏作品则主要是读者的审美观念起主导作用。分析作品不应有读者的主观成分，不可把自己的主观感受和认识强加给作者和作品。而欣赏则只能由读者的审美感受和审美观念作出自己的审美判断。因此，分析可以加深对作品的欣赏，但不等于欣赏。同样，欣赏也有助于理解和分析作品，但不能取代分析。对直观艺术来说，观与赏之间的分析过程，也许会被忽略，产生“一见钟情”的直接效果。但对于语言艺术来说，无论古今，阅读与欣赏之间的分析过程是无从回避和忽略的。当读者把语言构成的艺术作品在自己头脑中变成具体的艺术形象时，实际上是经过分析、综合而达到的。如果能够自觉地对一篇古代散文进行实事求是的具体分析，则既可加深理解，也有助于欣赏。

一、知人论世、具体分析

历史唯物论要求认识客观事物，一切以时间、地点、条件为转移。用之于认识一篇古代作品，那就应当是知人论文，具体分析。古代散文既然是古代作家的作品，当然是依据他自己的思想和生活而创作出来的。因此，分析一篇古代散文，必须了解作家和他的时代的社会生活。即便是同一时代的作家，他们有不同的遭遇、思想历程和艺术道路，因而他们的作品也就各有自己的思想、艺术特点。再进一步说，一个作家一生的创作是随着他的思想、艺术的发展而变化着的，不可能一成不变，因而同一作家不同时期的作品也必然具有思想、艺术上的差异。因此，分析一篇古代散文，应当而且必须具体了解这一作品是作家在什么时期创作的，具体了解这一时代的社会生活情况，这一作家的一般作品的思想、艺术特点，这一作家在这一时期的生活遭遇、思想状况及艺术进展，等等。这就是知人论文。如果分析作品仅限于就事论事，就作品分析作品，那是很难认识这一作品的特点，更难作出恰当的历史评价的。

二、从分析结构入手

知人论文，具体分析，是分析一篇古代散文的一般方法。那么，具体地说，作品读懂了，从哪里入手分析呢？从分析结构入手。古代散文结构一般都有三个层次：一是文体结构，二是思想内容结构，三是艺术形式结构。所谓文体结构，就是看它属于哪种文体。自从魏文帝曹丕《典论·论文》把文章分为奏议、书论、铭诔、诗赋的四科八体之后，文体分类日益繁细。中唐以后，骈散分道，宋代应用文体已多达几十种。而到了明代徐师曾《文体明辨》则仅正统的文体就近八十种，可见文体在古代很受重视。古代散文大多遵循传统文体，所以我们分析作品便应看清题目，辨明文体。古代散文的题目，有自拟的，也有后人代拟的，但都标明文体，例如元结《右溪记》、欧阳修《醉翁亭记》和曾巩《墨池记》，都是“记”体。按照“记”体的格式，一般要求记叙何时何地何事，当事人，事情经过，作记原由等等，这三篇“记”对这些格式要求都是遵循并达到了的。它们都是先记地点，次写景物或传说，再写事情，然后写功用或影响，最后说明作记原由。可见文体格式是根据这一文体的应用需要而确定的，实质是一种抽象的一般的公式化的结构形式，对应写的内容具有框架作用。文体既有格式要求和框架作用，就会在作品的结构形式上体现出来。因此分析古代散文结构便应看清题目，辨明文体，了解它的文体结构。

优秀的古代散文通常是作者按照自己确定的主题思想，即所谓“立意”来写某一件事或某一问题的一个方面，也就是所谓“谋篇”。因此，一篇散文的具体内容结构首先取决于它的主题思想的逻辑结构。为了把握思想内容的逻辑结构，这就要在弄懂字句、疏通章节之后，再进行抽象的逻辑分析，以便把握全篇思想内容的内在联系。比较而言，叙事文、说理文的内容结构容易分析和把握，写景文、抒情文则要困难一些。因为前者直接表现为逻辑结构，而后者则往往以具体形象或形象性手法来表达思想，并且常常具有古代抒情诗的特点，即形象的跳跃性和逻辑省略，如寓情于景、用典喻理、比兴寄托等，这就必须分析具体形象的含意，把握它们的逻辑联系。试举一例：

唐代王维《山中与秀才裴迪书》是抒情散文的名篇。王维写此文是为了约请好友裴迪在明年春天科试之后，来自己的山中别墅一游。主题思想是劝诫裴迪不要热衷功名、留恋仕途，希望裴迪在仕隐的抉择上保持清醒的认识和超脱的态度。这一主题思想决定这封信的内容结构：第一段说明作者了解裴迪在这年冬天忙于温经，准备投身明年春天科试，因而不便邀请裴迪今冬同去山中别墅，只能独自归山；第二段描述自己到达山中别墅时十分想念裴迪；第三段约请裴迪在明年春天务必来山中同游。它的第二段和第三段，都是著名的写景抒情文字：

> 北涉玄灞，清月映郭。夜登华子冈，辋水沦涟，与月上下；寒山远火，明灭林外；深巷寒犬，吠声如豹；村墟夜舂，复与疏钟相间。此时独坐，僮仆静默，多思曩昔携手赋诗，步仄径，临清流也。
>
> 当待春中，草木蔓发，春山可望；轻鲦出水，白鸥矫翼；露湿青皋，麦陇朝雊；斯之不远，傥能从我游乎？非子天机清妙者，岂能以此不急之务相邀？然是中有深趣矣！无忽。……

第二段分三个层次。“北涉”二句概括途中情景，突出明月，寓有兴意，显出清高独往。“夜登华子冈”九句，即景抒情。登华子冈，便到达此行归宿的目的地，也就是本来希望裴迪同来的山中别墅所在地。登冈夜望，一派冬天月夜的山村景象。寒冬天气，山里更冷，作者点出“寒山”“寒犬”，但主要却不写冷。“辋水”四句写山水夜景，显示出一种空旷寂静的意境；“深巷”四句写山村田园，渲染一种单纯朴素的情调。作者对这惬意的环境和理想的归宿，内心满足，精神怡悦。“此时”五句写沉思和回忆。点出“独坐”，说明僮仆并不理解他此时心情；而曾经与他一起在此地同游赋诗的好友裴迪，此时却不能同来，要忙于温经科试。在这缺少知己的孤独惆怅之中，既有对好友的思念和关切，也有不同道的遗憾。因此，第三段便以暂时的遗憾心情写明春邀请的希望，所以说“当待春中”。“草木”六句是描写山中春天景象，生气蓬勃，自由自在。然而这只是作者所喜爱的山中春色，对于裴迪则未必了解。所以反问一句："到那时候，你果真能来山中共游吗?"这就是说，明春科试你榜上有名也罢，不幸名落孙山也罢，你还会有兴致来欣赏山中春色吗?其含意是希望裴迪摆脱仕途功名的束缚，无论考中考不中都一定来山里共游，所以说裴迪是"天机清妙"，能够理解山中闲游的"不急之务"的"深趣"。可见这一段的邀约，实质是希望裴迪隐逸超脱。总起来看，此信主题思想的逻辑结构是，因为裴迪要温经考试，与自己志趣发生分歧，使自己失去一位同道好友，感到孤独，深为思念，更觉抱憾，但希望裴迪终于能对仕途清醒超脱，重归清高隐逸的道路。但由于作者以独归和邀约同游山中为主题，态度委婉，表现含蓄，不直接以逻辑语言表达，因此必须分析它的具体写景抒情的形象，把握它的逻辑联系。由此也可看到，它的思想内容的结构决定它的艺术形式结构，而它的艺术形式结构是它的思想内容结构的具体表现。

一篇散文的艺术形式结构是由作者依据主题思想的需要，进行选材、剪裁和安排而完成的。分析一篇散文的艺术形式结构，实质是具体分析它的选材、剪裁和安排。例如上述王维的信，选材是裴迪温经，自己独归，途中所见，山中所见，思念裴迪，想象春景，提出邀约。其中着力加工的题材是山中所见和想象春景。但是，凡所选材，都作详略曲直的适当处理，置于恰当地位，结合成思想清楚、重点突出的层次段落，而完成整体结构。试再比较下列三文：

《右溪记》

主　　题：　记叙修筑右溪

主题思想：　批评埋没材用
　　　　　　呼吁发挥材用

首段(所在)：点出右溪无名

次段(景观)：重在泉石幽趣

三段(功用)：感慨无人赏爱

末段(缘由)：作记以示来人

《醉翁亭记》

主　　题：　记述亭名"醉翁"用意

主题思想：　发挥与民同乐思想
　　　　　　寄托乐而无逸情怀

首段(所在)：点出取名用意
次段(景观)：概写四时景观
三段(功用)：可供官民同乐
末段(缘由)：点出醒时作记

《墨池记》
主　　题：　记述古迹墨池
主题思想：　批评虚夸作风
　　　　　　倡导踏实学风
首段(所在)：直接说明所在
次段(景观)：指出古迹不实
三段(功用)：强调不由天成
末段(缘由)：讽谕宣扬不当

上文说过，这三篇都是“记”体，文体结构大致类同。但由于主题和主题思想不同，它们的侧重不同，选材、剪裁、安排便也不同。《右溪记》借修筑右溪以感慨卑微良材埋没不用，因此记其所在时，点出右溪原是道州城西近边一条无名小溪；描写景观，则着重写小溪水石的自然形态，表现天然情趣，突出素质优美。《醉翁亭记》借为亭取名而抒写与民同乐、乐而无逸的志士仁者胸襟，因此记其所在之后，直接说明自己为当地太守身分和取名“醉翁”的用意；描写景观，则着重写亭中所获山水乐趣，表现亭的位置适当，突出朝暮四时的自然变化的景象。而《墨池记》则借抚州学校修筑相传为东晋王羲之学书的墨池古迹，批评这种虚夸作风，倡导儒家道德文章并重的踏实致成的学风，因而记明所在之后，并不写景，直截指出墨池传说荒诞不经，不符史实，重在事理考证，进行议论发挥。它们剪裁题材各按主题思想需要，一在突出素质优美，一在写出乐趣，一在议论事理。而安排则由上表可见，既符合记体格式框架，更各有自己的主题思想逻辑，而落实于选材、剪裁、安排所结合成的整体结构。

三、对古代散文艺术形象的分析

古代散文的艺术形象，实质是作者按照自己的认识，用形象化手法技巧表现的客观事物。因此，一篇散文的艺术形象是由作品所写客观事物形象和作者在作品中表现出来的自我形象交融而成的。凡优秀的散文作品，不但客观形象生动，而且作者自我形象鲜明，跃然欲出。而正由于不同作者的思想认识和艺术素养不同，同一作者在不同时期的思想、艺术有变化，因而每篇优秀散文各有独特的艺术形象，既表现于客观事物，也表现于自我形象。一般地说，客观形象通常是由作品具体题材综合而成的主题的形象性，自我形象则是作者对主题的认识、感情、态度、倾向的特征表现或流露的总和。因而具体分析一篇散文的艺术形象，其实就是要求回答：是什么样的形象？有什么特点？用什么手法技巧表现的？表现或流露着作者怎样的思想感情和倾向？把全篇的具体题材一一分析，然后加以综合归纳，便较确切地了解、把握全篇主题的形象性和作者自我形象的表现，从而认识这一作品的艺术特点。

具体地说，分析说理文的形象性，就是分析其中例证的特点和表述，分析叙事文的形象性，就是分析其细节的特点和描述；分析抒情文的形象性，就是分析借以抒情的具体事物的特点和表现。例如韩愈的《原毁》是说理文，其客观形象就是文中用形象化方式表述的例证。它的正面例证是那种见贤思齐的人物类型，思想明确，栩栩如生；它的反面例证便是几种妒贤忌能、党同伐异的人物嘴脸，特征鲜明，丑态毕露；正反对照，反复比较，从而具体生动地说明了诽谤的原由和丑恶。又如欧阳修《与高司谏书》是一封批评信，也是说理文。信中正面批评揭露谏官高若讷文过饰非，颠倒是非，“不复知人间有羞耻事”。但它并不具体描绘高若讷的丑恶嘴脸，而是反复论述高的行为动机和后果，论证高不是真君子、好谏官，揭露他品质卑劣，内心肮脏，令人感觉此人形象丑恶。显然，韩文是概括说理，欧文是具体批驳，因而构成其客观艺术形象性的特点和表现较易区别。而抒情文多用比兴手法技巧，就比较不易把握。例如上文引到的王维那封信中“夜登华子冈”一节，全是优美生动的写景。那就必须先抓住这些景象的特点，指出它是空旷寂静、单纯朴素的山中村落的冬夜景象，然后分析它运用光照、音响映衬的表现技巧，动中见静、象外有神的表现手法，以及由远而近的层次结构，出色地完成融情于景的艺术形象表现。

一篇散文中的作者自我形象，通常并不是通过自我描写刻画而表现出来的。在第一人称散文中，是通过所述主题形象而显示出来；在第三人称散文中，是通过被写人事而流露出来。读者感觉和了解作者自我形象，其实是以读者自己的理解，用自己的生活经验加以充实而想象完成的。因此，分析散文作品的自我形象，实际上是在分析题材形象性的同时取得的。应当指出，一篇散文中的自我形象是作者在所写的主题中表现出来的思想感情和倾向，并非作者全人的整体形象，因而实质上与主题形象一样，只是形象性的表现。正因如此，所以同一作者的不同作品中所表现的自我形象可能颇不相似。例如欧阳修的《与高司谏书》和《醉翁亭记》两文所表现的作者自我形象几乎是两个人。《书》中的自我形象显得尖锐激烈，斩钉截铁；而《记》中的自我形象则是那样忠厚坦荡，自乐乐人。《书》是抨击不正直的丑恶的东西，所以是非分明，针锋相对；《记》是赞美与民同乐的善举，所以情畅意悦，徐徐说来。这是由于不同的主题和主题思想而来的作者不同的形象表现。可见分析散文作品的自我形象，实际上是分析作者对所写主题的是非、爱憎、好恶的思想感情和倾向，综合归纳起来，便形成读者头脑中的作者形象。

四、对古代散文语言的分析

最后，简单谈谈散文语言的分析。作为一种文艺样式，散文的媒介手段只有一个，就是语言。它既不如诗歌有声韵格律，更比不上戏曲有音乐、舞台和演员。因此，散文可谓最单纯的语言艺术。作家用语言进行艺术创作，读者从弄懂字句开始接触作品，而最后要归结到欣赏它的语言艺术。由于古代散文大多属于文学性强的应用散文，因而语言的技术和技巧就显得更为重要而突出。韩愈倡导古文的基本要求之一，就是“文从字顺各识职，有欲求之此其躅”（《樊绍述墓志铭》），认为写作古文必须以此为起点。也就是说，首先要求准确掌握词汇意义，正确运用语法规律，恰当利用修辞技巧。因而分析古代散文语言也就必须熟悉古代汉语的基本知识。其次，古代散文作品语言的一个优良传统是“唯陈言之务去”（韩愈《答李翊书》），不断从生活中汲取新鲜口语，提炼成为生动的书面语言。因此，分析古代散文语言应当注意到语言的时代特点，从而了解和掌握作品语言的时代风格。第三，每一位优秀作家的散文作品都有自己的独特的语言风格，这也是分析语言艺术时应当注意到的。

总起来说，古代散文作品的语言分析，实质上是古代汉语语法修辞的技术技巧的分析，是文学表现手法技巧赖以实行的工具手段的分析，并非文学性的分析。因此，这里就不多谈了。

（选自《诗文鉴赏方法二十讲》，中华书局2002年版）

【说明】

文、诗、词，是唐宋之前中国文学的三大主要文体，如果说“词”是娱乐文体，“诗”是严肃文体，那么“文”则是崇高文体。所谓词以传情，诗以言志，文以载道，惟有“文”才上达“道”的境界。

怎样分析古代散文？本文在说明“古代散文”的范围、辨析了“分析”与“欣赏”之后，把古代散文分析的原则和方法概括为八个字：“知人论文，具体分析”。具体地说，可以从四个方面入手：其一，知人论世，把握全人。即首先要了解作品写作的时代背景、作家的思想特点和创作的整体风格特色，这是进入具体分析的前提条件；其二，从分析作品的结构入手，把握全文的内在逻辑。古代散文的结构可分为三个层次，即文体结构、思想内容结构、艺术形式结构。文体结构是相对稳定的惯例程式，着重应当分析思想内容的逻辑结构和剪裁布局的形式结构；其三，是散文艺术形象的分析，包括客观景物形象和作者自我形象两个方面。客观的景物形象在说理文、叙事文、抒情文中各不相同，作者的自我形象在第一人称和第三人称的散文中也有明显区别；其四，是散文语言的分析，包括语言的准确、鲜明、生动，修辞技巧的运用，语言表达的时代风格和作家个体风格特色等等。例子是最好的定义，例子也是最好的方法。本文通过实例分析阐述方法，提供了典型范例，有助于方法的掌握。应当指出，古代散文和现代散文的艺术原则是相同的，因此这里阐述的古代散文分析的原则方法，同样适用于现代散文的分析研究。

作者倪其心（1934—2002），原北京大学中文系教授，汉魏六朝文学、校勘学知名学者，主要著作有《汉代诗歌新论》《校勘学大纲》以及古代诗文选多部。（陈文忠）

【文献链接】

1. 周振甫：《文章例话》，江苏教育出版社2006年版。这是《诗词例话》的姊妹编，也是一部“历代文话”的集萃之作。作者从浩如烟海的历代文话中选取最有理论价值的片段，分为四大部分，依次是“阅读”“写作”“修辞”“风格”。每一部分又分为若干题，如“阅读”有“仔细理会”“比较”“回环阐释”等13题。每一题，先摘取一则文话，然后对其所包含的理论和论及的文章作诠释分析。本书既有助于提高古文鉴赏水平，也有助于领悟文章写作奥秘。

2. 吴小如：《古文精读举隅》，天津古籍出版社2002年版。作者吴小如是当代著名文史家，其古诗文赏析，见解独到，自成一家。本书是其《古典诗词札丛》的姊妹篇，除“古文精读举隅”40篇外，尚有“古小说析赏”2篇、“历代小品析粹举隅”10篇。作者秉承“没有个人的点滴创见，宁可不写文章”的宗旨，采用“点面结合”的赏析方法，即先有一个中国文学史的整体以确立所谈作家作品在文学史上的地位和影响，同时尽量了解这位作者与其同时代作家的关系进而区分他们在艺术流派、风格上的异同。一册在手，既有助于体悟古文的艺术精妙，也有助于学习作者的赏析之道。

3.《现代散文鉴赏辞典》，上海辞书出版社2003年版。本书收录了五四新文化运动以来八十多年间的300余篇散文作品及其鉴赏文章，其中包括台湾、香港、澳门作家的作品。推荐此书，既有助于了解现代散文的历史发展及其艺术成就，更可以多角度揣摩现代散文鉴赏文章多姿多彩的写作方式和写作风格。

4.孙玉石：《〈野草〉研究》，北京大学出版社2007年版。在鲁迅浩如烟海的著作中，薄薄一册《野草》，是将自我心灵的剖露与生命哲理的沉思完美结合的杰作，也是20世纪中国散文诗开山的界碑和巅峰。这部《〈野草〉研究》则是同类著述中的力作，是欣赏《野草》、研究《野草》不可或缺的参考书。全书十章，可分三部分，前四章是作品赏析，中四章是综合研究，后两章是“研究史”回顾。作者2010年出版的《现实的与哲学的——鲁迅〈野草〉重释》，可视为本书的姊妹篇，两书互读，可深入体会作者阅读《野草》的经验和研究《野草》的方法。

5.吴周文：《论朱自清散文的美学风格》，《文学评论》1993年第3期。这是一篇研究朱自清散文美学风格的长文，分上下篇，上篇“温柔敦厚的审美理想及审美品格的生成”，下篇“美文风格特征与对古典艺术传统的认同”。作者把朱自清的散文创作放在中西文化观念的碰撞、古典文化传统的传承以及同时代散文家的比较中，作了全方位、多层次的分析，富于理论色彩和学术深度。从评论写作角度看，可以为诗歌风格、小说风格和戏剧风格的研究者借鉴。

《小鞋子》的叙事结构[①]

戴锦华

《小鞋子》是一部非常典型的伊朗电影。准确地说，是一部在国际视野中、在环球电影舞台上具有典型特征的伊朗电影。

如果对伊朗电影新浪潮做一个粗略的概括，那么其影片的主要特征是低成本、小制作，多以孩子为影片的主角，通过孩子们的目光呈现底层人的世界。影片的叙事动机和情节线索大都极为单纯，乃至微末，叙事基调则充满了苦涩的柔情。而且不同于多数第三世界国家导演在欧洲国际电影节上获奖的作品，伊朗电影新浪潮初期的作品，都是体制内制作。尽管和许多第三世界国家一样，伊朗有着相当严格或称严苛的电影审查制度，但伊朗电影新浪潮前期的作品，却不仅在体制内制作，而且较少与伊朗电影的审查机构发生冲突与摩擦。换言之，这些在国际视野中获得普遍赞誉的作品，同时成功地规避了审查制度中关于政治、社会、宗教等诸多禁忌的因素。几乎所有这些典型特征，都集中呈现在伊朗重要导演马基·马吉迪的作品《小鞋子》之中。

《小鞋子》的英文片名《天堂里的孩子们》，犹如一阕诗行，又如同一段反讽。故事中的一对小兄妹：阿里和莎拉，聪慧、善良，善解人意而天真无邪，如同天堂中的圣洁使者；但他们同时却无时无刻不在承受着底层、极度贫穷的生活的重负，早早地经历着现实的磨难。影片的情节主部是一件似乎微乎其微的小事：哥哥阿里无意中丢失了妹妹莎拉的一双早已破旧不堪的小鞋子；但那是妹妹惟一的鞋子，失去了它莎拉便不能出门上学。他们不敢向父母道出真情——不仅是惧怕惩罚，更重要的，是他们知道母亲卧病、负债累累的家庭根本无力购买一双新鞋子。于是，这微末的小事，便成了孩子们世界中真正的灾难与困境。他们以孩子的纯真和孩子的智慧尝试挽回这灾难，

---

① 戴锦华《电影理论与批评》第一章“电影语言分析：《小鞋子》”共分三节：第一节，电影语言与叙事组合段理论；第二节，伊朗电影与《小鞋子》的叙事结构；第三节，叙事·表意·修辞。这里节选的是第二节，标题及内容略有删减。

挣脱这困境。整部影片便充满了孩子们令人心酸的徒劳的挣扎。然而，这围绕着小鞋子的故事，却又始终为温暖的柔情所辉映：兄妹间的亲情默契，充满辛酸却不时盈溢着喜剧感的场景，共同构成了平凡不幸的善良人的世界。幸运中的不幸：为了给妹妹赢得一双新鞋子而全力争取马拉松比赛第三名的阿里，“不幸”地赢得了第一名，因此失去了小兄妹俩梦想、渴望中的“救赎”。那冠军的奖杯成为令阿里绝望、无颜面对妹妹的耻辱。整部影片充满了含泪的微笑、辛酸的温馨。

我们首先参照麦茨的组合段理论，对影片的叙事做一个简单梳理，以清晰地展示这部影片的变奏曲。

1.序幕，段落。9岁的阿里为妹妹莎拉修补好水粉色的小鞋子，为家里购买了饼，在赊买土豆时，小鞋子被人误认为垃圾收走。阿里丢失了妹妹的小鞋子。

2.段落。惊恐的阿里回家时遇到了逼租的房东辱骂生病的母亲，他告知妹妹，许诺找回鞋子。

3.段落。阿里奔出去找鞋，未果。

4.段落。夜晚。阿里受到父亲的责骂。恳求妹妹和他分穿旧球鞋。

5.段落。翌日清晨。莎拉穿着哥哥不合脚的破球鞋前去上学。体育课上，穿皮鞋的同学跳远跌倒，老师鼓励穿球鞋让莎拉略感释然。

6.段落。阿里在巷口焦急地等待着妹妹/鞋子前去上学，尽管莎拉奔跑回来，阿里还是上课迟到了。

7.线性叙事组合段：兄妹俩洗刷球鞋。晚上，全家人聚在一起。雨夜中，莎拉唤醒阿里取回小鞋子。

8.线性叙事组合段：莎拉因课堂测验延误了时间，在跑回家的路上鞋子落入水沟。阿里责备妹妹。他再次迟到，遭到教务长训斥。但他的作文得到高分。在回家路上，他碰到妹妹，将老师奖励的圆珠笔送给妹妹，兄妹和好如初。

9.插曲式段落：阿里将妈妈烧好的汤送给邻居。

10.线性叙事组合段：莎拉在操场上发现有人穿着自己丢失的小鞋子。她在课间休息时发现了鞋子的主人，下课后跟踪获知了她的地址。阿里因此再次迟到。教务长将他逐出学校，幸得老师说情而作罢。兄妹俩前去追回小鞋子，却发现那小姑娘的父亲是位盲人。兄妹俩默默离去。

11.插曲式段落。清真寺礼拜。父亲和阿里为众人奉茶。父亲得到一套园艺工具。回家后父亲与母亲商议假日到富人区去做园丁。

12.线性叙事组合段：父亲用自行车载着阿里穿过城市来到富人住宅区。他们一次次地按响门铃，遭到拒绝。终于，一个渴望玩伴的富人家的孩子让爷爷雇用了阿里父子。阿里和孩子相伴，父亲的劳动得到了丰厚的报酬。但在父子高高兴兴回家的路上，自行车刹车失灵，跌伤了父亲。父亲的伤情使家里的情形雪上加霜。

13.段落：莎拉下课后向家中奔去，不慎失落了阿里送给她的圆珠笔。盲人家的小姑娘拾到笔，但没有追上莎拉。

14.场景：学校操场上，老师宣布即将举行城市学生马拉松的消息。阿里看了看自己的破球鞋，在心里放弃了报名。

15.插曲式镜头：盲人家中，小姑娘取出拾到的圆珠笔，珍爱地用它试写作业。

16.场景：学校操场上，盲人家的小姑娘将圆珠笔还给莎拉。

17.场景：盲人给自己的女儿买了新鞋。同时，阿里的父亲也在鞋店外看鞋。

18.场景：盲人之妻用曾是莎拉的小鞋子向收废品的老人换了洗菜筐。

19.场景：盲人家的小姑娘穿了新鞋上学，遇到莎拉。莎拉再次获知自己的小鞋子已无法追回。

20.线性叙事组合段。阿里在教室中看到操场上马拉松赛的预选。下课后老师公布参赛名单和比赛预定的奖品。第三名的奖品：一双运动鞋攫取了阿里的目光。他前去哀求老师让他参赛。在流泪恳求和测速之后，阿里获准参加。他奔回家中告诉妹妹喜讯。

21.叙事组合段：马拉松赛场。阿里在奔跑。平行插入镜头：莎拉奔跑回家。阿里获得了领先地位，让自己保持在第三名的位置上。但追上来的同学绊倒了阿里，阿里再次追赶时进入冲刺，在奋力追赶之时，阿里冲过了终点。人们告知他得了冠军，阿里流下了绝望的泪水。

22.插曲式镜头：阿里的父亲为家中购物。

23.场景：阿里回到家中，无颜面对妹妹期待的面容。当莎拉失望离去之后，阿里独自将自己满是水泡、血泡的双脚浸入院中的水池。

在这一依照大组合段理论排列的一览表中，我们可以看到，影片有着严格的顺时、线性叙事结构，只有马拉松赛的途中，当阿里显然抵达了疲劳极限，开始被人们超过时，插入了妹妹莎拉为了及时把鞋子“传递”给哥哥而拼命奔跑的镜头。所有段落首尾相衔，从容而缜密；除了线性叙事组合段（12）：一个自卓别林的《寻子遇仙记》到德·西卡的《偷自行车的人》，已成为某种贫贱父子情趣盎然的都市悲喜剧模式的段落外，每一个独立语义段：段落、场景、镜头、组合段，紧密地围绕着妹妹的小鞋子——这一极为细小，几近单薄的叙事线索，不断变奏出新的叙事动机和叙事线索。

序幕，段落（1）以一个长镜头（片头字幕衬底）从容地呈现修鞋师傅一丝不苟地修补着莎拉那已经开绽、破旧的小鞋子，尔后，年仅9岁的阿里拿着妹妹的鞋子，在为家中赊买土豆时，如雷轰顶般地发现自己丢了妹妹的鞋子。影片在第一时刻将观众带入了一个底层社会的图景之中，带入一个孩子纯真而无助的世界，带入一个微不足道、却对孩子们说来构成灾难的情境之中。孩子们恐惧着父母责骂，同时是早熟地分担着家庭压力，小兄妹达成默契，他们将分享阿里那双同样破旧的球鞋，共同保守这一鞋子丢失的秘密。接着叙事线索转换成莎拉必须穿着哥哥不合脚而破旧的球鞋的羞耻感和每每因莎拉即使拼命奔跑仍不能及时回家，造成阿里——无疑是一个优等生——上课迟到的焦虑。一次次插曲性的变奏：小兄妹俩快乐地洗净那肮脏的球鞋；深夜从大雨中“抢救”被淋湿的球鞋；过大的鞋子从奔跑的莎拉脚下掉入水沟，阻塞在石桥下，幸蒙好心人相助；小兄妹的拌嘴与和解。尔后剧情似乎即将发生戏剧性转折：莎拉居然在学校操场上发现有人穿着自己的小鞋子，但这一发现却不能帮小兄妹脱离困境：出自对处境更为艰难者的同情，让他们无言而沮丧地放弃了收回小鞋子的努力。情境再一次出现亮点：前往富人区打工的收获，让阿里大胆向父亲提出了给妹妹买新鞋的提议——这在父亲是白日大梦：买新家具、新冰箱甚至改租大房子的未来设想中，如此微不足道而且可望可及。然而，失灵的自行车事故将这美妙前景变为现实噩梦。情节再次变奏：盲人家的小姑娘竟拥有了一双新鞋，但莎拉的小鞋子却再次无法追回。一个期待中的幸运转折悄然介入：马拉松赛的消息开始编织在剧情之中，直到特写镜头——阿里期待和兴奋的视点中——奖品列表中的一双运动鞋的字样。影片的高潮戏，也是这部由细节、日常生活场景、孩子们单纯而微妙的心理波动组成的影片中最长、最为完整的情节段——比赛及其悬念：阿里能否赢，重要的是能否赢得第三名而非冠、亚军，干脆说，是能否赢回一双新鞋子，便构成影片最为激动人心又催人泪下的场景。而阿里的全胜成了他的失败：他赢得了冠军，失去了得到新鞋的莫大期待。孩子们为改变自己艰难、尴尬处境的努力再次成为徒劳。特写镜头再次为奖品桌上那双崭新的运动鞋所充满，依旧是阿里的视点，却是他绝望、自惭而无助的目光。继而，是影片的尾声：颓丧、“耻辱”的胜利者阿里回到家中，抚慰他的只有池中的游鱼。然而，作为一部充满苦涩柔情的情节剧，影片安排了救赎的出现。不同于好莱坞电影的大团圆结局：没有父母终于理解了可爱而出色的阿里的场景，没有孩子们终于得到了新鞋子的狂喜，只是一个似乎不经意的插曲：显然拿到了薪水的父亲为家中购物，中景、而非特写镜头中，摄影机90度摇拍，将摄影机由自行车旁的父亲摇向自行车尾的购物筐，观众可以依稀看到筐中并排放着一双红色的小皮鞋和一双雪白的新球鞋。于是，尾声中，阿里艰难地脱下鞋子，我们看到那为小兄妹共同穿着、每日奔跑、刚刚经历了漫长的马拉松赛的球鞋已彻底破烂，磨穿的鞋底从鞋帮上脱落下来；但此前的插曲式镜头：父亲车筐中的新鞋，已将这一细节转换成充满爱怜的温情，而不再仅仅携带着伤痛的意味。

在《小鞋子》中，小兄妹俩尤其是哥哥阿里无疑是故事的绝对主角，是叙事的中心和影片视觉结构的中心。但同样有别于好莱坞电影的叙事成规、但又遵从着性别书写的惯例，影片中的小兄妹更多地放置在被看、而不是观看者的视觉位置上。多少带有记录风格的手提摄影机跟拍场景，将小兄妹置于纪录对象的位置上。可以说，他们成了这幅催人泪下的伊朗社会底层画面中清纯迷人的风景。而这一视觉呈现方式的结构性设定，同时呈现了阿里、莎拉兄妹在社会生活中低下而微不足道的位置。一如他们的年龄和他们的家庭、他们的社区不可能赋予他们哪怕极为微小的权力位置，他们因此也无法在影片叙事中占有任何视点权——主动观看的空间。有趣的对照是，在影片中，阿里更多地呈现为一个行动主体，他和妹妹一起共同背负起母亲卧病时的家务重担，在一次次焦灼地等待妹妹/鞋子、努力按时到校，徒劳地试图为妹妹找回/赢得一双新鞋。他没有闲暇、没有权力去观看。相反，莎拉被赋予了有限度的观看/视点镜头。一次次复沓出现的场景：在莎拉必须穿着哥哥的大鞋走向学校、度过校园时光的段落中，出现了莎拉的视点。那是一个小姑娘焦虑的目光——一点点自尊与虚荣、巨大的羞耻感和无助，让她不断地将目光投向自己无处躲藏的双脚，投向同学们一双双色彩各异但合脚、间或崭新、漂亮的女童鞋。段落（5），近景镜头中，打开的院门间伸出了小姑娘怯生生的头，她向外望去，反打，清晨的小巷中空无一人，镜头切为莎拉迟疑地迈出了大门。小全景镜头中，忐忑不安的小姑娘沮丧地低头走来，停在小巷口上，近景，莎拉注视着画外前方，反打，全景画面中同学们纷纷跨入校门，切换为莎拉的小全景，她低头看向自己的鞋子；莎拉匆匆地跟在同学后面进入学校，摄影机跟拍。体育课上，近景，莎拉忧伤、紧张的面容，低垂着目光，反打，摄影机摇移过同学们脚上一双双各色皮鞋、运动鞋，镜头切换，特写镜头中，穿着哥哥脏球鞋的双脚紧张地向后缩。当小全景镜头中，同学摔倒，老师表扬了穿球鞋的同学，切换为特写，莎拉终于展开了一个灿烂的笑容，切换为俯拍镜头的特写：向后缩的双脚前移，站到了正常的队列位置上。类似的特写主观视点镜头不断与莎拉相伴随，展示了孩子眼中的世界，那狭小的空间，展示她微末的期盼，她细微的心理波澜：拥有一双自己的鞋子，哪怕是破旧的鞋子的愿望，充满了莎拉幼小的心灵。

影片极为细腻传神的，是此前的一幕（段落4），劳作了一天归来的父亲，全然不知道孩子们已遭到了天大的难题（当然，如果他知道，一定意味着一顿怒骂或责打），他心疼地责怪妻子不该劳作，诅咒房东的无情，迁怒于小阿里不懂帮助母亲。孩子们便在这份紧张不安中，在父亲气愤的目光下，一边做作业，一边通过笔谈试图解决他们的困境。这一场景，建立在中景镜头中父亲不时投向孩子们的威严的目光，正面近景中分别呈现的阿里和莎拉，三个机位间切换，其中父亲是唯一占有了观看/视点镜头的角色，但父亲显然对发生中的一切视而不见。并不占有视点机位的小兄妹，却显然知晓和体认着整个场景，但他们无能为力。画面渐次转换成莎拉和阿里之间水平镜头的切换，莎拉愤怒而绝望，阿里负疚而无助；他开始恳求妹妹——不是隐瞒自己的错误，而是体谅困窘艰辛的父母。景别渐次缩小，变为大特写中孩子们的字迹。莎拉无疑被哥哥的恳求所打动，同时深知即使挨骂、挨打，也未必能换来一双新鞋子——除了负债累累，家中显然一无所有；莎拉痛苦的迟疑，呈现为她细小的手指不断地抠着手中的半支铅笔，一只手——哥哥阿里的手把一只崭新的铅笔推到妹妹面前，一个无声的哀求。终于，莎拉接下了铅笔，接受了哥哥的建议和两人间的默契。另一个家中的夜景，一家围桌而坐的时刻，画面并不稳定的电视机的广告里出现了鞋子。画面先后攫取了两兄妹的目光，他们悄然对视：内心复杂而无奈。

影片最为精彩的段落——尾声中，先是近景镜头呈现在院中水池边忙着为小妹妹洗刷奶瓶的莎拉，画外的开门声让她回过头，意识到是哥哥比赛归来时，她的小脸上充满了期待的灿烂笑容。镜头反打，小全景中的门洞仍空荡着。终于，阿里出现了，他拖着脚步，不曾抬起头来。莎拉继续以她充满希望和询问的目光迎接着哥哥，反打，小全景中，阿里倚着墙角停在那里，低垂着双眼回避妹妹的目光。近景镜头中，莎拉的笑容黯淡了，最终完全消失，巨大的失望，使她几乎是谴责地注视着哥哥。镜头切换为俯拍中的小全景，阿里迟疑地向前走来，进入到莎拉所在的画面，但仍然不肯与莎拉对视：他无法解释，他没有给妹妹带回他许诺过的新鞋子，而他竟得了第一名！画外传来了婴儿的哭声，忍受着巨大失望的莎拉紧绷着小脸走出画面——她仍必须履行她的责任，一个小姑娘在履行着的、原本属于母亲的沉重的家务劳作，留下了无地自容的阿里。

整部影片采取了并无新意、但不无匠心的段落过渡与组接，使电影叙事缜密、流畅。诸如阿里奔出去为妹妹找鞋子，而没有帮母亲洗刷地毯，埋下了父亲不知情的责骂；而他试图翻拣垃圾寻找鞋子时，却被社区的长者叫住，让他带回礼拜用的糖块，委托父亲敲碎。这一闲笔带出下一段落的开端，镜头从父亲敲碎糖块的近景中拉开，进入我们讨论过的段落（4）。而小兄妹几乎出神地注视的电视中的鞋广告被接收问题的雪花所打断，当画面恢复时，荧屏上的画面是雷电交加，这画面直接切换为深夜时分窗外的闪电雷鸣。担心着鞋子的莎拉唤醒了哥哥。影片中一次次地让必须为生病的母亲分担家务而且无疑为妹妹的鞋子问题所折磨的阿里，拒绝同学叫他加入游戏、踢球的召唤；直到他以绝对优势从马拉松中胜出，我们才体认到这原本应该是一个多么爱玩和会玩的孩子。

在这部可爱单纯的影片中，小鞋子的变奏在不同段落中不断转换为不同的情感、情绪、事件序列，转换为新的叙事动机。在影片的最初部分中，小鞋子的故事，呈现为莎拉的羞耻感和阿里不断面临上课迟到的焦虑。这两条线索的交汇，便是小莎拉一次次在摄影机跟拍中、在一个个长镜头里奔过大街小巷，镜头平行切换为焦虑不安的阿里一次次地凝望着空空荡荡的巷口。这也造成了小兄妹间的口角和冲突。而当阿里迟到，为教务长所斥责并盯住的线索仍在延续，在莎拉那里，这线索转换为小鞋子的发现。当他们显然放弃索回小鞋子的希望，阿里为抚慰妹妹而转赠金色的圆珠笔，将小莎拉和穿着水粉色的小鞋子的姑娘联系在一起。当两个小姑娘显然开始建立起某种友谊的时候，那姑娘脚上的新鞋子却再次唤起了莎拉无法明言的小小的怨气。当清真寺及其后的打工场景暂时将故事带离小鞋子的线索，主要线索仍在延伸：在清真寺里，阿里的工作是为做礼拜的人们整理鞋子，而当父子俩赚到了第一笔钱，阿里立刻在父亲的美好未来畅想中添上妹妹的新鞋子。直到马拉松赛的消息进入，引出了高潮戏。

在这部尽管充满了柔情，但无疑饱含辛酸的影片中，池中红色的游鱼，成了一个鲜明的亮点，一个快乐与微笑（尽管可能是含泪的微笑）的节拍器。第一次充满欢乐的场景，是小兄妹一起将男孩子肮脏的球鞋洗净，观众同时第一次清楚地看到了池中的红金鱼；而阿里获准参赛，快乐地奔回家来告诉妹妹喜讯时，观众第二次看到了池中的红色鱼群；最后一次，尾声中，失败的、几乎被负疚感压倒的冠军阿里坐在池旁，池中的红色金鱼如同精灵般抚慰着他肿痛的双脚、他沮丧的内心，抚慰着观众盈溢着同情而充满感伤的心。

（选自戴锦华《电影理论与批评》，北京大学出版社2010年版）

【说明】

20世纪60年代中期，西方电影理论出现从传统向现代的转向。在西方当代电影理论中，由电影符号学、电影叙事学、电影精神分析学构成的电影结构主义符号学理论学派，影响甚巨。法国著名电影理论家克里斯蒂安·麦茨就是其中的代表人物之一，他也被公认为是西方当代电影理论的初创者与奠基人。麦茨的一个重要贡献即在于：在电影与自然语言的类比研究中，发现叙事是电影重要的、甚至是唯一的契合与联接点，“不是由于电影是一种语言，它才讲述了如此美妙的故事；而是因为它讲述了如此美妙的故事，它才成了一种语言”。他关于电影叙事的大组合段理论亦成为电影叙事研究的开端与基础。本文便是戴锦华结合麦茨的大组合段理论对伊朗电影《小鞋子》的语言和叙事的一次解读。

麦茨的大组合段理论是从叙事电影中抽离出来的，主要用来分析电影的叙事形式。它以叙事、表意的独立语义段作为电影叙事的基本单位，从自主镜头开始，排列出电影叙事的不同分层，归类出电影独立语义段的8种形态，用以考察不同类型的镜头段落如何组织出不同的叙事时空。在本文中，作者首先参照组合段理论，对影片的叙事进行了梳理，排列出了23个语义段，有效地展示出了《小鞋子》严格的顺时、线性的叙事结构和全片的叙事线索——妹妹的小鞋子。这可以说是本文的第一部分。以此为基础，文章着重分析了《小鞋子》的叙事视点，这构成了本文的第二部分。叙事视点是叙事电影的支点，其中“谁在看”又尤为至关重要。从叙事视点切入，文章揭示了《小鞋子》中小兄妹所处的被纪录对象位置，以及哥哥阿里的行动主体性和妹妹莎拉的有限视角所展示的孩子们的纯真心灵和目光，从而使整个叙述充满温柔的爱怜、并带出隐隐的苦涩与心酸。

作者戴锦华，1959年生，北京人，曾任教于北京电影学院电影文学系，现任北京大学比较文学与比较文化研究所教授，美国俄亥俄州立大学东亚系兼职教授。主要研究领域为电影史论、女性文学研究、大众文化研究。代表性著作有：《浮出历史地表——现代妇女文学研究》《电影批评》《电影理论与批评》《涉渡之舟——新时期中国女性写作与女性文化》等。（章池）

【文献链接】

1.胡星亮主编：《西方电影理论史纲》，中华书局2005年版。此书从理论学派嬗变角度，系统论述了20世纪西方电影理论的发展。除“绪论：趋向电影真理的努力探索”外，全书按西方电影理论发展分四章：第一章，“电影作为艺术”理论；第二章，电影蒙太奇理论；第三章，电影纪实理论；第四章，电影结构主义符号学理论。每一章均由两大部分构成，一是概述，分析该学派理论产生的社会、哲学与文艺等背景；二是梳理各理论学派的主要理论家的理论观点及其创新、贡献与影响等。此书有助于了解西方电影理论近百年来的流变与主要流派、主要理论家和主要理论观点。

2.戴锦华：《电影理论与批评》，北京大学出版社2007年版。本书作者认为：“事实上，大部分电影理论的重要理论，多采用了某种影片精读的形式。”此言不虚，这也是推荐阅读此书的重要原因。全书除绪论外，共九章，分别从不同角度精读了《小鞋子》《阿甘正传》《高跟鞋》《夏日暖洋洋》等九部电影。读者可以在经典影片的品读中，领悟现代电影批评的前沿理论与研究方法。

3.尹鸿：《当代电影艺术导论》，高等教育出版社2007年版。此书分上下两编。上编为“当代电影艺术美学”，分九章，具体探讨了电影艺术的本体特征，内容涵盖电影的艺术特征、影像、声音、蒙太奇、场面调度、表演、叙事以及类型等。下编为“世界电影艺术历程”，分七章，分别按时间顺序梳理了世界电影、中国电影，包括港台电影的发展流变。全书有论有史，内容非常丰富全面。丰赡的史料图片，是本书吸引读者的一个亮点。

4.戴锦华主编：《光影之隙》，北京大学出版社2010年版。这是一本年度电影评论的书，以富有批判性的电影和文化理论，从电影研究和文化研究的理论视角来审视电影文化现象，介入当下的电影批评。“当下”“理论”“学术”“前沿”“资讯”是它贯穿始终的关键词。书中既有对2010年全球电影影片和发展新迹象的逐一巡视、研读与批评，又有“理论武库”等最新理论的介绍。应该说，这的确是一本饱含现实关怀和理论体认的电影书，值得一读。

5.肖鹰：《〈金陵十三钗〉究竟失误在哪里？——再评〈金〉片兼与学生通信》，《文学报》第2012期，2012年2月9日。此文对《金》作了犀利的批评。文章认为，美国批评家之所以批评《金》，并不是“艺术之外的原因”。而是他们认为张艺谋在《金》中，把一个空前的人性灾难转化为一部借灾难背景贩卖情色和炫耀画面的大杂烩肥皂剧；而被西方媒体捧成“中国电影英雄”的张艺谋，之所以现在受到冷落与否定，是其电影艺术僵化、理念低落的必然结果，他追仿美国大片10多年，却只仿袭了画面制作，不知从电影精神深层去提升。此文获首届《文学报·新批评》优秀评论奖。

专题研究编

引　言

论文与教材的基本区别在于：讲课传授系统的知识，教材必须面面俱到；论文发表独到见解，作者必须抓住一点。如果说教材是面的铺叙，那么论文则是点的深化。这是论文的困难之处，也是论文的价值所在。英国诗人扬格在《试论独创性作品》中有一段妙语："独创性作品是最美丽的花朵……独创性作家是而且应当是人们极大的宠儿，因为他们是极大的恩人；他们开拓了文学的疆土，为它的领地添上一个新省区。"文学创作如此，文学批评同样如此。正是一篇篇见解独到的评论文章，为我们揭示作品的艺术奥秘，推动学术研究的不断进步，丰富教材的知识内容。

这一组论文着眼于"不同论题的具体研究"。每一篇论文从不同论题入手，以严密的逻辑和生动的文笔，阐述了对作家作品的独到见解。解志熙的《人生的困境与存在的勇气——论〈围城〉的现代性》，是《围城》主题的独到分析；王昆仑的《王熙凤论》，是"红楼人物"的经典诠释；许子东的《一个故事的三种讲法》，以新颖的思路研究小说故事；叶长海的《〈牡丹亭〉的悲喜剧因素》，在争鸣中诠释《牡丹亭》的审美特质；王晓明的《另一种散文——读周作人的〈乌篷船〉》，着眼于一位散文大家创作思想的演变；袁行霈的《温庭筠词艺术研究——兼论温韦词风之差异》，对古典词人的词作风格作了比较研究；傅雷的《论张爱玲的小说》，则对一位文学新秀艺术上的得失作了犀利剖析。

《文学理论》中"文学作品结构"的理论阐述，是不同论题研究的方法论基础。这一组论文则为"不同论题的研究"提供了生动的范例。（陈文忠）

人生的困境与存在的勇气
——论《围城》的现代性

解志熙

让我首先从澄清人们对《围城》的阅读经验和审美感受入手。这将有助于我们对《围城》的总体的特征、根本精神和主导风格的把握。

凡读过《围城》的人，其阅读体会和艺术感受尽管千差万别，但我想有两点总体印象恐怕是人们的共同感受，这就是它所表现出的那种凌厉的讽刺—批判意向和强烈的否定—怀疑精神。这二者其实是一点：讽刺—批判即是否定—怀疑。

这种感受虽然不错，但还嫌笼统和一般化，因而我们还需要进一步澄清：钱锺书在《围城》中的讽刺—批判和否定—怀疑的真正与众不同的个性特点是什么？这只有在比较中才能见出。我们读《围城》时，借助那无所不在的讽刺之光，看到的是一个无所肯定的世界。毫无前途的阶层以及盲目地生存在其中的一些空虚无聊的人物，过着一种荒谬无意义的生活；我们感受最深切的是一种无所不讽而毫不留情的讽刺意向，一种全面否定而一无保留的否定精神，一种普遍怀疑而又无所适从的悲凉心态，一种整体批判而又不给出路的厌憎情绪。（虽然它也不乏一念温柔，片刻欢笑和刹那的幻想，而且极富喜剧性的谐谑，但这说到底又不过是一种向着痛苦的微笑。）而最终作者讽刺—批判和否定—怀疑的笔触超越了特定的历史对象而指向了整个人类存在和人生这个庄严的题目本身，从而对几个世纪以来占支配地位的理性—乐观主义、英雄—浪漫主义的人生观念提出了质疑和挑战。因此讽刺—批判和否定—怀疑在钱锺书的《围城》中，既是总体特征和主导风格，又是根本的艺术思维和艺术表现方式，还是基本的情感态度和哲学态度。这种特点使《围城》既无法与鲁迅、茅盾、张天翼等人的革命现实主义作品相提并论，也与欧洲的批判现实主义作品和中国现代文学中巴金、老舍、曹禺等人的批判现实主义作品相去甚远，更难与《儒林外史》那样的古典讽刺小说视为一体。且不说革命现实主义作品的理想色彩和积极意义，即使是最残酷无情的批判现实主义作品也总有所肯定、有所保留，有所理想以至于幻想，但是我们在《围城》中却找不到任何肯定性价值、积极的意义以及值得追求的理想之类东西的蛛丝马迹。

确认上述事实，就意味着我们不能袭用革命现实主义和批判现实主义的观念去规范《围城》——不管你把它说成是革命现实主义的或批判现实主义的杰作，都因不合它的总体特征和根本精神而变成了一种歪曲，因而也不必用这种信仰和阶级分析方法去评价《围城》，因为《围城》的讽刺和批判是基于一种文化哲学和人的存在哲学而非某一确定的政治信仰和阶级观念。但这并不是说《围城》不是现实的产物，可以超越历史的评判，更无意否认它的叙述方式的写实性，而是要求我们针对它的总体特征和主导风格作出真正合乎实际的分析。

《围城》当然是钱锺书对特定的社会人生和历史文化反思的艺术结晶，只不过这种现实人生和文化土壤与大多数现代中国作家的所见有所不同。我们都知道，在半殖民地半封建的现代中国社会中确实存在着几块在当时已畸形繁荣的资本主义土壤——上海、香港等世界性大都市，以及生活在其中的现代人，尤其是一些不但在生活方式而且在思想方式上也相当欧化了的知识分子。现代中国的这几块现代文明的土壤及生活在其中的现代人当然不是一个孤立的存在，而是与整个现代化资本主义世界联系在一起的，而《围城》正是钱锺书立足中国的这几块现代化文明的土壤而又放眼世界，对整个现代化文明现代人生进行整体反思和审美观照的艺术结晶，它所要反映和揭示的是整个现代文明的危机和现代人生的困境。因此，从根本上说《围城》不是一部专注于中国的社会政治的讽刺小说，更不是一部"地地道道的爱情小说"——虽然它并不缺乏这些因素，但这些因素在《围城》中并不是主导的独立的因素，而是全书整体否定、全面讽刺和普遍怀疑倾向的一种表现和组成部分而已。更值得注意的是，作者在《围城》中进一步把思想批判意向和审美观照方向指向了整个人类存在——人类历史、人类文化以及人的基本根性等，从而在现代文明的基础上和现代意识的高度上又一次提出了一些关于人的古老而常新的问题，即人的本性、人的存在的价值和意义、人的出路等问题。对这样一些人类自身永远为之困惑的问题当然不可能有终极答案，但它们却值得人类永远探索。而人类对它们的每一次探索则逐步深入，触及其中的一个层面。当然这些探索都难免有历史的片面性，但应该说都是题中应有之义，并且每一次探索都必然地铭刻着探索者所处的特定历史文化阶段的特定色彩。钱锺书的《围城》则以否定和怀疑代替了前此持续几个世纪之久的理性主义、乐观主义、英雄主义的回答，从而表现出真正深刻的现代性，并与整个二十世纪现代哲学思潮和现代文艺思潮相适应。当然，这不是一个简单的影响和模仿问题，而是同步思考的结果，更无所谓“超前”或“落后”的问题，而是现代文明的普遍规定性和现代思潮的世界共通性在世界不同地区此起彼伏、彼此呼应的表现。钱锺书游学欧洲有年，又长期生活在古老中国的洋场中，对现代思潮的感应，对现代文明和现代人生的感受和观察，自不待言。这一切可说是他创作《围城》的基础。但我以为更重要的还在于，在二十世纪，现代文明的扩张使整个世界真正联为一体，世界各民族不仅面临着各自特有的民族问题，而且也面对着人类共同的问题，而相同的或类似的境遇就迫使世界各民族的先锋思想家、文学家或艺术家几乎进行着同时和同步的思考，并得出相近的思想结论和艺术果实来。如果《围城》的思想倾向和根本精神以至于艺术风格与二十世纪现代思潮和现代文艺有相近之处，其根本原因盖在于此。这是同步思考的结晶。而《围城》的价值既在其同，更在其异：这是同中之异，因而更为难得。比起二十世纪其他民族的现代性文学，尤其是欧美的现代主义文学来，《围城》的现代性主要还不在于艺术手法的反传统和标新立异，而在于它所创造的“围城世界”和“围城人生”之典型性和深刻性。

《围城》的题旨何在？作者曾借方鸿渐之口点明它不仅喻指爱情纠葛，而且象征着“人生万事”，亦即和后文中那扇破门的象征同义，都隐喻人生是一个“一无可进的进口，一无可去的去处”般的绝境。借用一位西方批评家论现代主义文化的人生观念来概括《围城》的题旨是再恰当不过了：“这是一种末日启示般的绝境，在其中合目的论的结局和世俗的进步都受到怀疑，或者说是陈旧过时了”[①]，这就是《围城》的题旨和主题。这一主题在钱锺书来说是明确的思想意向和审美追求。在《围城》的出版序言中，钱锺书就提醒读者：“在这本书里，我想写现代中国某一部分社会，某一类人们。写这类人，我没忘记他们是人类，只是人类，具有无毛两足动物的基本根性”。这个郑重其事的点题暗示了《围城》全书的思想倾向和美学追求，即《围城》的思想批判意向最终是指向整个人类存在的，它的审美概括是涵盖整个人生——当然事实上主要是现代文明中的现代人生。而在《围城》故事快近尾声时，作

① The Culture of Modernism Decline of the Nen, by Irving Hawe.

者又有意借孙柔嘉对方鸿渐的埋怨——“好好的讲咱们两个人的故事，为什么要扯到全船的人，整个人类?”再次提醒读者回味他的这一思想意向和美学追求。可惜的是，不少人对此熟视无睹，轻轻放过了。

显然，这样的主题和美学目标，单靠涉及虽广但却零散的随笔讽刺是难以完成的，也很难设想类似于流浪汉冒险小说中的那种见闻随感能真正开拓它的广度并增加它的深度。我基本上同意夏志清在《中国现代小说史》中的：《围城》的中心主题主要（不是夏志清所说的“全部”）是主人公方鸿渐的个人戏剧表现出来的。

这应该从《围城》的故事情节及其结构方式谈起。《围城》的主要情节是男主人公方鸿渐个人命运的戏剧构成，这一情节采用了西方流浪汉冒险小说的结构方式。已有不少人指出《围城》和菲尔丁的《汤姆·琼斯》在情节结构方式上的相似性，对此我也有同感：它们不仅都实写了旅行，而且备述主人公在其人生旅途上的精神艰辛，揭示了主人公与社会环境的种种矛盾冲突，并以此暴露整个社会的种种弊端和主人公性格上的弱点。但不同的是弃儿汤姆·琼斯总是良心不泯，如有神佑，逢凶化吉，最后终成正果，全书洋溢对人的乐观信念。而留学生方鸿渐的人生旅途或人生冒险却是一个逐渐失败以至于全部人生价值彻底破坏的过程——不仅是人身上的失败，而且更重要的是精神上的彻底萎缩和人生信念上的空无所有，因此两者有着明显的时代差异和本质的不同。在《围城》中方鸿渐的人生旅途或人生冒险先后（当然在某些部分也有交叉）经过了教育、爱情、事业和婚姻（家庭）这四大阶段。《围城》全书层次清晰而又生动地展现了这最基本的人生四大阶段和人生支柱是如何必然地在方鸿渐这个典型的现代人身上逐步破灭以至于彻底崩溃的。就大致情形而言，第一第二章主要以方鸿渐归国回乡这段历程为序；回溯和补叙了他过去的大学、留学生活，深刻地揭示了现代教育的危机及其破产的必然性：这不仅是因为它不能给人以知识，而且更重要的是它不能给人以生活所必需的理性、理想、信仰和力量。第三第四章紧接着以现代都市上海为背景，精彩地描写了方鸿渐等几个现代知识分子的情场角逐及其幻灭。作者之所以如此精细地描绘这几个知识分子在情场上的种种戏剧性遭遇、焦虑和困境以及难以预料的错失，难以打破的心理隔阂，难以沟通的情愫，难以把握的命运，实际上不仅是要以此揭示现代人在灵肉两面难以统一的矛盾困境，更重要的命意是想以此对诸如人心是否可以沟通，理性是否可以把握生活，人是否可以主宰自己的命运以及情欲本身的价值（它到底是快乐之源还是痛苦之源）和个性自由本身的意义等人生的根本问题提出质疑。我们应该注意到方鸿渐和唐晓芙都对对方有真诚的感情，而且他们都是有个人自主权利的现代人，因此造成他们之间“爱情悲剧”的就不是来自世俗社会的金钱利害、门第观念以及旧式礼教，而恰恰是他们自身。试想连情人之间都难以沟通和彼此信赖，那么他人岂非高墙和地狱？连自身的命运都难以主宰的人是否还有改造社会的力量？个人自由假如不能使人幸福，那它的价值岂不让人怀疑？于是从第五章至第七章主要以三间大学为舞台，顺理成章地描写了方鸿渐由于难以对付复杂矛盾的人事纠葛所导致的事业上的失败，从而将人与社会环境的尖锐对立，人的工作与人本身相背反的异己性这种现代人普遍的存在状况和生存危机，真实地呈现在读者面前。在这样接二连三地碰壁和幻灭之后，面临生存的危机，面对异己的社会，方鸿渐只有家庭这一道防线、婚姻这一条纽带了。然而，“一向和家庭习而相忘，不觉得它藏有多少仇嫉卑鄙”的方鸿渐在重回上海之后，“现在为了柔嘉，稍能从局外人的立场来观察，才恍然明白这几年来兄弟妯娌甚至父子之间的真情实相，自己有如蒙在鼓里”。旧式大家庭使他觉得格格不入，而他的以情感婚姻为纽带的小家庭也不是什么安乐窝和避风港，反而成了新的战场——这是第八第九章的主要情节。这最后两章不但具体地展现了方鸿渐和大家庭的疏离以及他和孙柔嘉的小家庭解体的必然趋势，而且从根本上对以性爱为基础的现代婚姻本身的意义提出了质疑。请听在小家庭尚保留一个形式时，方鸿渐对他的妻子孙柔嘉所发的幻灭般的感慨：“现在想结婚以前把恋爱看得那样郑重，真是幼稚。老实说，不管你跟谁结婚，结婚以后，你总发现你娶的不是原来的人，换了另外一个。早知道这样，结婚以前那种追求、恋爱等等，全可以省掉。谈恋爱的时候，双方本相全收敛起来，到结婚还没有彼此认清，倒是老式婚姻干脆，索性结婚以前，谁也不认得谁”。请注意，这不仅是方鸿渐的个人经验，而且也如他自己所说是“泛论”。至此，方鸿渐的人生四部曲以全部失败和完全的幻灭而告终。由此看来，方鸿渐的人生经历不是快乐的历险而是痛苦的历程；不是成功的收获而是失败的总和；不是理想的实现而是对最起码的人生价值的彻底幻灭；不是自我力量的焕发，而是自我的迷失和发自本性的怯懦；不是有目的的理性凯旋，而是盲目的本能受挫。这种人生历程和生存状况完全与理性主义、英雄主义精神相背反，从而把现代文明的危机和现代人生的困境作了极为真实、极为深刻的揭示，具有震撼人心发人深省的思想力量和艺术力量。特别值得一提的是，由于作者并未赋予方鸿渐的人生旅程以任何可称为崇高的理想追求和伟大的价值目标，而只是具体生动地展现了最起码的人生四种价值和四项内容在一个普通的现代人和平凡的生命历程具有了极大的普遍概括性和高度的本体象征性，不但概括了整个现代人的生存困境，而且也象征着整个人类的基本存在状况，《围城》也因此不但成了整个现代人生的反映，并且也成了整个人类状况的写照。在这一点上，惯于胡扯的方鸿渐本人倒说对头了：即《围城》并不仅仅是他和孙柔嘉“两个人的故事”。而确乎是牵扯到“整个人类”的。西方批评家曾这样评论乔伊斯的《尤里西斯》虽然只写了都柏林三个人物一天的活动，但它却因此而“成了最大可能地向个人经验开放而结构又最为严谨的小说；成了最狭窄但又最具普遍性的小说”[①]。这是一切大艺术的秘密，对《围城》亦当作如是观。

钱锺书的思想和艺术有其自身的发展路径。他在三十年代写的一些散文后来结集为《写在人生边上》，于四十年代初出版。如题所示，这些文章大半都是谈“人生”这个大题目的，虽然作者谦称为“写在人生边上”之作。在这些早期之作中他就对整个现代文明的弊病和现代人的精神危机提出了尖锐的批评，这是借魔鬼之口说出来的——

你知道，我是做灵魂生意的。人类的灵魂一部分由上帝挑去，此外全归我。谁料这几十年来，生意清淡得只好喝阴风。一向灵魂有好坏之分。好的归上帝存，坏的由我买卖。到了十九世纪中叶，忽然来了个大变动。除了极少数外，人类几乎全无灵魂。有的灵魂，又都是好人，该归上帝掌管。……近代心理学者提倡的“没有灵魂的心理学”，这种学说在人各有灵魂的古代，决不会发生。到了现在，即使有一两个上帝所剩下的灵魂，往往又脏又臭，不是带着实验室里的药味，就是罩了一层旧书的灰尘，再不然还有刺鼻的铜臭，你说我这样爱洁的脾气会要它们么？近代当然也有坏人，但是他们坏得没有灵性，没有人格，不动声色像无机体，富有效率像机械。就是诗人之类，也很使我失望；他们常说表现灵魂，把灵魂全部表现完了，更不留一点给我。他们自己还得别寻出路。你说我忙，你怎知道我的空闲！我也是近代物质机械文明的牺牲品，一

① The novel no Longer novel, The Sitnation of Novel by Bernan Bergongi.

个失败者……[①]

有对快乐主义或乐观主义人生观的攻击，对人生是痛苦的确认，以及对时间威权的感慨——

"永远快乐"这句话，不但渺茫得不能实现，并且荒谬得不能成立，快乐过的决不会永久……在高兴的时候我们的生命加添进了速度，增进了油滑。跟浮士德一样，我们空对瞬息即逝的时间喊着说：逗留一会儿罢！你太美了！那有什么用？你要永久，你该向痛苦里去找……人生的刺，就在这里，留恋着不肯走的，偏是你所不留恋的东西……

在我们追求和等待的时候，生命又不知不觉的偷渡过去，也许我们只是时间消费的筹码，活了一世不过是跟那一世的岁月做殉葬品，根本不会享到快乐？但是我们到死也不明白上了当，我们还理想死后有天堂——谢上帝，也有这一天！[②]

还有借读寓言而表述的一种悖论式的历史观，价值观，对庸俗的进步观念的反讽[③]；以及对那些以救世主自居者的虚妄及其隐秘动机的揭发[④]，等等，这些早期思路进一步发展和升华，其结晶便是《围城》。

但是，正如《围城》虽是"忧世伤生"[⑤]之作，极富悲剧意识，但却不是悲观主义的作品一样，钱锺书在《写在人生边上》中也强调说："人生虽然痛苦，但并不悲观"[⑥]，而且钱锺书虽然在《围城》中对现有的一切提出了质疑，但他并不像卢梭那样主张抛弃文明而回归原始，相反地他声明自己"是相信进步的人"[⑦]，虽然他并不知道进步将走向何方。

是的，这有点矛盾。但正如钱锺书所说："矛盾是智慧的代价，这是人生对于人生观开的玩笑"[⑧]。如果说《围城》中存在着某些难以自释的矛盾的

① 《魔鬼夜访钱锺书先生》，见《写在人生边上》，开明书店1941年版。
② 《论快乐》，见《写在人生边上》。
③ 《读伊索寓言》《谈教训》，见《写在人生边上》。
④ 同上。
⑤ 《围城·新版序》。
⑥ 《论快乐》，见《写在人生边上》。
⑦ 《读伊索寓言》，见《写在人生边上》。
⑧ 《论快乐》，见《写在人生边上》。

话，那归根结底是人生本身矛盾的反映，是一位智者面对现实的人生矛盾和永恒的人生困境而不能不有的困惑的必然表现。每个严肃思考人生的人都不能不有类似的困惑和矛盾。

1985年12月—1986年1月草于河南大学
1988年4月改定于北京大学

（原载《文学评论》1989年第5期）

【说明】

《围城》的主题，众说纷纭。温儒敏在《〈围城〉的三层意蕴》（《中国现代文学研究丛刊》1989年第1期）中指出，《围城》意蕴至少有三层：一是社会世相层，二是文化反省层，三是哲理思考层。本文当属哲理思考的层面，作者从《围城》的阅读体验出发，对《围城》的现代性进行了独到的分析。文章认为，人们阅读《围城》时所感受到的讽刺—批判意向和否定—怀疑精神，既是作品的总体特征和主导风格，又是根本的艺术思维和艺术表现方式，还是基本的情感态度和哲学态度，这些决定了作品所描写的人物情节，并非仅仅为了展示特定时代的人生世相，而是基于一种文化哲学和人的存在哲学，从而显示出某种现代性品格。文章通过对现代文明的危机、现代人的生存困境以及小说作者现代性思想的形成等方面，对《围城》的现代性品格展开分析。

《围城》的现代性在于它揭示了现代文明的危机。小说立足上海等几块中国现代化文明的土壤，又通过几个归国的留学生来放眼世界，通过一种否定、讽刺和怀疑的倾向颠覆了20世纪之前的理性主义、乐观主义和英雄主义，对人类历史、人类文化以及人的基本根性等问题展开思考，这与20世纪现代思潮和现代文艺有相近之处，都体现了现代文明的危机。在小说中，现代文明的危机通过主人公方鸿渐的人生困境予以体现。方鸿渐人生的四大阶段——教育、爱情、事业和婚姻（家庭）——全以失败告终。由于方鸿渐是一个并无崇高理想的普通人，一个普通人的平凡历程全部宣告失败，便具有了高度的概括性，他的失败不仅是他个人人生经历的失败，更体现了人生价值的幻灭和人类本性的怯懦。人生经历的失败、人生价值的幻灭和人类本性的怯懦，正是现代人生存困境的集中体现。

《围城》的现代性品格与钱钟书自身的现代性意识有关。早在20世纪30年代，他就对现代文明的弊病和现代人的精神危机就有所批评。在《围城》中通过方鸿渐的人生际遇，形象地表现了现代文明的危机和现代人的困境。

标题“存在的勇气”，可作如下理解：一是主人公虽有如此困境，但仍没有消沉，仍在尘世挣扎，并用“围城”来象征“人生万事”；二是小说作者虽然写了一部“忧世伤生”之作，但却并不悲观，而是对人生困境进行了严肃的思考。文章对《围城》现代性主题的解读，可谓“高见新义，迥论异常”(钱钟书致解志熙信中语)。

解志熙，1961年生，甘肃环县人，现为清华大学文学院教授。主要著作有《存在主义与中国现代文学》《风中芦苇在思索——中国现代文学的现代性片论》《美的偏至——中国现代唯美—颓废主义文学思潮研究》等。(江守义)

【文献链接】

1. 王德威：《荒谬的喜剧？——〈骆驼祥子〉的颠覆性》，《想像中国的方法》，生活·读书·新知三联书店1998年版。作者首先指出，老舍的独特之处在于“通过滑稽与闹剧笔法对社会弊病所做的嘲弄”，以此出发，对被公认为“‘正统’写实主义”高峰的《骆驼祥子》进行了分析。最后指出，由于作者的嘲讽态度、闹剧笔法以及祥子最终荒谬的堕落，《骆驼祥子》与其说是一部“‘正统’写实主义”作品，不如说是一曲“荒谬的喜剧”，这可谓是对《骆驼祥子》的一种颠覆性解读。从“荒谬的喜剧”角度来解读《骆驼祥子》，与从现代性角度来解读《围城》，都旨在对作品主题作新的诠释。

2. 李欧梵：《〈野草〉：希望与失望之间的绝境》，《中国现代文学与现代性十讲》，复旦大学出版社2002年版。文章认为，《野草》是鲁迅“黯淡的情绪和受苦的感情所组成的潜意识的文学结晶”。由此文章指出，《野草》中存在着“召唤的、意象的，隐喻的”三个交织在一起的层次，“《野草》中的多数篇章完全离开了现实并投入一个梦或梦似的世界”，这反映了鲁迅“希望与失望之间的一种心理的绝境”。李欧梵透过《野草》，看到了“希望与失望之间的绝境”，解志熙透过《围城》，看到了“人生的困境与存在的勇气”，二者何其相似！

3. 王鸿生：《反史诗的史诗性写作——读〈秦腔〉》，《叙事与中国经验》，同济大学出版社，2008年。文章通过感悟漫谈式的笔触，结合贾平凹个人的文学思想和当前的文学背景，对《秦腔》进行分析，认为其总体风格是一种反史诗的史诗性写作，史诗中的宏大崇高、赞美教化在作品中杳无踪迹，但作品“所展示的生活世界几乎是全景式的、全息性的”，又具有史诗的规模。对于一部犹如“读生活本身”的作品，《秦腔》的主题可以从多角度加以阐释，从反史诗角度进行阐释只是其中的一种。

4.杨绛：《记钱锺书和〈围城〉》，人民文学出版社1980年版。全文分“钱锺书写《围城》”和“写《围城》的钱锺书”两部分，结合钱锺书的人生经历和写作《围城》的过程，对小说中的人物原型作了说明，以此“说明《围城》和真人实事的关系”。细读此文，有助于我们更好地理解《围城》。

5.蓝棣之：《钱钟书：〈围城〉》，《现代文学经典：症候式分析》，人民文学出版社2006年版。文章用“症候式分析”方法，结合杨绛的《记钱钟书和〈围城〉》，认为《围城》是钱钟书在杨绛“监督”之下写成的小说，故作者的真实意图须通过小说中的“症候”才能弄清楚。作者通过对小说人物的分析、对作者意图的探寻以及对杨绛相关说明的诠释，指出，“《围城》写出了作者的压抑与愿望……作者是在写自己的自叙传、血泪书和忏悔录。”这不妨视为一家之言。若借用《人生的困境与存在的勇气》，蓝棣之的观点是否可以理解为“作者婚姻的困境与写作的勇气”?

王熙凤论

王昆仑

一

在《红楼梦》一部大书的开始，我们第一次看到王熙凤，她那活跃出群的言动，彩绣辉煌的衣装，就能使人觉得这个人物声势非凡。《红楼梦》作者对于王熙凤出场的写作工力，也并不弱于托尔斯泰之写安娜·卡列尼娜的出场吧？她的出场是从初到贾府的林黛玉眼中开始的——

> 一语未完，只听后院中有笑语声，说："我来迟了，没得迎接远客！"黛玉思忖道："这些人个个皆敛声屏气如此，这来者是谁，这样放诞无礼？"心下想时，只见一群媳妇丫鬟拥着一个丽人，从后房进来：这个人打扮与姑娘们不同，彩绣辉煌，恍若神妃仙子，……贾母笑道："你不认得他：他是我们这里有名的一个泼辣货，南京所谓'辣子'，你只叫他'凤辣子'就是了。"（见第三回）

首先是未见其人，先闻其声，而且人皆屏息，她独放诞。特别是神情活跃，装饰辉煌，气势更高人一等。在这顷刻之间，王熙凤既"细细打量"黛玉，称赞她生长得"标致"，又为黛玉母亲亡故而流泪，又责备自己不该招引起贾母的伤心，又问黛玉读书，吃药，又关照给林姑娘搬东西，打扫屋子等等，这一连串明快变化的形象，已使我们一开始就看到这一人物的特征。作者更在这一小段速写之后，借贾母之口，对读者爽快地指出凤姐性格，叫她作"泼辣货"。

《红楼梦》不同于许多传奇故事的重要特点，就在于作者不使宝玉黛玉恋爱故事孤立存在，而是产生在一个高贵、庞大而又矛盾复杂的大家庭中。固然是通过宝黛恋爱写一个家庭，同时也是通过一个家庭写一个时代社会，实际上，作者曹雪芹用贾、王、史、薛四大家族的兴盛与衰败，其中又以贾府为中心，来作清朝康、雍、乾时代统治阶级的镜子。这正是作者伟大的成就。这个时代的统治阶级已经挽救不了自己的灭亡，但它坚决要抢先一步扼杀下一个时代的新生萌芽和他们的恋爱自由。王熙凤就是一个濒于灭亡的大家统治层的执行者。在恋爱故事中少不得宝玉、黛玉、宝钗。在家庭内部生活结构中少不得王熙凤这一根从屋顶直贯到地面的支柱。如果把王熙凤这一人物从书中抽了出去，《红楼梦》全部故事结构就要坍塌下来。所以，可以说作者是把宝玉、黛玉、宝钗和凤姐四个人都当作第一类重要人物而配合着塑造出来的。

在中国古典著作中，不容易找到以如此紧张强烈的腕力写成的人物典型。凤姐不是《左传》的郑庄公、《史记》的汉高祖，也不是《金瓶梅》的潘金莲或《聊斋》的仇大娘。比较起来使人能联想到的也许是《三国演义》的曹操吧！行将垮台的封建家庭和行将垮台的封建王朝，有着共同的规律，它们的当权者也会有着相类似的性格和作用。在《三国演义》作者笔下，不许“几人称王，几人称帝”的是曹操，支持汉朝统治残局的是曹操。挖空汉皇朝实际统治权只留一个空壳子的是曹操，加速地结束了汉代统治的也是曹操。凤姐在贾府的使命从某一种限度内看来颇有一些类似。《三国演义》的读者恨曹操，骂曹操，曹操死了想曹操。《红楼梦》的读者恨凤姐，骂凤姐，不见凤姐想凤姐。作者刻画出一个聪明、漂亮、能干、狠毒的“凤辣子”，不但使她充分具有那个时代人物典型的真实性，也赋予她以吸引读者极大的魔力，足证这个人物的社会意义之不可忽视。

二

“东海缺少白玉床，龙王来请金陵王”，金陵王家和贾、史、薛三家本是同等地位的大门阀，而且世代姻亲，互相支持。后来三家都逐渐衰落，独有王熙凤的叔叔王子腾从京营节度使升任九省都检点，是现实的在朝统领军权，声势煊赫的人物，贾、薛两家都仰仗他。王熙凤出身于如此高贵又在当权的大家庭。她幼小时又曾穿着男装，当作男孩子教养，因此她比普通闺秀能更广泛地接触各种各样的生活，见闻丰富，多具有处人处事的才能。嫁到贾府作了孙少奶奶，既是王夫人的内侄女，又被派充荣府管理家务。她能居于优越的地位，也由于她在统治阶层中确有出众的才能。周瑞家的曾对刘姥姥介绍说：“这位凤姑娘虽小，行事却比别人都大呢。如今出挑得美人儿一般的模样儿；少说些有一万个心眼子。再要赌口齿，十个会说话的男人也说不过她呢！”贾珍说她“从小儿顽笑时就有杀伐决断，如今出了阁，越发历练老成了。”我们只看她协理宁国府秦可卿之丧，一开始就看定宁府的五大弊端：“一是人口混杂，遗失东西；二是事无专管，临期推诿；三是需用过费，滥支冒领；四是任无大小，苦乐不均；五是家人豪纵，有脸者不能服钤束，无脸者不能上进。”这是多么全面！又多么明敏！她对症施药，加以整顿：首先是分班管事，职责分明；其次精细考核，不容混冒；第三赏罚严明，树立威信。于是头绪清楚，成绩立见；“宁府中人才知凤姐利害，自此各人兢兢业业，不敢偷安”。“凤姐自己威重令行，心中十分得意”“凤姐虽然如此之忙，亦因素性好胜，惟恐落人褒贬；故费尽精神，筹划得十分整齐；于是合族中上下人等，无不称赞……一切张罗招待，都是凤姐一人周全承应。合族中虽有许多妯娌……俱不及凤姐举止大雅，言语典则；因此也不把众人放在眼里，挥霍指示，任其所为，旁若无人。”

作者在这里解释出为什么贾府那么高贵庞大的家庭，执行内部统治的大权会落到一个孙媳妇辈的青年妇女身上。我们看了这一段记载，会感觉到那贾府上有了一个王熙凤，就形成“脂粉须眉齐却步，更无一个是能人”的局势。可是这才不过是凤姐发挥才智树立权威的开始。

做贾府的当家媳妇是断乎不容易的。在那长辈、平辈、小辈、本家、亲戚和男女奴仆之间，彼此都有着极复杂的矛盾，若不具备独到的权术机变，一个孙媳妇辈的年轻女子是会被压得粉碎。可是她凭着自己的才智与苦心，竟能够见风使舵，多方应付。她的婆婆邢夫人要她去向贾母为贾赦讨鸳鸯做妾，她很巧妙地摆脱了。王夫人疑惑大观园中的绣春囊是她所有，她很委婉地洗刷了。王善保家的怂恿着王夫人搜检大观园，她心里觉得这是一种轻举妄动，也伤害了作为荣府当家奶奶的面子，她就自己站在侧面，消极参加，留给探春去给王善保家的以迎头痛击。凤姐生病，探春暂代家务，她很快地感觉到必会首先拿她“作法子”，同时也能识透探春的“新政”也必不会真正推行，于是就以退让迁就态度避免冲突。她看出贾母王夫人偏爱宝钗，就加倍铺张地为宝钗过生日；看出王夫人选定了袭人为宝玉的候补侍妾，就从各方面去优待袭人。李纨带领众姊妹声势浩大地找她加入诗社，她知道这不过是要她出钱，她就答应担任“监诗御史”职务，先出五十两银子，免得被人们看做是“大观园的反叛”。从农村来告帮的刘姥姥忽然为贾母所欣赏，她立刻发觉了这是老太太最妙的消遣品，就把这乡下老太婆当做“宝贝”看待了。作者对于这一位目光四射手腕灵活的少妇，随处都以极巧妙生动的手法加以刻画，使读者到处接触到她才智的锋芒和活跃的形象。

统治阶级权术家的特长之一是善于在诸般矛盾之中紧握住最有利于自己方面的一环。贾府的最高权威者是贾母。这老太太似乎在现实生活中没有什么缺憾了，她不幻想得不到的要求，所不可少的只是要一切人来满足自己的晚年享受。凤姐就把如何经常为贾母制造热闹，博取欢心，当作自己的最主要的工作。在贾母宠爱支持之下，凤姐常把封建家庭的尊卑长幼等等体制，搅得稀烂，别人无可如何。

凤姐不是丑角，但丑角这种姿态可以当作工具使用。她在贾母面前充分地发挥着诙谐的才能。贾母为了贾赦讨鸳鸯做妾而大生气，一家人都吓得战战兢兢，这时候是她显本事的机会了。她首先假意地反派了贾母的不是，她说：谁叫老太太会调理人，把人调理得水葱儿似的；如果我是男人，我也要她。这样逗得老太太发笑，然后打起牌来，又故意输钱，故意抵赖——

> ……薛姨妈笑道:“果然凤姐儿小气,不过玩儿罢了。”凤姐儿听说,便站起来,拉住薛姨妈,回头指着贾母素日放钱的一个木箱子,笑道:“姑妈瞧瞧,那个里头不知玩了我多少去了！这一吊钱玩不了半个时辰,那里头的钱就招手儿叫他了。只等把这一吊也叫进去了,牌也不用斗了,老祖宗气也平了,又有正经事差我办去了。”(见第四十七回)

王熙凤也深知她绝不能单单依靠满足贾母一人，就能在荣国府站得稳，作得通。她必须既有严酷地压制别人的威力，又要照顾各方，面面俱到，具有多种多样适应的方法。她除了弄机变权术，搞贪污克扣之外，这富有才智的少妇也是对现实生活充满了兴趣。她对宝玉及众姊妹并不伤害，尽可能满足他们的需要，还及时凑趣。在“芦雪亭争联即景诗”的时候，她也居然来上一句著名的“开篇”——“一夜北风紧。”她缺乏文化教养，不会吟诗联句，行酒令打灯谜等等，但心灵口利，谈笑风生，也博得老少尊卑的喜悦。丫鬟婆子哪个不怕她?可是一听到琏二奶奶要讲故事说笑话了，都挤得满满地来听。

《红楼梦》作者写王熙凤的口才，也和写王熙凤的性格一样成为奇迹。她随时顺口而出的动人的说笑，使读者如闻纸上有声；而且，只有她这一个人才能说得出那些语言，她如果不说出那种语言时，书里的人物和我们读者都同样不满足。在原作者笔下，王熙凤的语言几乎时时刻刻和王熙凤同在的。偶然她因病或因故“缺席”，人们是感觉到多么寂寞呀！至于那些为自己的吹嘘或对别人的恶骂，口才又成为她抬高自己打击别人的锋利武器。当她协理宁国府处境顺利之后，贾琏从南方回来了，夫妻见面——

……凤姐便笑道：“国舅老爷大喜！国舅老爷一路风尘辛苦！小的听见昨日的头起报马来说，今日大驾归府，略预备了一杯水酒掸尘，不知可赐光谬领否？”贾琏笑道：“岂敢，岂敢！多承，多承！”……贾琏遂问别后家中诸事，又谢凤姐的辛苦。凤姐道：“我那里管的上这些事来！见识又浅，嘴又笨，心又直，‘人家给个棒槌，我就拿着认作针’了。脸又软，搁不住人家给两句好话儿。况且又没经过事，胆子又小，太太略有点不舒服，就吓的也睡不着了。我苦辞过几回，太太不许，倒说我图受用，不肯学习。那里知道我是捻着把汗儿呢！一句也不敢多说，一步也不敢妄行。……更可笑那府里蓉儿媳妇死了，珍大哥再三在太太跟前跪着讨情，只要请我帮他几天；我再四推辞，太太做情应了，只得从命，——到底叫我闹了个马仰人翻，更不成个体统。至今珍大哥还抱怨后悔呢。你明儿见了他，好歹赔释赔释，就说我年轻，原没见过世面，谁叫大爷错委了他呢。”（见第十六回）

谁都知道，这分明是故意撒谎，她偏说得那么美妙动听。可是她若一旦翻脸，就从那同一的口里喷出最粗野下流的声音。当她把尤二姐骗入了大观园之后，便去大闹宁国府，贾蓉跪在地下自己打嘴，宁府的下人们黑鸦鸦跪了一地，凤姐骂尤氏道——

“你发昏了？你的嘴里难道有茄子塞着？不就是他们给你嚼了衔上了？为什么你不来告诉我去？……自古说‘妻贤夫祸少’，‘表壮不如里壮’，你但凡是个好的，他们怎敢闹出这些事来？你又没才干，又没口齿，锯了嘴子的葫芦，就只会一味瞎小心，应贤良的名儿！”（见第六十八回）

凤姐能对她的平辈妯娌尤氏这样借端讹诈，撒泼撒赖，当然更能对一般奴才使用非常严酷的压迫。作者曾借贾琏的心腹小厮兴儿作正面的暴露。他对尤二姐说："我告诉奶奶，一辈子别见她才好：嘴甜心苦，两面三刀；上头笑，脚底下就使绊子；明是一盆火，暗是一把刀。"话虽说得明白，结果那兴儿自己毕竟也遭遇上了，尤二姐的事被凤姐发觉之后——

> 兴儿一闻此言，又看见凤姐儿气色，及两边丫头们的光景，早吓软了，不觉跪下，只是磕头。凤姐儿道："……再有一句虚言，你先摸摸你腔子上几个脑袋瓜子！"……喝命："打嘴巴！"旺儿过来才要打时，凤姐儿骂道："什么糊涂忘八崽子！叫他自己打，用你打吗？……。"那兴儿真个自己左右开弓，打了自己十几个嘴巴。凤姐儿喝声"站住"，……兴儿见说出这件事来，越发着了慌，连忙把帽子抓下来，在砖地上咕咚咕咚碰的头山响，口里说道："只求奶奶超生！奴才再不敢撒一个字儿的谎!"（见第六十七回）

三

口才与威势是作战的武器，掌握权力掠取财富是作战的目的。贾府内部的用人行政，大多逃不出凤姐的手掌心。贾珍要派贾蔷到江南去采买唱戏的女孩子，贾琏原不甚同意；但贾蓉示意凤姐，凤姐便立刻发言支持，使他通过；于是蔷蓉两个当面许下了贿赂。贾琏要派贾芸管理小和尚小道士的差使，凤姐却先答应了贾芹，结果把贾芸打消了；于是贾芸悟到"一起头就求婶娘，这会子也早完了。谁承望叔叔竟不能的！"他就使用贿赂和巧妙的语言来说动凤姐，果然派了他充当大观园中种树的差使。馒头庵老尼姑求了凤姐假冒贾琏之名，托了长安节度使，强迫别人退婚；结果张家的女儿和某守备的儿子，双双自尽，而凤姐就以别人两条命无所顾忌地得贿三千两。凤姐经常叫心腹奴才在外面放高利贷，甚至把上上下下的月钱常常克扣，挪用，放利。贾母为凤姐凑份子过生日，她连最卑下穷苦的赵姨娘周姨娘的钱也不肯放过。贾琏要请鸳鸯偷取贾母的银器去典押，必须先许下给她的好处，才能办通。直到最后贾府抄家，她的成大箱的放利钱的票据是主要罪证之一。凤姐自己是荣国府这一家庭的当权者，同时也就是这一个家庭的贪污盗窃弄权营利的首脑。她使用着自己的特权，剥削着这全家的利益，无怪乎贾府一般子弟、奴仆乃至婆子丫环们都各营其私，各舞其弊，纷扰与罪恶，层出不穷，凤姐怎么可能去执行任何有利于整个家庭的统治管理的计划呢？

作者深深看透，极度的贪权与好利，必然和残酷的心机、纵欲的私生活不可分。作者曹雪芹写凤姐是一开始就采取非常的手法，把她性格中的几个主要方面同时抉发出来："贾琏戏熙凤"和刘姥姥眼中所见她和侄儿贾蓉的暧昧关系，是部分地显示了凤姐的性生活。"协理宁国府"是表现凤姐的干才。"弄权铁槛寺"是暴露凤姐的贪污。"毒设相思局"是指斥凤姐的残忍。而作者最着力指出来的是凤姐的自恃与狠毒的特性。在以凤姐自己为中心来看贾府上上下下那么多人：贾母是她掌权为恶的靠山，王夫人昏庸可以由她愚弄，邢夫人吝啬不过使她蔑视，李纨不问现实，探春有才而无权，尤氏庸懦而无行，贾政是个衣冠整齐故作尊严的木偶，宝玉反对现状而无法处理现状。至于贾珍贾琏贾蓉贾芹贾芸那些荒唐而低能的"爷们"，或加以羁縻，或收为鹰犬，哪放在她眼里。凤姐说："我从来不信什么阴司地狱报应的，凭什么事，我说行就行！"这是作者揭发强悍的统治者明知道那些神鬼的威慑，只是拿来用作愚弄和镇压众人的工具，到自己要进行罪恶勾当时，就坦然摔掉它。凤姐就这样肆无忌惮地做出许多事来：她偶然感到触犯了她的尊严，就把一个"癞蛤蟆"式的贾瑞，略施手法，无必要地置之死地。为了看穿赵姨娘有一个可以作为向上爬的资本——儿子贾环，她就随时欺压这母子俩。她假装贤惠把尤二姐骗入大观园，尤二姐既生得比自己美丽，又有了孕，就以最狡诈最狠毒的方法把她逼死，还要设法追杀她的前夫张华。此外，作者还在许多地方刻画凤姐的狡诈，譬如听说鲍二家的被打后上吊而死，她家里将要打官司，她起初也暗吃了一惊，但立刻就说不许赏她们的钱，还要反告她们一个"借尸讹诈"。又如王夫人根据下边的私诉而查问凤姐扣发月钱的事，她一走出来就发话示威，说"从今倒要干几件刻薄事了"。这都是她得之于一般旧社会的权术的心传。为了感到命运之威胁和地位动摇的恐怖，她必须用尽一切阴谋与残酷，以控制环境，以排除异己。

凤姐是当时贾府家庭战场上的一个胜利者，作者在书的开始处就使秦可卿向她托梦，指出这一个大家族的危机，而善后的办法只有多替公家置义田，立家塾，即使抄家没产之后，子孙也还有点依靠。凤姐难道对于这一启示毫无警惕吗?然而她以为那些公众的事，以后的事，绝不比目前的自己的利益来得重要。行将没落的统治层中的当权派都只有挣扎撑持于一时，而不会有什么长远打算和乐观精神。凤姐总揽贾府家务，她最看得清这一大家族的种种矛盾与危机。但她的想法，既不是贾政式的使宝玉继承祖业，绵延世泽；也不是秦可卿式的及早回头，留有退路；更不是探春式的兴利除弊，锐意革新；

而她所要的只是一大家族得到暂时的存在，以便供她自己的支配与剥削。她越感到好景不长，越不宽容别人，越不放松自己，她日夜辛劳，拼着自己一人的精力，为个人私利而奋战到底。因此不能不在贾母面前，“效戏彩斑衣”，以点缀升平。不能不“恃强羞说病”，以支持局面。到了最后，她还要秉承贾母和王夫人的旨意，玩了一套“掉包”把戏，拆毁了宝黛的婚姻，结果是黛玉死亡和宝玉出家。

罪恶腐朽的统治者必然制造别人的悲剧，但到了最后，也必然葬送了自己。当查抄的轰雷落到贾府屋顶上的时候，这位纵横一世的“女英雄”王熙凤，也正到了心血耗尽威力垮光的末日，于是她终于被压在自己所拉摊的这座大厦底下了。作者在人物赞里发表了他的批判与感慨——

> 机关算尽太聪明，反算了卿卿性命！……枉费了意悬悬半世心，好一似，荡悠悠三更梦。忽喇喇似大厦倾，昏惨惨似灯将尽。呀！一场欢喜忽悲辛。叹人世，终难定！（见第五回）

四

王熙凤是作者笔下第一个生动活跃的人物，是一个生命力非常充沛的角色，是封建时代大家庭中精明强干泼辣狠毒的主妇性格的高度结晶品。从她一出场就生龙活虎，如火如荼。一路故事的发展，性格的表现，作者一丝不懈地挥动着巨如铁柱、细似金针的妙笔，予以杰出的刻画。而且无论是她自己的传记或配合别人的场面，作者总把她安置在万目睽睽的舞台口上，使观众目不暇给，耳不暇听。

《红楼梦》作者一面无情地揭发凤姐一切罪行，并不遗余力地刻画出她独断独行、不恤人言、不顾后果的“毅力”。但另一面也深刻地剖析这位强者内心中多少矛盾与软弱之处。凤姐自称，不信鬼神，可是贾瑞、张金哥夫妇、鲍二家的、尤二姐都是怎么死的能不能忘掉?舆论认为她过分精明，不是寿者相，说她若不积阴骘就要短命，她心上能不留下深重的暗影？她生活条件中缺乏一个儿子，她唯一的一个女儿巧姐就要请刘姥姥起个名字，靠靠她的“福”。她文化水平太低了，不懂一般闺阁中琴棋诗画的消遣，在衣食享受权利争夺之外，并无精神生活可言。对于男性，为功利需要可以驱使，为精力剩余可以玩弄。但贾蓉后来竟帮助贾琏偷娶尤二姐，刺痛了她的心。她唯一知己秦可卿死了，从此成为一个绝对孤立的人。对自己第一忠实的心腹丫鬟平儿，她仍不免要怀疑和防范。她压倒一切，也到处都树立敌人，曾几乎被死敌赵姨娘阴谋害死。她知道自己是处在怎样一个危险的境地，曾对平儿说，自己得罪的人太多了，但是因为权力大，责任重，“骑上虎背，虽然看破些，一时也难放宽”。因此，她只能本着“宁叫我负人，不叫人负我”，“日暮途穷，则倒行而逆施之”的理论，硬干下去。自己病越加重，精力越不够，越要勉强支撑，越要紧紧地握住支配权到自己死亡之日为止。

像王熙凤这样一个反面人物中突出的典型，可以说整个的封建时代中国小说中少见的。在封建社会的历史真实中，人们是可以常看到具体而微的“小王熙凤”以及“得其一体”的“局部王熙凤”。过去不是常听人说，“那个女人简直像王熙凤”吗?这可以反映曹雪芹笔下人物的真实性和概括性。王熙凤这种人物之产生与消灭都有其必然的社会原因，反动统治阶级不到没落阶段不会产生这种“乱世奸雄”。反动统治阶级不到崩溃的时候，王熙凤这种人物也不会消灭，这一个王熙凤死掉，会有另一个王熙凤诞生，伟大的原作者曹雪芹除了写出这一重要人物的成长、显赫，也安排了她的消灭过程。就《红楼梦》序诗中所写“一从、二令、三人木，哭向金陵事更哀”来姑妄猜之：到了贾府抄家，贾母死亡，王熙凤坏事做尽，威权失尽，贾琏也先对她冷淡疏远，以后又休了她送回南京去，最后她结束了生命——是否这样一个结局呢?如果大体上是这样，那么王熙凤之覆败与死亡，是被社会变迁即“人的法则”所决定的。续作者高鹗写王熙凤的罪恶暴露、心劳日拙、失去靠山、呼应不灵等等大体上是符合的。可是写到这一人物之最后结束，却是由于众鬼索命而亡。这岂不是由“神人共愤，应予天诛”而出现了“因果报应”——神的法则了?

（选自王昆仑《红楼梦人物论》，团结出版社2004年版）

【说明】

“人在时空中的行动”，是叙事文学的基本特点。人物、环境、情节是叙事文学的构成要素。黑格尔说得好：“性格就是理想艺术表现的真正中心。”因此，在三大要素中，人物是核心所在：人物塑造是文学创作的核心任务；人物分析则是文学批评的核心课题。

王昆仑的《王熙凤论》是“红楼人物论”的经典论文。全文四部分：第一部分，通过分析王熙凤“声势非凡”的“出场”，强调了王熙凤的双重地位，即在全书中的核心地位和文学史上的独特地位；以下三部分，多角度地分析了“一个聪明、漂亮、能干、狠毒的‘凤辣子’”性格的丰富性、复杂性和矛盾性，高度评价了《红楼梦》在人物刻画上“于人则并陈美恶，美恶并举而无褒贬”（鲁迅语）的独特贡献；最后揭示了王熙凤作为“反面人物中突出的典型”的典型性之所在。在人物分析的方法上，本文也有可资借鉴之处。作者指出：《红楼梦》对王熙凤“杰出的刻画”，在于“无论是她自己的传记或配合别人的场面，作者总把她安置在万目睽睽的舞台口上，使观众目不暇给，耳不暇听”；这一点正是本文作者分析王熙凤这个形象所采用的方法，即抓住王熙凤“自己的传记或配合别人的场面”，揭示王熙凤的“聪明与诙谐”“才智与苦心”“阴谋与残酷”的复杂性和典型性。

从这篇精彩的“红楼人物论”，大致可以见出人物分析应注意的四个基本问题：一是作家如何写活这个人物形象的；二是人物概括了何种典型性格；三是这种典型性格产生的社会文化根源何在；四是应当追问作家是如何评价这一典型性格的。

作者王昆仑（1902—1985），笔名太愚，著名政治活动家，红学家。曾任全国人大常委、全国政协常委，民革中央执委、代主席、主席等职；著有《红楼梦人物论》等。（陈文忠）

【文献链接】

1.莫里斯·莫尔根：《论约翰·福斯塔夫爵士的戏剧性格》（1777），《莎士比亚评论汇编》（上），中国社会科学出版社1985年版。西方文评文学人物分析始于莎剧人物，莫尔根的这篇论文是英国莎剧人物研究的奠基之作，也是浪漫派莎评的开山之作。作者认为，莎士比亚笔下的人物是完整的、立体的；不能只看到人物的一面，不看其他各面。据此，他把人物从剧情中独立出来，把它当作一个现实中的人物，并设想他在另一环境中将会如何行动。这种从感觉印象出发的人物分析方法，在布雷德利的《莎士比亚悲剧》中达到极致，也对我国产生了一定影响。

2.威廉·哈兹里特：《莎士比亚戏剧中的人物》（1817），华东师范大学出版社2009年版。作者是英国著名批评家，浪漫派莎评传人，本书是英国莎学经典之一。全书三十二章，通过印象描述、文本细读和比较研究等多种方法，展示了从《辛白林》到《错误的喜剧》32部莎剧的艺术魅力。莎士比亚是研究人性的大师，莎剧人物是本书每一章的核心。欣赏的态度、活泼的文笔、优美流畅的散文情调，是本书的一大特色。由此表明，文学批评完全可以是文学的。

3. 王昆仑：《红楼梦人物论》，团结出版社2002年版。英国的“莎剧人物论”和中国的“红楼人物论”，可视为中西文评之双美。本书是中国现代“红楼人物论”的奠基之作。全书除序言共十七章，对《红楼梦》中的各色人物作了深入精彩的分析。有的是人物专论，如《王熙凤论》《史湘云论》《晴雯之死》等等，有的是人物群像，如《贾府的太太奶奶们》《贾府的老爷少爷们》等等。而人物专论和人物群像，正是人物研究两种常见方式。

4. 钱谷融：《〈雷雨〉人物谈》，上海文艺出版社1980年版。《论“文学是人学”》和《〈雷雨〉人物谈》，是钱谷融教授的传世名作。本书又是中国现代戏剧人物论的经典之作，全书主体共八章，对《雷雨》中的八个人物逐一作了分析。《雷雨》的魅力，在于通过错综复杂的人伦关系和深邃幽微的人性洞察，塑造了八个戏剧典型；本书的价值，则在于对八个戏剧典型作了深入独到的分析诠释，并为我们展示了现代戏剧人物研究的多种角度和思路。

5. 陈文忠：《文学人物心理学研究中的几个问题》，《文学美学与接受史研究》，安徽人民出版社2008年版。这是一篇反思性的论文。全文可分两大部分，首先回顾了中西文评中文学人物心理学研究的发展过程，然后对研究中存在的几个问题作了分析探讨。作者认为，欣赏可以沉醉于审美幻境，批评必须走出审美幻境。据此，对文学人物心理学研究中普遍存在的“明知其假而宁信其真”的做法作了质疑和反思，进而对人物分析的正确提问作了初步思考。

一个故事的三种讲法

许子东

一

曹禺的《日出》、张恨水的《啼笑因缘》和张爱玲的《沉香屑·第一炉香》，是三部文学史意义很不相同的作品。但这三部作品的基本情节却颇为相似：都描写了一个女人如何贪图金钱虚荣而沉沦堕落的故事。女主人公（陈白露、沈凤喜、葛薇龙）都是年轻貌美，都有学生背景，她们都放弃和背叛了自己的情感原则，或成为交际花，或嫁给年老的军阀。当然，三部作品对这同一个故事有着不同的写法。如果我们把这女学生的堕落视为一个过程，那么其中的转折点便是她初次为了金钱而屈从一个她所不喜爱的男人的那个时刻。从这个转折点着眼来考察三部作品，我们不难发现其间叙述结构上的差异：《日出》是“略前详后”，《啼笑因缘》是“详前详后”，而《第一炉香》则是“详前略后”。同一个情节模式，因叙述重点和角度不同，其主旨和意义也相去甚远。

陈白露在《日出》里一出场，已是交际花身份住在豪华的酒店里。“她穿着极薄的晚礼服……一种嘲讽的笑总挂在嘴角。神色不时地露出倦怠和厌恶。”[①]总之，我们初次见到陈白露，她已处在堕落日久，日渐步向最后毁灭的阶段。整出戏（第一、二、四幕）都在写她不甘心堕落但又无力自拔。但是堕落以前的陈白露呢？《日出》交代得异常简略。我们只知道她原来叫竹均，“出身，书香门第……教育，爱华女校的高才生……父亲死了，家里更穷了，做过电影明星，当过红舞女……一个人闯出来，自从离开了家乡，不

---

① 曹禺：《日出》，文化生活出版社1936年11月初版。参看《中国新文学大系1927—1937·戏剧集二》，上海文艺出版社1985年版，第160页。

用亲戚朋友一点帮忙……”[①]除了这段跳跃式的身世概括以外，陈白露在第四幕里还告诉方达生她以前有过一次因平淡而失败的婚姻。丈夫是个诗人，后来似乎追求革命去了。但这种《伤逝》式的婚姻悲剧还是不能解释陈白露最初的堕落。她当初是怎么“离开了家乡”，“一个人闯出来”，怎样从竹均变成白露的过程细节，《日出》是完全淡写了，这样“略前详后”的效果便是，第一，读者（观众）不知道女主人公当初失足时是否曾有，以及有多少选择的余地；第二，读者（观众）只看见女主人公今日堕落之苦且依然纯真，天良未泯，可以假设她身处污泥当是被迫无辜；第三，既然女主人公只是受害者，那么谁应对这美女自杀的悲剧负责呢？显然就是那“损不足以奉有余”[②]的社会。虽然这意识形态的观点其实是从茅盾等激进的主流作家那里传来的，但具体在《日出》里，这观念必须构筑在“略前详后”的叙述中。

《啼笑因缘》中女人堕落的故事是平铺直叙“详前详后”的，第十三回凤喜接受刘将军存折的那一瞬间，不仅是这个女人一生的转折点，也是整部小说情节上的支点。作家花了几乎相等的篇幅，分别叙述“堕落”之前的种种预兆、准备，以及“堕落”之后的种种后果与不幸。沈凤喜原是贫家女，一家人在北平天桥卖唱为生。后被一个南方书生樊家树看中，开始入学堂。不久樊回杭州探望病中的母亲，凤喜却因为一个现已嫁给军官做姨太太的前歌女的介绍，遇到了军阀刘将军。故事就开始进入了情节的另一个方面，刘将军先是请凤喜打麻将并故意让她赢钱，然后又用汽车接送请她听戏并赠予项链再塞给她钱。所有这些细节都有详尽铺陈。《啼笑因缘》当时在全中国最大的报纸之一上海《新闻报》上连载，[③]张恨水当然要尽量延长小市民读者对富贵梦的期待，同时又时刻提醒人们：此乃“不道德的交易”。凤喜当时也是既惊喜又慌张，既惶恐又内疚。她的家太穷，枕下的几百块钱又太烫人了，叫她怎能入睡？梦中却见到恩人和情人樊家树，于是次日决定退礼还钱。不想刘将军接着便出硬牌，派大兵和警察到沈家骚扰，并将凤喜抢进刘府唱大鼓书。在刘府，将军先是发怒，强迫凤喜为妾。在凤喜昏厥又醒来后，他又安

---

① 《日出》，《中国新文学大系1927—1937·戏剧集二》，上海文艺出版社1985年版，第174页。

② 曹禺后来解释过：“日出希望献与观众的应是一个鲜血滴滴的印象，深深刻在人心里也应为这‘损不足以奉有余’的社会形态。”（《日出·跋》，见《日出》，香港东亚书局。）

③ 张恨水是当时唯一能同时在《新闻报》和《申报》上开专栏连载小说的作家。《啼笑因缘》和鲁迅《申报·自由谈》的稿酬是当时最高的（千字十元银洋），参见袁进《鸳鸯蝴蝶派》，上海书店1994年版。

排女仆伺候，并提出要娶凤喜为太太——

> 刘将军笑道:“……这两本账簿,还有账簿上摆着的银行折子和图章,是我送你小小的一份人情,请你亲手收下。”凤喜向后退了一退,用手推着道:“我没有这大的福气。”刘将军向下一跪,将账簿高举起来道:“你若今天不接过去,我就跪一宿不起来。”凤喜靠了沙发的圆靠,倒愣住了。停了一停,因道:“有话你只管起来说,你一个将军,这成什么样子?”刘将军道:“你不接过去,我是不起来的。”凤喜道:“唉！真是腻死我了！我就接过来。”说着不觉嫣然一笑。……①

在这女主人公“堕落”的关键时刻，张恨水特意安排几个樊家树的侠义朋友在窗外观察动静准备随时救凤喜，这个过分戏剧化的细节意在说明即使在最危急时刻，凤喜仍可说“不”字且有路可逃（虽然她自己当时并不知道）。换言之，作者怎么也不给堕落的女人一个“别无选择”、“完全被迫”的理由。于是在小说的后半部分，不管凤喜如何在将军府挨骂被打受虐待乃至羞愧成疾疯疯癫癫，人们始终不会毫无保留地同情她。社会固然害了她，但她也不是完全无辜。小市民读者在满足了金钱虚荣冒险梦后，是一定要惩罚梦中的“失足者”以让醒者（自己）安心的：亏得我没有去做……所以张恨水后来说：“……至于凤喜，自以把她写死了干净；然而她不过是一个绝顶聪明，而又意志薄弱的女子，何必置之死地而后快!可是要把她写得和樊家树坠欢重拾，我作书的，又未免‘教人以偷’了。总之，她有了这样的打击，疯魔是免不了的。”②

《第一炉香》葛薇龙的故事是“详前略后”的，堕落前的每个环节步骤每次犹疑选择都有详述细描。张爱玲似乎也像她所喜欢的张恨水一样，认真追究女主人公对自己的沉沦该负多少责任。但葛薇龙其实更似陈白露：她们都是知识分子家庭出身的真正的女学生（而非刚套上学生服的街头卖唱少女）。《第一炉香》好像正结束在《日出》的第一幕上，是否葛薇龙的故事正在补述陈白露那空白的“过去”？当然，补述的结果会使人们对陈白露这个女人及其与社会之关系有不同的理解。

薇龙也是因为“家里穷”而不得不向生活腐化的姑母求助的。她第一

① 张恨水:《啼笑因缘》，北岳文艺出版社1994年版，第209页。

② 《作完〈啼笑因缘〉后的说话》，写于1930年，见《啼笑因缘》，第12页。

次涉足梁太太在香港半山的豪宅后，惊羡之余便有恐惧之感：“回头看姑妈的家，依稀还见那黄地红边的窗棂，绿玻璃窗里映着海色。那巍巍的白房子，盖着绿色的琉璃瓦，很有点像古代的皇陵……”[①]但薇龙到底年轻自信，“只要我行得正，立得正，不怕她不以礼相待。”这是薇龙进梁家前的第一次选择。

姑母原是香港富豪梁季腾的四姨太，好不容易熬成富孀却已徐娘半老。收留薇龙是为了用这女孩吸引男人。薇龙住进梁家当晚便在卧房里发现一大橱“金碧辉煌”的衣服，“她到底不脱孩子气，忍不住锁上了房门，偷偷的一件一件试穿着，却都合身，她突然省悟……一个女学生哪里用得了这么多?”这个省悟使薇龙“膝盖一软”，“低声道：‘这跟长三堂子里买进一个人，有什么分别’?”显然薇龙在那个时刻，已预感到她日后在梁家的角色。是夜她和凤喜一样昏沉不能入睡，梦中也有音乐伴着试衣。“柔滑的软缎，像‘蓝色多瑙河’，凉阴阴地匝着人，流遍了全身。”于是，薇龙入睡前对自己说了两遍“看看也好!”这是她的第二次选择。[②]

凤喜贪钱其实是理性的——贫穷的家人一直在教她钱的重要性，她还理智地计划嫁军阀后熬十年再出头的前景。但在睡梦中她会良心发现，在情感上愧对书生情人。而薇龙在理智上一直清醒地看到堕落的危险，反而在梦中，绸缎可以变成音乐匝着她。相比之下，理性的堕落较难原谅，情感的迷失较难逃避。

“看看也好”的结果就是薇龙生活方式的改变。她小心翼翼地看着姑母的眼色应酬男人，被姑母抢去追求者时又心有不甘。不过这些都还只是堕落的准备阶段。最难堪的选择是在被姑母的老相好，汕头搪瓷大王司徒协突然套上一只手镯以后。这个细节张爱玲写得惊心动魄，暴风狂雨之夜，三人同坐一车，梁太太笑着给她看司徒协刚送的一只三寸来阔的金刚石手镯——

> 车厢里没有点灯，可是那镯子的灿烁精光，却把梁太太的红指甲都照亮了……薇龙托着梁太太的手，只管啧嘴称赏，不想咯拉一声，司徒协已经探过手来给她戴上了同样的一只金刚石镯子。那过程的迅疾便和侦探

① 《沉香屑·第一炉香》，《回顾展Ⅱ》，香港皇冠出版社，第191页。

② 陈炳良教授在他的《〈第一炉香〉的主题与主角》一文早就特别注意并反复引用“看看也好”这句独白，因为它说明薇龙对“诱惑没有加以抗拒”。《张爱玲短篇小说论集》，台北远景出版公司1983年版，第81页。

出其不意地给犯人套上手铐一般，薇龙吓了一跳，一时说不出话，只管把手去解那镯子，偏偏黑暗中摸不到那门笋的机括。她急了，便使劲去抹那镯子……[①]

在梁太太劝说下，薇龙一时无法退回这镯子。她当然清楚这镯子的意义："一晃就是三个月，穿也穿了，吃也吃了，玩也玩了，交际场中，也小小的有了点名了。普通一般女孩子们所憧憬着的一切，都尝试到了。天下有这么便宜的事么？"薇龙知道，"唯一的推却的方法是离开了这儿。"薇龙也知道，"三个月的功夫，她对于这里的生活已经上了瘾。她要离开这儿，只能找一个阔人，嫁了他。"从薇龙开始，后来张爱玲笔下有过很多这样的女人，将嫁人作为"职业"和"事业"。作家不仅加以嘲讽，也试图给予理解。要嫁人，"找一个有钱的，同时又合意的丈夫，几乎是不可能的事。单找一个有钱的罢，梁太太就是个榜样"。不能说薇龙没作挣扎，她至少拒绝了梁太太（也是凤喜）的道路，她宁可在"爱"字上冒险，正是司徒协那副手镯，逼得薇龙迅速改变了对乔琪的态度，从谨慎暗恋，到期待婚嫁。这是第三次，也是非常关键的一次选择。

但薇龙很快（约会当晚）发现了乔琪的为人。爱的理想虽崩溃，征服欲却仍在继续膨胀。她想回上海，又生了场病。梁太太已将她的生活要求提得那么高，乔琪又已将她的情感自信心压到那么低。回去？还是留下？这是第四次，也是最后一次选择。为了抓住（嫁给）乔琪，薇龙最终还是需要（而且不断需要）司徒协的"手镯"。从此以后，"薇龙就等于卖给了梁太太和乔琪，……不是替乔琪弄钱，就是替梁太太弄人"。小说到此为止，再没有继续写交际花薇龙的生活之苦及可能有的悲惨结局。[②]

陈白露堕落的前因不明，凤喜则只是贪钱，而张爱玲却为葛薇龙的沉沦设计了如此充足的理由，四次选择，前三个都不无合理之处，自然而然，却导向了第四步的荒唐。同一个故事，《日出》着重写纯洁女人的无辜与厄运，所以符合（而且代表了）要求社会变革的20世纪30年代主流意识形态。《啼

① 《沉香屑·第一炉香》，《回顾展Ⅱ》，第292页。

②女人为了金钱而跟随男人，其结局在张爱玲笔下并不总是悲剧。张爱玲后来写了《倾城之恋》式的"庸俗的幸福"，也写了《留情》那样的"千疮百孔"的"爱"。当然，也有《金锁记》式的彻底的疯狂。傅雷（化名迅雨）的《论张爱玲的小说》，从"五四"反礼教的主流意识形态和传统士大夫道德准则出发，只欣赏《金锁记》的悲剧，而不能接受一个"堕落"女人所可能有的其他结局。

笑因缘》突出下层女子的道德缺点，所以既满足也劝诫了小市民的虚荣梦（作品里的绝大多数人，都有资格关心、帮助、拯救和评判凤喜）。《第一炉香》解析的是女人（乃至人性中）更普遍的弱点，所以在抽象层面，显示了人受虚荣、情感支配无法解脱；在历史层面，则表达了对都会小市民（尤其是女人）生态心态的理解和同情。薇龙的前三次选择，是否也可能是一般人的选择呢？小说不是多次强调葛薇龙是个“普通”的女孩子吗？而且，值得特别留意，她是“一个极普通的上海女孩子”。

二

三部作品都和20世纪三四十年代的上海有关，但又都不完全在写上海。

《日出》通常会给人一个描写三十年代上海十里洋场的印象。这里有两个原因，一是因为《日出》第一幕最初（1936年6月）在上海《文季月刊》[①]上发表时，方达生提到过要离开上海“这个地方”。第二是因为这出戏最早（1937年2月）是由欧阳予倩执导在上海卡尔登大戏院公演的，[②]戏中布置与戏院外南京路（公共租界“大马路”）街景颇相似。然而实际上，《日出》并非写于上海，曹禺以前也没有在上海长期住过，只在1934年夏来上海作过一次短暂旅行（他花了很多时间流连往返“大世界”和四马路，观察、同情街边的妓女，临离沪时对女友说：“我要写一部戏，抒发一下”）。[③]曹禺晚年追忆说：当时在上海自杀的“阮玲玉是触发写《日出》的一个因素”。[④]《日出》在《文季月刊》连载后，于同年11月由上海文化生活出版社出单行本。可是单行本里已无“上海”字样，《日出》成了一出可以在任何中国沿海商埠发生的故事。我们当然可以从技术原因上去解释这一改动，据田本相和俞健萌、曹树钧的两本《曹禺传》，《日出》是1936年夏曹禺在靳以的不断催稿声中赶写而成的。写一幕发表一幕。所以很有可能在写第一幕时，曹禺为揭露那“损不足以奉有余”的社会形态，选择了十里洋场

① 《中国新文学大系·戏剧集二》在收录《日出》时注明作品原载《文学季刊》1936年6、7、8、9月号，即第1卷第1、2、3、4期。其实这时《文学季刊》已改名《文季月刊》，由巴金、靳以主编。《文学季刊》在北京出版时曾发表过曹禺的《雷雨》。

②卡尔登大戏院后改名为长江剧院，现已拆除。

③见俞健萌、曹树钧《曹禺》，中国青年出版社1990年版，第119页。

④ “曹禺与田本相谈话记录”，1982年5月26日，见田本相《曹禺传》，十月文艺出版社1988年版，第176页。

——他认为是当时中国最黑暗腐化的地方下笔。可是他对上海了解有限，写作过程中不得不用一些北方的细节（比如窗外工人唱的北方调子，第三幕里的北方窑子等），因此全剧完成后，作者要把背景弄“虚”一点，像上海，又不一定是。

欧阳予倩等人在初排《日出》时，大概也感到了第三幕的北方风味与全剧的气氛背景不协调，所以就索性删去了第三幕。为此曹禺十分激动和不满，不惜“顶撞”中国话剧运动的前辈，在北京的《大公报》上刊出万字长文《我如何写〈日出〉》（即《日出·跋》），强调第三幕的重要性——

> 《日出》不演则已，演了，第三幕无论如何应该有。挖了它，等于挖去《日出》的心脏，任它惨亡……

言重至此，原因何在？细读《日出》，我们看到大凡与都市生活有关的道具布景台词动作，都是腐化堕落和丑恶的象征。比如第一幕介绍陈白露所住的旅馆休息厅，“屋内一切陈设俱是畸形的……墙上挂着几张很荒唐的裸体画片……圆形小几嵌着一层一层玻璃，放些……西洋人形、米老鼠之类”。而且这一切均见不得阳光：“窗前的黄幔幕垂下来，屋内的陈设看不十分清晰，一切丑恶和凌乱还藏在黑暗里。”这一个背景，贯穿了第一、二、四幕，即上海初演《日出》的全场。这洋场背景，便是陈白露堕落的原因。倘要表现主人公善良可爱依然纯真呢，那就只有靠自然的霜花，以及窗外清凉的风或隐隐存在的“日出”。作品反复强调“这个地方”堕落，并美化乡村和自然作为反衬，虽然曹禺揭示“社会悲剧”的意识形态框架颇似《子夜》，但这种以乡村、大自然为“武器”批判现代西化都市文明的态度却很合沈从文的口味（难怪《日出》在《大公报》得奖时能同时得到茅盾和沈从文的欣赏）。[①]批判十里洋场需要支点，单靠霜花空气等毕竟太抽象空洞，这就是为什么曹禺一定要第三幕的原因。第三幕写的是一个北方妓院，嵌在《日出》的洋场背景，在情节上直观展示了陈白露生活的恐怖性，在气氛上更构成了一种北方朴素道德（“翠喜有一颗金子般的心”——曹禺）与南方世（市）风淫靡沦丧的

①其实他们欣赏《日出》的理由是不同的。茅盾最注意作品的“中心轴——就是金钱的势力……这是半殖民地金融资本的缩影。将这样的社会题材搬上舞台，以我所见，《日出》是第一回”。言下之意，在小说里已有人写过。沈从文关心的是技巧：称道“全部剧本的组织，与人物恰如其分的刻画”。引自田本相《曹禺传》，第200页。

对照。不仅在道具、布景、色彩上是个对比，甚至台词语言上，翠喜的北方俚语也构成对张乔治潘月亭洋腔洋调的一种平衡。同样是舞女美酒香水摩天楼，同时代的刘呐鸥、穆时英是欣赏玩味，甚至茅盾，在批判中亦不无迷恋。曹禺到底不是“海派”，所以他一定需要翠喜、小东西才能完成《日出》的内在平衡。

倘说《日出》是京派文人写上海又批判上海，那么《啼笑因缘》便是鸳鸯蝴蝶派大师为了上海读者而写北平了。《啼笑因缘》在某种意义上是由作家、编辑、评论家和读者“共创”的——这是一个通俗文学如何尊重读者的典型例子。1929年5月，上海《新闻报》副刊《快活林》主编严独鹤赴京认识了张恨水，当场约稿，第一个要求便是“上海市民要看武侠”。这便是小说中三个女主角之一关秀姑的来由。而作为情节主线的凤喜的故事，其实来自当时一段社会新闻。一位张恨水所喜欢的地方戏演员高翠兰被当地一个军阀旅长抢走了。社会舆论纷纷谴责该旅长横蛮，但张恨水私下却表示：如果高翠兰一点都看不上旅长，旅长何以动念抢她，不久人们果然看到两人愉快地拍结婚照。[①]显然这段素材的人性和社会意义太曲折复杂，所以张恨水将它改造成常见的“逼良为娼”模式。不过其中凤喜堕落的最关键处，如前所引，是已经渗入了高翠兰（准确地说，是张恨水所理解的高翠兰）的影子。正是这稍稍超出读者期待的微妙改动，使《啼笑因缘》中凤喜的遭遇，有别于“贞女不屈维系世风”和“女人无辜社会有罪”的新旧俗套。不过，严独鹤再三叮嘱说：“上海人要看噱头”，单是侠女加“逼良为娼”还是不够。在与上海来的朋友左笑鸿反复商量后，张恨水设计了何丽娜这第三个女主角。何乃富家小姐，擅长交际喜欢跳舞自己开车每天需要昂贵的鲜花，但又知书达礼、人情练达、性格温和。在痴情于樊家树后更愿意戒虚荣耐清苦。小说描写何丽娜与沈凤喜相貌酷似，这一特意安排的细节构成了不少情节上的巧合和误会，更象征着小市民女人的两面性格：同样是美丽和虚荣，可以走向贪财进而道德迷失，也可以有节制地享受都市物质生活和现代男欢女爱而不失道德分寸。在惩罚了沈凤喜的金钱梦后，何丽娜的生活方式及风度便不失为上海市民读者的一种理想了。《啼笑因缘》也是边连载边创作的，从严独鹤那里反馈而来的上海读者的意见，也“参预”着张恨水的写作过程，等到1930年秋他去上海和三友出版社及明星电影公司签合同时，市民仍每天

①见张明明：《回忆我的父亲》，香港广角镜出版社1979年版，第23页。

排队买《新闻报》以期望先睹小说情节的发展，看樊家树到底在三个女子之间如何作选择。最后，侠女虽忠勇却被敬而远之；凤喜虽娇美终因失足而发疯；唯有漂亮富有又善解人意的何丽娜，与男主人公越来越接近……我有时想，假如《啼笑因缘》当初是在北京的报上连载，结局是否会有所不同？

同《啼笑因缘》为了上海读者而写北平的情况相似，《第一炉香》也是为了上海人而写香港。她自己说过："我为上海人写了一本香港传奇……写它的时候，无时无刻不想到上海人，因为我是试着用上海人的观点来察看香港的。只有上海人能够懂得我的文不达意的地方。"①

我理解这里所谓"上海人的观点"，至少包括道德口味、异国情调和都市意象三个层次。

《第一炉香》的"上海人"的道德口味，是比较灵活通达但又不失原则的。一方面，女人喜欢好衣服顺理成章，为了求学费也不妨小做牺牲；但另一方面，"上海"在《第一炉香》里又是道德尺度和"家"的象征。葛薇龙一觉得有堕落的危险，便立刻想到回上海，"在老家生了病，房里不会像这么堆满了朋友送的花，可是在她的回忆中，比花还美丽的，有一种玻璃球，是父亲书桌上用来镇纸的，家里人给她捏着，冰那火烫的手。……那球抓在手里很沉。想起它，便使她想起人生中一切厚实的，靠得住的东西……"在这个时刻，上海成了厚实、可靠和温暖的象征——中国现代文学作品里，像这样的时刻并不多见。

"上海人的观点"的第二层意义便是异国情调。由于当时的上海是比香港更发达更现代化的大都市，所以读者寻找的"异国情调"，首先并不是西洋景摩天楼和现代氛围，而是奇特的中西文化混杂，具体地说，便是殖民地里的东方情调。在上海女孩子薇龙眼里，梁家豪宅的客厅"里面是立体化的西式布置，"可"炉台上陈列着翡翠鼻烟壶与象牙观音像，沙发前围着斑竹小屏风……"小说还特别描写女主人公身上那"别致的校服翠蓝竹布衫，长齐膝盖，下面是窄窄裤脚管，还是清朝末年的款式"，言下之意，颇有不满："把女学生打扮得像赛金花模样，那也是香港当局取悦于欧美游客的种种设施之一。"更明显的找寻"异国情调"的例子是梁太太的园会。虽然一派英国作风，《夏日最后的玫瑰》伴唱，草地上却"遍植五尺来高福字大灯笼，黄昏时点上了火，影影绰绰的，正

① 张爱玲：《到底是上海人》，《杂志》月刊第11卷第5期，1943年8月。

像好莱坞拍摄《清宫秘史》时不可少的道具”。这里的“异国情调”至少是双重的：西方人在香港找到“伪东方”，上海人在香港看到“伪西方”。

“上海人的观点”背后是都市文化，在《第一炉香》里表现为一种混淆人工与自然界线、将生活戏剧化的“都市意象”。张爱玲关于都市文化有一个观点：“像我们这样生长在都市文化中的人，总是先看海的图画，后看见海；先读到爱情小说，后知道爱；我们对于生活的体验往往是第二轮的，借助于人为的戏剧，因此在生活与生活的戏剧化之间很难划界。”①这种“生活的戏剧化”正是张爱玲小说意象的重要特点之一。在《第一炉香》里，上海眼光看香港，当然注意山水景色。但葛薇龙也是先看惯了海的图画，现在才看到海。当她面对山水风景情绪激动时，大自然就会扭曲成人工制品：

> （太阳偏西后的半山），大红大紫，金丝交错，热闹非凡，倒像雪茄烟盒上的商标画（重点号系引者所加——下同）。

> 梁家那白屋子黏黏地融化在白雾里，只看见绿玻璃窗里晃动着灯光，绿幽幽的，一方一方，象薄荷酒里的冰块。

通常的文学比喻，都是从人的主体方位出发，由我及他，由近及远，由室内到室外，由人工到自然。简单如“女人像花（一样美丽）”，繁复如“丁香空结雨中愁”（李璟）。可是在葛薇龙（张爱玲）眼里——

> 月亮才上来，黄黄的，像玉色缎子上，刺绣时弹落了一点香灰，烧糊了一小片。

> 中午的太阳辉煌地照着，天却是金属品的冷冷的白色，像刀子一般割痛了眼睛。

> 天完全黑了，整个世界像一张灰色的圣诞卡片，一切都是影影绰绰的……

所有这些意象都是“逆向”营造的：半山、白雾、月亮、天空及世界成

① 张爱玲：《童言无忌》，《天地》月刊第7—8期，1944年5月。

了本体，雪茄烟盒商标、薄荷酒里的冰块、缎子上的香灰、金属品以及圣诞卡成了喻体。从《第一炉香》开始，《传奇》里到处都是这类将自然人工化，将环境物品化，将世界装饰化的绝妙意象。精致如《金锁记》开篇，“三十年前的月亮……象朵云轩信笺上落了一滴泪珠，陈旧而迷糊。”[①]尖刻如七巧形容其媳妇的厚嘴唇：“切切倒有一大碟子。”[②]传神如佟振保迷惘地看街景：“风吹着的两片落叶踏拉踏拉仿佛没人穿的破鞋，自己走上一程子……”[③]隽永如《茉莉香片》里的核心意象：“她是绣在屏风上的鸟——悒郁的紫色缎子屏风上，织金云朵里的一只白鸟。”[④]“女人”像“鸟”——看上去回到了常见的普通的象征秩序，然而这“鸟”，又是人造的，张爱玲这么喜欢用人工世界形容自然世界且刻意混淆两者界线，既体现她本人对室内物品的细致持久的特别兴趣，也显示了她对都市环境城市情调的美学理解，更渗透了“归根究底，什么是真的？什么是假的？”[⑤]的哲理疑惑。所有这些张爱玲式的独特意象，不仅要在灯红酒绿的背景里才能创造，而且也要在嘈杂市声的氛围里才能欣赏。这是否可以说明为什么张爱玲一离开40年代的上海，其作品就失却了那令人压抑的魅力？同时也可能解释为什么在比较物化的都市，如上海、香港、台北，她的作品特别流行。而且——幸与不幸——随着中国越来越都市化，环境越来越“物化”，张爱玲早期的小说，也许会有更多的读者。

（原载《文艺理论研究》1995年第6期，题为《重读〈日出〉、〈啼笑因缘〉和〈第一炉香〉》，后收入《呐喊与流言》，改为现题，内容亦有改动。）

【说明】

人物、情节、环境、主题，是小说的四大要素。本文从故事情节分析入手，对具有同一情节模式的《日出》《啼笑因缘》和《沉香屑·第一炉香》进行比较分析，指出，它们“都描写了一个女人如何贪图金钱虚荣而沉沦堕落的故事”，但三者的叙述结构存在差异：《日出》是“略前详后”，对陈白露堕

① 《金锁记》，《倾城之恋》，第140页。
② 同上书，第169页。
③ 《红玫瑰与白玫瑰》，《倾城之恋》，第79页。
④ 《茉莉香片》，《回顾展Ⅱ》，第244页。
⑤ 《金锁记》，《倾城之恋》，第164页。

落的原因没有交代，着重写她的纯洁、无辜与悲剧命运；《啼笑因缘》是“详前详后”，突出了沈凤喜自身的道德缺点：由于贪财而使自己最终堕落；《第一炉香》是“详前略后”，详细展示了葛薇龙堕落前的心理纠葛，解析了女人爱慕虚荣的普遍弱点。这些差异使得三篇作品的效果有所不同：《日出》使读者同情陈白露，《啼笑因缘》的读者则不能毫无保留地同情沈凤喜，《沉香屑·第一炉香》的读者对葛薇龙更多的是理解。

文章还运用社会—历史研究法，通过三篇作品的写作过程分析了作品所反映的现实内容：“和20世纪三四十年代的上海有关，但又都不完全在写上海。”从写作过程的分析中，文章揭示了每篇作品的作者意图，认为“《日出》是京派文人写上海又批判上海”，《啼笑因缘》是“鸳鸯蝴蝶派大师为了上海读者而写北平”，《第一炉香》则是“为了上海人而写香港。”这样，文章就将作品分析、作家分析、读者分析和社会分析有机结合起来。一篇文章中囊括了艾布拉姆斯所说的“四要素”，且水乳交融，实在难得。

文章题为“一个故事的三种讲法”，“一个故事”是指一个相同的题材、同一种情节模式，“三种讲法”是指同一种情节模式下的三种叙述结构。其实，一个故事的“三种讲法”包含多重含义，既是三种叙述结构，同时也是三种叙述风格、三种艺术主题、三种不同文体等等。借用叙事学的相关理论，分析有内在联系的三个故事，是本文的显著特点。

作者许子东，1954年生，浙江天台人，著名学者、批评家，曾供职于华东师范大学，现任职于香港岭南大学。主要著作有《郁达夫新论》《当代文学印象》《当代小说阅读笔记》《为了忘却的集体记忆——解读50篇文革小说》等。（江守义）

【文献链接】

1. 何满子：《妓女的爱情》，《中国爱情小说中的两性关系》，上海书店出版社1999年版。文章认为，古代市民小说作者对自己所描写的妓女的爱情都抱有极大的同情，妓女一般都被写成遭遇不幸而又心地善良的女性。但在不同的故事中，妓女的结局迥然不同，有的以喜剧结尾，有的以悲剧收场。文章以《卖油郎独占花魁》和《杜十娘怒沉百宝箱》为例，对妓女爱情的不同结局展开具体分析。比较《一个故事的三种讲法》和《妓女的爱情》，我们不妨这样说：妓女的爱情可说是一个经典的故事，这个故事至少有悲剧和喜剧两种讲法。

2.杨义：《从〈酉阳杂俎〉到〈夷坚志〉》，《中国古典小说史论》，中国社会科学出版社1995年版。文章的主体是分析两本书的各自特色所在。《酉阳杂俎》中"掌故趣味和蛮荒女色的诗意"体现了"清雅自由的唐人风度和面对怪异的幽默感"，《夷坚志》中"多重声音和时空错综的叙事"则体现了"沉重的人生感受和宋人说鬼的道学气"。与《一个故事的三种讲法》类似，文章分析的是内容相近又各有特色的两本书。说内容相近，是《酉阳杂俎》和《夷坚志》都是以志怪为主的笔记小说；说各有特色，是它们虽同为志怪，但由于时代的差异，造就了唐人志怪的诗人气质和宋人志怪的道学思理。

3.陈思和：《告别橙色的梦——读王安忆的三部小说》，《笔走龙蛇》，山东友谊出版社1997年版。文章分析了王安忆的三部小说，指出这三部小说中作者告别了以前的"橙色的梦"，转而关注现实的严酷，揭示人性的复杂。《69届初中生》通过雯雯的心灵史，"细腻地体察出她在心理、生理两方面走向成熟过程中反映在精神领域里的种种苦恼、骚乱、反抗、成熟"；《小鲍庄》通过洪水给小鲍庄带来的灾难，"在揭示人类所遭受外界的种种灾难的同时，在更抽象的意义上展开了对人类自身的悲剧命运的探索"；《小城之恋》通过男女舞蹈演员的经历，展示生命本能和社会心理在他们身上的搏斗，"谈到了性意识在少年成长中酿成的种种苦恼"。这可以说是"三个故事的同一个主题"，即多少都显示出一种寻根意识：《69届初中生》寻找"人的生命之根"，《小鲍庄》显示了历史之根（原罪），《小城之恋》展示了人性之根；与《一个故事的三种讲法》有异曲同工之妙。

4.小野四平：《短篇白话小说中的判案》，《中国近代白话短篇小说研究》，上海古籍出版社1997年版。本文对"三言"中的"公案小说"按时代进行分类研究，认为：宋代"判案"主要是借助某一案件"叙述种种基于当时宿命意识的不可思议的事情"，显示了作者的"宿命意识"；明代"判案"则"叙述了特定的判案事件乃至判案官"，显示了作者强烈的问题意识。如果说"判案"是一类事件，那么，宋明两代"判案"的所显示的意识的差异，可以深化我们理解《一个故事的三种讲法》中所说的三种"叙述结构"的差异。

5.郭英德：《明清传奇戏曲叙事结构的演化》，《求是学刊》2004年第1期。文章开头指出，简与繁、整与散之间的结构张力，是明清传奇戏曲叙事结构演化的内在动因；接着按照时间顺序，对传奇戏曲叙事结构的演化作了梳理，演化包括匠心初运、着意尚奇、惨淡经营、象征叙事、以文为曲五个阶段。文章对每个阶段传奇戏曲叙事结构的特征作了说明，并结合代表作品展开具体分析。同是传奇戏曲叙事结构，每个阶段表现出不同的特点，这与《一个故事的三种讲法》虽无直接关系，但可以促使我们进一步思考一个故事在不同讲法中所体现出的独特之处。

《牡丹亭》的悲喜剧因素

叶长海

一、《牡丹亭》的喜剧性和悲剧性

汤显祖的代表作《牡丹亭》，是一部浪漫主义杰作。剧中所表现的与封建礼教根本对立和对自由爱情执着追求的精神，三百多年来，一直深深地感动了广大的读者与观众。

《牡丹亭》是一部宏伟的大作，也是一部复杂的作品。因而，在我们对这部名剧进行研究分析时出现各种不同的见解和意见，是不奇怪的。比如，这个剧本属于哪一戏剧体裁（或戏剧类型），从来就有不同的看法。有人称之为“离奇的喜剧”，有人认为“整个剧本文词华丽，充满喜剧氛围”，有人认为它“虽是喜剧，而它的基调却是悲怆的”，有人认为“全剧笼罩着一股悲剧的气氛”，也有人直接主张把它归于悲剧类。对某一具体戏剧的体裁划分时可能有的各类意见，这里几乎都有了，而且，上述各种意见都见于各重要的文学史著作或著名的戏曲史家和美学家的笔下。这种复杂而有趣的现象，引起了我们的思索与进一步探讨的兴趣。

划分剧本的体裁，不能以剧本的局部文字效果或个人的部分情感体验为依据，而应以剧本整体作为基本出发点。只要我们通检这一部五十五出的大戏，全面分析剧本的结构、人物、语言色彩及演出效果诸方面，就不难发现：如果把这个剧本归为喜剧，则对剧本主人公的境遇、命运和性格发展趋势以及剧中许多戏剧场面的悲剧性效果难以解释；但如果把它归为悲剧，则只有一个办法，就是至少要削去剧本的一半，否则这个“悲剧”将缺乏应有的严肃性和统一性，因为它除了“笼罩着一股悲剧的气氛”以外，还充满着另一股喜剧的气氛。

从情节结构来看，全剧的离奇巧合本身就富有喜剧性。剧中对梦境、冥府的描写表现出相当浓厚的幽默和诙谐。开头部分的《闺塾》是一出著名的喜剧：违背人情的封建虚伪教育，其结果适得其反，“为诗章，讲动情肠”，这是一种滑稽的矛盾。此外，《劝农》《肃苑》《耽试》《围释》数出都洋溢着明朗的喜剧风趣。而全剧结尾部分，误会吊打的滑稽、对杜宝的嘲弄、团圆时含有悲苦的愉快，则融成一派色彩丰富的喜剧场面。

从人物塑造来看，作者以辛辣的讽刺嘲笑了迂酸愚顽的腐儒陈最良，以愉快的笔调描绘了爽朗机智的丫环春香。剧中的杜宝，是以清正干练的面貌出现的封建社会理想人物，但正是他的那种“拘束身心”的家训与老夫人的“女儿经”导致独生女儿青春的毁灭，造成了他们自己的家庭悲剧。人物行为的结果，恰好走向其主观出发点的反面，这种矛盾的本身就是一种深刻的讽刺。至于柳梦梅为猎取功名而表现的庸庸碌碌与他为追求爱情而表现的烂漫无邪，这种性格上的对比，使这个人物身上呈现出明爽的诙谐感。而随时抒发自己的哀怨的剧本主人公杜丽娘，似乎完全是一个悲剧人物，其实不然。在她为追求爱情而奋争之初，由于精神长期受压抑，加以少女情窦初开时的羞涩，致使感情的迸发与行动的含蓄形成了一种欲盖弥彰的不正常状态，呈现出轻微变形的幽默感。自《闺塾》隐含的情趣至《圆驾》酸楚的愉快，这个人物形象总的悲剧发展线上时有喜剧性的跃动。在这些地方，表现了作者惊人的创作技巧。可以说，《牡丹亭》剧中有完全的喜剧人物，却没有一个单纯的悲剧人物。

另外，作者随时插入对现实的调侃和滑稽的科诨，使全剧的许多喜剧场面又得以贯穿起来，一直推向一个喜剧性的结尾。

因此，我们不能把《牡丹亭》看作是一个悲剧，至少不能算是纯粹的悲剧。有人据此把它归于喜剧类，不是没有理由的。但是，如果简单的称之为“喜剧”，恐怕同样是片面的。因为，《牡丹亭》毕竟又“笼罩着一股悲剧的气氛”。

剧本主人公杜丽娘的人物性格，悲剧因素是其主导成分。一个封建家庭为她准备了十分优厚的物质生活条件，但是，对于一个渴望获得真正爱情的少女，这个家庭却正成了她精神的囚笼。封建家长盼望她成为“知书知礼”的“贤淑”，因此把她的行动限于“做些针指，或观玩书史”，但这与一个青春勃发的少女的热爱自然、向往自由生活的性格显然格格不入。“闺深珮冷魂销”，“一点幽情动早”，百无聊赖的闺阁生活反而刺激了她对美和爱的幻想与追求。对于以“父母之命、媒妁之言”为标准的封建婚姻道德，杜丽娘身上萌芽的正是一种越轨思想，对于一个正统封建思想主宰一切的官僚家庭，杜丽娘内心世界的发展，自然要被视为大逆不道。而社会与家庭中代表封建正统观念的那种力量，成为一种随时都准备除灭叛逆行为的压迫之势。一个在封建家庭中长大的弱女子，面对这股压迫之势，其力量对比是显而易见的。这就是形成杜丽娘性格的悲剧性的根本基因。依据这种性格的逻辑发展，现实生活中的悲剧遭遇便不可避免地发生了：太守衙门的森严四壁，堵绝了她与任何青年男子接触的可能，她便从梦中寻求；宗法制度的严酷家规，斩断了她的一切良好的愿望，她只有以死殉情。几百年来，《牡丹亭》之所以赢得了青年女子的思想共鸣和同情之泪，正是因为剧本对女主人公悲剧遭遇的深刻描写和深沉的同情。

作者着力最深的《惊梦》《寻梦》《写真》《闹殇》等出，其悲剧气氛尤其浓烈。那些缠绵幽婉的曲词，写尽“一片断魂心痛”，饱含着作者的深情和热泪。即使我们今天演唱这些曲子，或诵读这些诗句，都不免为之心恸。

作者在开场白中写道：“白日消磨肠断句，世间只有情难诉”，在结尾处又写道：“唱尽新词欢不见，数声啼鸟上花枝”。可见他在写作全过程中曾倾注了无限的伤心。他自然没有想把这个戏写成一个单纯的喜剧，因而他对“人知其乐，不知其悲”的现象表示不满意。①由于全剧“乐不胜悲”，因而连主张《牡丹亭》为喜剧的文学史著作，都同时肯定剧本的“悲怆”基调。

《牡丹亭》就是这样一个悲喜交集的剧本，它充满着凄艳的风趣和幽默的色彩，而又交织着沉郁的怨苦和悲怆的情调，有似于文艺复兴时代西欧出现的把悲剧和喜剧糅合在一起的那一类戏剧，通常称之为“悲喜剧”。我国著名戏剧家洪深在解释戏剧体裁的术语时说：“在希腊的时候，戏剧只有两种，就是‘用怜悯与恐怖，去涤清人的灵性’的悲剧，和‘用理智或取笑，去惩劝人的道德’的喜剧，是很容易辨别的。到了莎士比亚的时候，已经是不严格遵守旧时的规律，悲剧喜剧时常混在一个剧本内。当时称之为‘悲喜剧’。”②

与汤显祖同时代的意大利剧作家瓜里尼（1538—1612）在首先公开标举“悲喜混杂剧体诗”时，曾热情洋溢地说：“如果现在人们懂得怎样很好地去编写悲喜混杂剧（这并不是一件易事），其他种类的戏剧就真不必上演，因为悲喜混杂剧可以兼包一切剧体诗的优点而抛弃它们的缺点；它可以投合各

① 见《玉茗堂尺牍之五·答李乃始》。
② 《术语的解释》，《洪深文集》第4卷。

种性情，各种年龄，各种兴趣，这不是单纯的悲剧或喜剧所能做到的。”[①]几乎同时的西班牙剧作家维加（1562—1635）也认为：“悲剧和喜剧混合，太伦斯和塞内加混合，这又是一个人身牛首的怪物，使得它一部分严肃，一部分滑稽；因为这种多样化能引起大量的愉快。大自然给了我们很好的范例，因为通过多样化，它才成为美丽的。”[②]至十八世纪法国狄德罗提倡“严肃喜剧”，博马舍进而提出“严肃戏剧”（也叫“正剧”），他们都推重这种介于悲剧与喜剧之间的戏剧。后来黑格尔在论述“戏剧体诗的种类”时，把这种有别于古代悲剧和喜剧的“第三个主要剧种”称为近代“正剧”（包括“悲喜混杂剧”）。他一方面指出“在近代戏剧里，悲剧性和喜剧性就更多地交错在一起了”；另一方面又认为“这个剧种没有多大的根本的主要性”，其界限“有时比悲剧和喜剧的界限较为摇摆不定”，有时有“流于散文的危险”。[③]

我们现在没有必要去重复西方历史上的争论，以品定某戏剧体裁的高低或重要性如何。以往的各派观点也许都有偏激之处，但那常常是一种时代的需要。这篇小文也不可能对“悲喜剧”作全面的理论总结。这里想指出的是，如果说中外戏剧史上各种戏剧体裁都曾经产生过优秀的作品与低劣的作品，那么，汤显祖的《牡丹亭》则是悲喜剧中的佼佼者，它是属于世界性的杰作，它“把严肃和滑稽、悲剧与喜剧、生活中的庸俗糟粕与伟大美丽的东西交融在一起”（《别林斯基论文学》），其“感人者，喜则欲歌、欲舞，悲则欲泣、欲诉”（黄周星《制曲枝语》）。我们正是应该在这种地方找出汤显祖的创作才能的真正特色。

第一位批点《牡丹亭》的王思任指出：“其款置数人，笑者真笑，笑即有声；啼者真啼，啼即有泪；叹者真叹，叹即有气。”（《批点玉茗堂牡丹亭叙》）在“悲”“喜”这个问题上，这位汤显祖同时代的文人，并没有偏执一端，称得上是《牡丹亭》的最早的知音者。

二、《牡丹亭》的“团圆”和眼泪

现在来谈谈两个与戏剧体裁研究紧密相关的问题，这是在探讨中国古代戏曲的悲剧与喜剧问题时，人们常常谈论的问题。

---

① 瓜里尼《悲喜混杂剧体诗的纲领》。

② 维迦《当代编剧的新艺术》。

③ 黑格尔《美学》第3卷。

第一，关于“团圆”的结局问题。

我们之所以认为《牡丹亭》不是一个纯粹的悲剧，其中一个重要的理由就是这个剧本以喜剧性的“团圆”作为结局。《牡丹亭》的最末两出题为《闻喜》和《圆驾》，这自然是有目共睹的。但以往许多戏曲史家在评介《牡丹亭》时，常常只谈到《索元》和《硬拷》出为止，仿佛点明了“团圆”的俗套，便会亵渎了这部伟大作品似的。这大概也是一种“为贤者讳”的善良习惯吧。有的同志也许是为了突出全剧的思想意义，或者竟是为了把《牡丹亭》梳洗成一个更纯净的悲剧，于是对该剧结尾的“喜”与“圆”往往避而不谈或谈而不透。这难免有削足适履之嫌。

我们要较客观地分析《牡丹亭》的团圆“俗套”，首先要跳出我们以往在理论研究中自设的种种“俗套”。

在中国戏曲史上，有一种创作现象是令人注目的，这就是，明代传奇绝大多数是以“团圆”结局的，其中的爱情戏则往往是“生旦当场团圆”。对于这种现象，我们自然不能视而不见，但也不能一概而论，因为戏剧中的“大团圆”也是一种很复杂的现象。

首先必须指出，一个作品是否以团圆作结局，并不能作为它的思想性优劣的标志。早期南戏《赵贞女》以“雷殛蔡伯喈”为结局倾泻了人民的愤怒与控诉，而《琵琶记》“一门旌表”的团圆结局则是这部南戏杰作中的消极部分。与此相反的是，元稹《会真记》的悲剧结局实质上肯定了封建道德观念，而王实甫《西厢记》的大团圆却积极体现了人民追求“有情人都成眷属”的纯朴愿望。但我们又必须清醒地看到，明代传奇中“生旦当场团圆”的俗套更多的是反映了作者世界观的局限。鲁迅曾指出，专门设计大团圆结局的才子佳人小说是一种“闭着眼睛”不正视现实的“瞒和骗的文艺”，以鲁迅的话来批评专门设计“才子及第，奉旨成婚”的团圆结局的才子佳人戏，也是适合的。

还必须指出，一个戏剧是否以团圆为结局，并不能决定它是喜剧或悲剧。因为更重要的是要分析戏剧的全貌，还要看团圆的具体方式及其戏剧效果如何。有的“团圆”是全剧喜剧情节发展的必然结果，又把喜剧性推向最高点，如高濂的《玉簪记》。有的“团圆”完全是在一种虚幻的境界中实行，这种结局往往增强了一种悲剧的“幻灭”感，而且使人们对悲剧主人公的叹息与同情回萦不息，从而加深了全剧的悲剧色彩，如孟称舜的《娇红记》。但明代许多爱情剧的情节关目往往是经过生旦的“悲欢离合”

而终至“当场团圆”，这种团圆结局的本身固然是喜剧性的，但因剧本全貌往往“悲”“欢”兼而有之，或则前悲后喜，或则一悲一喜交递发展，或则悲喜自然交融，因而如要进行分类的话，这种戏剧多数似以归于“悲喜剧”为宜。

惟其如此，对《牡丹亭》特定的团圆结局我们也不能简单化地看待。应该说，在这里兼有积极因素和消极因素两个方面。从消极方面来看，这样的结局未能最后摆脱明传奇“才子及第，奉旨成婚”的成法，而且表明作者尚无能力、也不可能为青年叛逆者找到一条属于自己的走向彻底胜利的道路，这确实是一种无可奈何的时代局限。从积极方面来看，这样的结局正寄托了作者美好的祝愿和理想，讴歌了杜丽娘出生入死的奋争的胜利——虽然这仅是一种十分有限的“胜利”。而且，《牡丹亭》的结局与一般才子佳人戏的陈陈相因的俗套毕竟还是有所不同的。一是杜丽娘与柳梦梅的爱情结合并不依赖于中状元这回事，因为在此之前，他们早已在自己的梦幻之乡中自由结合了。二是柳梦梅中状元后，生旦并未立即团圆，而是又经过了几番周折。这些地方正显示了汤显祖艺术创造的不同凡响之处。

《牡丹亭》的“团圆”是一种典型的“悲喜混杂”的结局，而不是一般爱情悲喜剧常见的简单化的喜剧性“团圆”。全剧的悲剧性与喜剧性在结局之前都得到充分发展，而后走向一个共同的归宿。在这里，主人公的爱情追求似乎如愿以偿，但她原为之奋搏的“个性解放”的光彩却已经减色，她是在一种不自觉的或者是无奈的退让中求得十分有限的“胜利”，实质上并没有摆脱封建社会妇女的悲剧命运。这是一种以社会理想的失利为代价的个人境遇的改善，因而是一种隐含着悲苦的“愉快”。但是，《牡丹亭》的“团圆”时各种艺术表现手法所构成的戏剧场面却显然是喜剧性的。种种巧合的新奇感，几经奋争终而有所成功的喜悦性，最后的误会与波折所富有的诙谐感与讽刺性，共同构成了十分强烈而又十分复杂的喜剧效果。《牡丹亭》的“团圆”结局具有悲喜交融的强烈的艺术感染力，是“寓哭于笑”戏剧手法的成功范例。

第二，关于眼泪与“悲”“喜”的关系问题。

虽然，对《牡丹亭》的戏剧体裁认识各不相同，但是谁也不能否认《牡丹亭》是一个含泪的戏剧。“泪花儿打迸着梦魂飘”，杜丽娘的一句唱词，点出了剧本的情感主流。数百年来，许多传说和文学作品，总是把《牡丹亭》与哀伤愁苦乃至殉情联系在一起。

相传汤显祖创作《牡丹亭》时“运思独苦”，曾“卧庭中薪上，掩袂痛哭”[①]。各代诗话笔记之类记载青年妇女阅读或演唱《牡丹亭》而引起感情共鸣的很多，而且几乎都是悲剧性的。娄江女子俞二娘的“断肠而死”，扬州女子金凤钿的“以《牡丹亭》殉葬”，西湖女子冯小青的“伤心”诗，还有多情女子的因情而死、感伤女伶的唱曲而殒，都曾使历代读者惊叹不已。而最令人感动的，恐怕是《红楼梦》第二十三回的一段痴情幽伤的描写：林黛玉在梨香院墙外听到凄婉的笛声传送着《惊梦》的曲子，始而“不觉点头自叹”，继而“不觉心动神摇”，终而“越发如醉如痴，站立不住……仔细忖度，不觉心痛神驰，眼中落泪”。

当然，小说只是虚构，传说可能失实，但我们却由此得到启示：《牡丹亭》是实实在在的与眼泪结下不解之缘。这样一种感人的艺术现象，在文艺史上是罕见的。这也曾被作为一个重要理由用以说明《牡丹亭》是一个悲剧。

我们认为，历来的这种生动感人的描述，很有说服力地证明《牡丹亭》的非凡的艺术感染力和人道主义精神，而且可以说明，剧本主人公的命运确实具有强烈的悲剧性，剧中确实含蕴着悲剧的力量。但是，我们却不能以此来判定这个剧本体裁就是悲剧。

虽然人们常说“笑是喜剧的特色”，但不能因此就把“哭”看作是悲剧所独有的。因为悲喜剧本身就含有悲剧成分（而这正是汤显祖及娄江女子等为之泣下的原因），就是喜剧也可以寄托辛酸，亦可以引起共鸣者为之痛哭，这叫做“寓哭于笑”。刘锷《老残游记自叙》曾说：“王实甫寄哭泣于西厢”，而“西厢”却是一部喜剧。契诃夫的名剧《海鸥》《三姊妹》《樱桃园》等充满着愁苦和眼泪，而契诃夫称自己的作品是“通俗喜剧”。

戏剧中描写了人物的悲剧命运，并不一定就是悲剧。对于悲剧人物或悲剧生活，可以用悲剧体裁来表现，也可以用喜剧体裁来表现。如讽刺喜剧《祭头巾》所刻画的正是一个为封建科举所摧残的老学究的悲剧命运，全剧充满了“含泪的嘲笑”。又如祢衡击鼓骂曹操这一著名的三国故事，本身具有壮烈的悲剧性，自然可以写成一个大悲剧，但徐渭的《狂鼓史》却写成了一个嬉笑怒骂熔为一炉的痛快的喜剧。而在明传奇中，则更多的用“悲欢离合”式的“悲喜剧”来表现人物的悲剧命运。《牡丹亭》的眼泪当然不属于“含泪的嘲笑”，而是真正的悲剧的眼泪，这是“悲喜剧”中悲剧因素的情感效果。

人们读了《牡丹亭》后，不免黯然泪下，那是对杜丽娘因情而死的悲剧

① 焦循《剧说》卷五。

命运的同情，或是自己与杜丽娘的共同境遇而产生了情感共鸣。而我们说，《牡丹亭》是个“悲喜剧”，那是对剧本体裁的划分，这种划分的根据是对全剧诸艺术因素的总体分析。

艺术创作是一种非常复杂的现象。即便作者本人对自己作品的分析也常有因时而异的情况，而读者也不一定完全同意作者对自己作品的认识。如曹禺的《北京人》，作者曾说这是一个“喜剧”，而美国一个大学把它作为“很好的悲剧”来演时，作者却又说他们演得很好。如果说汤显祖确曾“卧薪痛哭”，也不能就表明他构思的整个剧本就是悲剧，因为他填曲至“赏春香还是旧罗裙”句，不觉伤心痛哭，而填曲至其他诙谐处，也可能惬意一笑。即便他直接声明自己写的是一个喜剧或悲剧，读者也不一定就同意他的看法，因为读者的结论要从对作品的全面分析中得出。前人所谓“作者之用心未必然，而读者之用心何必不然”，想来就是指这种现象吧。

1980年6月初稿
1982年5月修改

（选自《中国古典悲剧喜剧论集》，上海文艺出版社1983年版）

【说明】

20世纪80年代，上海文艺出版社先后出版了《中国十大古典悲剧集》（1982年10月）、《中国十大古典喜剧集》（1982年12月）、《中国古典悲剧喜剧论集》（1983年5月）。此后，组织人员编选出版了《中国十大古典悲喜剧集》（1989年12月）。《牡丹亭》被选入《悲喜剧集》，但关于《牡丹亭》戏剧体裁的归属问题，学界仍争论未休。

本文针对赵景深“《牡丹亭》是悲剧”的观点，提出了不同的看法。全文分为两大部分，第一部分“《牡丹亭》的喜剧性和悲剧性”，论证《牡丹亭》既充满了喜剧气氛、又笼罩着悲剧气氛，是一个悲喜交集的剧本，并以悲喜剧在西方的发展及其主要理论观点为佐证。第二部分“《牡丹亭》的‘团圆’与‘眼泪’”，针对当时戏剧分类中常引发争议的“团圆”结局问题和“眼泪”效果问题，结合《牡丹亭》分别予以了甄别，指出“团圆”结局既不能成为剧作思想性优劣的标志，也不能成为划定悲剧、喜剧的标准，必须要看团圆的具体方式及其戏剧效果如何，同时还要分析戏剧全貌。循此，《牡丹亭》的“团圆”便是一种“寓哭于笑”的“悲喜混杂”的结局。至于

《牡丹亭》与“眼泪”的不解之缘，主要体现于创作与接受中，“是‘悲喜剧’中悲剧因素的情感效果”，从全剧各艺术因素的综合分析看，《牡丹亭》则仍然是部“悲喜剧”。

相较于赵文的感性、简明，叶文具有明显的理性、周密、全面的特点，即便放在今天，也不失为是对《牡丹亭》悲喜剧性的分析佳作。尤其是作者立足于全剧诸艺术因素的总体分析与综合考察，同时兼顾作者的创作意图与心理、作品的接受效果与影响，进行全面分析，值得学习。本文已成为《牡丹亭》阐释史上的经典文本，后人的研究多受其影响启发。

作者叶长海，1944年生，浙江永嘉人，上海戏剧学院教授、博士生导师，是戏剧戏曲学研究专家。主要著作有《中国戏剧学史稿》《当代戏剧启示录》《曲律与曲学》《曲学与戏剧学》等。（章池）

【文献链接】

1. 颜长珂：《悲欣交集——〈中国十大古典悲喜剧集〉前言》，《文艺研究》1987年第3期。此文是《中国十大古典悲喜剧集》的前言，梳理了悲喜剧在西方的发展，论述了中国古典戏曲从诞生之初就具有悲喜结合或混杂的特点，说明了《悲喜剧集》剧目编选的依据等。它可以说是中国古典悲喜剧最初一次较全面的论述，体现了20世纪80年代中国古典悲喜剧研究的成果。

2. 汪芳启：《也论〈牡丹亭〉的悲喜剧性质》，《阜阳师院学报》1990年第2期。此文是对叶长海观点的发挥。文章分析了四个方面：一、悲剧+喜剧的宏观框架；二、悲剧+喜剧的结构是《牡丹亭》颂情主题的需要；三、上半部的喜剧因素与下半部中的悲剧精神强化了作品的悲喜剧特性与上下部分的有机统一；四、《牡丹亭》是现实主义与浪漫主义相结合的创作方法的产物。此文可看出叶文的影响，同时作为一种观点，也可略加了解。

3. 范华群：《谈中国传统喜剧、悲剧与悲喜剧的分类问题——兼论〈牡丹亭〉悲剧与喜剧的双重复合结构》，《戏曲研究》1996年总第53期。此文质疑20世纪80年代以西欧戏剧理论为标准编选的三个“中国十大古典”，认为这一做法有欠妥当。指出中国古典戏曲的发展不同于西方，在喜剧与悲剧剧目中普遍存在着悲喜交错、苦乐相间的因素，并成为传统戏剧中自然成章的结构形式。进而认为，中国传统戏曲的分类应以戏剧美学为标准，分为悲剧和喜剧两种类型，悲喜剧的设立则纯属生搬硬套。至于被誉为悲喜剧杰作的《牡丹亭》，他认为这是“一个自成系统的由悲剧冲突与喜剧冲突构成的双重复合结构的形式”。

4.颜长珂:《关于悲喜剧》,《戏曲研究》1996年总第53期。此文是针对范文的自我辩护。要点有三：其一，对中国古典戏曲而言，无论悲剧、喜剧，还是悲喜剧，都是“搬过来，套上去的”，不独悲喜剧。其二，“仅以‘一悲到底’或‘一喜到底’作为划分悲剧与喜剧的标准，无论对于中外戏剧，都不是很科学”。其三，针对范文认为《牡丹亭》是“悲剧与喜剧的双重复合结构”的说法，指出“虽然避开了‘悲喜剧’的字眼，似乎略嫌词费”。

5.周国雄:《中国正剧的本体风格和鉴别标准——兼论〈牡丹亭〉的艺术属性》,《文艺研究》1997年第1期。此文比较三大戏剧体裁——悲剧、喜剧、正剧的审美特征，对正剧的本体风格和鉴别标准进行了探讨，提出正剧是一种以“矜庄严肃”为美感特征、以“美战胜丑”的自然顺变为冲突走向、以“和谐坚实”的人物行动为创作重心的戏剧样式。进而，对《牡丹亭》的艺术属性进行分析，得出《牡丹亭》不是喜剧，更不是悲剧，而是正剧的结论。

6.赵康太:《悲喜剧引论》,中国戏剧出版社1996年版。这是国内迄今唯一全面系统研究悲喜剧理论的专著。全书十章，从悲喜剧的发生说起，进而探讨了中西悲喜剧的演变与动因、悲喜剧的主体意识、美学特征、悲喜剧形象的二重性等。后五章具体论述了古典悲喜剧、现代悲喜剧、悲喜剧的构造模式、艺术技巧和审美效应等问题。本书对了解中国悲喜剧的发展历程和艺术特性，颇有参考价值。

另外一种散文

——读周作人的《乌篷船》

王晓明

我知道有不少人都推崇这篇散文，可说实话，我第一次读它的时候却完全不以为然。就那样寥寥几句枯燥的介绍，什么“用竹片编成，中夹竹箬，上涂黑油”，什么“略似玻璃而坚韧耐用”，一点感情色彩都没有，简直像工匠在对买主作说明。全文只有一千几百字，可你看文章的开头部分，第一段的结尾是“所以写这一封信告诉你”，第二段的开头又是“我所要告诉你的”，多么罗嗦？真不明白那些人为什么要推崇它。

一直到现在，我也不认为《乌篷船》就是怎样难得的漂亮文章，它和它的名气总有点不太相符。但我却愿意在这里说一说第二次阅读的感受。那是在一个凉风习习的秋夜，四周都很安静，我不觉又翻开了《乌篷船》。这一回读得很仔细，一行一行看下去，也真奇怪，我的感受竟和初读时完全不同了。文章的开头不再显得罗嗦了，正是从那些似乎有些重复的字句中，我体味出一种不慌不忙、娓娓道来的从容心境，一种故意用轻描淡写掩盖起来的思乡感情。那些工匠式的介绍也不显得枯燥了，你看那几句对船头的描述：“船头著眉目，状如老虎，但仍在微笑，颇滑稽而不可怕。”这不分明流露出了对家乡风物的亲近感情？尽管作者的语气很平静，我们却不难揣想他那副津津乐道的表情。

那些似乎漠然而处的形容句更都一个个活动了起来：跨上脚划的小船，“仿佛是在水面上坐，靠近田岸去时泥土便和你的眼鼻接近”，这感受多么真切，我仿佛也坐在左右摇晃的小划子里，迎着岸边的泥土和小草靠过去了。

越往下读，我越觉得当初真读得太粗心。作者哪里只是在冷淡地作介绍，到文章的后半部分，分明越来越明显地表现出一种特殊的人生态度。看上去他是在历数沿河的景致，从岸旁的乌桕、红蓼和白苹，到稍远处时时可见的山，各式各样迎面而来的桥，都记得那样清楚；看上去他是在讲述夜航的趣味，从舷下的水声橹声，到岸上的犬吠鸡鸣，描绘得那样生动；看上去他是在怅叹旧俗的衰亡，从庙戏如何有趣直说到那些新建的“海式”剧场多么粗俗，好恶又是那样分明！可实际上，这一切都不是他要说的主要的话。他并不仅仅要告诉我们他家乡有哪些风物，他更要让我们知道应该怎样去领略这些风物。他一开头就告诫说：“你如坐船出去，可是不能像坐电车的那样性急……倘若出城，走三四十里路（我们那里的里程是很短的，一里才及英里三分之一），来回总要预备一天。”这岂不太慢了吗？可作者说，正是要这样慢：“你坐在船上，应该是游山的态度……困倦的时候睡在舱中拿出随笔来看，或者冲一碗清茶喝喝。”写到雇船看庙戏时，他更明白说：“在船上行动自如，要看就看，要睡就睡，要喝酒就喝酒，我觉得也可以算是理想的行乐法。”原来，作者笔下的那些山、水、树、桥，都是要用这样慢悠悠的态度才能欣赏的，重要的不是田园景致，而是抱着闲适的心情去亲近它们。不是匆匆忙忙，更不是步履沉重；不是愁容满面，更不是怒气冲冲；心平气和，悠闲自在，不惊不乍，随遇而安——这似乎就是《乌篷船》作者偏嗜的处世态度，在他心目中，故乡绍兴的山山水水正是为实践这种态度提供了一个合适的环境。与其说他是在向我们介绍乌篷船，不如说是在引诱我们像他那样去乘坐乌篷船。

我并不是十分性急的人，为什么最初却没能看出这一点呢？是不是因为没有料到，在那个严酷的时代，作者竟会推崇这样一种恬静的心境？《乌篷船》写于一九二六年初的北京，那正是大革命震撼全国的前夕，北方故都一片黑暗。许多有血性的文艺青年纷纷南下，投身北伐的事业，就在作者写下这篇散文的半年以后，他的胞兄鲁迅也离京南行。满眼是地狱的景象，也许格外要向记忆中的家乡旧事去寻取慰藉，但看看鲁迅写于这时期的回忆散文，譬如《狗·猫·鼠》和《二十四孝图》吧，它们充盈着多么强烈的战斗激情。为什么周作人却要显露这样一副淡然无争的情绪呢？

他比鲁迅年少四岁，早年也和鲁迅一样东渡日本留学。他禀赋聪颖，精通日语，又通英语和希腊语，中国的古书也看了很多，以至被人誉为“博识”。一九一一年回国以后，他也和许多人一样深恶黑暗的社会现实，“五四”文学革命时，他就曾举起人道主义文学的旗帜，为新文化运动推波助澜；一九二六年“三·一八”惨案发生后，他更在挽联上奋笔直书：“所谓革命政府与帝国主义原是一样东西！”[①]但是，就在这积极入世的姿态背后，却

①《关于三月十八日的死者》，《泽泄集》，北新书局1928年版。

还隐伏着另一种情感，那就是对于社会进步的悲观看法。他曾说："昔者巴枯宁有言，'历史唯一的用处是警戒人不要再那么样'，我则反其曰，'历史的唯一的用处是告诉人又要这么样了！'"[①]在写于一九三三年的《知堂文集序》里，他更说自己"常有故鬼重来之惧"。这使人想起鲁迅，他也同样痛感到封建历史的沉重因袭，也曾多次以宋末、明初的黑暗世道来例比现实。但在鲁迅，失望越深，反越煽旺了"绝望的抗争"的冲动；而在周作人，博识和敏感加在一起，却蒸发出一股销蚀斗志的冷气。倘说鲁迅是知其不可为而为之，周作人却可以说是知其不可为就不为。在愚民专制的国度里，清醒当然是一件难得的好事，但如果被这清醒浇灭了热情，那就反而成了坏事。周作人似乎正是这样，年岁越长，阅历越深，他就越少有激动的时刻。既然不相信有身外的目标可以追寻，他就只能以调整主观态度来稳定自己；既然无需急急地赶向前方，那就干脆放慢脚步，随意游逛消闲吧。一九二三年十一月，他在《雨天的书》的序言中写道："我近来作文极慕平淡自然的景地"，虽然"生在中国这个时代，实在难望能够从容镇静地做出平和冲淡的文章来"，他却仍然祈望自己的心境不要再粗糙下去，很怀念那种"田园诗的境界"。[②]在写这段话的时候，他似乎还在田园诗和道德文章之间犹豫不定，一面追求平和的情趣，一面也禁不住要发出《关于三月十八日的死者》那样的怒叫。但到写于一九三五年春天的《关于写文章》里，他却明确宣布了自己的选择："我想写好文章第一须得不积极。不管他们卫道卫文的事，只看看天，想想人的命运，再来乱谈，或者可以好一点，写得出一两篇比较可以给人看的文章。"[③]倘按照这个标准，《乌篷船》大概就是属于这样的文章。

原来，周作人并不是真正的田园诗人，他对那种恬淡闲适的心境的追求不过表明了他的惶惑，他的无可奈何，就像一个被乱兵破了宅门的新派秀才，他只好学着去当隐士。《乌篷船》也不是真正的田园诗，说得夸张一点，它不过标示着作者的一条自救之道。倘若从那些平平淡淡的文句中，你已经感受到一种平和恬静的潇洒态度，那就不妨再把眼光放开一点，看看这篇散文的作者和他置身的时代，你也许还能从这种特别的人生态度背后窥见一丝逃避哲学的影子呢。可悲的是，那个动荡的时代并没有给隐士划出一块静地，周作人终究未能避开世事的纷扰。而从知其不可为就不为的消极立场

①见《周作人散文钞·废名序》，开明书局1933年版。

②见《雨天的书》，北新书局1927年版。

③见《苦茶随笔》，北新书局1936年版。

上，是很容易滑进无可无不可的深渊的，四十年代他在民族大义上的严重失节，就是明证。

有许多散文一下子就能够吸引住我们。因为它们那饱含深情的辞句和激动人心的内容本身就具有强烈的感染力，就像把你拉到一道壮阔的大瀑前面，不由得你不动心。但也还有另一种散文，它本身并没有涂着鲜艳的色彩来惊撼我们，但在它那些貌似平常的辞句后面，却往往流动着一种特别的情趣，宛若浓荫下的一条暗溪，悄悄地滋润我们的心田。周作人的《乌篷船》似乎就属于这一类，倘在嘈杂的车厢里一目十行，你很可能觉得它淡而无味；但如果在静夜的台灯下从容品味，你或许却会在掩卷之后浮出会心的一笑呢。

（选自《中华文学评论百年精华》，人民文学出版社2002年版）

附录：

乌篷船

周作人

子荣君：

接到手书，知道你要到我的故乡去，叫我给你一点什么指导。老实说，我的故乡，真正觉得可怀恋的地方，并不是那里；但是因为在那里生长，住过十多年，究竟知道一点情形，所以写这一封信告诉你。

我所要告诉你的，并不是那里的风土人情，那是写不尽的，但是你到那里一看也就会明白的，不必罗唆地多讲。我要说的是一种很有趣的东西，这便是船。你在家乡平常总坐人力车，电车，或是汽车，但在我的故乡那里这些都没有，除了在城内或山上是用轿子以外，普通代步都是用船。船有两种，普通坐的都是“乌篷船”，白篷的大抵作航船用，坐夜航船到西陵去也有特别的风趣，但是你总不便坐，所以我就可以不说了。乌篷船大的为“四明瓦”（Symenngoa），小的为脚划船（划读uoa）亦称小船。但是最适用的还是在这中间的“三道”，亦即三明瓦。篷是半圆形的，用竹片编成，中央竹箬，上涂黑油，在两扇“定篷”之间放着一扇遮阳，也是半圆的，木作格子，嵌着一片片的小鱼鳞，径约一寸，颇有点透明，略似玻璃而坚韧耐用，这就称为明瓦。三明瓦者，谓其中舱有两道，后舱有一道明瓦也。船尾用橹，大抵两支，船首有竹篙，用以定船。船头着眉目，状如老虎，但似在微笑，颇滑稽而不可怕，唯白篷船则无之。三道船篷之高大约可以使你直立，舱宽可以放下一顶方桌，四个人坐着打麻将，——这个恐怕你也已学会了吧？小船则真是一叶扁舟，你坐在船底席上，篷顶离你的头有两三寸，你的两手可以搁在左右的舷上，还把手都露出在外边。在这种船里仿佛是在水面上坐，靠近田岸去时泥土便和你的眼鼻接近，而且遇着风浪，或是坐得少不小心，就会船底朝天，发生危险，但是也颇有趣味，是水乡的一种特色。不过你总可以不必去坐，最好还是坐那三道船吧。

你如坐船出去，可是不能像坐电车的那样性急，立刻盼望走到。倘若出城，走三四十里路（我们那里的里程是很短，一里才及英里三分之一），来回总要预备一天。你坐在船上，应该是游山的态度，看看四周物色，随处可见的山，岸旁的乌柏，河边的红蓼和白苹，渔舍，各式各样的桥，困倦的时候睡在舱中拿出随笔来看，或者冲一碗清茶喝喝。偏门外的鉴湖一带，贺家池，壶觞左近，我都是喜欢的，或者往娄公埠骑驴去游兰亭（但我劝你还是步行，骑驴或者于你不很相宜），到得暮色苍然的时候进城上都挂着薜荔的东门来，倒是颇有趣味的事。倘若路上不平静，你往杭州去时可于下午开船，黄昏时候的景色正最好看，只可惜这一带地方的名字我都忘记了。夜间睡在舱中，听水声橹声，来往船只的招呼声，以及乡间的犬吠鸡鸣，也都很有意思。雇一只船到乡下去看庙戏，可以了解中国旧戏的真趣味，而且在船上行动自如，要看就看，要睡就睡，要喝酒就喝酒，我觉得也可以算是理想的行乐法。只可惜讲维新以来这些演剧与迎会都已禁止，中产阶级的低能人别在“布业会馆”等处建起“海式”的戏场来，请大家买票看上海的猫儿戏。这些地方你千万不要去。——你到我那故乡，恐怕没有一个人认得，我又因为在教书不能陪你去玩，坐夜船，谈闲天，实在抱歉而且惆怅。川岛君夫妇现在偁山下，本来可以给你介绍，但是你到那里的时候他们恐怕已经离开故乡了。初寒，善自珍重，不尽。

一九二六年十一月十八日夜于北京

（选自《泽泻集》）

【说明】

这篇散文赏析，不仅是对一篇散文名作的解读，也是对一位散文大师的评价，更准确地说，是重新评价。其写作的动机和思路，与作者“重写文学史”的主张一以贯之。

由于某些因素的影响，很长一段时间，周作人散文创作的成就及其在文学史上的地位，未能得到应有的评价。本文作者通过对《乌篷船》一文的个案分析，展示了他重新认识周作人散文的心路历程。从一开始的不以为然，到审美感知的认同，再到时代背景和作者生平的认知，最后得出结论：“有许多散文一下子就能够吸引住我们。因为它们那饱含深情的辞句和激动人心的内容本身就具有强烈的感染力，就像把你拉到一道壮阔的大瀑前面，不由得你不动心。但也还有另一种散文，它本身并没有涂着鲜艳的色彩来惊撼我们，但在它那些貌似平常的辞句后面，却往往流动着一种特别的情趣，宛若浓荫下的一条暗溪，悄悄地滋润我们的心田。周作人的《乌篷船》似乎就属于这一类……”这也就是文章标题之所以叫做“另外一种散文”的原因吧。

作者得出这样一个不同于以往的新观点，没有凭借新材料，也没有采用新方法。他所遵循的，只是恩格斯提出的文学批评原则：美学的标准和历史的标准。文章前四段交待个人的阅读经验，属于美学批评；接下来三段反思特定的创作语境，属于历史批评。作者运用正统的批评方法，却颠覆了传统的审美习惯，彰显了被文学史遮蔽的“另外一种散文”。可见，只要从文本出发，正确地使用文学批评方法，就能够实现“重写文学史”的目标。

王晓明，1955年生，上海大学中文系教授，文学批评家，著有《无法直面的人生——鲁迅传》《王晓明自选集》等。(桑农)

【文献链接】

1.周作人：《〈中国新文学大系·散文一集〉导言》，《周作人散文全集》(第6卷)，广西师范大学出版社2009年版。《中国新文学大系》是中国现代文学的一次大检阅。散文部分共两卷，分别由周作人和郁达夫负责编选。在这篇导言里，周作人不仅总结了现代散文的艺术成就，还系统地阐释了他本人的散文观，如言志与载道之分，以及现代散文与公安派小品、英国随笔的渊源等。这些论述为现代散文的发展和繁荣提供了理论依据，也是认识其散文创作的一把钥匙。

2.郁达夫：《〈中国新文学大系·散文二集〉导言》，《郁达夫全集》(第6卷)，花城出版社1983年版。郁达夫在这篇导言里谈到，中国现代散文的成绩，以鲁迅和周作人为最丰富、最伟大，所以在编选时，他们的散文占全书的十分之六七。全书入选16位作者的131篇散文，其中周作人57篇，鲁迅24篇，朱自清7篇，冰心6篇……如此篇目比例，可见郁达夫对周作人散文的推崇。其实，这也是当时文学界的共识，正像周作人和郁达夫两篇导言里都引用的胡适那段文字所言："白话散文很进步了……这几年来，散文方面最可注意的发展，乃是周作人等提倡的小品散文。"

3.朱光潜：《雨天的书》，《朱光潜全集》（第8卷），安徽教育出版社1993年版。这是朱光潜以"明石"为笔名发表在《一般》（《中学生》的前身）上的一篇书评。《雨天的书》是周作人继《自己的园地》之后第二部小品文集。朱光潜以其美学家的敏感，捕捉到周氏散文的艺术特质：清淡闲散的心情，简洁的文字。他说："在现代中国作者中，周先生而外，很难找到第二个人能够做得清淡的小品文字。"朱光潜还拿鲁迅来比较，说："在《雨天的书里》只是冷，在《华盖集》里便不免冷而酷了。"这便是后来鲁迅与朱光潜论争的潜在导火索。参见本书《说"曲终人不见，江上数峰青"》一篇的"文献链接"。

4.阿英：《周作人的小品文》，《阿英全集》（第2卷），安徽教育出版社2003年版。这是阿英编选《现代小品十六家》第一卷"周作人小品"的序言。作者认为，周作人的小品和鲁迅的杂感代表新文学的两种不同趋向。作为左翼作家，阿英指出："周作人所代表的倾向，显然是落后的，虽然他的小品文学，曾经有过大的影响，形成过一个流派，到现在还在发展……"他不同意钟敬文的评价："在这类（小品散文）创作家中，他（周作人）不但在现在是第一个，就是过去两三千年的才士群里，似乎尚找不到相当的配侣呢。"但他也不得不说："周作人的小品文，在史的发展上，我们是不能不予以相当的估价的。"

5.刘绪源：《解读周作人》，上海文艺出版社1994年版。这是一部探讨周作人散文艺术的专著。全书分六章，分别论述了"苦雨斋与同时代的散文家""作为文体探险家的周作人""结构、技巧与人的魅力""言志派的渊源与流向"等问题。由于作者从文本的阅读经验出发，得出的结论往往发人深省。例如，谈到周作人散文不同于同时代其他散文家的特点时，作者将其概括为"涩味"和"简单味"。他认为"简单味"并不简单，而是在朴拙中包藏着丰腴；"涩味"却更其复杂，是许多同时代散文家所不具备的。这些都堪称的评。

6.孙郁：《当代文学中的周作人传统》，《当代作家评论》2001年第4期。

正如标题所示，本文重在梳理当代文学中的周作人传统。五四以来，无论在思想上还是文体上，都可以看到胡适、鲁迅、周作人的影响。这称之为新传统，不算为过。一段时间，鲁迅传统或被人利用，或被人误解，“沉郁的文学渐趋悲愤，又由悲愤而呼号而说教，滑入单调的口号里。”二十世纪九十年代散文的兴盛，“由周氏那种冲淡入手，直抒性灵，汉语言的张力浮现出来，文风从此一变。”作者以众多作家的大量作品为例，论述了周作人传统的复兴及其形成的原因，足以让读者明晰中国当代散文史的流变。

温词艺术研究
——兼论温韦词风之差异

袁行霈

一

当其貌不扬而又放荡不羁的温庭筠出入于秦楼楚馆，为乐工歌伎制作曲子词的时候，他未必想到会有那么多的文人雅士步他的后尘去填写这类流行的小曲；更不会想到那些成为他入仕之累的所谓“侧艳之词”竟造就了他在中国文学史上的地位和名声。

文人填词并不始于温庭筠，但在温庭筠之前不过是偶一为之。温庭筠才是第一个大力填词的人。从他开始，词才独立于诗之外，成为一种新的文学体裁；并在传统的诗境之外，开辟了新的词境，从而丰富了中国诗歌的艺术。

温庭筠的词按其艺术风格可分为三类：

第一类通俗明快，新鲜活泼，表达感情真率大胆，带有民歌的情调，以《南歌子》、《荷叶杯》为代表。《南歌子》七首，其一常为人称道：

> 手里金鹦鹉，胸前绣凤凰。偷眼暗形相。不如从嫁与，作鸳鸯。

词作少女的口吻，她遇到一个漂亮风流的少年，既忍不住想看他，又不好意思正眼相看。心里盘算着：还不如就嫁给他，结为鸳鸯呢！象征着美好姻缘的鸳鸯，是由巧舌传情的鹦鹉和成双成对的凤凰引起的联想。而这首词的构思就是建立在这三种禽鸟的类比和联想上。感情真率，语言巧妙，带有浓厚的民间词的气息。

《荷叶杯》三首，以南国水乡为背景。其三：

楚女欲归南浦，朝雨，湿愁红。小船摇漾入花里，波起，隔西风。

前三句写楚女欲归未归之际，朝雨打湿了红色的荷花，连荷花也为情人的离别而忧愁。后三句写她乘着小船摇入花丛，在她身后留下一片细细的波纹。“隔西风”是被西风阻隔，其实西风何尝阻隔了他们？它只是送走了小船而已。但从送行的情人看来，如果没有西风，小船就走不成了，至少也可以走得慢些，因此抱怨西风阻隔了他们。一种恨别与怅惘相交织的感情显而易见。

第二类清新疏朗，以浅近的语言表现深远的意境，有唐人绝句的风味，以《杨柳枝》《梦江南》为代表。

《杨柳枝》共八首，都是七言四句，当成七绝也未尝不可。如其四：

金缕毵毵碧瓦沟，六宫眉黛惹香愁。晚来更带龙池雨，半拂栏干半入楼。

初春时节细长柔软的柳枝飘拂在后宫的碧瓦上，本已惹起碧瓦之下宫女们的忧愁。而在傍晚时分，它们偏又带着皇帝居处龙池的雨拂栏入楼，更使宫女们愁不能禁。《梦江南》二首写思妇凝伫之情：

千万恨,恨极在天涯。山月不知心里事,水风空落眼前花。摇曳碧云斜。

梳洗罢,独倚望江楼。过尽千帆皆不是,斜晖脉脉水悠悠。肠断白苹洲。

其一，意谓人生多有憾事，而最大者莫过所思之人远在天涯久盼不归。此时只有山月水风为伴，但它们亦只徒增惆怅而已。词以情始以景终，将情外化到景中，颇有唐人绝句的那种含蓄不尽的风致。其二，先梳洗后倚望，这是因为心中存着远人可以迎来的希望。然而千帆过尽，江水悠悠，已到黄昏时分，仍不见人归来。“千帆”的“千”字，虽然是泛言其多，但用在这里确乎让人感到那思妇是一帆一帆地数过来的。每一帆来，辄以为必是了，却又不是。这样一直数到日之夕矣。“肠断白苹洲”，或谓画蛇添足①，此论不然。俞平伯先生引中唐赵微明《思归》诗：“犹疑望可见，日日上高楼。唯见

① 李冰若《栩庄漫记》：“飞卿此词末句，真谓画蛇添足，大可重改也。‘过尽’二语极怊怅之情，‘肠断白苹州’一语点实，便无余韵，惜哉惜哉！”

分手处，白满芳洲。”认为“白洲”在这里“若指地名，过于落实，似泛说较好。”（《唐宋词选释》）据此诗，“白洲”可以代指分手之处，“断肠白洲”有一番回忆在其中。不仅因候人不至而肠断，更因回忆往日的分别而肠断。这样读来更觉有味。

第三类秾丽细腻，绵密隐约，代表作有《菩萨蛮》和《更漏子》。

《菩萨蛮》，《花间集》收有十四首，其一尤其著名：

小山重叠金明灭，鬓云欲度香腮雪。懒起画蛾眉，弄妆梳洗迟。照花前后镜，花面交相映。新帖绣罗襦，双双金鹧鸪。

词的内容是写一个青楼女子晨起梳妆的过程，从起床之前写起，依次写画眉、弄妆、簪花、着衣，最后以“双双金鹧鸪”反衬她的孤单与寂寞，也表现了她对真挚爱情的向往。张惠言说：“此感士不遇也，……‘照花’四句，《离骚》初服之意。”（见《词选》）牵强附会，不能服人。但是词里那种孤独寂寞的情调，那种自怜自惜的心理，那种期待向往的情怀，不能说和词人自己的身世之感毫无关系。有意的寄托未必有，无意的流露未必无。

《菩萨蛮》其六：

玉楼明月长相忆，柳丝袅娜春无力。门外草萋萋，送君闻马嘶。画罗金翡翠，香烛销成泪。花落子规啼，绿窗残梦迷。

这首词以秾艳的笔墨表现纤细的感情，把一个年轻女子送走情人之后独自回到玉楼时的心理活动十分真切地写在纸上。意象之稠密，语言之含蓄，都很见温词的风格。

二

如果在更高的层次上对温词的艺术加以概括，可以看到以下几个特点：

一、温庭筠的词富有装饰性，追求装饰效果，好像精致的工艺品。其中引人注目的是斑斓的色彩、绚丽的图案、精致的装潢，以及种种令人惊叹的装饰技巧。王国维在《人间词话》里以“画屏金鹧鸪”概括温庭筠的词品[1]，但没有加以说明，我不知道他的意思是什么。我想，如果用“画屏金鹧鸪”来概括温词的这种装饰性真是恰到好处。温词就好比一架画着金鹧鸪的美丽精巧的屏风，或者说是屏风上画着的艳丽夺目的金鹧鸪，温词的美是一种装饰美、图案美、装潢美，欣赏温词有时要像欣赏工艺品那样，去欣赏那些精巧细致之处。

温词的装饰性主要是借助三种方法造成的：

一种方法是大量使用诉诸感官的秾丽词藻。据《花间集》所收的六十六首词进行统计，视觉方面，用“红”字达十六次之多，如“艳红”“香红”“愁红”“红烛”“红袖”“红粉”等等。嗅觉方面，用“香”字达二十次之多，几乎什么都是香的，有“香车”“香闺”“香腮”“香雾”“香雪”“香玉”“香烛”，还有“香愁”。“六宫眉黛惹香愁”，“愁”的前面饰以“香”字，遂在读者的欣赏心理上产生两种效果：本来无形的愁变成带有气味、可以感知的具体事物；本来蕴于内心的愁也熏熏然有香气散发于外，读者可以像闻到花香一样地闻到它。

另一种方法是着力描写妇女的容貌和以妇女为中心的各种装饰、摆设，以及妇女的生活环境。温词里写“眉”十二次，有以山喻“眉”者，如“眉黛远山绿”（《菩萨蛮》）；有以柳喻“眉”者，如“杨柳堕新眉”（《玉蝴蝶》）。写“鬓”八次，如“鬓云残”（《更漏子》），“鬓如蝉”（《女冠子》）。写“钗”六次，写“钿”六次，写“屏”七次。“凤凰”作为爱情的象征常常是成双成对的，出现十次之多。“凤凰相对盘金缕”（《菩萨蛮》），是用金线绣的一对凤凰。“钗上金缕凤”（《酒泉子》），是钗上的饰物。“绿檀金凤凰”（《菩萨蛮》），是枕上的图案。温庭筠还喜欢写“玉”，如“玉钗”“玉钩”“玉炉”“玉签”“玉人”“玉容”“玉腕”“玉箸”“玉簪”等，共十九次之多。

第三种方法是注意构图的精巧。最典型的例子就是“小山重叠金明灭，鬓云欲度香腮雪。”（《菩萨蛮》） “小山”指屏风，这种用法在《花间集》里屡见不鲜，如“晓堂山六扇”（孙光宪《菩萨蛮》），这“山”字就可以换成“屏”字，“曲槛小屏山六扇”（顾敻《玉楼春》），意思是像山一样的小屏六扇。“暮天屏上春山碧”（毛熙震《酒泉子》），意思是屏风上画着山的图案。可见以“山”指屏风，一方面是因为屏风的形状像山，另一方面是因为

① 《人间词话》：“‘画屏金鹧鸪’，飞卿语也，其词品似之。”

屏风上通常画着山的图案。这样，就可以看出“重叠”二字的巧妙，“重叠”也可以从两方面理解，一方面是形容小屏重叠曲折，另一方面是形容屏上所画的山势重叠。因为屏风是由几扇组成的，当它半开半掩曲折地立着时，就更增强了山势的重叠感。类似的描写在《花间集》其他人的词里也可以找到，如“画屏重叠巫山阳”（牛峤《菩萨蛮》），“翠叠画屏山隐隐”（李珣《浣溪沙》），“小屏香霭碧山重”（毛熙震《浣溪沙》），“小屏屈曲掩青山”（顾敻《虞美人》）。既然证明了“小山重叠”是指屈曲的屏风和屏风上画的山，那就可以肯定“金明灭”是指山的色感与光感。这屏风上的山水画是一幅金碧山水。这种山水常以泥金钩勒山的轮廓，描绘彩霞、楼阁。金色与碧色互相辉映，产生富丽堂皇的效果。顾敻《玉楼春》中“金粉小屏犹半掩”，写的就是这种用泥金绘饰的屏风。初升的太阳透过窗户射在屏风上，屏风的重叠屈曲造成光线的明暗变化，所以说“金明灭”。前面已经肯定了“小山”是指屏风，现在还须进一步指出，这屏风是固定于枕前也就是床头的，兼有挡风、倚枕两种用途。温词有“枕上屏山掩”（《菩萨蛮》），“鸳枕映屏山”（《南歌子》），冯延巳词有“床上画屏山绿”（《更漏子》），顾敻有“枕倚小山屏”（《醉公子》），所写的都是这类屏风，古称“枕屏”或“枕障”。苏轼诗曰：“头畔枕屏山掩恨，日昏尘暗玉窗琴。”（《次韵回文诗》）李白《巫山枕障》绝句：“巫山枕障画高丘，白帝城边树色秋。朝云夜入无行处，巴水横天更不流。”均可为证。[①]“小山重叠金明灭”既然是写枕屏和屏上的山水，那么下一句“鬓云欲度香腮雪”当然是写一个睡在枕上的女子。两鬓如云，香腮似雪，描写的对象本来是鬓和腮，但在“鬓云”和“香腮雪”这两个词中，“鬓”和“腮”变成了修饰语，描写的主要对象似乎成了“云”和“雪”。这就使读者产生另一种联想，“云”“雪”和枕屏上的“山”都是大自然的意象，它们合起来构成一幅完整的山水图。云，仿佛是缭绕于山间的云；雪，仿佛是积在山上的雪。于是这女子的容颜遂化为自然风景的一部分。实看是一个在枕屏之下睡着的女子，虚看是一幅美丽的富有动感的（这是由那个“度”字造成的）自然风景。这双重的意象，显示了温庭筠在构图方面的技巧和匠心，由此也可以看到温词是多么富有装饰的效果。

通过精巧的构图加强装饰性的例子还可以举出许多，如“蕊黄无限当山额，宿妆隐笑纱窗隔。”（《菩萨蛮》）“翠翘金缕双，水纹细起春池碧。”

① 吴小如先生《读词散札》亦谓屏山指枕屏，且引《了解日本事典》和《大日本国语辞典》，说日本也有枕屏风，盖自唐代传入者。为正确解释“小山”提供了有力的证据。文见《学林漫录》初集。

（《菩萨蛮》）“凤凰相对盘金缕，牡丹一夜经微雨。”（《菩萨蛮》）

二、温庭筠善于用暗示的手法，造成含蓄的效果。温词里暗示的大多是人物的心理状态，用来暗示的媒介则是经过选择加工的色彩缤纷的景或物。特别是当他用秾丽的景物暗示凄凉的心境时，对比的效果十分强烈。《更漏子》其一：“柳丝长，春雨细，花外漏声迢递。惊塞雁，起城乌，画屏金鹧鸪。”思妇在梦回初醒之际，听着花外的雨声产生错觉，把雨声当成了漏声。它惊起了塞雁、城乌，也惊起了画屏上的金鹧鸪。在她的想象中，远远近近各处的鸟都惊飞了。就连绣在画屏上的不会飞的金鹧鸪，也飞了起来。这些惊飞的鸟暗示着思妇不安的心情。“画屏金鹧鸪”何等华丽，而思妇的心境又是何等凄凉。《菩萨蛮》其六：“玉楼明月长相忆，柳丝袅娜春无力。”用柳丝袅娜暗示季节、暗示离别，用春的无力暗示女主人公的失情失绪。《菩萨蛮》其二：“水精帘里颇黎枕，暖香惹梦鸳鸯锦。”上句写女子居处明净澄澈，如广寒宫一般，暗示这里的主人也像仙女一样。

三、温词的意象常常是跳跃的，意象之间的脉络隐伏着，需要读者自己去想象补充。俞平伯先生说：“飞卿之词，每截取可以调和的诸印象而杂置一处，听其自然融合。在读者心眼中，仁者见仁，智者见智，不必问其脉络神理如何，而脉络神理按之则俨然自在。譬之双美，异地相逢，一朝绾合，柔情美景，并入毫端，固未易以迹象求也。”（《读词偶得》）李冰若先生也看到了这一点，但他认为这是温词的毛病，他说：“以一句或二句描写一简单之妆饰，而其下突接别意，使词意不贯，浪费丽字，转成赘疣，为温词之通病。”（《栩庄漫记》）长处也罢，短处也罢，都承认这是温词的特点。即以那首常常为人提到的《菩萨蛮》其二为例：

> 水精帘里颇黎枕，暖香惹梦鸳鸯锦。江上柳如烟，雁飞残月天。藕丝秋色浅，人胜参差翦。双鬓隔香红，玉钗头上风。

这是温词中比较难懂的一首，众说纷纭，莫衷一是。词里所写的当然还是一个女子，首二句写其居室，水精帘、颇黎枕，何其明净！暖香、锦被，又何其温馨！“暖香”是“鸳鸯锦”给人的感觉，唯其暖而香，所以引人入梦。这首词的难点在于三四句和一二句的关系。对这个问题，各家解释不同。张惠言曰：“‘江上’以下，略叙梦境。”（《词选》）陈延焯曰：“‘江上’二句，佳句也，好在全是梦中情况，便觉绵邈无际。若空写两句景物，意味便减。”（《白雨斋词话》）俞平伯先生曰：“帘内之清秾如斯，江上之芊眠如彼。千载以下，识与不识、解与不解，都知是好言语矣。”（《读词偶得》）又曰：“说实了梦境似太呆，不妨看作远景。”（《唐宋词选释》）浦江清先生曰：“张惠言谓是梦境，大误。……写帘内及楼外之景物耳。”（《词的讲解》，见《浦江清文录》）中国社会科学院文学研究所《唐宋词选》曰：“以上两句写梦境，暗示梦中人远出未归。古人常从雁联想到远行的人。一说这两句写女主人梦醒时见到的楼外朦胧景色，也可通。”叶嘉莹先生同意俞说，曰：“但欣赏其色泽、音节、意象之美，或者尚不无可取也。”（《温庭筠词概说》，见《迦陵论词丛稿》）我认为，这两句解释为梦境固然可通，但确实有些呆板。何况“惹梦”不等于在梦中，“惹梦”只是说这环境清静舒适引人入梦，不一定真的在做梦。这首词关键在那个“帘”字，“水精帘”与“颇黎枕”连在一起容易使人误解为帐子之类卧具。其实“帘”就是门帘或窗帘，温庭筠《更漏子》“帘外晓莺残月”，张泌《南歌子》：“画堂开处远风凉，高卷水精帘额，视斜阳。”均可为证。首二句既写帘里即室内，后二句遂转而写帘外即室外，由近景拉开成远景。前二句是小环境，后二句是大环境。前二句华丽，后二句疏淡。上阕四句只是写了她的环境，到下阕才集中地写她。写环境时只是把室内室外两种富有对比性的景况并列地摆在一起，意象之间好像是跳跃的，中间留出一片空白，让读者自己去想象补充。从下阕可以看出，这是一个正在剪彩制作“人胜”的女子，她穿着藕丝色的衣服，双鬓被绯红的面庞隔开，插在上面的玉钗摇动着，好像有春风吹来一样。

四、以静态的描绘代替人物的抒情，尤其着力于细部的渲染，因细部的膨胀而失去整体的均衡感也在所不惜。温词描写的对象主要是妇女，读他的作品好像进入一条女性的画廊，一首词就像一幅工笔的毫发毕见的仕女图。他对这些女子的描绘，并不是面面俱到，也不是写总体的印象，而是抓住她的一两个细部，如眉、鬓、衣上的绣物、钗上的装饰之类，不惜笔墨，用力地加以描绘。因为这样的描绘占据了许多篇幅，因而温庭筠词中的女性大多是静态的。如《菩萨蛮》其七：

> 凤凰相对盘金缕，牡丹一夜经微雨。明镜照新妆，鬓轻双脸长。画楼相望久，栏外垂丝柳。音信不归来，社前双燕回。

这首词从细处入笔，先写那思妇衣服上绣物，用金线绣的一对凤凰，衬托着微雨洗过的牡丹，何等鲜艳！而这是从明镜中看到的，同时也照见了蓬松的鬓发和俊俏的面庞。上阕写了梳妆，下阕再写伫望。她登楼倚栏，伫望良久，柳绿了，燕归了，她所等待的人却还不见回来。这首词的构思很像王昌龄的《闺怨》："闺中少妇不知愁，春日凝妆上翠楼。忽见陌头杨柳色，悔教夫婿觅封侯。"只是把抒情都改作描绘，又把"凝妆"二字加以渲染，用一半的篇幅去写"凝妆"的那个"妆"。这个膨胀了的细节（突出写一对凤凰），和全词有机地联系着。又如《归国遥》其二：

> 双脸，小凤战篦金飐艳。舞衣无力风敛，藕丝秋色染。锦帐绣帏斜掩，露珠清晓簟。粉心黄蕊花靥，黛眉山两点。

上阕写女子的首饰、衣服，下阕写她的卧床和她的妆扮，把她的外部特征描绘得极其细致。篦子、舞衣、花靥、黛眉，各个细部渲染得十分逼真，就像一幅工笔的仕女图。

三

韦庄和温庭筠同属花间词人，他们的词风有同有异，可以用比较的方法，进一步研究温词的艺术特点。

温庭筠写词是把自己隐藏在他笔下的那些女子的后面，通过她们曲折地抒发自己的苦闷，可谓隐约。韦庄写词主要是写自己的风流韵事，直抒胸臆，欢乐、哀愁、相思，合盘托出，倾诉给读者，可谓显直。温庭筠笔下的女性都是有感情的，但是她们的感情并不明白地显露出来。温庭筠对她们寄寓了同情，甚至可以说把自己的生命注入到她们身上了，但他并没有把自己的面目显示给我们看。韦庄却是一切都明白如话，他不要什么寄托，把自己的灵魂打开让读者看。那明朗的调子、坦率的态度，和温词迥然不同。

温词富有装饰的效果，以秾艳见长；韦词重在写意，以疏淡为美。这也就是周济所说的"严妆"与"淡妆"的区别①。温词的美是色泽的美、装饰的美、词藻的美；韦词的美是本色的美、自然的美、意境的美。王国维说韦庄的词品如"弦上黄莺语"②，这不过是为了和温庭筠的"画屏金鹧鸪"凑成一

① 周济《介存斋论词杂著》："飞卿严妆也，端己淡妆也。"

② 《人间词话》："'弦上黄莺语'，飞卿语也，其词品亦似之。"

对，都用鸟名，其实并不确切。如果要用韦庄的一句词来概括他的风格，最恰切的莫过于“春水碧于天”，自然、明快、爽朗、本色。韦词不是特意制作的工艺品，不是令人目眩的装潢，而是淡墨绘成的写意画。一个浓，一个淡，二者的不同显而易见。

温词的意象稠密，意象之间的中介常常被省去，因而显得紧密，一句词里包含多层意思。韦词的意象比较稀疏，意象之间基本上是联贯的，脉络比较分明，有散文的意趣。韦词常常是一句一个意思或两句合起来才表达一个意思，如“四月十七，正是去年今日，别君时。”（《女冠子》）“记得那年花下，深夜，初识谢娘时。”（《荷叶杯》）温词与韦词，密疏的不同也是十分显然的。

温词有女性的细腻，温庭筠在写女性时，似乎是以同样身份的女性的眼光在观察她们、描绘她们，透过她们的举止和装扮，看到了她们内心的隐秘，处处流露出体贴和同情。韦庄则是从男性的角度去观察和描写女性的美，带着男性的柔情。论描绘的细腻，韦不如温；论感情的温柔，温不如韦。以韦庄的《浣溪沙》其三（惆怅梦余山月斜）、其五（夜夜相思更漏残），以及《女冠子》二首，和温庭筠的《菩萨蛮》《更漏子》等词相比，就可以看出他们的不同。

温韦二家各有所长，不可轩轾。他们各以自己的创作开辟了一种词风，在文学史上都有贡献。当然，他们也各有所短：温词易流于涩，韦词易流于滑；温词易流于晦，韦词易流于浅；温词易流于隔，韦词易流于俗；温词味厚而易腻，韦词味淡而易泛。他们都没有达到艺术的极致。

四

关于温词的艺术渊源，张惠言早已涉及，他说《菩萨蛮》其一（小山重叠金明灭）是“感士不遇”，又说其“照花”四句是“离骚初服之意”，已经把温庭筠和屈原联系在一起了。不过他论述的重点在于温词之比兴寄托，而不在其渊源。后来，陈廷焯和吴梅发挥张惠言的见解，才正面提出温词渊源的问题。陈廷焯《白雨斋词话》曰：“飞卿短古，深得屈子之妙；词亦从楚骚来，所以独绝千古，难乎为继。”“飞卿《菩萨蛮》十四章，全是变化楚骚，古今之极轨也。徒赏其芊丽，误矣。”吴梅《词学通论》曰：“其词全祖风骚，不仅在瑰丽见长。……尤有怨悱不乱之遗意。”

把温庭筠和屈原相提并论，从总体上说是不正确的。温庭筠不像屈原那样具有进步的政治理想和为理想而斗争的精神，也没有屈原那样高尚的人格。张惠言断章取义，得出了不符合实际的结论。但是，我们也不能不承认，《菩萨蛮》等词中所写的那种女子的自怜自伤的感情，确实浸透着封建社会那种待价而沽却又遭逢不偶的知识分子的心理和情绪。占温词主导地位的那种哀怨、寂寞，迷惘之感，还是传统诗歌中的感情。温庭筠所写的虽然是歌妓、思妇、宫女，却也曲折地反映了失意文人的苦闷。温庭筠是用市民文学的新形式表现了士大夫传统的怀才不遇的题材。形式是新的，灵魂还是传统的。温庭筠从那些薄命的女子身上，看到了自己的命运。“同是天涯沦落人”，温庭筠在她们身上倾注了自己的同情，要不然是不会写得如此真切的。

关于温词的渊源，可以从题材和艺术表现两个方面略加论述。

温词的代表作，如《菩萨蛮》《更漏子》《梦江南》，显然属于宫怨、闺怨之类。这本是乐府诗中普遍的题材。可以说温庭筠的词就是这类乐府诗采取了新的形式，配合了新的曲调，是传统的古题乐府的翻新。

在乐府诗里，属于宫怨、闺怨题材的作品很多。曹植的《美女篇》写一个美女盛年未嫁的苦恼，借以寄托自己怀才不遇的感慨。梁裴让之的《有所思》写一个女子梦中与丈夫相会，醒来展转不寐，直到天晓：“梦中虽暂见，及觉始知非。展转不能寐，徙倚徒披衣。凄凄晓风急，晻晻月光微。空室当达旦，所思终不归。”温庭筠的《更漏子》就很像它。又如唐赵微明的《古离别》：“为别未几日，一日如三秋。犹疑望可见，日日上高楼。唯见分手处，白苹满芳洲。寸心宁死别，不忍生离忧。”这首诗写思妇登楼远望，可以在温庭筠的《梦江南》中找到它的影响。此外如乐府诗中的旧题《长门怨》、《长信宫》、《怨诗行》、《玉阶怨》、《秋夜长》等等，和温词都有渊源关系。温庭筠本是一个写作乐府歌行的能手，据现存温集统计，乐府歌行占其全部诗歌的三分之一。他的乐府诗中有许多并不拟旧题，而是自创新题。所以郭茂倩《乐府诗集》在“新乐府”中独辟一类，专列温庭筠的作品三十二首。一个擅长乐府歌行的诗人转而写词，是比较顺手的。

至于艺术表现技巧，温词受李贺诗歌的影响十分明显。温庭筠把词笔转向内心世界，向内心的深秘之处努力挖掘，走上一条狭而细的道路，追求一种幽而微的意境，而这正是得之于李贺。而温词的装饰性、暗示性、跳跃性，也都带着李贺的影响。温庭筠的代表作《菩萨蛮》其一（小山重叠金明灭）就近似李贺的《美人梳头歌》。《美人梳头歌》从美人早晨睡着的姿态写起，然后写她被汲水的辘轳声惊醒，对镜梳妆，末尾写她独自下阶折花："背人不语向何处，下阶自折樱桃花。"温庭筠的那首《菩萨蛮》，无论构思还是写法都与这诗相近。

（原载《学术月刊》1986年第2期，修订后收入《中国诗歌艺术研究》）

【说明】

本文是研究"温词"词风和词艺的经典论文。作者首先概述温词在文学史上的重要地位和意义；其次按照艺术风格的差异分温词为通俗活泼、清新疏朗和秾丽细腻三大类，借具体作品解析展示了温词在风格上的多样性；进而概括出温词的深层特点：富于装饰性犹如工艺品，善用暗示成就含蓄之美，意象跳跃激发读者想象，以静物抒情常失之不谐；词史上温韦并称，故而作者又通过比较二人词风的差异以见出各自的独特性：一隐约一显直，一浓艳一疏淡，一细腻一温柔；最后，从题材和艺术表现两方面追溯了温词的艺术渊源，在反驳前人的同时作者提出，温词在题材是古题乐府的翻新，在艺术表现是对李贺诗艺的借鉴。

此文读来轻松流畅，作品解析简洁到位，观点概括鲜明直接，行文思路层层深入。其中最值得注意的有两点：一是作者常常用统计数字说明自己的观点，如证明温词的装饰性；二是比较的方法，作者不是任意选取比较的对象，而选择与研究对象在所论问题上最为接近者来比照，这样就更容易见出同中之异，以彰显其独特性。

作者袁行霈，1936年生，北京大学教授，国务院学位委员会学科评议组成员，《国学研究》杂志主编，师从著名学者林庚先生。学术研究追求"纵通"（文学内部研究）与"横通"（文学与其他学科的互渗）的结合，诗歌艺术研究强调"博采、精鉴、深味、妙悟"，毕生致力于诗词和文言小说的研究与教学。林庚评其曰："行霈为学多方，长于分析，每触类而旁通，遂游刃于群艺，尝倡边缘之学；举凡音乐、绘画、宗教、哲学，思维所至，莫不成其论诗之注脚。"（《中国诗歌艺术研究·序》）其代表作《中国诗歌艺术研究》已成为治中国古典诗学者必读书之一，主持编写的多卷本《中国文学史》，意在"守正出新"，坚守文学史撰写的三大原则：文学本位、史学思维和文化视野，有范式意义，影响广泛而深远。（李伟）

【文献链接】

1. 袁行霈：《中国诗歌艺术研究》（第三版），北京大学出版社2009年版。林庚先生在为此著作序时说：“本书上编盖由浅入深，沿波以探源；下编则青山历历，峰峦自见。仿佛两条坐标轴构成一幅坐标图，交辉映照，互为表里。”全书将诗论与诗史相结合，宏观研究与微观考察相表里，诗学理论探讨与诗人个案研究相印证，确实做到了“博采、精鉴、深味、妙悟”的结合，是中国诗歌艺术研究的经典之作。

2. 叶嘉莹：《迦陵说词讲稿》，北京大学出版社2007年版。迦陵于词，既是当行的创作者，又是地道的评论家。她说词，细腻入微，层层浸入，艺术体验与理性剖析相得益彰，引人入胜；常引现代西方文论以解读词艺，只见洽贴，不见套用。本书对于我们进入宋词审美世界、运用西方理论于传统资源有相当的范导意义。

3. 吴熊和：《唐宋词通论》，上海古籍出版社2010年版。这是一部当代词学名著，在理论、方法和具体考证上都有所创新与突破，独具识见；全书内容丰富，史料翔实，旁征博引，较全面地体现了唐宋词的大致概貌，被誉为当代词学的新创获，对推动唐宋词学的理论化和系统化起过重要作用，已是当代唐宋词研究必备的参考书。

4. 邓乔彬：《唐宋词艺术发展史》，河北人民出版社2010年版。本书篇幅宏大、内容丰富、角度独特，对唐宋词的艺术发展史作了全景式的描绘和深入细致的论析。本书不是单纯地谈论艺术风格和艺术技巧，而是从“文化”的背景和视野出发来探讨唐宋词艺术发展变化的文化动因，使人了然于中，可谓是一部富有创新性和学术含金量的力作，被学界誉为“一部具有集大成性质的唐宋词史”。

论张爱玲的小说

迅雨（傅雷）

前　言

在一个低气压的时代，水土特别不相宜的地方，谁也不存什么幻想，期待文艺园地里有奇花异卉探出头来。然而天下比较重要一些的事故，往往在你冷不防的时候出现。史家或社会学家，会用逻辑来证明，偶发的事故实在是酝酿已久的结果。但没有这种分析头脑的大众，总觉得世界上真有魔术棒似的东西在指挥着，每件新事故都像从天而降，教人无论悲喜都有些措手不及。张爱玲女士的作品给予读者的第一个印象，便有这情形。“这太突兀了，太像奇迹了”，除了这类不着边际的话以外，读者从没切实表示过意见。也许真是过于意外而怔住了。也许人总是胆怯的动物，在明确的舆论未成立以前，明哲的办法是含糊一下再说。但舆论还得大众去培植；而且文艺的长成，急需社会的批评，而非谨慎的或冷淡的缄默。是非好恶，不妨直说。说错了看错了，自有人指正——无所谓尊严问题。

我们的作家一向对技巧抱着鄙夷的态度。五四以后，消耗了无数笔墨的是关于主义的论战。仿佛一有准确的意识就能立地成佛似的，区区艺术更是不成问题。其实，几条抽象的原则只能给大中学生应付会考。哪一种主义也好，倘没有深刻的人生观、真实的生活体验、迅速而犀利的观察、熟练的文字技能、活泼丰富的想象，决不能产生一件像样的作品。而且这一切都得经过长期艰苦的训练。《战争与和平》的原稿修改过七遍：大家可只知道托尔斯泰是个多产的作家（仿佛多产便是滥造似的）。巴尔扎克一部小说前前后后的修改稿，要装订成十余巨册，像百科辞典般排成一长队。然而大家以为巴尔扎克写作时有债主逼着，定是匆匆忙忙赶起来的。忽视这样显著的历史教训，便是使我们许多作品流产的主因。

譬如，斗争是我们最感兴趣的题材。对，人生一切都是斗争。但第一是斗争的范围，过去并没包括全部人生。作家的对象，多半是外界的敌人：宗法社会，旧礼教，资本主义……可是人类最大的悲剧往往是内在的。外来的苦难，至少有客观的原因可得而诅咒、反抗、攻击，且还有赚取同情的机会。至于个人在情欲主宰之下所招致的祸害，非但失去了泄仇的目标，且更遭到“自作自受”一类的谴责。第二是斗争的表现。人的活动脱不了情欲的因素；斗争是活动的尖端，更其是情欲的舞台。去掉了情欲，斗争便失掉活力。情欲如无深刻的勾勒，一样失掉它的活力，同时把作品变成了空的躯壳。

在此我并无意铸造什么尺度，也不想清算过去的文坛；只是把已往的主要缺陷回顾一下，瞧瞧我们的新作家把它们填补了多少。

一、《金锁记》

由于上述的观点，我先讨论《金锁记》。它是一个最圆满肯定的答复。情欲（Passion）的作用，很少像在这件作品里那么重要。

从表面看，曹七巧不过是遗老家庭里的一种牺牲品，没落的宗法社会里微不足道的渣滓。但命运偏偏要教渣滓当续命汤，不但要做她儿女的母亲，还要做她媳妇的婆婆——把旁人的命运交在她手里。以一个小家碧玉而高举簪缨望族，门户的错配已经形成了悲剧的第一个原因。原来当残废公子的姨奶奶的角色，由于老太太一念之善（或一念之差），抬高了她的身份，做了正室；于是造成了她悲剧的第二个原因。在姜家的环境里，固然当姨奶奶未必有好收场，但黄金欲不致被刺激得那么高涨，恋爱欲也就不致被压抑得那么厉害。她的心理变态，即使有，也不至病入膏肓，扯上那么多的人替她殉葬。然而最基本的悲剧因素还不在此。她是担当不起情欲的人，情欲在她心中偏偏来得嚣张。已经把一种情欲压倒了，才死心塌地来服侍病人，偏偏那情欲死灰复燃，要求它的那份权利。爱情在一个人身上不得满足，便需要三四个人的幸福与生命来抵偿。可怕的报复！

可怕的报复把她压瘪了。“儿子女儿恨毒了她”，至亲骨肉都给“她沉重的枷角劈杀了”，连她心爱的男人也跟她“仇人似的”，她的惨史写成故事时，也还得给不相干的群众义愤填膺地咒骂几句。悲剧变成了丑史，血泪变成了罪状：还有什么更悲惨的？

当七巧回想着早年当曹大姑娘时代，和肉店里的朝禄打情骂俏时，“一阵温风直扑到她脸上，腻滞的死去的肉体的气味……她皱紧了眉毛。床上睡着她的丈夫，那没有生命的肉体……”当年的肉腥虽然教她皱眉，但那究竟是美妙的憧憬，充满了希望。眼前的肉腥，却是刽子手刀上气味。这刽子手是谁？黄金——黄金的情欲。为了黄金，她在焦灼期待，“啃不到”黄金的边的时代，嫉妒妯娌姑子，跟兄嫂闹架。为了黄金，她只能“低声”对小叔嚷着：“我有什么地方不如人？我有什么地方不好？”为了黄金，她十年后甘心把最后一个满足爱情的希望吹肥皂泡似地吹破了。当季泽站在她面前，小声叫道：“二嫂……七巧！”接着诉说了（终于！）隐藏十年的爱以后：

> 七巧低着头，沐浴在光辉里，细细的音乐，细细的喜悦……这些年了，她跟他捉迷藏似的，只是近不得身，原来还有今天！

“沐浴在光辉里”，一生仅仅这一次，主角蒙受到神的恩宠。好似项勃朗笔下的肖像，整个的人都沉没在阴暗里，只有脸上极小的一角沾着些光亮。即是这些少的光亮便直透入我们的内心。

> 季泽立在她眼前，两手合在她扇子上，面颊贴在她扇子上。他也老了十年了。然而人究竟还是那个人呵！他难道是哄她么？他想她的钱——她卖掉她的一生换来的几个钱？仅仅这一念便使她暴怒起来了……

这一转念宛如一个闷雷，一片浓重的乌云，立刻掩盖了一刹那的光辉；“细细的音乐，细细的喜悦”，被暴风雨无情地扫荡了。雷雨过后，一切都已过去，一切都已晚了。“一滴，一滴……一更，二更……一年，一百年……”完了，永久地完了。剩下的只有无穷的悔恨。“她要在楼上的窗户里再看他一眼。无论如何，她从前爱过他。她的爱给了她无穷的痛苦。单只这一点，就使她留恋。”留恋的对象消灭了，只有留恋往日的痛苦。就在一个出身低微的轻狂女子身上，爱情也不曾减少圣洁。

> 七巧眼前仿佛挂了冰冷的珍珠帘，一阵热风来了，把那帘紧紧贴在她脸上，风去了，又把帘子吸了回去，气还没透过来，风又来了，没头没脸包住她——一阵凉，一阵热，她只是淌着眼泪。

她的痛苦到了顶点（作品的美也到了顶点），可是没完。只换了方向，从心头沉到心底，越来越无名。忿懑变成尖刻的怨毒，莫名其妙地只想发泄，不择对象。她眯缝着眼望着儿子，“这些年来她的生命里只有这一个男人，只有他，她不怕他想她的钱——横竖钱都是他的。可是，因为他是她的儿子，他这一个人还抵不了半个……”多怆痛的呼声！“……现在，就连这半个人她也保留不住——他娶了亲。”于是儿子的幸福，媳妇的幸福，女儿的幸福，在她眼里全变作恶毒的嘲笑，好比公牛面前的红旗。歇斯底里变得比疯狂还可怕，因为“她还有一个疯子的审慎与机智”。凭了这，她把他们一齐断送了。这也不足为奇。炼狱的一端紧接着地狱，殉难者是不肯忘记把最亲近的人带进去的。

最初她用黄金锁住了爱情，结果却锁住了自己。爱情磨折了她一世和一家。她战败了，她是弱者。但因为是弱者，她就没有被同情的资格了么？弱者做了情欲的俘虏，代情欲做了刽子手，我们便有理由恨她么？作者不这么想。在上面所引的几段里，显然有作者深切的怜悯，唤引着读者的怜悯。还有：“多少回了，为了要按捺她自己，她绷得全身的筋骨与牙根都酸楚了”，“十八九岁做姑娘的时候……喜欢她的有……如果她挑中了他们之中的一个，往后日子久了，生了孩子，男人多少对她有点真心。七巧挪了挪头底下的荷叶边洋枕，凑上脸去揉擦一下，那一面的一滴眼泪，她也就懒怠去揩拭，由它挂在腮上，渐渐自己干了。”这些淡淡的朴素的句子，也许为粗忽的读者不会注意的，犹如一阵温暖的微风，抚弄着七巧墓上的野草。

和主角的悲剧相比之下，几个配角显然缓和多了。长安姊弟都不是有情欲的人。幸福的得失，对他们远没有对他们的母亲那么重要。长白尽往陷坑里沉，早已失去了知觉，也许从来就不曾有过知觉。长安有过两次快乐的日子，但都用“一个美丽而苍凉的手势”自愿舍弃了。便是这个手势使她的命运虽不像七巧那样阴森可怕，影响深远，却令人觉得另一股惆怅与凄凉的滋味。“Long, Long ago”的曲调所引起的无名的悲哀，将永远留在读者心坎。

结构，节奏，色彩，在这件作品里不用说有了最幸运的成就。特别值得一提的，还有下列几点：

第一是作者的心理分析，并不采用冗长的独白，或枯燥繁琐的解剖，她利用暗示，把动作、言语、心理三者打成一片。对于七巧、季泽、长安、童世舫、芝寿，文章里都没有专写他们内心的篇幅；但他们每一个举动、每一缕思维、每一段对话，都反映出心理的进展。两次叔嫂调情的场面，不光是那种造型美显得动人，却还综合着含蓄、细腻、朴素、强烈、抑止、大胆等许多似乎相反的优点。每句说话都是动作，每个动作都是说话。即使在没有动作没有言语的场合，情绪的波动也不曾减弱分毫。例如童世舫与长安订婚以后：

……两人并排在公园里走着，很少说话，眼角里带着一点对方的衣服与移动着的脚，女子的粉香，男子的淡巴菰气，这单纯而可爱的印象，便是他们的阑干，阑干把他们与大众隔开了。空旷的绿草地上，许多人跑着，笑着，谈着，可是他们走的是寂寂的绮丽的回廊——走不完的寂寂的回廊。不说话，长安并不感到任何缺陷。

还有什么描写能表达这一对不调和的男女的调和呢？能写出这种微妙的心理呢？和七巧的爱情比照起来，这是平淡多了，恬静多了，正如散文、牧歌之于戏剧。两代的爱，两种的情调，相同的是温暖。

至于七巧磨折长安的几幕，以及最后在童世舫前毁谤女儿来离间他们的一段，对病态心理的刻画，更是令人“毛骨悚然”的精彩文章。

第二是作者的节略法（raccourci）的运用：

风从窗子里进来，对面挂着的回文雕漆长镜被吹得摇摇晃晃，磕托磕托敲着墙。七巧双手按住了镜子。镜子里反映着翠竹帘子和一幅金绿山水屏条依旧在风中来回荡漾着，望久了，便有一种晕船的感觉。再定睛看时，翠竹帘子已经褪色了，金绿山水换了张丈夫的遗像，镜子里的人也老了十年。

这是电影的手法：空间与时间，模模糊糊淡下去了，又隐隐约约浮上来了。巧妙的转调技术！

第三是作者的风格。这原是首先引起读者注意和赞美的部分。外表的美永远比内在的美容易被发见。何况是那么色彩鲜明，收得住、泼得出的文章！新旧文字的柔和，新旧意境的交错，在本篇里正是恰到好处。仿佛这利落痛快的文字是天造地设的一般，老早摆在那里，预备来叙述这幕悲剧的。譬喻的巧妙，形象的刻画，固是作者风格的特色，但在完成整个作品上，从没像在这篇里那样的尽其效用。例如："三十年前的上海，一个有月亮的晚上……年轻的人想着三十年前的月亮，该是铜钱大的一个红黄的湿晕，像朵云轩信笺上落了一滴泪珠，陈旧而迷惘。老年人回忆中的三十年前的月亮是欢愉的，比眼前的月亮大，圆，白，然而隔着三十年的辛苦路往回看，再好的月色也不免带些凄凉。"这一段引子，不但月的描写是那么新颖，心理的观察那么深入，而且轻描淡写地呵成了一片苍凉的气氛，从开场起就罩住了全篇的故事人物。假如风格没有这综合的效果，也就失掉它的价值了。

毫无疑问，《金锁记》是张女士截至目前为止的最完满之作，颇有《狂人日记》中某些故事的风味。至少也该列为我们文坛最美的收获之一。没有《金锁记》，本文作者决不在下文把《连环套》批评得那么严厉，而且根本也不会写这篇文字。

二、《倾城之恋》

一个"破落户"家的离婚女儿，被穷酸兄嫂的冷嘲热讽撵出母家，跟一个饱经世故、狡猾精刮的老留学生谈恋爱。正要陷在泥淖里时，一件突然震动世界的变故把她救了出来，得到一个平凡的归宿——整篇故事可以用这一两行包括。因为是传奇（正如作者所说），没有悲剧的严肃、崇高和宿命性；光暗的对照也不强烈。因为是传奇，情欲没有惊心动魄的表现。几乎占到二分之一篇幅的调情，尽是些玩世不恭的享乐主义者的精神游戏：尽管那么机巧、文雅、风趣，终究是精练到近乎病态的社会的产物。好似六朝的骈体，虽然珠光宝气，内里却空空洞洞，既没有真正的欢畅，也没有刻骨的悲哀。《倾城之恋》给人家的印象，仿佛是一座雕刻精工的翡翠宝塔，而非莪特式大寺的一角。美丽的对话，真真假假的捉迷藏，都在心的浮面飘滑；吸引，挑逗，无伤大体的攻守战，遮饰着虚伪。男人是一片空虚的心，不想真正找着落的心，把恋爱看作高尔夫与威士忌中间的调剂。女人，整日担忧着最后一些资本——三十岁左右的青春——再吃一次倒账；物质生活的迫切需求，使她无暇顾到心灵。这样的一幕喜剧，骨子里的贫血，充满了死气，当然不能有好结果。疲乏、厌倦、苟且、浑身小智小慧的人，担当不了悲剧的角色。麻痹的神经偶而抖动一下，居然探头瞥见了一角未来的历史。病态的人有他特别敏锐的感觉：

……从浅水湾饭店过去一截子路，空中飞跨着一座桥梁，桥那边是山，桥这边是一块灰砖砌成的墙壁，拦住了这边的山……柳原看着她道："这堵墙，不知为什么使我想起地老天荒那一类的话……有一天，我们的文明整个地毁掉了，什么都完了——烧完了，炸完了，坍完了，也许还剩下这堵墙。流苏，如果我们那时候再在这墙跟底下遇见了……流苏，也许你会对我有一点真心，也许我会对你有一点真心。"

好一个天际辽阔，胸襟浩荡的境界！在这中篇里，无异平凡的田野中忽然显现出一片无垠的流沙。但也像流沙一样，不过动荡着显现了一刹那。等到预感的毁灭真正临到了，完成了，柳原的神经却只在麻痹之上多加了一些疲倦。从前一刹那的觉醒早已忘记了。他从没再加思索。连终于实现了的"一点真心"也不见得如何可靠。只有流苏，劫后舒了一口气，淡淡地浮起一些感想：

流苏拥被坐着，听着那悲凉的风。她确实知道浅水湾附近，灰砖砌的那一面墙，一定还屹然站在那里……她仿佛做梦似的，又来到墙根下，迎面来了柳原……在这动荡的世界里，钱财，地产，天长地久的一切，全不可靠了。靠得住的只有她腔子里的这口气，还有睡在她身边的这个人。她突然爬到柳原身边，隔着他的棉被拥抱着他。他从被窝里伸出手来握住她的手。他们把彼此看得透明透亮。仅仅是一刹那彻底的谅解，然而这一刹那够他们在一起和谐地活个十年八年。

两人的心理变化，就只这一些。方舟上的一对可怜虫，只有"天长地久的一切全不可靠了"这样淡漠的惆怅。倾城大祸（给予他们的痛苦实在太少，作者不曾尽量利用对比），不过替他们收拾了残局；共患难的果实，"仅仅是一刹那的彻底的谅解"，仅仅是"活个十年八年"的念头。笼统的感慨，不彻底的反省。病态文明培植了他们的轻佻，残酷的毁灭使他们感到虚无、幻灭，同样没有深刻的反应。

而且范柳原真是一个这么枯涸的（Fade）人么？关于他，作者为何从头至尾只写侧面？在小说中他不是应该和流苏占着同等地位，是第二主题么？他上英国去的用意，始终暧昧不明；流苏隔被拥抱他的时候，当他说："那时候太忙着谈恋爱了，哪里还有工夫恋爱"的时候，他竟没进一步吐露真正切实的心腹。“把彼此看得透明透亮”，未免太速写式地轻轻带过了。可是这里正该是强有力的转捩点，应该由作者全副精神去对付的啊！错过了这最后一个高峰，便只有平凡的，庸碌鄙俗的下山路了。柳原宣布登报结婚的消息，使流苏快活得一忽儿哭一忽儿笑，柳原还有那种cynical的闲适去“羞她的脸”；到上海以后，“他把他的俏皮话省下来说给旁的女人听”；由此看来，他只是一个暂时收了心的唐·裘安，或是伊林华斯勋爵一流的人物。

“他不过是一个自私的男子，她不过是一个自私的女人。”但他们连自私也没有迹象可寻。“在这兵荒马乱的时代，个人主义者是无处容身的。可是总有地方容得下一对平凡的夫妻。”世界上有的是平凡，我不抱怨作者多写了一对平凡的人。但战争使范柳原恢复一些人性，使把婚姻当职业看的流苏有一些转变（光是觉得靠得住的只有腔子里的气和身边的这个人，是不够说明她的转变的），也不能算是怎样的不平凡。平凡并非没有深度的意思。并且人物的平凡，只应该使作品不平凡。显然，作者把她的人物过于匆促地送走了。

勾勒得不够深刻，是因为对人物思索得不够深刻，生活得不够深刻；并且作品的重心过于偏向俏皮而风雅的调情。倘再从小节上检视一下的话，那末，流苏“没念过两句书”而居然够得上和柳原针锋相对，未免是个大漏洞。离婚以前的生活经验毫无追叙，使她离家以前和以后的思想引动显得不可解。这些都减少了人物的现实性。

总之，《倾城之恋》的华彩胜过了骨干：两个主角的缺陷，也就是作品本身的缺陷。

三、短篇和长篇

恋爱与婚姻，是作者至此为止的中心题材；长长短短六七件作品，只是variations upon a theme 。遗老遗少和小资产阶级，全都为男女问题这恶梦所苦。恶梦中老是淫雨连绵的秋天，潮腻腻的，灰暗，肮脏，窒息与腐烂的气味，像是病人临终的房间。烦恼，焦急，挣扎，全无结果。恶梦没有边际，也就无从逃避。零星的磨折，生死的苦难，在此只是无名的浪费。青春、热情、幻想、希望，都没有存身的地方。川嫦的卧房、姚先生的家、封锁期的电车车厢，扩大起来便是整个的社会。一切之上，还有一只瞧不及的巨手张开着，不知从哪儿重重地压下来，要压瘪每个人的心房。这样一幅图画印在劣质的报纸上，线条和黑白的对照迷糊一些，就该和张女士的短篇气息差不多。

为什么要用这个譬喻？因为她阴沉的篇幅里，时时渗入轻松的笔调，俏皮的口吻，好比一些闪烁的磷火，教人分不清这微光是黄昏还是曙色。有时幽默的分量过了分，悲喜剧变成了趣剧。趣剧不打紧，但若沾上了轻薄味（如《琉璃瓦》），艺术就给摧残了。

明知挣扎无益，便不挣扎了。执著也是徒然，便舍弃了。这是道地的东方精神：明哲与解脱；可同时是卑怯、懦弱、懒惰、虚无。反映到艺术品上，便是没有波澜的寂寂的死气，不一定有美丽而苍凉的手势来点缀。川嫦没有和病魔奋斗，没有丝毫意志的努力。除了向世界遗憾地投射一眼之外，她连抓住世界的念头都没有。不经战斗的投降。自己的父母与爱人对她没有深切的留恋，读者更容易忘记她。而她还是许多短篇中[①]刻画得最深的人物！

微妙尴尬的局面，始终是作者最擅长的一手。时代、阶级、教育、利害观念完全不同的人相处在一块时所有暧昧含糊的情景，没有人比她传达得更真切。各种心理互相摸索、摩擦、进攻、闪避，显得那么自然而风趣，好似古典舞中一边摆着架式（figure）一边交换舞伴那样轻盈、潇洒、熨帖。这种境界稍有过火或稍有不及，《封锁》与《年轻的时候》中细腻娇嫩的气息就要给破坏，从而带走了作品全部的魅力。然而这巧妙的技术，本身不过是一种迷人的奢侈；倘使不把它当作完成主题的手段（如《金锁记》中这些技术的作用），那么，充其量也只能制造一些小古董。

在作者第一个长篇只发表了一部分的时候就来批评，当然是不免唐突的。但其中暴露的缺陷的严重，使我不能保持谨慎的缄默。

《连环套》的主要弊病是内容的贫乏。已经刊布了四期，还没有中心思想显露。霓喜和两个丈夫的历史，仿佛是一串五花八门、西洋镜式的小故事杂凑而成的。没有心理的进展，因此也看不见潜在的逻辑，一切穿插都失掉了意义。雅赫雅是印度人，霓喜是广东养女：就这两点似乎应该是《第一环》的主题所在。半世纪前印度商人对中国女子的看法，即使逃不出玩物二字，难道竟没有旁的特殊心理？他是殖民地种族，但在香港和中国人心中的地位不同，再加是大绸缎铺子的主人。可是《连环套》中并无这二三个因素错杂的作用。养女（而且是广东的养女）该有养女的心理，对她一生都有影响。

① 《心经》一篇只读到上半篇，九月期《万象》遍觅不得，故本文特置不论。好在这儿写的不是评传，挂漏也不妨。——原注

一朝移植之后，势必有一个演化蜕变的过程；决不会像作者所写的，她一进绸缎店，仿佛从小就在绸缎店里长大的样子。我们既不觉得雅赫雅买的是一个广东养女，也不觉得广东养女嫁的是一个印度富商。两个典型的人物都给中和了。未写出独特性，不典型。

错失了最有意义的主题，丢开了作者最擅长的心理刻画，单凭着丰富的想象，逞着一支流转如踢哒舞似的笔，不知不觉走上了纯粹趣味性的路。除开最初一段，越往后越着重情节：一套又一套的戏法（我几乎要说是噱头），突兀之外还要突兀，刺激之外还要刺激，仿佛作者跟自己比赛似的，每次都要打破上一次的纪录，像流行的剧本一样，也像歌舞团里的接一连二的节目一样，教读者眼花缭乱，应接不暇。描写色情的地方（多的是），简直用起旧小说和京戏——尤其是梆子戏——中最要不得而最叫座的镜头！《金锁记》的作者竟不惜用这种技术来给大众消闲和打哈哈，未免太出人意外了。

至于人物的缺少真实性，全都弥漫着恶俗的漫画气息，更是把taste“看成了脚下的泥”。西班牙女修士的行为。简直和中国从前的三姑六婆一模一样。我不知半世纪前香港女修院的清规如何，不知作者在史实上有何根据；但她所写的，倒更近乎欧洲中世纪的丑史，而非她这部小说里应有的现实。其次，她的人物不是外国人，便是广东人。即使地方色彩在用语上无法积极地标识出来，至少也不该把纯粹《金瓶梅》《红楼梦》的用语，硬嵌入西方人和广东人嘴里。这种错乱得可笑的化装，真乃不可思议。

风格也从没像在《连环套》中那样自贬得厉害。节奏，风味，品格，全不讲了。措词用语，处处显出“信笔所之”的神气，甚至往腐化的路上走。《倾城之恋》的前半篇，偶而已看到“为了宝络这头亲，却忙得鸦飞雀乱，人仰马翻”的套语；幸而那时还有节制，不过小疵而已。但到了《连环套》，这小疵竟越来越多，像流行病的细菌一样了：“两个嘲戏做一堆”，“是那个贼囚根子在他跟前……”，“一路上凤尾森森，香尘细细”，“青山绿水，观之不足，看之有余”，“三人分花拂柳”，“衔恨于心，不在话下”，“见了这等人物，如何不喜”，“……暗暗点头，自去报信不提”，“他触动前情，放出风流债主的手段”，“有话即长，无话即短”，“那内侄如同箭穿雁嘴，钩搭鱼腮，做声不得”……这样的滥调，旧小说的渣滓，连现在的鸳鸯蝴蝶派和黑幕小说家也觉得恶俗而不用了，而居然在这里出现。岂不也太像奇迹了吗？

在扯了满帆、顺流而下的情势中，作者的笔锋“熟极而流”，再也把不住舵。《连环套》逃不过刚下地就夭折的命运。

四、结 论

我们在篇首举出一般创作的缺陷，张女士究竟填补了多少呢？一大部分，也是一小部分。心理观察，文字技巧，想象力，在她都已不成问题。这些优点对作品真有贡献的，却只《金锁记》一部。我们固不能要求一个作家只产生杰作，但也不能坐视她的优点把她引入危险的歧途，更不能听让新的缺陷去填补旧的缺陷。

《金锁记》和《倾城之恋》，以题材而论似乎前者更难处理，而成功的却是那更难处理的，在此见出作者的天分和功力。并且她的态度，也显见对前者更严肃，作品留在工厂里的时期也更长久。《金锁记》的材料大部分是间接得来的：人物和作者之间，时代、环境、心理，都距离甚远，使她不得不丢开自己，努力去生活在人物身上，顺着情欲发展的逻辑，尽往第三者的个性里钻。于是她触及了鲜血淋漓的现实。至于《倾城之恋》，也许因为作者身经危城劫难的印象太强烈了。自己的感觉不知不觉过量地移注在人物身上，减少了客观探索的机会。她和她的人物同一时代，更易混入主观的情操。还有那漂亮的对话，似乎把作者首先迷住了：过度的注意局部，妨害了整体的完成。只要作者不去生活在人物身上，不跟着人物走，就免不了肤浅之病。

小说家最大的秘密，在能跟着创造的人物同时演化。生活经验是无穷的。作者的生活经验怎样才算丰富是没有标准的。人寿有限，活动的环境有限；单凭外界的材料来求生活的丰富，决不够成为艺术家。唯有在众生身上去体验人生，才会使作者和人物同时进步，而且渐渐超过自己。巴尔扎克不是在第一部小说成功的时候，就把人生了解得那么深、那么广的。他也不是对贵族、平民、劳工、富商、律师、诗人、画家、荡妇、老处女、军人……那些种类万千的人的心理，分门别类地一下子都研究明白、了如指掌之后，然后动笔写作的。现实世界所有的不过是片段的材料、片段的暗示；经小说家用心理学家的眼光、科学家的耐心、宗教家的热诚，依照严密的逻辑推索下去。忘记了自我，化身为故事中的角色（还要走多少回头路，白花多少心力），陪着他们作身心的探险，陪他们笑，陪他们哭，才能获得作者实际未曾经历的经历。一切的大艺术家就是这样一面工作一面学习的。这些平凡的老话，张女士当然知道。不过作家所遇到的诱惑特别多，也许旁的更悦耳的声音，在她耳畔盖住了老生常谈的单调的声音。

技巧对张女士是最危险的诱惑。无论哪一部门的艺术家，等到技巧成熟过度，成了格式，就不免要重复他自己。在下意识中，技能像旁的本能一样时时骚动着，要求一显身手的机会，不问主人胸中有没有东西需要它表现，结果变成了文字游戏。写作的目的和趣味，仿佛就在花花絮絮的方块字的堆砌上。任何细胞过度的膨胀，都会变成癌。其实，彻底地说，技巧也没有止境。一种题材，一种内容，需要一种特殊的技巧去适应。所以真正的艺术家，他的心灵探险史，往往就是和技巧的战斗史。人生形相之多，岂有一二套衣装就够穿戴之理？把握住了这一点，技巧永久不会成癌，也就无所谓危险了。

文学遗产的记忆过于清楚，是作者另一危机。把旧小说的文体运用到创作上来，虽在适当的限度内不无情趣，究竟近于玩火，一不留神，艺术会给它烧毁的。旧文体不能直接搬过来，正如不能把西洋的文法和修辞直接搬用一样。何况俗套滥调，在任何文字里都是毒素！希望作者从此和它们隔离起来。她自有她净化的文体。《金锁记》的作者没有理由往后退。

聪明机智成了习气，也是一块绊脚石。王尔德派的人生观，和东方式的“人生朝露”的腔调混合起来，是没有前程的。它只能使心灵从洒脱而空虚而枯涸，使作者离开艺术，离开人生，埋葬在沙龙里。

我不责备作者的题材只限于男女问题。但除了男女之外，世界究竟还辽阔得很。人类的情欲不仅仅限于一二种。假如作者的视线改换一下角度的话，也许会摆脱那种淡漠的贫血的感伤情调；或者痛快地成为一个彻底的悲观主义者，把人生剥出一个血淋淋的面目来。我不是鼓励悲观，但心灵的窗子不会嫌开得太多，因为可以免除单调与闭塞。

总而言之：才华最爱出卖人！像张女士般有多方面的修养而能充分运用的作家（绘画、音乐、历史的运用，使她的文体特别富丽动人），单从《金锁记》到《封锁》，不过如一杯对过几次开水的龙井，味道淡了些。即使如此，也嫌太奢侈、太浪费了。但若取悦大众（或只是取悦自己来满足技巧欲——因为作者可谦抑地说：我不过写着玩儿的）到写日报连载小说（fcuilleton）的所谓fiction的地步，那样的倒车开下去，老实说，有些不堪设想。

宝石镶嵌的图画被人欣赏，并非为了宝石的彩色。少一些光芒，多一些深度；少一些词藻，多一些实质：作品只会有更完满的收获。多写，少发表，尤其是服侍艺术最忠实的态度（我知道作者发表的决非她的处女作，但有些大作家早年废弃的习作，有三四十部小说从未问世的记录）。文艺女神的贞洁是最宝贵的，也是最容易被污辱的。爱护她就是爱护自己。

一位旅华数十年的外侨和我闲谈时说起："奇迹在中国不算稀奇，可是都没有好收场。"但愿这句话永远扯不到张爱玲女士身上！

一九四四年四月七日

（原载一九四四年五月上海《万象》第三卷第十一期，
录自陈子善编《张爱玲的风气——1949年前张爱玲评说》）

【说明】

这是早期张爱玲小说评论中，最为观点鲜明、直言不讳的一篇文字。文章对"爆得文名"的张爱玲的早期小说展开了全面研究，既分析小说的人物情节，也分析小说的艺术技巧。作者认为，《金锁记》的人物塑造、情节处理和艺术技巧均"恰到好处"，从而形成全篇"苍凉的气氛"；《倾城之恋》"雕刻精工"，但"华彩胜过了骨干"，两个主要人物的塑造过于匆促，不够深刻；至于以《连环套》为代表的以"恋爱和婚姻"为题材的短篇和长篇，由于技巧没有为主题服务，从而暴露出严重的缺陷，《连环套》内容贫乏、人物不够真实、多陈词滥调。

同一个作家，不同小说的艺术成就为何会有如此差异？在傅雷看来，这和张爱玲的创作态度有关。创作《金锁记》时，她能"跟人物同时演化"，人物有自己的发展逻辑；创造《倾城之恋》时，她将自己的感觉"移注"给人物，没有切身体验人物，人物难免肤浅；创造其他作品时，她更关注的是技巧，而技巧要与内容相适应，不能滥用。作者以是否表现"情欲的斗争"为自己的批评标准，立场鲜明。

作为一篇文学评论文章，《论张爱玲的小说》极具典范性。全文包括"前言"共五节，可分三大部分："前言"为第一部分，阐述作者依据的艺术批评原则；以下三节是第二部分，依据批评原则进行个案分析，先扬而后抑；"结论"是第三部分，对作家的艺术才华和创作特点作了概括。文章看似松散，实质有严谨的思考；经典个案的比较分析与艺术风格的学理概括相结合，是本文最大的特点。

在张爱玲接受史上，本文是一篇经典文献，引起不少争论。赞成者有之，如柯灵。傅文发表四十年后的1984年，柯灵发表《遥寄张爱玲》，称赞傅文

“是老一代作家关心张爱玲明白无误的证据”，基本赞成傅文的观点。反对者有之，如张爱玲自己。傅文发表不久，张爱玲就发表自己的看法。在《写什么》中她表示“文人只需老老实实生活着……他写所能够写的，无所谓应当”，回应了傅雷批评她题材的单一。在《〈传奇〉再版序》中她高呼“出名要趁早”，也可看作是对傅雷劝其“少一些光芒”的反驳。在《自己的文章》中，则针对傅雷的文章一一作了回应。

作者傅雷（1908—1966），上海南汇人，著名翻译家、文艺评论家，有《高老头》、《艺术哲学》等译作，另有写给其子傅聪的《傅雷家书》。（江守义）

【文献链接】

1.张爱玲：《自己的文章》，《张爱玲文集》（第四卷），安徽文艺出版社1992年版。本文针对傅雷的批评，张爱玲为“自己的文章”辩护。首先阐述自己的文学理想，即好的作品应该是“以人生安稳的底子来描写人生飞扬的”。然后逐一回答了傅雷的批评：针对傅雷惋惜《倾城之恋》“两个主角的缺陷”，她认为“柳原与流苏的结局……只能如此”，它是一种“参差的对照”的结果，显示出一种苍凉，苍凉“是一种启示”；针对傅雷指责她迷恋技巧，有“王尔德派的人生观”，她回应说“唯美派的缺点不在于它的美，而在于它的美没有底子”；针对傅雷强调的“人生一切都是斗争”，她则宣称自己“不喜欢采取善与恶，灵与肉的斩钉截铁的冲突”，等等。文章最后三分之一的篇幅专门谈自己对《连环套》的理解，针对傅雷对《连环套》的严厉指责，文章称《连环套》只是写故事，不是写主题，并附带说明了小说中袭用旧小说词句的原因。

2、王德威：《批判的抒情——沈从文的现实主义》，《现代中国小说十讲》，复旦大学出版社2004年版。文章首先指出，沈从文符合“抒情文体家”的身份标签，但这个标签背后，是在回应“二三十年代动荡不安的文化/政治局面”，也是一种写实主义；进而从“批判的抒情和反讽”“志怪述异”“对时间、战争和历史的抒情化”“爱、死亡及其诗意表达”四个方面，对沈从文的现实主义展开详细分析，指出“批判的抒情”是其现实主义的特点所在。与《论张爱玲的小说》类似，这也是一篇对作家创作进行总结的文章，但不像《论张爱玲的小说》那样全面，而是集中谈一个问题，即沈从文抒情背后的批判意识。

3.孟悦、戴锦华：《凌叔华：角隅中的女性世界》，《浮出历史地表》，中国人民大学出版社2004年版。文章从女性角度出发，指出凌叔华作品中的女性世界主要有三个层面：一是“闺房中的风云变幻”，二是“‘太太’阶层”，三是“新女性与新妻子”。与“五四”时期其他女作家相比，凌叔华的特色在于“揭示社会角色对女性生存样态和心态的规定作用及强制效果”，因而塑造的女性人物血肉更丰满。最后指出，凌叔华的创作特点与她受西方小说艺术的影响不无关系。与《论张爱玲的小说》相同的是，这也是一篇对作家创作进行全面分析的文章；不同的是，无论是对作品内容的分析，还是对作家的把握，这篇文章都有强烈的女性意识。

4.周芬伶：《张爱玲小说的女性叙述》，《艳异：张爱玲与中国文学》，中国华侨出版社2003年版。文章对张爱玲小说的女性叙述进行解读：通过“细节描写”，探讨了张爱玲小说的女性特质；通过“改写名言和典故”“改写传奇架构”，指出对男性符号的改写，有反抗男性话语的意义；通过小说中的“房子”“衣服”“花”等“死亡意象”的分析，指出这些意象是一些“空洞能指”，这符合男性符号系统对女性的要求，是对男性话语的一种“以退为进”的反抗；通过“野火花”“河流”“猫”等“永生意象”的分析，指出这些意象反映了张爱玲富有女性意识。文章在具体分析中，对傅雷《论张爱玲的小说》有直接的回应，认为傅雷的严厉批评，是出于一种“男性的惊恐”。傅雷发表《论张爱玲的小说》，应该说出于一种善意，主要是想引导张爱玲的创作，没有什么男女“斗争”观念；《张爱玲小说的女性叙述》则有一种鲜明的为女性“呐喊”的战斗立场。

5、沈乃慧：《张爱玲小说的讽刺艺术》，张健主编《张爱玲的小说世界》，台北学生书局1984年版。本文主要探讨张爱玲小说讽刺艺术。文章结合人物形象，具体分析了张爱玲如何讽刺；进而指出其讽刺“充满机智趣味……给予我们人生真理的启示”，并从“性”主题的角度探讨了作品的讽刺艺术；在此基础上，分析了讽刺内涵的“丰富”与“变化”；最后指出张爱玲的讽刺艺术与她的中西学养有关。傅雷在《论张爱玲的小说》中既赞叹张爱玲的技巧，又担心她沉迷于技巧。技巧的运用，关键在合理。本文可以深化人们对张爱玲小说讽刺技巧的理解。

方法运用编

引　言

俄罗斯批评家别林斯基有句名言："批评是运动中的美学。"这里的"美学"，实质是指美学理论和美学方法。批评是运动中的美学，即批评离不开方法。文学批评的方法包含多个层次。从开始研究到评论写作，批评方法至少可以分为三个层次：一是普遍的哲学方法，即揭示事物规律的逻辑方法；二是学科的特殊方法，即由对象自身的特性延伸出来的研究途径；三是写作的论述方法，即评论写作的论述逻辑。

这组论文的编选，着眼于"不同方法的独特运用"。这里所说的方法，不是一般的哲学方法，也不是写作的论述逻辑，而是学科的特殊方法，即基于对象特性并借鉴相关学科理论形成和发展起来的研究方法，主要是指在20世纪学术文化思潮中产生的批评理论和批评方法。八篇论文，方法各异。朱光潜的《说"曲终人不见，江上数峰青"》是表现主义的美学分析；颜元叔的《析〈春望〉》是英美新批评的文本细读；刘禾的《文本、批评和民族国家》是女性批评的运用；吴光兴的《神女归来：一个原型和〈洛神赋〉》是原型批评的尝试；吴建波的《论"痴情女子负心汉"叙事模式的历史演变》是叙事模式的分析法；李健吾的《答〈鱼目集〉作者》是审美阐释学的思路；陈文忠的《唐人青春之歌走向顶峰之路——〈春江花月夜〉1300年接受史考察》是经典作品的接受史研究；周珏良的《河、海、园——〈红楼梦〉、〈莫比·迪克〉和〈哈克贝里·芬〉的比较研究》是平行的比较研究。

20世纪是一个批评的时代，更是一个批评方法的时代。这组论文只是部分方法的运用，其他如历史文化学、精神分析学、结构语义学等等，也是研究者经常使用的方法。但无疑，上述八种方法，运用最广泛，成果最丰硕，学理性也更可靠。（陈文忠）

说"曲终人不见，江上数峰青"

朱光潜

记不清在哪一部书里见过一句关于英国诗人Keats的话，大意是说谛视一个佳句像谛视一个爱人似的。这句话很有意思，不过一个佳句往往比一个爱人更可以使人留恋。一个爱人的好处总难免有一日使你感到"山穷水尽"，一个佳句的意蕴却永远新鲜，永远带有几分不可捉摸的神秘性。谁不懂得"采菊东篱下，悠然见南山"？但是谁能说，"我看透这两句诗的佳妙了，它在这一点，在那一点，此外便别无所有？"

中国诗中的佳句有好些对于我是若即若离的。风晨雨夕，热闹场，苦恼场，它们常是我的佳侣。我常常嘴里在和人说应酬话，心里还在玩味陶渊明或是李长吉的诗句。它们是那么亲切，但同时又那么辽远！钱起的"曲终人不见，江上数峰青"两句对我也是如此。它在我心里往返起伏也足有廿多年了，许多迷梦都醒了过来，只有它还是那么清新可爱。

这两句诗的佳妙究竟何在呢？我在拙著《谈美》里曾这样说过：

> 情感是综合的要素，许多本来不相关的意象如果在情感上能调协，便可形成完整的有机体。比如李太白的《长相思》收尾两句"相思黄叶落，白露点青苔"，钱起的《湘灵鼓瑟》收尾两句"曲终人不见，江上数峰青"，温飞卿的《菩萨蛮》前阙"水晶帘里颇黎枕，暖香惹梦鸳鸯锦，江上柳如烟，雁飞残月天"，秦少游《踏莎行》前阙"雾失楼台，月迷津渡，桃源望断无寻处，可堪孤馆闭春寒，杜鹃声里斜阳暮"，这里加点的字句所传出的意象都是物景，而这些诗词全体原来都是着重人事。我们仔细玩味这些诗词时，并不觉得人事之中猛然插入物景为不伦不类，反而觉得它们天生成地联络在一起，互相烘托，益见其美，这就由于它们在情感上是谐和的。单拿"曲终人不见，江上数峰青"来说，曲终人杳虽然与江上峰青不相干，但是这两个意象都可以传出一种凄清冷静的情感，所以它们可以调和，如果只说"曲终人不见"而无"江

上数峰青”，或是说“江上数峰青”而无“曲终人不见”，意味便索然了。

这是三年前的话，前几天接得丏尊先生的信说：“近来颇有志于文章鉴赏法。昨与友人谈起‘曲终人不见，江上数峰青’，这两句大家都觉得好。究竟好在何处？有什么理由可说：苦思一夜，未获解答。”

这封信引起我重新思索，觉得在《谈美》里所说的话尚有不圆满处。我始终相信“欣赏一首诗，就是再造一首诗”，各人各时各地的经验，学问和心性不同，对于某一首诗所见到的也自然不能一致。这就是说，欣赏大半是主观的，创造的。我现在姑且把我在此时此地所见到的写下来就正于丏尊先生以及一般爱诗者。

我爱这两句诗，多少是因为它对于我启示了一种哲学的意蕴。“曲终人不见”所表现的是消逝，“江上数峰青”所表现的是永恒。可爱的乐声和奏乐者虽然消逝了，而青山却巍然如旧，永远可以让我们把心情寄托在它上面。人到底是怕凄凉的，要求伴侣的。一曲终了，人去了，我们一霎时以前所游目骋怀的世界，猛然间好像从脚底倒塌去了。这是人生最难堪的一件事，但是一转眼间我们看到江上青峰，好像又找到另一个可亲的伴侣，另一个可托足的世界，而且它永远是在那里的。“山穷水尽疑无路，柳暗花明又一村”，此种风味似之。不仅如此，人和曲果真消逝了么；这一曲缠绵徘侧的音乐没有惊动山灵？它没有传出江上青峰的妩媚和严肃？它没有深深地印在这妩媚和严肃里面？反正青山和湘灵的瑟声已发生这么一回的因缘，青山永在，瑟声和鼓瑟的人也就永在了。

写到这里，猛然想起英国诗人华兹华斯的《独刈女》。凑巧得很，这首诗的第二节末二行也把音乐和山水凑在一起，

> Breaking the silence of the seas
> Among the farthest Hebrides.
> 传到那顶远顶远的希伯里第司
> 打破那群岛中的海面的沉寂。

华兹华斯在游苏格兰西北高原，听到一个孤独的割麦的女郎在唱歌，就做了这首诗。希伯里第司群岛在苏格兰西北海中，离那位女郎唱歌的地方还有很远的路。华兹华斯要传出那歌声的清脆和曼长，于是描写它在很远很远的海面所引起的回声。这两行诗作一气读，而且里面的字大半是开口的长音，读时一定很慢很清脆，恰好借字音来传出那歌声曼长清脆的意味。我们读这句诗时，印象和读“曲

终人不见，江上数峰青”两句诗很相似，都仿佛见到消逝者到底还是永恒。

玩味一首诗，最要紧的是抓住它的情趣。有些诗的情趣是一见就能了然的，有些诗的情趣却迷茫隐约，不易捉摸。本来是愁苦，我们可以误认为快乐，本来是快乐，我们也可以误认为愁苦，本来是诙谐，我们可以误认为沉痛，本来是沉痛，我们也可以误认为诙谐。我从前读“曲终人不见，江上数峰青”，以为它所表现的是一种凄凉寂寞的情感，所以把它拿来和“相思黄叶落，白露点青苔”，“可堪孤馆闭春寒，杜鹃声里斜阳暮”诸例相比。现在我觉得这是大错。如果把这两句诗看成表现凄凉寂寞的情感，那就根本没有见到它的佳妙了。艺术的最高境界都不在热烈。就诗人之所以为人而论，他所感到的欢喜和愁苦也许比常人所感到的更加热烈。就诗人之所以为诗人而论，热烈的欢喜或热烈的愁苦经过诗表现出来以后，都好比黄酒经过长久年代的储藏，失去它的辣性，只剩一味醇朴。我在别的文章里曾经说过这一段话：“懂得这个道理，我们可以明白古希腊人何以把和平静穆看作诗的极境，把诗神阿波罗摆在蔚蓝的山巅，俯瞰众生扰攘，而眉宇间却常如作甜蜜梦，不露一丝被扰动的神色？”这里所谓“静穆”（serenity）自然只是一种最高理想，不是在一般诗里所能找得到的，古希腊——尤其是古希腊的造型艺术——常使我们觉到这种“静穆”的风味。“静穆，是一种豁然大悟，得到归依的心情。它好比低眉默想的观音大士，超一切忧喜，同时你也可说它泯化一切忧喜。这种境界在中国诗里不多见。屈原、阮籍、李白、杜甫都不免有些像金刚怒目，愤愤不平的样子。陶潜浑身是“静穆”，所以他伟大。

如果在“曲终人不见，江上数峰青”两句诗中见出“消逝之中有永恒”的道理，它所表现的情感就决不只是凄凉寂寞，就只有“静穆”两字可形容了。凄凉寂寞的意味固然也还在那里，但是尤其要紧的是那一片得到归依似的愉悦。这两种貌似相反的情趣都沉没在“静穆”的风味里。

江上这几排青山和它们所托根的大地不是一切生灵的慈母么？在人的原始意识中大地和慈母是一样亲切的。“来自灰尘，归于灰尘”也还是一种不朽。到了最后，人散了，曲终了，我们还可以寄怀于江上那几排青山，在它们所显示的永恒生命之流里安息。

十月十四日北平

（选自《朱光潜全集》第8卷，安徽教育出版社1993年版）

【说明】

朱光潜的这篇文章，并非一般意义上的古诗名句赏析，对“曲终人不见，江上数峰青”的理解中，融汇了他的诗学理论和美学理想。本文将文学欣赏与生命体验、审美感悟与哲学沉思熔为一炉，视野开阔，思路清晰，文笔优美，堪称“美学分析”的典范。

本文应朋友夏丏尊之约而作。文章由“佳句”入题，先提到作者自己三年前的相关议论，然后再谈现在研读的心得。其一是这句诗的哲学意蕴：“消逝之中有永恒”。“曲终人不见”所表现的是消逝，“江上数峰青”所表现的是永恒。这是对诗的意象的体悟。其二是这句诗的审美趣味：“静穆”。以前以为是“凄凉寂寞”，没有见到它的佳妙；现在看来，只有“静穆”两字可形容。这是对诗的情趣的体悟。朱光潜后来在《诗论》中明确指出，“诗的境界”就是“情趣与意象”。本文的论述，正体现了他的这一诗学理念。而在谈到“静穆”时，他区分了“热烈”与“静穆”、“金刚怒目”与“菩萨低眉”两种不同的艺术风格。对“静穆”的推崇，正体现了他独具个人特色的审美理想。

本文发表后，鲁迅和朱自清分别作了回应。鲁迅对其中的“美学分析”提出批评。鲁迅的观点，属于文学批评中的“社会历史分析”。恩格斯曾将文学批评的“最高的标准”概括为“美学的观点和历史的观点”。美学观点和历史观点的分歧，在朱光潜和鲁迅的对照中清晰可见。至于两者如何结合，还有待进一步探讨。朱自清的《再论“曲终人不见，江上数峰青”》（《朱自清古典文学论文集》下，上海古籍出版社，2009年）一文，则立足全诗，对前人评价此诗的“切题”“远神”和押韵作了进一步的诠释。

朱光潜（1897—1986），中国现代著名美学家，代表作有《谈美》、《文艺心理学》、《诗论》等。（桑农）

【文献链接】

1. 朱光潜：《诗的境界——情趣与意象》，《朱光潜全集》（第3卷），安徽教育出版社1993年版。本篇是朱光潜《诗论》的第三章，也是其诗学思想的核心。在《诗论》中，他“用西方诗论来解释中国古典诗歌，用中国诗论来印证西方诗论”。他所谓“西方诗论”，主要是克罗齐的直觉说、立普斯的移情说；所谓“中国诗论”，是王夫之的情景说、王国维的境界说。朱光潜将二者结合起来，建立了自己的诗学体系，即以情趣与意象为二元的诗境说。这成了他分析和评价诗歌的基本原则。《说“曲终人不见，江上数峰青”》一文，便使用了这一批评原则。

2. 朱光潜：《陶渊明》，《朱光潜全集》（第3卷），安徽教育出版社1993年版。朱光潜把“静穆”看作审美的最高境界。在他心目中，陶渊明就“静穆”的代表。所以他认为陶渊明比屈原、阮籍、李白、杜甫都伟大。受到鲁迅的批评后，他并没有改变自己的看法，而是考察了陶渊明的身世、交游、阅读和思想、情感生活、人格和风格，最后的结论仍然是：陶渊明在中国诗人中的地位是崇高的，可以和他比肩的，前有屈原，后有杜甫。屈原比他更沉郁，杜甫比他更阔大，但是都没有他那么醇，那么炼。后来的诗人苏东坡与他在情趣与风趣上有许多类似，但在他面前终是小巫见大巫。

3. 鲁迅：《题未定草（七）》，《鲁迅全集》（第6卷），人民文学出版社1981年版。此文针对朱光潜《说“曲终人不见，江上数峰青”》一文而写。鲁迅在文章中将“佳句”替换为“摘句”，批评了关于“曲终人不见，江上数峰青”一句的解读，同时也批评了“陶渊明浑身是静穆，所以他伟大”的观点。鲁迅认为：“倘要论文，最好是顾及全篇，并且顾及作者的全人，以及他所处的社会状态，这才较为确凿。要不然，是很容易近乎说梦的。”鲁迅的这段话，后来成为社会历史批评的权威论述。

4. 鲁迅：《魏晋风度与文章及药和酒之关系》，《鲁迅全集》（第3卷），人民文学出版社1981年版。朱光潜《陶渊明》一文，作为“对于个别作家批评研究的一个尝试”，是他计划撰写的《魏晋人品》中一篇。鲁迅关于魏晋人物的研究，则以此篇最为有名。在朱光潜那里，陶渊明的人格与风格是偏重于审美理想一面的；在鲁迅这里，魏晋的风度和文章则被还原到那个时代特定的社会背景之下。朱光潜主张超越现实；鲁迅主张回到现实。朱光潜的思想迷人；鲁迅的思想深刻。两人在文学批评原则上分别体现了“美学的标准”和“历史的标准”，是显而易见的。

5. 张伯伟：《摘句论》，《中国古代文学批评方法研究》，中华书局2002年版。鲁迅批评朱光潜的“摘句”，并重申了“知人论世”的批评原则。不过，中国古典诗歌中的散联警句可以自成一个意义单元，因此摘句是古代文学批评中常用的形式之一。本文是研究古代摘句批评的力作。全文五节，依次讨论了摘句的渊源、“摘句褒贬”的形成、元兢《古今诗人秀句序》的分析、摘句的独立与渗透、摘句的评价等问题。细读本文，不仅可以全面认识古代摘句批评的来龙去脉，也有助于客观评价鲁迅对朱光潜摘句的批评。

析《春望》

颜元叔

杜甫的《春望》：

国破山河在，城春草木深。
感时花溅泪，恨别鸟惊心。
烽火连三月，家书抵万金。
白头搔更短，浑欲不胜簪。

这首诗十分感人，我想用“新批评”的方法，探究一下那些感人的因素。第一句“国破山河在”，“破”和“在”之间，立即形成矛盾局面——诗为矛盾语，见布鲁克斯（Cleanth Brooks）批评理论——国家已“破”，山河依旧“存在”；已破的是一个国家的组织，社稷的结构，这些都是人为的成果；这个人为的成果已遭摧毁。“山河”在这里显然指自然景物；然则，自然景物，大好河山，却不因国家社稷之覆卵而有所改变，所以“山河在”。杜甫的悲哀起于“国破”，若“国破”而山河亦破，悲哀亦许是压倒性的，但不会有目前这种无可奈何的况味：国虽“破”而山河无动于衷，依旧楚楚可怜，自个儿碧绿着。山河无情，莫此之甚！故“国破”是情感语，“山河在”是无情语。第二句正好加强了“山河无情”的表征：“城春草木深。”国破之后，应该是一副肃杀情景，而春天降临城池，草木欣欣向荣。中国古典诗人之中，杜甫的炼字功夫最深。“草木深”之“深”字，即是一例。盖“深”字在此有多义。一义是说草木长得茂盛——已如前述；另一义是影射草木长得零乱芜秽；而此一义极佳，因为国家已破，一切事物风光，无人照料，人工所能给予自然的秩序条理，都不存在；一切任其滋长，任其蔓延；“深”字把这种茂盛而零乱的情况，正好给点明出来。从第一句到第二句，人事之凋谢与自然之昌旺，各自发展；第一句只说一“破”一“在”，而第二句说那“在”的自然，更是欣欣向荣。是以，人事与自然的两相离脱；这是此处矛盾语的基本架构。

次联“感时花溅泪，恨别鸟惊心”，显示诗人要将上面两行人事自然两相离脱的情况，给它扭转过来：诗人把自然拉进他的情感漩涡，重建人与自然的结合。于是，诗人“感时”，“花”亦随之“溅泪”；诗人“恨别”，“鸟”亦随之“惊心”。实际上，当然花不会溅泪，鸟亦不会惊心，无论人间有多大的苦痛！但是，移情作用是人的本能之一；人喜欢把自己的情感，投射到他事他物之上，于是，月色含悲，海波呜咽。这种情感的投射，被19世纪的罗斯金（John Ruskin）称之为“伤感谬误”（Pathetic Fallacy）。过分的“伤感谬误”，会造成过度的主观色彩，漠视了客观的情况；然而，含蓄而合理的情感投射，正是主观与客观沟通的桥梁，结合的契机。于是，杜甫以“感时花溅泪，恨别鸟惊心”，把人事之情渲染到自然之物，以个人的情感抓住了自然，使人与自然结合为一。就这种观点来看，第一联与第二联是两相矛盾，因为第一联点明的是人事与自然的离脱，而第二联则点明人事与自然的结合，两相冲突，正好也应验了诗为矛盾语的说法。

从第一联到第二联，同时标示一个过程，即是诗人在第一联中，显示他对草木无情之充分了解，这是认识客观真象。在第二联，他似乎故意把自然牵涉到情感中来；以客观认识为基础，用主观攫取客观，把客观人性化和人情化。中国古典诗行常常省掉主词，结果构成了十分奥妙的情况。“感时花溅泪，恨别鸟惊心”，是诗人“感时”，是诗人“恨别”；因此主词是诗人。可是，主词既然省却，就打开了第二义解说的可能；也就是说，“花”“鸟”各别为主词，于是花感时而溅泪，鸟恨别而心惊了。假设说第二义可以成立，则第三义也可成立，即花“感时”而诗人因之“溅泪”，鸟“恨别”而诗人因之“惊心”。也许，我们是在玩弄句构上的“把戏”，但是这种“把戏”是有益的。因为，如上所示的多义解说，正足以说明物我合一的境界，人与花鸟在感时恨别之中，已经分不开来了。这可说是一种“化境”。

有人总喜欢牵强附会，说杜甫在《春望》中如何忧国忧民，但是诗里面没有任何证明，可以支持这种说法。就事论事，就诗论诗，是“新批评”另一个特色。杜甫固然自“国破”开始他的吟哦，重心却不是忧国，而是“想家”！“烽火连三月，家书抵万金”，这不是想家又是什么?！忧国只能从“国破”与“感时花溅泪”，约莫看出一点影子；而“烽火连三月，家书抵万金”，却是直道念家之情——这不是说杜甫不忧国忧民，只是在这首诗不是就是了。杜甫炼字之巧，在“烽火连三月”的“连”字里又显示出来。“连”字在句构上处于“烽火”与“三月”之间，而恰好这两个词组，在字义上都可接受“连”字的附着。“连”在字面上固然是说：“烽火”连绵或持续有“三月”之久，也就是说三个月的相互“连”接；可是，“连”字反过头来，也可影射烽火台连绵不绝的烧着，予人一种千百个烽火台相继举火的意象。故“连”字用于“三月”，有时间感；“连”字用于“烽火”，则有空间感。一般而言，“三月”当为“三个月”的意思，但是“三月”若解释为“暮春三月；莺飞草长”之三月，亦有可能。《杜诗镜诠》与《杜诗详注》中，各注有“谓乱两逢三月”（即经年之意），与“物色连三月”（王勃诗句），可见三月为暮春三月，甚有可能。果若如此，“城春草木深”在节令上有呼应矣。三月若为暮春，正是万物生发的好时光，而战争的象征——“烽火”却“连”接在“三月”之上，好像说“烽火”烧入了暮春的景色，摧残了自然的生命，予人一片破败荒凉之感。（我以为“城春草木深”，意味着城市已无战争，故自然景物十分昌盛，而“烽火连三月”则意味疆场之上，烽火不已，因此，切断了交通。故这两行诗在自然景物上没有形成冲突。）

在这种情况下，家书当然可以抵万金。万金不可得，家书亦不可得。我以为“家书抵万金”是一句虚拟语气的反话：他根本没有收到任何家书，正如他无有万金一般。“抵”固然是“值”的意思，但是抵达之意亦油然而生，如此则使“万金”，本为万两黄金之意，产生一种地名感，而令“家书抵万金”构成空间感。这容许是“错觉”，却是有益于多义的一种可喜的“错觉”。“抵”原可用“值”来取代，平仄上无问题；但是，杜工部宁可用“抵”，而不用“值”，也许不仅因为“抵”的音量洪大，也可能他在字面意义之外，有意玩弄一点空间感，以与“烽火连三月”相呼应，也未可知。

最后一联：“白头搔更短，浑欲不胜簪”，有人说有些幽默自嘲的况味（见William Hung的《杜甫诗传TuFu》)。我以为幽默自嘲，完全不能配合全诗的严肃悲伤的气氛。杜甫那个时候容许头尚未白，却为了诗的需要非得一头白发，才能符合凄苍之味。然而，我以为不论如何，最后两句是全诗的败笔。“白头搔更短”，似乎无法承受“烽火连三月”与“家书抵万金”的浓烈情感，当然更无法承接前面的两联：怎么国破家亡，光是搔首踟蹰就算了。太麻木！太琐碎！最后的“浑欲不胜簪”，更加强了这种趋势。白发越搔越少，终于簪子都插不稳。起于“国破山河在”，终于一根发针，真有鼠尾之感。“不胜”二字似乎有抢救这行诗的企图，因为“不胜”有不胜其悲愁的况味，这正是全诗所需要的结果或结论。可是，“不胜”两字终究被“白头”在前“簪”在后，限制了它的含义，它只能解释为：头发越搔越少，几乎连簪子都插不稳。多琐碎的关怀与纤弱的举动！如要牵强附会，这两行字当然可以说成好诗，可以与全诗吻合。不过，我所强调的是：就全诗而言，这两行够不够好，它们能不能够与同篇其他诗行，等量齐观？前面的六行是如此“浓重”而“直接”，这两行却是如此“稀薄”而“间接”！

一头的白发，搔首的行动，稀疏的白毛，插不稳的簪子，无法充分显示出深重的愁苦，而这分愁苦是前面六行塑造出来的。所以，就全诗而言，《春望》有好的起头，有好的中腰，却无好的结尾。个人每读《春望》，总为前面六行感动良深，读至最后两行，则有冷漠感。

（原载颜元叔著《何谓文学》，台北学生书局1976年版）

【说明】

这是一篇运用英美“新批评”方法，具体说是以“诗为矛盾语”的理论，“细读”中国传统诗歌的典范之作。新批评旨在追求一种 “科学的”“客观的”且可操作的阅读和批评方法，结果便有了以“文本”为中心的“向心式”的细读法。“诗为矛盾语”是细读法之重要原则，由美国当代最具影响力的新批评主将克林斯·布鲁克斯彰显光大。“矛盾语”原文“paradox”，又译“反论”“悖论”。布氏认为，“诗歌语言就是悖论语言”，“悖论是从诗人语言的真正本质中涌出的”（《精致的瓮·第一章》，中译本第5、11页）。“矛盾语”实质是一种“矛盾的语义状态”，一如莎士比亚所说“用拐弯抹角来找出直截了当”。

颜氏此文，用“矛盾语”理论破解杜甫《春望》的“内在语意状态”。对“破”“在”“深”“连”“抵”等进行了语义细读，彰显了杜甫此诗在人为与天然、有情与无情、人事与自然、时间与空间、主观与客观之间潜存的语义或情感上的矛盾结构。“字质与结构的细读分析”与对诗人刻下复杂深沉的内心体验的再体验贯通一体。新批评细读法常因失于琐碎、武断、卖弄而遭人诟病。而这里，“新批评方法”显然是为“那些感人的因素”服务的，前“表”后“里”；细读法的解剖刀和显微镜并没有肢解作品的有机整体，尤其是情感的统一性。因此之故，作者才对《春望》最后一联“白头搔更短，浑欲不胜簪”出之以“‘稀薄’而‘间接’”的差评。

艺术欣赏是走进审美幻境，艺术批评是走出审美幻境，前者需要审美能力，后者需要批评方法，二者缺一不可，合则双美，离则两伤，颜氏此文，足当“双美”。

作者颜元叔，1937年生，台湾“十大散文家”、文艺理论家、英语教育家，也是台湾当代文坛颇具影响的一位评论家。他是台湾第二代“新批评”的发言人，也是“民族文学”“社会写实文学”“文学是哲学的戏剧化”“文学批评人生”的积极倡导者。台湾当代文坛的众多文学论争他多参与，还常常担任主角。他通过发表论文、出版专著、教坛传授和在现代诗、古典诗及小说批评领域的身体力行，把“新批评”方法的优劣均发挥至极处，形成了台湾文坛首个评论学派。被誉为“1949年以后，开创了学院研究台湾当代文学现象的第一人”。（李伟）

【文献链接】

1. 张隆溪：《二十世纪西方文论述评》，生活·读书·新知三联书店1986年版。迄今介绍二十世纪西方文艺理论的著述尽管已经太多了，但张隆溪先生这本八十年代受钱锺书先生举荐而作的小册子，依然是其中的佳作。其特点是，短小精悍，述评允当，切中要害，文字深入浅出；既注重所述理论的内在肌理和来龙去脉，又联系具体文学实践尤其是中国固有之理论资源，中西比照，堪称入门宝典。

2. 克林斯·布鲁克斯：《精致的瓮——诗歌结构研究》，上海人民出版社2008年版。这是布鲁克斯最为知名的文论著作，也是美国“新批评”的经典之作。全书共11章，除具有导论性的第1章“悖论的语言”，以下十章分别从悖论、反讽、含混、意象等视角，对10首西方经典诗歌作了精彩的细读式分析，进而得出影响深广的结论，即分析一首诗应该以“结构”为本体，而不是以“内容”或“题材”为本体，由此强调了新批评的文本本体论文学观。我们完全可以把全书11章，作为新批评文本细读的11个个案研究来研读。

3. 赵毅衡：《重访新批评》，百花文艺出版社2009年版。作者赵毅衡是译介“新批评”最力的中国学者。全书主体三部分，第一部分“新批评派关于文学基本性质的理论”，第二部分“新批评派的批评方法论”，第三部分“新批评派的诗歌语言研究”；此外，附录了三篇“近年应用新批评的佳例”。此著有反思的意味，对英美新批评有很好的理论概述，尤其是作者对“先细读作品再进入理论”这一原则的坚持，对当下的文学研究者有警示作用。

4. 王毅：《一个既简单又复杂的文本——细读伊沙〈张常氏，你的保姆〉》，《名作欣赏》2002年第5期。这是一篇用新批评方法解读当代诗歌的优秀之作。作者以“反讽”视角切入，把社会意义变换成形式分析，行文跌宕起伏，“大有布鲁克斯《精致的瓮》的韵味”。

5. 浦江清：《词的讲解·李白〈菩萨蛮〉》，《浦江清讲古代文学》，凤凰出版社2010年版。浦江清先生对李白词的解读，可以说是中国式文本细读的杰作。一字一句的深入剖析与宏观的诗境玩味，相得益彰；诗意解读间常就相关问题宕开一笔，简直就是此一学术话题的简史和概论，比如对诗词中的“词藻”与中国语文的关系问题，诸多话题均可成为重要的学术课题。浦江清与朱自清并称“清华双清”，文史兼通，在清华国学研究院期间受王国维、陈寅恪影响，致力于文史考证，主张在一般学者忽略之处深入钻研，发前人所未发；后受闻一多、朱自清影响，主张精读原著，融会贯通。

文本、批评与民族国家文学①

——重返《生死场》

刘 禾

本文的写作目的并不是要评论詹明信，而是为了讨论中国现代文学批评实践与民族国家文学的关系问题。这是一个相当大的题目，很难在有限的篇幅里进行充分的阐述。再说，我不喜欢用伪哲学的抽象语言（这是现代批评的症结之一）去议论文学，所以决定大题小做，举例说明。萧红的小说《生死场》（1935）恰好为此提供了一个生动的文本。因为，这部小说自从问世以来，即与现代文学的批评体制和权威的文学史写作有过种种遭遇。而每一回遭遇，或褒或贬，大都围绕着作者的"民族主义"立场展开。因此，萧红小说的接受史可以看作是民族国家文学生产过程的某种缩影。②

小说《生死场》是萧红的成名作。它描写的是"九·一八"事变前后东北乡村的生活，其中女性的命运构成了这些富有乡土色彩的生活图画中的一个主色调。小说发表后，关于这部作品的解释和评价一直受着民族国家话语的宰制。同叶紫的《丰收》、萧军的《八月的乡村》（"奴隶社"的另两篇作品，由当时最有影响力的作家鲁迅主持出版）一样，萧红的小说最初就是在国家民族主义的标准下得到认可的。③大多数评论者将它视为一部"民族寓言"，一部充满爱国主义精神的反帝国主义作品。这种批评传统限制并决定着对小说意义的理解，以至今天人们仍很难绕开它去评价萧红的创作。然而，文学批评中的这种民族国家话语迄今尚未引起那些依然身陷其中的文学史家的注意。我在此对萧红作品的解读不仅试图为研究这位作家提出的新的角

---

① 刘禾《文本、批评与民族国家文学》全文共三部分：一、民族国家文学；二、重返《生死场》；三、汉语文学的再生。这里节选的是第二部分全文，副标题为选者所加。——选者注

② 本段是《文本、批评与民族国家文学》第一部分"民族国家文学"的结尾，录在这里，以明本文之来龙去脉。——选者注

③ 见《萧红研究》（论文集），哈尔滨北方论丛编辑部1983年版。

度，同时更是为讨论和质疑民族国家话语和文学批评实践的复杂关联这一问题。因此，我关注的是有关萧红文本的两个层次的话语：生产层面与接受层面。前者涉及萧红在小说的空间里与民族国家话语的交锋，后者则指向力图将她的写作纳入民族国家文学名下的文学批评。

男批评家的盲区

用“民族寓言”去解释萧红作品的基调最初始于鲁迅和胡风。众所周知，鲁迅和胡风分别为《生死场》的第一版写了序言和后记。作为“奴隶丛书”的编者，胡风作后记赞扬书中体现的抗日精神和中国农民爱国意识的觉醒：“这些蚁子一样的愚夫愚妇们就悲壮地站上了神圣的民族战争的前线。蚁子一样地为死而生的他们现在是巨人似地为生而死了。”[①]相比之下，鲁迅虽然没有在他后来被广为引用的序言中把民族之类的字样强加于作品，但他仍然模糊了一个事实，即萧红作品所关注的与其说是“北方人民对于生的坚强，对于死的挣扎”，[②]不如说是乡村妇女的生活经验。鲁迅根本未曾考虑这样一种可能性，即《生死场》表现的也许还有女性的身体体验，特别是与农村妇女生活密切相关的两种体验——生育以及由疾病、虐待和自残导致的死亡。民族兴亡的眼镜造成了鲁迅对萧红作品的阅读盲点。

男性批评家对大义的关心使得国家民族主义的解读在萧红研究中非但不是例外，而且是唯一的解读规则。[③]在四十年代，茅盾评论萧红的另一作品《呼兰河传》时虽然与胡风观点不同，却同样是依据投身民族主义阵营的程度来判断作者的成就。例如茅盾在缅怀萧红生命最后瞬间时写道：

> 在一九四〇年前后这样的大时代中，像萧红这样对于人生有理想，对于黑暗势力作过斗争的人，而会悄然“蛰居”多少有点不可解。她的一位女友曾经分析她的“消极”和苦闷的根由，以为“感情”上的一再受伤，使得这位感情富于理智的女诗人，被自己的狭小的私生活的圈子所束缚（而这圈子尽管是她咒诅的，却又拘于惰性，不能毅然决然自

---

① 胡风：《〈生死场〉跋》，上海，1935年版。

② 鲁迅：《〈生死场〉序》，上海，1935年版。

③ 葛浩文的萧红研究表现出某一种从传统批评分离的倾向。在英文版《萧红》（波士顿特维尼出版社1976年版）里，他不十分赞成把《生死场》归入抗日作品一类。

拔)，和广阔的进行着生死搏斗的大天地完全隔绝了，这结果是，一方面陈义太高，不满于她这阶层的知识分子们的各种活动，觉得那全是扯淡，是无聊，另一方面却又不能投身到农工劳苦大众的群中，把生活彻底改变一下。这又如何能不感到苦闷而寂寞?[①]

的确，萧红没有表现出胡风曾在她作品里发现的那种国家民族主义热情(事实上在抗战后期，她甚至不再卷入全国作家抗战协会的反战宣传活动)。但作为被茅盾贬为“情感富于理智”的女性，萧红所投身的是另一场斗争。那场斗争没有赋予她任何义务去接受茅盾关于个人和集体的观念以及他关于社会、民族、战争的男性中心意识形态。对《生死场》和《呼兰河传》的作者而言，“生”与“死”的意义主要体现在个人的身体，特别是女性的身体上，而不仅仅在民族兴亡。因此毫无理由把她“缺乏”“民族主义”热情看作是一种败笔或缺陷。茅盾所不能理解的是：萧红并非不想抗日或对民族命运不关心——她的困境在于她所面对的不是一个而是两个敌人：帝国主义和男性父权专制。这一困境十分生动地呈现在她写于1936年的一篇短文《失眠之夜》里。在这篇文章中，萧红对沦陷中的东北故乡的暧昧态度，使她与萧军的怀乡之情形成了鲜明对比。萧红似乎很难与萧军那种热切悲壮的思乡之心发生共鸣，她从一个女性的角度向“家”这个概念提出了质疑：“而我呢?”她问道。“你们家对于外来的所谓‘媳妇’也一样么?”[②]一个女性注定由于她的性别戳记而永遭放逐，她无法将“家”等同某个特定的地方：

而我呢？坐在驴子上，所去的仍是生疏的地方；我停留着的仍然是别人的家乡……家乡这个观念，在我本不甚切，但当别人说起来的时候，我也就心慌了！虽然在那块土地在没有成为日本的之前，“家”在我就等于没有了。[③]

无独有偶，萧红与国家民族主义及父权传统之间的矛盾在三十年代并不是孤立的或区域性现象。例如英国女作家弗吉尼亚·伍尔芙（Virginia Woolf)，也经历了相似的矛盾情感。伍尔芙的丈夫是犹太人，他的名字被纳

---

① 茅盾：《〈呼兰河传〉前言》，上海，1947年版。
② 萧红：《失眠之夜》，《萧红代表作》，刑富君编，河南人民出版社1987年版，第59页。
③ 萧红：《失眠之夜》，《萧红代表作》，刑富君编，河南人民出版社1987年版，第59页。

粹德国列入通缉名单，属于一旦英国沦陷即会被缉拿归案之列。伍尔芙似乎因此会自动成为英国民族主义的鼓吹者。但实际情况并非如此。这位女作家在其1938年首次印行的著作《三枚金币》里有一个明确的表态。该书的主要内容是这样的：作者收到三个希望她捐金币给各个团体的请求，其中有一座女子学院的建设基金会，一个帮助专业妇女就业的团体，还有一个反对和防止战争的社团。她以书信的形式答复了这些请求并表明了女权主义立场。在答复第三个请求时，伍尔芙表示，作为女性，不可能分享这一民族的斗争所提供给男性的光荣、利益和"男性的"成就感，况且妇女在英国几乎谈不上拥有土地、财富和产业所有权。如果男人说他是为了保卫女人而战，伍尔芙认为女人首先想到的是自己在国内受到的保护程度，其实这种保护是否存在大可怀疑。当被要求成为"我们国家"的一员时，她就回答，"我们的国家"在绝大部分历史时期都视女人为奴隶，剥夺她的教育权和财产分配权。因此，无论是过去还是现在，女人没有什么理由需要感谢英格兰。但是，伍尔芙的立场并不意味着她看不到反对希特勒独裁野心的必要性，最终她还是将自己的金币捐给了反战团体。只是她以女人的名义声明："她将约束自己不参与任何爱国主义示威；不附和任何一种国家民族的自我吹嘘；不参与任何鼓励战争的团体和群众；不出席任何军事的展览、竞技、表演、颁奖以及一切类似活动。决不置身于这类场合，去鼓励将'我们的'文化或'我们的'统治强加于其他人群的欲望。"[①]弗吉尼亚·伍尔芙和萧红生活写作在全然不同的环境中，但在需要与自己的祖国认同时却不约而同地作出了反抗，这决不是偶然的。除了种族和文化差异，她们作为父权社会里的女性这一共同身份确实造成了她们在国家观念上不寻常的相似。

民族兴亡与女性的身体

对于《生死场》这部小说，除去鲁迅和胡风奠立的生硬的国家民族主义的解读外，是否可能有不同的阅读？围绕萧红本人为这部小说1935年版所设计的封面图案展开的一场争论似乎暗示了这种可能性。批评家对这幅画的确切含意一直观点不一。有人说画中黑色的块面喻示着一座旧碉堡，而背景上的深红色代表在抗日战争中死难的东北人民的鲜血。另一些观点认为那片黑

① Virginia Woolf, *Three Guineas*. New York: Harcourt, Brace, and World, Inc. 1938, p109. 引文为笔者所译。

色块面实际上代表的是日本统治下的满洲国地图。只有一位刘福臣在一篇讨论萧红的绘画及其他艺术创作的文章中指出，那片黑色的图案是一幅妇女头像的剪影，而切过封面的斜线则象征着中国被切割的国土。他认为，向上仰起的农村妇女的脸庞和划过她嘴角及脖颈的笔直线条表现了与日本侵略者浴血奋战的东北人民的愤怒和力量。[①]虽然刘福臣没有解释萧红何以用女性的而非男性的头像来代表东北人民，他的文章还是暗示了一种从性别角度解释萧红封面创作的可能性。不过这一可能性由于民族国家话语的遏制而未能展开。或许更有说服力的解读是，如若那片黑色勾勒的是女性头像，又与满洲国的地图相契合，那么完全有理由认为，图中斜穿而过的线条不仅象喻中国领土的分裂，而且也象喻着民族主体的分裂。同理，若是封面的深红色块可以联想为东北人民的鲜血，则也可将这同一片深红理解为女性的血，因为小说对女性之躯的表现总是与流血、伤残、变形与死亡密切关联的——不论是由于生育、被殴，还是自尽。当然，人们不一定接受以上读法，但围绕《生死场》封面设计引发的争论至少开辟了多种阅读的可能性。

孟悦和戴锦华在她们出色的著作《浮出历史地表》中，曾对《生死场》从女性主义角度出发作过评价。[②]虽然她们没有直接与民族国家话语交锋，但已开始试图从女性的身体体验去看待生与死的意义。在此我想将她们对《生死场》的分析再向前推进一步，从以下三个层面探讨小说中的“场”的意义。一是《生死场》中前十章所描写的女性身体的种种经验，由于这些经验集中体现了“生”与“死”的特殊内蕴，因此，女性的身体就不能不成为小说意义生产的重要场所。其次，在小说的后七章中（全书共十七章），萧红笔锋一转，从女性世界伸向男性世界，大量描述国家民族主义进入村民意识的过程；这些描述不仅把“男人”和“国家”紧密联系在一起，而且深刻地揭示了民族主体根本上是一个男性的空间。最后，我以为《生死场》的写作有一点需要特别强调，即作者从女性身体出发，建立了一个特定的观察民族兴亡的角度，这一角度使得女性的“身体”作为一个意义生产的场所和民族国家的空间之间有了激烈的交叉和冲突。萧红以这样的做法在她的文本中创造了一个复杂的“意义场”——其中意义的复杂性，恐怕是当时许多男性写作难以企及的。

批评家经常诧异萧红的抗日题材小说何以要包罗如此繁多的乡村妇女生

① 刘福臣：《萧红绘画琐谈》，《萧红研究》第209–210页。

② 参见孟悦、戴锦华合著《浮出历史地表》，河南人民出版社1989年版，第174–199页。

活细节，何以直到后几章才涉及日本侵略的事件。譬如在“刑罚的日子”一节中，叙事者描述了一个独特的妇女生育世界。她的语言交替浸满着同情与嘲讽——同情产妇所承受的肉体痛苦，嘲讽在本能驱使下的传宗接代无异于自我毁灭式的灾难。她的同情闪现在类似下述场面的描写里：

> 受罪的女人，身边若有洞，她将跳进去！身边若有毒药，她将吞下去，她仇视着一切，窗台要被她踢翻。她愿意把自己的腿弄断，宛如进了蒸笼，全身将被热力所撕碎一般。①

然而，正值婴儿出世的一刻，“窗外墙角下谁家的猪也在生小猪”。叙事者频繁地将人的性和生育与动物的交配繁衍并列在一起，时时几近讥刺：

> 牛或是马在不知不觉中忙着栽培自己的痛苦。夜间乘凉的时候，可以听见马或是牛棚做出异样的声音来。牛也许是为了自己的妻子而角斗，从牛棚里撞出来了。……在乡村，人和动物一起忙着生，忙着死……②

生活与生育是女性面对的可怖现实，死亡亦如是。小说短短的篇幅内充斥了无数的死亡……有杀婴，有绝症，有战争以及瘟疫。叙事者对王婆自杀事件的描述将笔触径直落实在自杀行为的生理外观及其带来的身体残损上。她所呈现的是王婆嘴角堆起的泡沫，肿胀的胃和两腮，她可怕的嚎哭，眼中鬼一般的凝视等等身体细节。王婆的自杀既未表现成英雄行为，又不是反抗社会，在这里，唯一触目惊心的是可怖的身体的毁形。

小说中受病痛折磨所致的身体变形与死亡的毁形比比皆是。美丽的月英瘫痪之后，受到她丈夫的折磨。当村里的女伴前来探望她时，她们发现她因为长久得不到照看，身体的下半部已浸泡在粪便里。“从前打渔村最美丽的女人”就这样被折磨成形状可怕的怪物，“她的眼睛，白眼珠完全变绿，整齐的一排前齿也完全变绿，她的头发烧焦了似的，紧贴住头皮。她像一头患病的猫儿，孤独而无望”③。月英的下体腐烂成蛆虫的巢穴。王婆试着帮月英擦洗时，小小的白色蛆虫甚至掉在她胳臂上。月英终于死了，不过那是在她亲

---

① 萧红：《生死场》，上海新文艺出版社1953年版，第71页。
② 萧红：《生死场》，上海新文艺出版社1953年版，第74页。
③ 萧红：《生死场》，上海新文艺出版社1953年版，第51页。

眼从镜子中目睹了自己身体的毁形之后。

女性之躯任人摆布的无望还体现在乡村妇女的性经历中，而这份经历总是与怀孕相关。与男性身体相比，女性身体表现的是女性对自己命运的无法自主。这种无法自主倒不是因为性愿望是一种动物本能，而是由于愿望连同贞节的意义都由父权制决定着，都只服务于男性的利益。金枝发现自己未婚先孕时陷入了莫大的恐惧和绝望，这处境使她转而开始害怕和憎恨自己的身体。

> 金枝过于痛苦了，觉得肚子变成个可怕的怪物，觉得里面有一块硬的地方，手按得紧些，硬的地方更明显。等她确信肚子有了孩子的时候，她的心立刻发呕一般颤嗦起来，她被恐怖把握着了。奇怪的，两个蝴蝶叠落着在她膝头。金枝看着这邪恶的一对虫子而不拂去它。金枝仿佛是玉米田上的稻草人。①

女性在自己的身体防线被诸如暴力、疾病、伤残等打破时，常常会感受到自我遭到侵害，然而怀孕的意味却十分暧昧。怀孕的意义必定是由某一通过将女性身体规范化来控制妇女行为的社会符码所决定的。在这里，金枝将她的婚前孕理解为一种身体的畸变（邪异），将她腹中的非法胎儿视为外来的侵犯物。那一对自由交配的蝴蝶反衬的是她作为一个女人在人类社会中面对的走投无路的绝境；男权中心的社会体制要控制她的身体，苛求她的贞节，惩罚她的越轨行为。她的身体如同稻草人一样，被抽空了内容，简约成一个被父权制预定了功能的能指。

女性的身体在萧红这篇小说中是有血有肉的存在。由于它的存在，“生”和“死”的意义因此被牢牢地落实在生命的物质属性之上，而得不到丝毫的升华。“生”，在女人的世界里指生育，它所引发的形象是肢体迸裂，血肉模糊的母体；“死”也指向一个与之相关的血淋淋的现实，让人看到肉体的触目惊心的变质和毁形，而绝无所谓灵魂的超拔。萧红在这里苦心经营了一个女人的叙事，它向读者展示女人是怎么活的；她与周围的世界怎样发生联系；为什么身体的经验对于女人又是那么实实在在的。反过来，萧红也向男权-父权社会提出了尖锐的批评，这一批评不仅针对男权-父权的等级制度对女人的压迫，而且还暴露了萧红的写作同男性写作的根本冲突。对于萧红来说，生

① 萧红：《生死场》，上海新文艺出版社1953年版，第30页。

命并非要进入国家、民族和人类的大意义圈才获得价值。在女人的世界里，身体也许就是生命之意义的起点和归宿。

由于大多数批评家看不到或不愿看到这一点，他们对《生死场》的结构往往产生困惑。他们奇怪小说中大量的对于乡村妇女悲惨命运的描写，与后七章中关于民族主义的叙述究竟有何关联。批评家历来对这个问题的回答都牵强附会。例如，邢富君给《萧红代表作》一书所写的前言有如下评论：

> 虽然《生死场》描写东北人民抗日行动的内容比较薄弱，还不如对农民日常生活悲剧的描写那样真实生动，但就唤起当时读者的抗日的民族感情来说，已经是足够了。
>
> 就表现东北人民的觉醒和反抗来说，《生死场》同表现共产党领导下的抗日游击战争的《八月的乡村》有异曲同工之妙。[①]

其实，《生死场》的“薄弱”处正是其精义所在，不必加“厚”，亦无需加“强”。因此，两萧的小说并无同工之妙，却有异曲之实。我们只要把萧红对日军占领前的农村生活图景的描写和萧军的《八月的乡村》稍作比较，就不难看出，萧军小说中的乡村世界与萧红笔下的悲惨生活毫无共同之处。例如《八月的乡村》里有一段游击队员小红脸思念家乡的描述：

> 他默默地想着太平的日子。什么时候他再可以自由自在地咬着小烟袋去耕地？是不是马上就可以来的?那个神秘的日子来到的时候，是不是可以将欺负过他底人们，和硬占了他底田地的日本人，杀得一个不剩？[②]

这种太平的景象是萧红小说中所没有的。两萧眼中的社会图景如此不同，可能的解释是他们的作品里孕含着不同的性别因素。萧军重在描绘男人的自足和戎马情状，而萧红却侧重于乡村女性的状况和命运。在《生死场》中，不论是占领前还是日据时期，女人的故事使作者无法将现存的父权–男权社会理想化。国家的劫难既不能解释，也不能抹去女人身体所承受的种种苦难。萧红在后七章中清楚表明，国家与民族的归属感很大程度上是男性的，这种归属与认同赋予乡村男性农人以民族主体意识，使他们得以克服自己低

① 邢富君编《萧红代表作》第17页。

② 萧军：《八月的乡村》，人民文学出版社1954年版，第4页。

下的社会地位去向他们的女人传播新的福音。比如，王婆的丈夫老赵三，就对国家民族主义的说教有着极高的热情，并热衷于向寡妇宣传：

> 那夜老赵三回来得很晚，那是因为他逢人便讲亡国、救国、义勇军、革命军，……这一些出奇的字眼，……他把儿子从梦中唤醒，他告诉他得意的宣传工作：东村那个寡妇怎样把孩子送回娘家预备去投义勇军。小伙子们怎样准备集合。老头子好像已在衙门里作了官员一样，摇摇摆摆着他讲话时的姿式，摇摇摆摆着他自己的心情，他整个的灵魂在阔步。[①]

在老赵三心目中，他的宣传工作提高了他自身的价值。由于获得了新的自我定义，穷苦的男性农人得以借助国家民族主义超越自己低下的社会地位。这个得到认可的新定义在一个新的权力话语中仍将男性置于主体位置，因此，它与一个“衙门里的官员”并无根本区别，不过是旧有父权体系的翻版。耐人寻味的是，小说中参军的农妇无一例外都是寡妇，她们必须在以某种自戕方式拒绝其女性身份之后，才能成为中国人并为国家而战。男性的情形则全然不同。国家民族主义不仅给予男性以新的自我定义，同时还重振了他们的“男子汉”之气。在村人出发远征前立誓忠于祖国的庄严场合中，李青山的演讲明确无疑地传达出民族国家话语的性别涵义：

> 弟兄们！今天是什么日子！知道吗？今天……我们去敢死……决定了……就是把我们的脑袋挂满了整个村子所有的树梢也情愿，是不是啊？……是不是…？弟兄们……？[②]

具有反讽意味的是，喊声先从寡妇群里传出：“是呀！千刀万剐也愿意！”寡妇在响应这一号召的同时丧失了自己的性别，加入了弟兄们的行列。

小说中抗日情绪的高潮集中在第十三章。然而，这一章并没有去肯定国家民族主义，而叙述了民族主体的诞生过程。比如，老赵三在其过去的生命岁月里和其他人一样，不过是一个乡村家庭的家长，不敢反抗东家的懦弱的农人。

---

① 萧红：《生死场》，上海新文艺出版社1953年版，第114-115页。
② 萧红：《生死场》，上海新文艺出版社1953年版，第120页。

他“从前不晓得甚么叫国家，从前也许忘掉了自己是哪国的国民”。[①]只有通过一种话语——民族国家话语，赵三才发现了自己作为“中国人”的存在：

> 国……国亡了！我……我也……老了！你们还年青，你们去救国吧！我的老骨头再……再也不中用了！我是个老亡国奴，我不会眼见你们把日本旗撕碎，等着我埋在坟里……也要把中国旗子插在坟头，我是中国人……我要中国旗子，我不当亡国奴，生是中国人，死是中国鬼……不……不是亡……亡国奴……[②]

这段话有着一切民族国家话语的共同特征，如个体在一个共有空间（“中国”“国家”）里采用主体立场发言（“我”“我是”等等），并由此获取新的自我定义和发现新的生命意义（“拯救国家”）。就连那个离开自己的山羊就无法生活的二里半最后也成为这样的主体。与其他角色不同的是，二里半是个跛脚，因此可以说他的男性特征被象征性地阉割了；不仅如此，他同动物之间那种不寻常的依附关系也使他的身份更接近女性。正是这种“女性”特征妨碍二里半像别的男人一样爽快地投入抗日救国的行列。当村民说服他交出山羊作为献祭仪式上的牺牲时，他却设法找到了一只公鸡去代替，从刀下救出了老山羊：

> 只有他没曾宣誓，对于国亡，他似乎没甚伤心，他领着山羊，就回家去。别人的眼睛，尤其是老赵三的眼睛在骂他：“你个老跛脚的东西，你，你不想活吗？”[③]

二里半最后还是表明了自己是一个“男性”——小说结束在二里半出发寻找革命军的情节上——但那是在他的妻子和孩子去世之后。父权–男权体系是以财产来衡量确立男人在社会中的地位和价值的，而妻子儿女正是男人的财产的重要组成部分。因此，当日本侵略者夺走他们时，二里半才起来抗日，从一个“自私”的农民转变为一个爱国者。这一转变同失去丈夫的女人金枝的下场相比，表明在男性和女性之间，成为“中国人”的过程是十分不同

① 萧红：《生死场》，上海新文艺出版社1953年版，第119–120页。
② 萧红：《生死场》，上海新文艺出版社1953年版，第121页。
③ 萧红：《生死场》，上海新文艺出版社1953年版，第121–122页。

的。[①] 在小说中，作为寡妇的女人只可能有两个下场：或是否定自己的女性身份，加入到“弟兄们”的行列，却无法分享那些男人所占有的自尊和地位；或是像金枝那样，为了生存而在男性的欺凌中挣扎。

金枝长期忍受丈夫的折磨，丈夫死后去城里作缝穷妇又被强奸，这一经验使她对女性的命运有了深切的认识。因此，当王婆斥责日本兵切开中国孕妇的肚子，残杀女人和婴儿的暴行时，金枝的反应是：

> “从前恨男人，现在恨小日本子。”最后她转到伤心的路上去。“我恨中国人呢？除外我什么也不恨。”[②]

小说的结局在金枝与二里半之间呈现了尖锐的对比。虽然也恨日本侵略军，但金枝却没有像二里半那样成为民族国家主体的承载者——在金枝那里，丈夫和强奸者给她带来的身体经验与由于日本军的侵略而造成的民族身份之间存在着尖锐的矛盾。萧军的《八月的乡村》也有女人被强奸的情节。但是在《八月的乡村》中，此类情节不过是抗日宣传的一种转喻。李七嫂的遭受凌辱被用来展示中国的困境。国家民族主义在此取代了女性身体的意义。这种话语否认女性自身经验的特定含义，将具体的强奸行为符号化，赋予扩大的象征性内涵：即中国受到日本入侵者的强暴。李七嫂的悲剧旨在激发中国人抗战的热情，而代价是让女性的身体去充当国家民族主义斗争的场所。相比之下，《生死场》中金枝被中国男人强奸的细节则巧妙地颠覆了萧军在小说中对女性身体的盗用。

女性的身体不仅在萧红作品中是生和死的场所，而且还是小说获得其内涵和意义的根本来源。作者拒绝对于女性身体的升华和取代，这一拒绝使得小说在“民族主义”的表象下取得一种具有性别意义的立场。然而，历来关于这部小说的男性文学批评都企图讲出一个截然不同的故事。它们或是无视、或是谴责萧红对“民族主义”的复杂情感，藉此抹煞她对主流话语的颠覆。在这个批评实践的大背景中，重读萧红和她的作品的接受史必然导致对民族国家文学实践的质疑、反省和再思考。我对《生死场》的阅读采用了某种女性主义的立场，这是自不待言的。但我这样做时强调的不是对所谓女性自我或女性写作的发现和肯定，也不是对男人压迫女人的声讨（这常常是很多女性主义批评家反复纠缠的话题，它严重妨碍了女性主义文学批评的深入，

① 关于女性与民族主体的矛盾关系，见孟悦和戴锦华的《浮出历史地表》一书，第27–32页。

② 萧红：《生死场》，上海新文艺出版社1953年版，第140页。

我以为对此应当进行反省），而是为了揭示和暴露现代文学批评参与民族国家文学生产的历史过程。

（选自《二十世纪中国文学史论》（上）修订版，王晓明主编，东方出版中心2003年版）

【说明】

本文是女性批评的一个虽非经典但却意味深长的个案。作为《文本、批评与民族国家文学》这篇长文的具体例证，作者主要用它来证明现代中国文学其实是一种民族国家文学。鉴于这样的考虑，她重返《生死场》，从两个层次展开了论述：其一，《生死场》的接受层次，也即选文的第一部分“男性批评家的误区”。在这里她主要分析了肇始于鲁迅、胡风的中国现代文学批评有关《生死场》的国家民族主义的大意义的解读，并借助于伍尔芙的女性立场以形成比较，说明他们的批评与萧红女性立场的背离。其二，《生死场》的生产层次，也即选文的第二部分“民族兴亡与女性的身体”。立足文本，文章着重分析了在小说的空间中，女性身体作为一个意义生产的场所如何同民族国家空间（刘文认为它的主体根本上是男性）之间有了激烈的交叉和冲突，并最终形成了一个令男性写作难以企及的复杂的“意义场”。

本文将女性身体经验与民族国家主义截然对立的观点有待商榷，文本的女性解读也因服从全文需要有些粗线条。但细读全文，确有其意味深长之处：其一，作者直接从女性与民族国家关系角度阐释《生死场》的主题和结构，不仅令人耳目一新，而且颇具启发性；其二，它发展了孟悦、戴锦华《浮出历史地表》关于萧红的女性批评，在质疑民族国家话语和中国现代文学批评之间的复杂关联的同时，也将女性批评的眼光由对性别差异的胶着提升到对整个民族国家话语的审视，尽管作者此文的立意并不在此。

作者刘禾，1957年生，哈佛大学比较文学博士，美国哥伦比亚大学终身人文讲席教授，执教于东亚系和比较文学与社会研究所。2009年起任清华大学人文社会科学学院教授。在国内出版的著作主要有《跨语际实践》《语际书写》等。（章池）

【文献链接】

1. 陈树萍：《再返〈生死场〉——评刘禾〈文本、批评与民族国家文学〉》，《河北大学学报》2004年第2期。此文从创新与偏颇两方面评述了刘禾之文。文章首先肯定了刘文的创见，但着重指出，刘文表现出比较典型的西方语境，所设想的民族国家话语与女性话语的对立，有简单化之嫌。在《生死场》中，萧红的确给予了女性生活体验以最重要的地位，但并没有因之对民族国家采取消极态度。事实上，萧红在《生死场》中表现出了一种矛盾、犹豫摇摆的心态，而这正是《生死场》的深刻之处。王桂青的《书写在"女性身体"上的民族主义——论〈生死场〉兼与刘禾、摩罗商榷》（《名作欣赏》2011年第24期），对陈文作了进一步发挥，值得一读。

2.伊莱恩·肖瓦尔特：《她们自己的文学——英国女小说家：从勃朗特到莱辛》，浙江大学出版社2011年版。《她们自己的文学》（1977）和《荒野中的女权主义批评》（1981），一史一论，是美国著名女性主义批评家肖瓦尔特的两部代表作；后者建构了一套女性主义批评的方法论，前者则是第一部女性主义视野中英国女性文学史。在《她们自己的文学》中，作者把从勃朗特到莱辛的一百年英国女性小说史分为女性的、女权的、女人的三个阶段，进而对各阶段女作家的作品作了独到的分析。《她们自己的文学》已成为女性主义批评的经典之作，为女性文学史的撰写提供了全新的学术范例。

3.孟悦、戴锦华著：《浮出历史地表——现代妇女文学研究》，中国人民大学出版社2004年版。这是我国第一部运用女性主义方法研究中国现代女性文学的专著，被誉为中国女性批评和理论话语"浮出历史地表"的标志性著作。全书以中国现代文学"三十年"为经，分为三大部分，各部分以作家论为纬，分别评述了庐隐、沅君、冰心、凌叔华、丁玲、白薇、萧红、苏青、张爱玲等九位女作家，并试图在现代中国历史文化的整体语境中，勾勒出女性写作传统的形成和嬗变。

4.张京媛编：《当代女性主义文学批评》，北京大学出版社1992年版。这是国内出版的第一部关于西方女性主义文学批评的译文选。全书分两大部分，第一部分为"阅读与写作"，共收10篇选文；第二部分为"女性主义批评理论"，共收9篇选文。全书结构如张京媛在"前言"中所说："所收的论文虽然阐释的观点和方法各有不同，但是作为女性主义批评，它们之间具有'互文性'。等到阅读完所有论文之后，读者会对当代女性主义批评有一些基本的了解。"是否达到这一目的，读后你会有自己的结论。

5.苏珊·S·兰瑟：《简·爱的遗产：单一性的权力和危险》，《虚构的权威》，北京大学出版社2005年版。这是《虚构的权威——女性作家与叙述声音》中的一章。作者从叙事学角度探讨《简·爱》对统治着英国“家庭女教师故事”中的女性个人叙述的排斥，指出它成功击破了以往家庭女教师小说中，那种上帝权威和男人权威同一的男性权威，建构起了女性个人化叙述声音；与此同时又形成了单一的叙述权威，即属于英国中产阶级白人妇女的叙述权威。《简·爱》在中国广为人知，本文将女性批评与叙事学相结合，更是一种有趣的尝试。

神女归来：一个原型和《洛神赋》

吴光兴

一、两个事实

第一个事实：两排队伍。解释和理解《洛神赋》，如今依然是两种俨然对峙的观点：一派认为洛神当有甄后的影子，《洛神赋》当是爱情的悲歌，此即“感甄说”；另一派认为表面的爱情都是比兴，《洛神赋》主要是要求传达为臣的曹植对皇帝曹丕的忠心，此即“寓言说”（“寄心君王”）。主张感甄说的有：李善、李商隐、裴铏、蒲松龄、曹雪芹等。主张寓言说的有：刘克庄、张溥、何焯、丁晏、潘德舆等。前一对除李善是公认的正经的学者之外，其余都是所谓文学家，而后一组几乎都是宋、明、清的儒者，即道学先生。

第二个事实：一群女神。在现存数量有限的当时赋作中，有四篇同题的《神女赋》（作者为：应瑒、杨修、王粲、陈琳），写人神恋爱的题材。除《洛神赋》外，至少还有三篇赋（应瑒《正情赋》、王粲《闲邪赋》、阮瑀《止欲赋》）在写恋爱时同样运用了“感梦通灵”的处理方法。假如再加上《洛神赋》，就一下子出了八个“神女”了。这个现象是奇特的。王瑶先生努力做了合理解释。邺下时期，除一般创作之外，作家们常以一些形式从事技巧的切磋提高：如拟作别人的作品，或者规定同一题目作文比赛。根据内容和题目看，除《洛神赋》，其余七篇都可能是练笔比赛的产物。[①]但是，选择这一题材而不是另一题材，选择这一作品而不是另一作品来习作一事，本身不就透露出一种特定的社会文化心理吗？我们不能无视这一群走向我们“人”、甚至向我们要求温情的“神女”。

① 王瑶：《拟古和作伪》，《中古文学史论集》，上海古籍出版社1982年版。

二、一个原型

原始人对我们来说，并不是一个太遥远的过去，原始式或神话式思维也并非多么不可思议。他们的宇宙同样是一个秩序分明的世界，这世界的一切都是有生命的。风、雨、树、草等都是生命现象，有一个神灵在背后操纵。当时人们发生思想时，他们也以为在自己体内还有一个神灵式的活东西。“万物有灵”是对原始思维的较好概括。因为自然和人一样具有“灵”的同一性，所以两者的关系不难发展。打交道的方式主要通过对神灵的祭祀来获取他大发善心。初民大都以为在祭典进行时他们看见神来接受牺牲。他们的生活，人神杂处，神话决不是一种异己的存在。

最初的母系氏族社会中，女性始祖最具权威，所以她可以自由与神交往。这是一件辉煌的事情，后世关于许多男性英雄的出身的解释大多与此联系。先妣成了神的配偶，先妣感于神或与神交合而生英雄的传说蔚成风气，甚至认为汉朝皇帝刘邦也是这样产生的。

在远古的农业时代，我们华夏民族有求于神的莫过于长养百谷的雨。因此先妣是神的配偶，所以要想神降雨，就要走先妣的门路，因而在习俗中就有了先妣的祭日。先妣自身也神化了，成为女神。据闻一多先生考证，古代堪称盛典的高禖之祭，就是这样起源的①。原始社会并不美好，原始人的思维方式也有一些现在看来很荒谬的原则。为了逃避灾难，原始人生活中有许多苛杂的禁忌。人类学的调查和研究表明，原始人的习俗里普遍存在着对性交的恐惧，甚至，常常女人本身就是禁忌。

但是，每年的一定时候过恣情放纵的生活的成规，在世界范围的初民生活中同样具有普遍的实存性。这个非常时机又普遍地被安排在春天祭祀盛典完成之后。“献祭庆典常常是人们狂欢情绪的最高潮，也是人与人之间，人与神之间最自然的沟通途径”，“任何一种本能和满足都被准许”②，一夫一妻的限制也荡然无存。“如果把这些狂欢节日活动看做纯粹是纵情寻欢作乐，那是不公正的。他们确实认真、庄严地组织这些活动，认为是大地富饶和人类福

---

① 闻一多：《高唐神女传说之分析》，《闻一多全集》第1卷，生活·读书·新知三联书店1982年版。

② 弗洛伊德：《图腾与禁忌》，中国民间文艺出版社1985年版，第168、174页。

利所必需的。”[①]春会的狂欢节乃是意义深重的神话仪式，表现了初民通过两性关系对植物感应影响促使土地丰产的希冀。

在我国，《礼记·月令》记载，“仲春之月……玄鸟至，至之日，以太牢祠与高禖（引者注：此即神化了的女性始祖）。天子亲往。后妃帅九嫔御。乃礼天子所御。带以弓韣，授以弓矢，于高禖之前。”[②]《周礼·媒氏》“中春之月，令会男女”[③]正是昭示着这种风俗。

春会狂欢从这一方面看是神话仪式，从另一方面看，又是原欲的自由放纵。这种满足是难得的，给初民们的印象也一定非常深刻。当他们把这些感性经验内化为心理记忆时，出于对女人的禁忌，他们用被祭的神化了的女性始祖替换祭日怀春而奔的女子。于是，男女大会交配的生活事件成了人神交配的神话，神明的先妣从虔敬和敬畏的偶像，一变成为一种玩狎的对象。

随着文明的进展，原欲由当初禁忌恐惧的对象，变成为禁欲主义道德压抑的对象。人神交配的神话失去了在意识中的位置。但它并未消失，而是退避在无意识之中，成为一种原型。

三、“人神交配”神话的文学序列

原型作为一种活动的心理力量，在同一民族的世代遗传中具有它的联贯性，并且常常在文化的发展中留下比较稳定的轨迹。因此，在中外的文学史上许多作家才经常重复前人的创作题材，这决不能简单理解为兴之所至的偶然行为，而是一种无法回避的必然行为。原型的力量常常是其微妙的第一推动力。

“人神交配”（以下简称“人神”）的神话原型，在我国文学发展史上是个不可小看的因素，它实际上形成了一种以此为中心的文学发展序列。诗人屈原以《离骚》为中心的创作可以视为是这一原型文学传统的发端。

屈原作为国家重臣，在他报主无望，怨愤冲天的困境中，他神志昏沉，处于一种不完全清醒的状态。由于被抑制的生命力的强烈冲动，原型从无意识向意识层潜入，使他完全沉浸在呼风唤雨、乘龙问天的梦幻神游中。“求女”是这一部分的重要组成部分，在帝阍挡驾之后，“吾朝将济于白水兮，登

①弗雷泽：《金枝》（上卷），中国民间文艺出版社1987年版，第208页。

②《十三经注疏》（上册），中华书局1980年版，第1361页。

③《十三经注疏》（上册），中华书局1980年版，第1361页。

阆风而緤马，忽反顾以流涕兮，哀高丘之无女……怀朕情而不发兮，余焉能忍与此终古”，成为中国“人神”原型文学辉煌的第一章。

《离骚》之后出现的传为宋玉所作的《高唐赋》《神女赋》，其中以高唐即高禖也即先妣为神女而与之交合，与神话原型的基本结构一致。《高唐赋》在追述往事时似乎以为人神达成交合，但很笼统，《神女赋》的交代则更含糊，即使与“人神”文学形态有所不合，也可以理解。因为这两篇都不直接以一次具体的原型经验为依据，也不以此为中心，而是据此作了转述和文学夸饰。

“人神”原型及因此形成的文学系统，并没有也不需要作为一种他物的比附才能存在，它的本身是彻底自由和完全健康的，任何投向它的猥亵的目光都是徒劳。古老的春会仪式与其说是一种行动，不如说是一个隐喻，是处在禁忌和恐惧海洋中的不幸的初民对感性自由的向往。

四、《洛神赋》的时代心理

以黄河流域为中心的中国中原文明，以其持久性和单一性闻名于世。春秋战国时期发展起来的儒家伦理，注定成为中华民族无可匹敌的道德权威。封闭的自然经济，牢固坚持的宗法血缘关系，既促成了以禁欲主义为特色的儒家道德的产生，也保证了它的持久发展。反过来，被创造的儒家道德再协助统治者创造一个以顺从为本分的社会系统。《礼记·乐记》：“人生而静，天之性也。感于物而动，性之欲也。……夫物之感人无穷，而人之好恶无节，则是物至而人化物也。人化物也者，灭天理而穷人欲者也。”“是故先王之制礼乐也，非以极口腹耳目之欲也。将以教民平好恶，而反人道之正也。”[①]质言之，从秦汉即形成并绵延久长的超稳态封建政治体制的维持与禁欲主义的儒家礼乐，关系密切，互相依存。

封闭的社会系统虽然具有超稳定性，但并非一成不变，它是在断裂、重建的过程中显示出它的生命力的。公元二世纪末汉帝国的晚期可算是这样的一个时期。天灾疾疫频降，党锢之祸、军阀滋战、农民起义叠起，冲断了维系这个统一的封闭社会的绳索。儒家纲纪的废弛，死亡枕藉的刺激，终于导致了人的意识的觉醒。

当三世纪初曹操成为北中国独一无二的霸主时，云集邺下的作家们创造

① 《十三经注疏》（下册），中华书局1980年版，第1529、1528页。

了邺中新体，妇女问题成为文学家非常关注的话题。代人抒写离别相思、被弃愁怨的现象很普遍。当时人刘勋出妻一事就引出了王粲一赋，曹丕一赋二诗，曹植一赋二诗，由此可见一斑。也许并非当时的文人已超前思考妇女命运，而是因为自我觉醒之后对女人的自觉审美，连类所及，才关注起丈夫离家、丈夫去世或被丈夫抛弃之后妇女的怨情。这一切都可能是审美新思潮而不是伦理道德的产物。

在民间，旧楚故地上的巫风也还不绝如缕。姜亮夫据《晋书·夏统传》认为“九歌巫风，历两汉三国而未衰”①，当是可信的。《夏统传》记载中女巫之舞好色美及钟鼓丝竹鬼神之事，丝毫不异《九歌》《招魂》中的楚风。

时代心理提出了补偿要求，复兴的楚文化提供了补偿的可能，邺下时期的大背景已经为“人神”原型的萌动，准备了温暖的环境，七篇涉及神女的作品出现，标志着“人神”神话的复活。原型是一种无意识，能够感性地接触到它的机会是非常难得的。进入它的活跃期后，原型自身可以形成向意识的渗透带，在不知不觉之中影响人们的心态，左右人们的意识行为。所以，我们不能否认，更多的原型文学根本就与具体的幻觉经验无关，三世纪初的邺下作家们自觉选取神女题材来拟作和练笔，却是受着不见的“人神”原型的力量的指使。

五、曹植和《洛神赋》

曹植天生一个浪漫才子，又兼深得父宠。他青少年时代生活得真正潇洒，“滔荡固大节，世俗多所拘”（《赠丁翼》），也正可作为他的自况。

曹植的文化好尚处于他时代的潮头上。他不仅自幼通正统经书，而且尤喜小道异说。《魏志·邯郸淳传》裴注引《魏略》：“（曹）植初得淳甚喜，延入坐，不先与谈。时天暑热，植因呼常从取水自澡讫，傅粉。遂科头拍袒，胡舞五椎锻，跳丸击剑，诵俳优小说数千言”。对于神怪之事，他也颇示关心，以破神仙之道为旨的《辨道论》却记下了“余尝试郗俭，绝谷百日，躬与之寝处。行步起居自若也。夫人不食七日而死，而检乃如是。”不管如何解释发生原因，曹植数目可观的游仙诗也可证明他对神仙鬼怪的留意。

如《箜篌引》《与吴季重书》等所载，游戏嬉玩，筝笛不断，阳阿妙舞，

① 姜亮夫：《屈原赋校注》，人民文学出版社1957年版，第169页。

京洛名讴，大吃肉山，大饮酒海，应是他当年生活的记录和回忆。这些已远不是谦谦儒生风度。

以曹植的性情，对于以性的觉醒为标志的爱的要求，自然难以节制和隐晦。艳若白日的美女，容华桃李的佳人，明日高楼的思妇，虽未必实有其事，但无法离开现实经验来臆造。曹植的审美经验无疑是丰富的。并且，他的浪漫情调也使他容易惹出和关注绮靡悱恻的哀怨情事。他的不少作品可以作证。

总之，可以这样说，曹植是时代的肖子，他性格中有较强的感性享受的要求，他的气质是在楚文化色彩很浓的时代环境中形成的。

曹植虽是块很好的文学家的材料，他却总是以创业立功的政治家自期。可是，在险恶的政治风波中，曹植就像一根无能为力的稻草，由于执着的从政热情，他置身风波的恐惧和痛苦是难以言喻的。同时，他生活的另一面也投下了更为浓重的阴影。据《魏志・崔琰传》裴注引《世语》，在217年之后不久，他的妻子因衣绣而被曹操赐死。公元221年6月，他极其可能倾心热爱的嫂嫂甄氏被曹丕赐死。在这种内外兼施的痛苦折磨中，曹植变了，他孑然独处，汲汲寡欢，神情茫茫。不幸，又是大幸，曹植成了新时代的屈原。《洛神赋》就在这种心态中，成为语言现实。

六、《洛神赋》注解

“一个时期有一个时期的倾向、特有的偏见与心理病症。一个时代就像一个人；它的意识观念有自己的局限，所以需要补偿性的调整。这种调整由集体无意识来实现”①。可以这样说：《洛神赋》表现的是一次对于时代心理进行补偿性调整的幻觉意识（以下简称“梦”），尤其《洛神赋》光怪陆离的超人世界是一次来自心灵深处的原始经验。

幻想“来源于一种较弱的意识（如在梦、昏迷、回忆、幻境中等等）。在所有这些情况下，意识精神集中对非意识内容的控制停止了，因而此刻非意识的物质恰似从打开的水闸流入意识的领域，这是一般性的起源方式”②。《洛神赋》的写作背景已如上节所述。曹植奉诏进京都，失望而回，“本冀亲用，终遭疏忌，一切欲求，溘同梦幻。当夫车殆马烦之顷，怀悲愁，临洛水”，这正好是一个很好的入梦的环境。《洛神赋》开头“于是精移神骇，忽

---

① 荣格：《心理学与文学》，《文艺理论研究》，1982年第1期。

② 荣格：《集体无意识和原型》，《心理学与文学》，生活・读书・新知三联书店1987年版。

焉思散，俯则未察，仰以殊观”，也正是梦境开始的记录。

梦的形式特点就是一切意象化，梦的精神材料就是图象，梦把思想转变成图象。《洛神赋》全篇是一种迷离恍惚的景象。无论洛神的美貌，我的衷情，还是她的爱恋，都以意象出之，通篇几乎没有一个环节是由明确的思想判断构成，成为一个纯粹意象的纷乱世界。

《洛神赋》中，幻觉主体“我”在梦中几乎没有动作，这暗合了梦中主体动作常被抑制的特征。

梦不直接表达思想不等于说梦不表现思想，梦也有可能用某些方式来阐述梦思之间的逻辑关系。“粗略地考虑，存在于梦思之间的相关——这无疑是存在的——把它们连成一个事件。因而产生连续性（时间）的逻辑连接”[①]。《洛神赋》的几组意象以“于是”“于是”“尔乃”“于是”领起，将一个纷乱的意象世界组织成一个具有时间连续性的梦事件。

“梦的形成机制最喜爱的逻辑关系只有一种，那就是相似，和谐，或者是相近的关系——即‘恰似’”[②]。《洛神赋》中出现南湘二妃，汉滨游女等背景人物，正可以理解为也是梦特征的体现。

《洛神赋》中“我”在梦中除最初的动心之外，后来任凭洛神“徙倚徬徨”，“我”却无相应的感情表示。虽然也可说是构思的设计，然而却暗合了梦对感情管理的要求。“通常因为经过种种管理后，梦中的感情已经远逊于原先的精神材料”，“感情的发泄是一种指向身体内部的离心程序，和运动及分泌作用的神经分布类似。就像睡眠当中，运动神经冲动之传导受到限制一样，潜意识唤起离心的感情发泄在睡梦中也许也变得困难。”另一方面，“感情的压抑是各种相反力量相互制止，以及审查制度压抑的结果”[③]。

关于梦的感情还有一个重要方面，“梦中的感情和梦的内容不同，它们在醒后不会那么容易就被忘掉”[④]。诗人曹植从梦中醒来之后再去追寻它时，虽然一字一句地写下了《洛神赋》，但是梦的意象世界终究是迷茫飘忽的。梦感情则不然，梦幻境中的感情基调在梦醒之后却更强烈清楚地表现出来，它不仅未被诗人忘掉，而且还驱使诗人做出了动人的情事。“忽不悟其所舍，怅神霄而蔽光。于是背下陵高，足往神留，遗情想象，顾望怀愁。冀灵体之复形，

① 弗洛伊德：《梦的解析》，作家出版社1986年版，第218页。

② 弗洛伊德：《梦的解析》，作家出版社1986年版，第223页。

③ 弗洛伊德：《梦的解析》，作家出版社1986年版，第354、355页。

④ 弗洛伊德：《梦的解析》，作家出版社1986年版，第347页。

御轻舟而上溯。浮长川而忘返，思绵绵而增慕。夜耿耿而不寐，霑繁霜而至曙。命仆夫而就驾，吾将归乎东路。揽騑辔以抗策，怅盘桓而不能去。”

前面已提及《洛神赋》意象世界的特色，这种特色形成的基础就是梦结构。梦虽然是一个活的世界，但这只是一个活的心理世界，而不是一个活的现实世界。梦世界的事件发展不是线形的，而是如海浪，也如暴雨，呼啸而来，倾盆而下。

通常，梦是合乎情理的，由一个情况开始，再经由一连串的发展而得到一个近理的结论。《洛神赋》正是这样。对于这种情况，弗洛伊德解释说，“这一类的梦必定受过此种精神功能（和清醒时的脑袋没有两样）大量的修正”①，而这种“第四因素”对梦结构的作用是“再度校正’。运用大量梦意象的材料架构出一座金碧辉煌的梦的宫殿。《洛神赋》所记录的经验所以能以整体方式激起诗人的强烈冲动并存留在诗人的记忆里，可以理解为是这种结构方式的成功体现。

以上，对《洛神赋》的幻觉境界进行了解释，证明这是一次真正的幻觉经验。但是，《洛神赋》是一篇文学作品，而不是一份纯粹的梦的记录，即是说，当无意识的原型被意识所觉察时已不完全是它的本来面目。假如以原型为最初的信码，我们以《洛神赋》接受的原型意象为最终接受的信息，那么，在其间的信道中要受到多次干扰，而每次干扰都不可避免地要在原型身上留下痕迹。所以，《洛神赋》的解释是可以不仅限于原型一说的。你可以从意识和回忆的干扰，说明作者的恋爱对象，说明作者写作时的感情，说明作者对以前文学形象的接受。也可以从文字的干扰，窥测作者文学览阅的范围。也可以从文学润饰的干扰，研究作者的创作特色，寻求作者的内心寄托。甚至，你都可以从读者自己再想象出的文学形象身上发现你自己情人的影子。诸如此类，都是自然的，原因就是信码成为信息要经过信道。然而，我们得到信息之后，再行回溯时，不应该停在信道中，信码才是我们最终的寻求目标。所以，关于《洛神赋》的研究，找出原型和原型的轨迹才是最根本的。

《洛神赋》是一次幻觉经验的记录，是我们民族的一个古老原型在曹植时代必然流露的一个实证。“史实与神话是诗人们利用的创作素材。可是他们作品的感染力与深刻意义却不是凭借这些史实与神话，他们所凭借的是幻觉和

① 弗洛伊德：《梦的解析》，作家出版社1986年版，第375页。

梦想”[①]。《洛神赋》最深沉最强烈的原动力是它的原始意象所表现出的、二世纪末三世纪初个性解放思潮在禁欲主义道德阻碍之下所发出的时代的痛苦呻吟。可以说：不是曹植创造了洛神，而是洛神创造了曹植。

（原载《文学评论》1989年第3期）

【说明】

本文是“神话-原型批评”的一种尝试。作者试图运用荣格的集体无意识原型理论，揭示曹植《洛神赋》的原始意象和创作原动力。什么是原型或原始意象？荣格认为：“原始意象或者原型是一种形象（无论这形象是魔鬼，是一个人还是一个过程），它在历史进程中不断发生并且显现于创造性幻想得到自由表现的任何地方。……每一个原始意象中都有着人类精神和人类命运的一块碎片，都有着在我们祖先的历史中重复了无数次的欢乐和悲哀的一点残余，并且总的说来始终遵循同样的路线”（《论分析心理学与诗歌的关系》）。在文学创作中，原型的力量常常是其微妙的第一推动力，这也是文学史上许多作家自觉不自觉地重复前人创作题材的深层根源之一；与此相联系，原型批评的任务，就是通过幻想性作品的分析，进一步探寻象征意象背后的集体无意识原型和原始经验，追问隐藏在艺术意象后面的究竟是什么的原始意象。本文正是遵循这一思路来追问和探寻《洛神赋》背后的原始意象的。作者从“邺下时期”辞赋中同时出现“八个女神”的奇特现象出发，依次考察了华夏先民“春会狂欢”的神话仪式、“人神交配”神话的演化序列以及《洛神赋》的时代心理，最后指出：“《洛神赋》最深沉最强烈的原动力是它的原始意象所表现出的、二世纪末三世纪初个性解放思潮在禁欲主义道德阻碍之下所发生的时代的痛苦呻吟。”“一群神女，翩翩而来”，绝非一群作家游戏性的“同题竞赛”的产物，而是最深沉最强烈的民族集体无意识的曲折显现。因而可以说，“不是曹植创造了洛神，而是洛神创造了曹植”。

西方原型批评大致可以分为两派：一派是荣格的集体无意识原型，一派是弗莱的意象结构原型。从荣格到弗莱，原型批评的方法途径不断拓展。在中国文学研究中，原型方法的运用属于尝试性阶段，对原型的理解也往往不同于荣格和弗莱。本文的尝试性探索，为古代文学研究开拓了一条新思路，

---

① 荣格：《探索心灵奥秘的现代人》，社会科学文献出版社1987年版，第151页。

它启发我们超越纸质文本，充分认识文学的人类学根源和民族集体无意识对作家的潜在影响。

作者吴光兴，1963年生，中国社会科学院文学研究所研究员，著有《萧纲萧绎年谱》《资治通鉴选评》等等。（陈文忠）

【文献链接】

1. 荣格：《心理学与文学》，生活·读书·新知三联书店1987年版。这是一部集中介绍荣格“集体无意识原型”为核心的文艺思想的译文集。读者不妨先读“译者前言”，对荣格的心理学和文艺学思想获得一个整体了解，然后细读《论分析心理学与诗歌的关系》和《心理学与文学》这两篇经典论文，进一步体会原型批评的理论方法。在这两篇论文中，荣格对集体无意识与原型的概念、集体无意识与艺术创作关系、集体无意识与艺术批评的关系等问题作了系统的阐述，提出了“不是歌德创造了《浮士德》，而是《浮士德》创造了歌德”的著名论断。

2. 诺罗普斯·弗莱：《批评的剖析》，百花文艺出版社1998年版。这是一部西方学术界公认的神话原型批评的集大成之作。全书由相互联系的四篇论文组成。第一篇《历史批评：模式理论》，把全部文学分为两大类，即虚构文学和主题文学，借以描述西方文学的历史进程；第二篇《伦理批评》，把全部文学作为象征系统来考察；第三篇《原型批评：神话理论》，是全书的核心所在，集中阐述原型批评的理论，包括原型意象体系和叙述结构体系等；第四篇《修辞批评：文类理论》，从原型理论角度分别讨论了从史诗到小说的各种文学体裁。本书体大思精，结构严谨，建立了一个宏观的多层次的原型批评理论体系。

3. 叶舒宪：《神话——原型批评》（增订版），陕西师范大学出版社2011年版。此书是初版于1987年的《神话——原型批评》的增订版。编选者叶舒宪是知名的文化人类学和文学人类学研究者。本书是中国大陆具有权威性的“神话—原型批评”论文集。文集分上下两编：上编15篇，以原型批评的理论为主，收录原型批评不同倾向的理论性论文，包括剑桥学派的仪式与文学发生研究、荣格学派的原型心理学研究、原型的文化价值研究、原型的语义学和语用学研究等等；下编19篇，以原型理论的运用为主，既有欧美和日本学者探寻西方经典作品神话原型的论文，也有中国学者探寻中国经典作品神话原型和心理原型的论文。

4.黄维樑：《春的悦豫和秋的阴沉——试用佛莱的“基型论”观点析杜甫的〈客至〉与〈登高〉》，《中国诗学纵横论》，台北东大出版社1988年版。本文是借用弗莱的四季叙事模式的原型理论（参阅弗莱《批评的剖析》第三篇《原型批评：神话理论》），探寻中国古典诗歌艺术原型的成功尝试。文章认为，刘勰《文心雕龙》《物色》篇所说的春之“悦豫”、夏之“郁陶”、秋之“矜肃”、冬之“阴沉”，与弗莱的四季原型模式是相通的，并以之为参照系分析杜甫《客至》和《登高》的艺术特色，进而把这两首诗置于古代诗歌四季抒情模式中探寻其原型意义。借鉴弗莱的四季叙事模式，建构中国的四季抒情模式，是本文提出的重要课题。

5.杨朴：《此恨绵绵无绝期——论〈长恨歌〉“自我牺牲”的心理原型》，《名作欣赏》2005年第7期。本文借用荣格的集体无意识原型理论，诠释《长恨歌》艺术魅力的根源。作者认为，《长恨歌》的艺术魅力不在于通常所说的讽喻说、爱情说或双重主题说，而在于表现出一个最基本的心理原型，即“自我牺牲”的心理原型。这个“自我牺牲”的心理原型，既和李杨的爱情悲剧有关，又与作者的情感体验有关，更与读者的心理、情感、生命体验密切相关，是无数代无数读者的共同心理、情感、生命体验的积淀。全文四部分，依次从“独立文本的爱情悲剧”“象征符号的形式意味”“深层结构中的心理原型”和“民间心理的牺牲原型”四方面进行探讨。本文对《长恨歌》艺术魅力的理解和原型批评方法的运用，均有启示意义。

6.刘纳：《望星空——一个文学意象的历史考察》，王晓明主编《二十世纪中国文学史论》（上卷），东方出版中心2003年版。文学原型是多样的，有心理原型、叙事程式、意象原型等等。从某种意义上说，一部文学史就是一组原型意象的嬗变史。本文是对现代文学史上“望星空”这一文学意象的历史考察。作者从“望星空”这个角度寻找五四时期我国文学审美意象变化轨迹的同时，也顾及这一时期文学中普遍表现着的古代趣味与近代趣味的糅合。本文为现代文学研究提供了一种新思路，即从原型意象分析入手、沟通古今审美趣味的宏观文学史视野。

论“痴情女子负心汉”叙事模式的历史演变

——从周朴园形象的塑造说开去

吴建波

一

周朴园是一个有争议的形象。他对侍萍的爱情态度，历来是批评家们关注的焦点，但问题至今并未真正解决。过去对周朴园的有些批评，在思维习惯上，首先就几乎是下意识地把周朴园定为“坏人”，其本质是剥削阶级的，然后才根据这一大前提评价他的怀念。这是多年来不能圆满解释周朴园的主要原因。

王蒙说：“包括对《雷雨》的解释也是一个模式，周朴园、周萍是坏人，剩下的都是好人。其实也可以有另外的，非正反两种模式的艺术解释。”①中国观众多年来看惯了善恶有报、忠奸分明的传统戏，习惯于用好坏是非等简单的伦理标准评判戏中人物。其实，人是丰富复杂的。高尔基曾说：“人是杂色的，没有纯粹黑色的，也没有纯粹白色的。在人的身上掺合着好的和坏的东西——这一点应该认识和懂得。”②仅按照关于阶级本质的定义去规范个体的人，无疑要以抽去艺术形象的无穷丰富性和生动细节作为牺牲。曹禺深知这一点，他说：“如果写作时，不是从那个具体的个别的人物出发，首先想到的是那概括了的共同的东西，立志要从这些抽象的概念，创作一个什么典型来，那就比较容易走上简单化的道路，有时不但写不出典型，甚至也写不出活的人物出来。”③所以，周朴园身上好坏混合、善恶并存并非败笔。评论的任务是坚持具体分析，对矛盾的性格因素作出合理解释。所谓形象的本质特

---

① 王蒙：《在新时期十年学术讨论会上的讲话》，《中国文化报》1986年9月17日。

② 引自《论作家的劳动本领》，新文艺出版社1955年版，第22页。

③ 张葆辛：《曹禺同志谈剧作》，《文艺报》1957年第2期。

征，绝不是单一绝对的，它同现象一样具有丰富无穷的属性。如果先把周朴园定义为“反面人物”，自然就会忽视他人格中悔过求善的一面，不能正确评价“良心发现”对于周朴园形象塑造的意义。反动的剥削阶级怎么会有良心发现呢？即使有，也是假装慈悲，是伪善！更有甚者，良心使周朴园显得更坏，更虚伪！有良心比没有良心还坏，这种理论真令人啼笑皆非。这是误解周朴园的第二个原因。

所谓良心，是人们在履行对他人和社会的义务的过程中，形成的道德责任感和自我评价能力。这是一定的道德观念、道德情感、道德意志和道德信念在个人意识中的统一。简言之，良心发现就是自己对自己所进行的道德反思。它可以促使人们自觉地选择道德行为，纠正不良动机，遵守社会规范，是一种比社会舆论和习惯势力更为重要的道德评价力量。因为社会舆论和习惯势力要对个人发生约束力，必须通过良心——个人信念才起作用。英国作家毛姆说：“我把良心看作是一个人心灵中的卫兵”，“是我们每个人心头的岗哨，它在那里值勤站岗，监督着我们别做出违法的事情来。”[①]良心的进行方式是内心谴责和自我满足，具有很强的主观性和情感色彩，并表现出隐秘性和不稳定性。人类道德观念对个体的熏陶和渗透，往往影响人的理性甚至深入到潜意识之中。有时候，他人甚至自我都很难直接觉察到良心在左右着个体的道德判断与日常行为。“良心的谴责往往是从直觉地感到不顺遂、不满意开始，后来由于理智的启发，变成意识的道德痛苦。”“良心具有一种隐秘机制的名声，它似乎不依赖于外部的道德命令，似乎不可捉摸、神秘莫测，不受任何制约，时而自行出现并控制着人的心灵，时而消失得不知去向，使人对善与恶都无动于衷。”[②]良心的这些性质和特征使得它在一些他人无法干预的生活领域如夫妻感情、恋爱纠葛中显得格外重要。如果自我评价能力低，良心声音微弱，则是一个缺乏道德自觉的个体；反之，富于良心和自我反省能力，则是一个具有责任感的个体。

在生活中和艺术里，的确有不讲良心或假装慈善的王朴园、张朴园，但曹禺的周朴园却是一个的确具有自我反省、道德评价能力即“良心发现”的个体。忏悔和怀念标志着周朴园意识到了自己抛弃侍萍的不道德性，这是一种正义情感的复苏。能意识到道德错误总比毫无道德自审意识要好得多，这表明他能认识善并求善。是否有道德犯罪感，往往是检验个体是否有良心的

① 毛姆：《月亮河六便士》，外国文学出版社1981年版，第68–69页。

②（苏）A.N.季塔连科主编：《马克思主义伦理学》，中国人民大学出版社1984年版，第131页。

试金石。做了坏事之后，又抱着意识到的道德痛苦去忏悔、赎罪的人，比起天良丧尽、始终认为自己的恶行是正义之举，毫无内疚心理的人来说，总要显得善良些，更符合人类自我完善的文明趋势。只要良心发现是真正的自我意识到道德痛苦，就无可非议！既然周朴园的怀念是出于真情流露，就说明他还没有完全丧失人性与良心，怎么能解释为越良心发现越伪善反动呢？不错，良心是有阶级性的，但也有超阶级性，诸如民族性、时代性等，这要视具体的良心内容而定，不能武断地说凡剥削阶级的人物只有剥削阶级的良心。封建道德的婚姻观是门当户对，男子拥有弃妻之权。而周朴园的良心内容却是：遗弃贫贱的爱妻是有罪的！这里面包含着明显的平等观念与人道意识，怎么能说是剥削阶级的良心呢？

当然，周朴园的良心之声时隐时显、时强时弱，一旦被现实的利害关系所威胁便销声匿迹了。对于良心的这种不稳定性，卢梭曾经这样分析：良心最怕吵吵闹闹，最怕偏见。在不平等社会中，人为私欲奔忙，受偏见约束，良心在人们心中就无法起作用了。良心之所以不起作用，主要是恶劣的社会环境和人间的不平等造成的，这种环境违背人的自然本性，使人成为永远无法满足私欲的奴隶。[①]卢梭在这里接触到了一个非常深刻的命题，即良心审判能力的微弱或泯灭，是社会环境逼迫人、异化人的结果。卢梭把矛头指向制度与文化而不是个人，而我们以往的评论却把矛头指向了周朴园个人，而没有追究塑造这一道德个体的社会制度和文化观念。这就涉及曲解周朴园的第三个原因，即把周朴园看成《雷雨》悲剧的总根源，看成罪恶道德的代表与象征。

侍萍悲剧的直接制造者，自然是周朴园。但如果进一步追问：周朴园在多大程度上具有选择道德行为的自由呢？马克思主义认为：人们的行为选择总是要受社会的客观条件和历史环境的制约，“如果他要进行选择，他也总是必须在他的生活范围里面，在绝不由他的独自性所造成的一定的事物中间去进行选择的。”[②]周朴园在未成为家长之前，他的爱情选择必须服从整个周家利益，必须听命于他的父母。三十年前爱上侍萍并同居两年，虽然由于没有正式娶侍萍而没有从根本上违反封建婚姻观念得到了家长的暂时宽容，但这一行为本身已经多少具有一点“革命”意义，孕育着把侍萍升为正室的危险。这当然会招致周家当权者的反感并最终遭到毁灭。曹禺和北京人艺的编导不

① 转引自章海山：《西方伦理思想史》，辽宁人民出版社1984年版，第386页。

② 《马克思恩格斯全集》第3卷，人民出版社1972年版，第355页。

约而同地替周朴园设想了一位执行“法海”职能的母亲，是合情合理的。周朴园不具备最终选择配偶的权利，对于母亲给他娶有钱人家的小姐并赶走侍萍，也许像曹禺后来解释的那样他不知情，也许知情而无能为力。此时，要么因反抗而牺牲自己，求得精神相爱，封建社会并不少有这种悲剧；要么因屈服而牺牲爱情，求得保全自己，这种悲剧更是多见。可悲的是周朴园选择了后者，他是一个不敢为自己的爱情自由而反抗的弱者，一个顺从于封建道德的懦夫，也是一个置心爱的人于死地的帮凶。由于在内心深处没有完全泯灭对侍萍的爱，这便成了他后半辈子婚姻不幸的根源。无论什么女性，甚至“花天酒地的放荡”，都不能代替他与侍萍的感情。他自己或许没有意识到是对侍萍的爱才使他嫌弃其他女性。这正是封建婚姻对他的最大嘲弄，顺从带给他的不是幸福，而是没有穷尽的精神折磨。对过去的追恋是一种自我安慰，也是一种慢性摧残，因为记忆每时每刻都在证明他的懦弱无能，鞭挞他的自信和人格。

周朴园成了一家之长后，似乎有了选择爱情的自由，但实际上仍然受着地位、环境和舆论的制约。“人们自觉地或不自觉地，归根到底总是从他们阶级地位所依据的实际关系中——从他们进行生产和交换的经济关系中，吸取自己的道德观念。”[①]周朴园面临着中外文化的碰撞、新旧观念的混存，道德心理也因此而矛盾复杂、不得安宁。一方面，是封建婚姻观念统治着千百万家庭及人们的情感领域，“门当户对”，个人情感服从家族利益；另一方面，民主主义道德得到倡导，讲究男女平等和爱情自由。周朴园的爱情观，就是这两种对立精神的混合物。敢于爱使女并在遗弃她之后终身抱憾，这是他爱情观中民主和人道的成分。把侍萍从“下人”升为“小姐”，把同居改成正式结婚，则说明他骨子里仍然残留着“门第相当”“明媒正娶”的正统婚姻观念。在这两种观念的交战中，家长身份成为沉重的砝码左右了他的现实选择。由家长身份带来的一点自由度又不得不因家长身份而丧失，再次把感情自由交给世俗利益，为当一个“好家长”而绞尽心机，小心翼翼地填补不合封建规范的漏洞。三十年后的绝情与三十年前的不敢反抗一样，是具有同一性质的道德行为在不同时空中的演绎。

周朴园的悲剧就在于：他自觉地把传统的伦理观念内化为自己的信念，却没有得到幸福与内心平静，而每当个人情感与家族利益发生矛盾时，他总

① 《马克思恩格斯全集》第3卷，人民出版社1972年版，第133页。

是牺牲了前者之后又在内心深处眷恋不舍，摇摆于封建思想与民主意识这两极之间。于是，他既制造了他人的悲剧，是侍萍悲剧不可推卸的可恶的责任承担者，又制造了自己的悲剧，成为封建伦理的可怜的牺牲品。“现代文学的最高峰，往往采取最终的两重性形式，这是诚实的天才对世界所能作的最好的描绘——即二元论没有得到解决而产生的诗境。”①《雷雨》就是这种描写二元道德造成心灵分裂与痛苦的艺术。

从心灵分裂造成的精神痛苦这一角度，或许能解释令许多评论者棘手的最后一幕的相认。周朴园的道德世界并非铁板一块，坚不可摧。本来，他与侍萍爱情生活的全部实在性、亲密性以及被在追忆中美化了的恋情就在时时诋毁和嘲弄他奉行的等级婚姻维护的美满家庭。而现在，蘩漪的反抗、周冲的疏远，周萍的无能更使他深切体味到众叛亲离的孤独。加上他误以为隐情已经暴露，于是，被自尊专横所掩盖的颓败的灵魂，再也不能忍受最后的痛苦，多年来用封建规范筑起的防线终于崩溃了。他不再感受到封建家法的神圣，和自己无所不在的力量。他不明白，为什么“模范”和谨慎多年却得不到家庭安宁，为什么真心忏悔却不能解除痛苦。他把这一切归于“天意的古怪”而堕入虚无。他不懂这天意就是自然和人情的法则。他想逃脱那漫长的摇摆于两极的强撑苦挣，安于现状，任凭沉浮。他低头了，可在沉痛悔罪中仍没忘记自己的家长身分，遗留着封建余威。剧情正是在这里，显示了非凡的现实主义光彩：当封建势力公开承认失败并退让时，悲剧早已酿成，周萍和四凤的兄妹乱伦“木已成舟”。周朴园企图走出悲剧境地，却导致了他人更大的悲剧，也把自己再度陷入良心折磨之中。《雷雨》初版写他晚年的皈依宗教、终身悔罪是他性格的必然发展，并非“弱点”和“赘笔”。强大猖獗的封建势力在造成了无数人的悲剧之后，必然逐渐衰亡，被人类的正义和良心击溃。

二

周朴园形象的上述特征，如果将其“移位”到“痴情女子负心汉”的文学模式中，会显得更加鲜明突出，同时也能反观出这一叙事模式的历史演变。

某种叙事模式必然积淀着某种特定的历史内容与文化心理。文学史上，一些作品的作者、时代、地域、体裁等虽不同，但它们的主要思想倾向、情

① R. W. B. 路易斯：《〈熊〉：超越美国》，《福克纳评论集》，中国社会科学出版社1980年版，第207页。

节组织方式、人物关系设计等，却显出惊人的一致性。“痴情女子负心汉”的叙事模式，关注的是以男子为中心的社会所产生的男人对女人的遗弃，以及人们希望巩固男女两性关系的稳定形式的文化心理。几乎各个时代和民族的作家，都对此作过自己的感性评价和理性思考。

中国文学史上，“痴情女子负心汉”的叙事模式的雏形见于《诗经》。《氓》与《谷风》中的男子形象十分丑恶，其全部行为就是朝秦暮楚、虐待妻子。“既治我肄”，“二三其德”，可谓“全恶型”负心汉。女子则痴情怨恨，不能自已，可谓“怨女型”。这两首诗已具备了这一叙事模式的基本要素。人物关系设制：以处于爱情婚姻关系中的一男一女为主人公；情节组织方式：以遗弃为中心，以求爱—盟誓—婚变为过程；主要思想倾向：同情女子钟情，谴责男子负心。恩格斯所说“最初的阶级压迫是同男性对女性的奴役同时发生的”[①]一语，可帮助理解这一模式产生的社会历史原因。乐府民歌中的《上山采蘼芜》对负心汉则温情得多。“新人不如故”，眷恋之情犹在。是后悔自己的负情呢？还是申诉遗弃是被迫所致呢？总之，没有把负心汉作为十恶不赦的罪魁来刻划。《诗经》和汉乐府基本上奠定了后世对负心汉的两种道德态度。

唐传奇中的《莺莺传》《霍小玉传》等篇章，使本模式的叙事格局及艺术风格基本定型。它们首次有相当长度地细致曲折地描写男女主人公的爱情纠葛始末，故事叙述与性格塑造能较好地统一，如李益与霍小玉的相恋、莺莺对张生的许身都写得十分精彩。男女主人公的性格因素变得复杂了，往往相互矛盾而又不失其主导倾向。张生起初对莺莺爱得要命，后又骂女人是尤物，显示出正统儒生与花花公子的奇妙混合。李益对霍小玉断然绝情，但霍小玉死后，他却服丧戴孝，亲为送葬。“旦夕哭泣甚哀”，长期“伤情感物，郁郁不乐”。这种忏悔成为后世性格复杂的负心汉的基本特征。周朴园便是这种忏悔性格。但曹禺让侍萍死而复活，周朴园就得老在怀念与绝情之间摇摆。这一天才的艺术构思使负心汉的矛盾得到了淋漓尽致的表现，也因此成为长期争议的话题。

宋元时期，写“痴情女子负心汉”的作品，其数量之多、形式之多样、内容之丰富深刻，超过了其他各代。究其原因有二：一是遗弃成为当时非常突出的社会问题，长期战乱与科举制的松动，使“结亲权门”“富贵易妻”的

① 《马克思恩格斯选集》第4卷，人民出版社1972年版，第61页。

悲剧大量产生；二是这一叙事模式找到了与之相适应的艺术形式。它特有的民主人道思想，以曲折和突变为特点的情节结构，戏剧性的人物命运及其性格，在抒情诗等正宗文学样式中不能得到充分表现，所以多产生于民歌、说唱、话本、南戏等俗文学样式。宋元作品的结局有两种。一是“大团圆”，恶夫贤女，虽然感情破裂甚至生死仇恨，最后都被宽容与喜悦轻易代替。如宋传奇《谭意歌传》、早期南戏《张协状元》等。这种结局或许的确是以生活中女性对男性的被迫依附为现实根据的，但作者没有挖掘出这种妥协的悲剧实质，反而涂抹了一层自欺欺人的亮色，显得滑稽。二是使负心汉受到严厉惩罚。《赵贞女蔡二郎》的负心汉“为暴雷震死”，《王魁》的负心汉被敫桂英的鬼魂索去性命。这种写法不掩饰悲剧真相，并把理想中的正义和复仇力量幻化为超越现实自然的艺术形象，给这一叙事模式增添了奇特浪漫的美学色彩。值得玩味的是，《雷雨》也有两种结尾，既不大团圆，也不大报仇。一是初版中周朴园守护着两个神经失常的太太，一是作者修改后的鲁妈怒视周朴园返身出屋。都没走向极端，艺术处理分寸感极强，显示出新文学所特有的悲剧美。

宋元作品的负心汉有两类。一类属“全恶型”或“浪荡型”。王魁逼死敫桂英，蔡二郎马踏赵五娘，张协剑砍发妻……这种写法直接体现了中国民众爱憎分明、善恶有报的道德观念。这种以单纯为美的类型化手法，在古代文学史上有一定地位，也对后世产生影响，不能简单否定。近代戏曲《秦香莲》就是沿用此法。陈世美几乎成了家喻户晓的“忘恩负义”的代名词。当代人改编时写他的“良心”，企图复杂化，由于不能改变杀妻被铡的主要情节，所以并不成功。这是一种历史教训，不能用个性化标准要求类型化形象，反之亦然。以往有些评论对周朴园的忏悔横加指责，就是用类型化标准衡量个性化人物所致。

另一类属“被迫型”与“悔过型”。这一类负心汉形象大都出自文人之手，他们对来自民间的题材作了较大改动，注进了对社会历史与人伦道德的主观评价。秦醇写张正字“内逼慈亲之教，外为物议之非”才弃旧娶新，但终不忘情，“日夕叹怅”，“回肠危结”。作者尽量体察其两难处境，没有把批判火力集于负心汉一身。这方面成就最大的是高则诚的《琵琶记》，他一反前期南戏《赵贞女蔡二郎》的艺术构思，把蔡伯喈由“弃亲背妇”改为“孝亲钟妻”，表现他辞试、辞官、辞婚而不能的悲剧。他对自己的悲剧有某种程度的理性认识：“被亲强起赴选场，被君强官为议郎，被婚强效鸾凰”；“文章误我，我误爹娘，文章误我，我误妻房。”文章，就是正统的儒家经典，就是封建科举的象征。直言不讳骂“文章”，批判矛头直指儒家道德与封建势力，但若同《雷雨》相比，《琵琶记》便显出重大不足。曹禺并没有天真地认为周朴园的良心发现纯洁无瑕。用苦味的咀嚼过去来填补晚年的精神空虚，从而心安理得地认为自己仍然多情高贵，这里面有的是自私。何况一旦受现实威胁，就变怀念为绝情。作者出色地揭示了周朴园“恶”的一面。而高明对蔡伯喈的软弱苟且却揭示不够。把全部罪过推给皇帝、牛丞相及封建观念，那么蔡伯喈自身的妥协是否也应该是造成悲剧的原因之一呢？“外化内不化”，“顺人不失己”，是中国知识分子在强大的外界压力下一种典型的“不得已而为之”的人生态度。可惜作者没有在人物深层心理上下功夫，表现传统文化对负心汉灵魂的异化。一味强调客观势力之“恶”与主观世界之“善”，自然就放弃了对负心汉的人格批判。本来可以从类型化的胡同里走出来，结果却因为过分渲染负心汉的善而仍然烙有类型化的印迹。由此可见，类型化始终盯住负心汉的弱点及恶行的手法也有合理之处。

《琵琶记》以后，古代的这一叙事模式已越过了它的高峰。明代冯梦龙“三言”中的篇章，唯有《杜十娘怒沉百宝箱》真实深刻。深刻者，揭示了李甲遗弃杜十娘的主客观原因，“为妾而触父，因妓而弃家”是大逆不道，违反封建礼法的；“李甲原是没主意的人”，“惑于浮议”，便对杜十娘“相信不深”。真实者，描写李甲起初“忠厚志诚”，真心相爱；中途怯懦犹豫，负情撒手；最后“郁成狂疾，终身不痊”，被良心折磨而死。但由于作品篇幅短小，李甲的形象仍然显得单薄了一些。明代凌蒙初“二拍”中的此类作品，思想艺术都不及冯梦龙。到了清代，这一叙事模式的发展已成强弩之末，无须赘述。

三

古典的“痴情女子负心汉”的叙事模式，在现代文学三十年中获得了新的艺术生命。《雷雨》是其中最为优秀的成果。

作家对遗弃原因的思考，往往能显示这一叙事模式的思想深度。古代作家常把原因归咎于负心汉个体的道德沦丧，只有《琵琶记》等极少作品是例外。现代作家则从夫妻反目中看到了二者经济政治地位的悬殊与不可调和的阶级对立。田汉的独幕剧《咖啡店之一夜》写富家子弟李乾卿对咖啡店侍女白秋英的始爱终弃，立意在“穷人的手和阔人的手始终是握不牢的”！这一立意奠定了现代作品的主题，此后的作品几乎全是对这一基调的丰富与发挥。张恨水三十年代的长篇小说《金粉世家》写国务总理的小儿子金燕西对平民女性冷清秋始乱终弃，其中心意思就是“齐大非偶”。①四十年代的电影《一江春水向东流》增加了一层动乱色彩，把素芳被遗弃的命运，归结于张忠良的“飞黄腾达”。撕掉家庭温情脉脉的面纱，从血缘关系中发现阶级压迫的冷酷现实，《雷雨》是突出的一例。曹禺说他从小就知道世界上的人分为穷人和富人，“萌发出一种贫富之间是不平等的观念”。②把人分为压迫与被压迫者，是现代文学理性精神的体现之一。鲁迅三十年代曾极赞这一认识“是一个大发现，正不亚于古人的发见了火的可以照暗夜，煮东西”。③但是也应该看到，把这种朴素的阶级论思想用于分析遗弃原因，也影响对于人性复杂面的开掘。这一叙事模式的众多现代作品中，只有《雷雨》在表现阶级对立的同时揭示了超阶级的人性与良心，并不是偶然的。

阶级对立思想极大地制约着作家对遗弃结局的处理。既然是生死对抗，压迫与反压迫，冲突便不可调和，双方都不能妥协。所以全以悲剧结束，看不到夫妻和解与团圆的影子。现代作品中无一例外。古典的大团圆是建立在道德重建与女子对男子依附的基础之上的，现代作品中充满了极端的、强烈的、浓重的阶级色彩，自然听不到男女关系的和谐旋律。这从一个侧面体现了新文学严格的现实主义精神。反对瞒和骗的文艺，揭出社会人生的真实相，攻击“大团圆”，成为一代文艺风尚。于是，便形成了这一叙事模式在现代所特有的深沉严峻的理性批判精神与悲剧风格。

也有不从阶级对抗方面寻找遗弃原因的。欧阳予倩的独幕剧《回家以后》和庐隐的短篇小说《现代的牺牲者》，都是写洋装陈世美留学归国后对妻子的抛弃。庐隐有如下的思考：“在这新时代离婚和恋爱，都是很时髦的，着了魔的狂热的青年男女，一时恋爱了，一时又离婚了，算不得什么，富于固执感情的女子，本来只好作新时代的牺牲品。”作者所揭示的是受西方个性解放思想影响而产生的弊端，但像这样把责任归于主张人格独立和恋爱自由的新思

---

① 语出《左传·桓公六年》：“齐侯欲以文姜妻郑大子忽，大子忽辞。人问其故，大子曰‘人各有耦，齐大，非耦也。’”耦，亦作偶。张恨水用此典，意在说明男女双方地位悬殊的婚姻往往是悲剧结局。

② 曹禺：《我的生活和创作道路》，《戏剧论丛》1981年第2期。

③鲁迅：《祝中俄文字之交》，《鲁迅全集》第4卷，人民文学出版社2005年版，第473页。

潮本身，是否恰当呢？对新思潮的抵触情绪和对传统美德的眷恋，到四十年代，很多作品中随处可见，可惜没有在这一叙事模式中有所表现，使我们对此无法深入评价。

现代的“痴情女”形象，“怨女型”仍然存在。许地山短篇小说《商人妇》中的惜官，被丈夫荫哥抛弃并卖掉了，却还深信“荫哥必不忍做这事”，带着孩子四处寻找丈夫，做着团圆的美梦。《一江春水向东流》中的素芬，实际上是现代的赵五娘。但现代作家也塑造了几个具有独立精神的“自主型”女性。张恨水笔下的冷清秋，遭到冷落后，能从主观方面反思悲剧原因：“自己实为金钱虚荣引诱了，让一个纨绔子弟施展他的手腕，已经是自己瞧不起自己了。”不但自审，而且主动提出离婚要求，带着儿子逃出金家牢囚。后又打消自杀念头，卖字为生，终生不与金家来往。这种从感情上与负心汉彻底断绝、人格上拒不依附他人的行为，与古代痴情女的哀怨纠缠真有天壤之别。在冷清秋身上，既有传统的坚贞与韧性，又有现代的自爱与刚强。曹禺笔下的侍萍，其自主性则体现在她被遗弃后的艰难自立，以及千方百计避免女儿重蹈覆辙的努力。罗马尼亚评论家亚·格普拉里乌认为她是个“有着异常的道德力量”的女性[①]，就是透过她表面的凄苦苍老看到了她性格的执着坚强。与同剧中的蘩漪相比，她虽没有蘩漪那种走极端的反抗行为，却也没有蘩漪骨子里对男人的依附思想。

蘩漪属于“仇女型”。古代的仇女大多是以自己亲手索取负心汉的性命为复仇，近世的秦香莲是借包拯之手刀铡负心汉。希腊悲剧《美狄亚》中的美狄亚是亲手杀死情敌与自己的儿子来折磨负心汉伊阿宋。对这一类仇女历来赞誉极高，笔者却不以为然。《雷雨》的成功之一，就在于它揭示了痴情女激烈的反抗行为与传统的依附观念之间的深刻矛盾。蘩漪对不爱的鄙视弃绝，对所爱的舍命追求，显示出现代妇女解放思潮对“深闺”的冲击。但她依然留在传统的王国里，并非一个具有健康的资产阶级个性解放思想的新女性。曹禺也说：“她是一个中国旧式女人。”[②]她敢于在令人窒息的周公馆里要爱情自由，但她获得爱情的方式却是在古老的大家庭中自生自灭的乱伦与偷情。对周朴园这个负心汉，她的确是做到了绝情绝义、自尊自爱，但她对周萍却有着浓厚的依附思想。首先，没有周萍的爱，她便失魂落魄，明知周萍人品虚伪，性格怯弱，并且已厌弃她，不值得自己去爱，但她仍然自欺欺人地企

①见《世界文学参考资料》1959年第5期。

②见《雷雨》中蘩漪出场时作者写的舞台提示。

图恢复旧情；其次，想跟随周萍逃出周家，却连想也不敢想只身轻轻离开周家；再者，宁愿降低人格，与四凤同事周萍，“你把四凤接来——一块儿住，我都可以”，这不是传统的妻妾观吗？出于依附思想，她对周萍的主要戏剧动作便是“纠缠”，而纠缠恰为真正的现代女性所鄙弃。反抗的坚决和毁灭的勇气不一定来自新思想的指导，却往往是无路可走的迷惘与旧道德的驱使所致。美狄亚就是如此。她的反抗可谓空前绝后了，但她却认为：“我们的丈夫接受婚姻的羁绊，那么，我们的生活便是可羡的；要不然，我们还是死了好。”她称伊阿宋为“一生的幸福所倚靠的丈夫”，丈夫一旦负心，自己的“生命已没有一点乐趣”，便把无意义的生命与丈夫同归于尽。也许，正是女性依附的温床，培育了男子的自我中心及对女性的轻薄！令人震惊的是，二十世纪的蘩漪仍然把自己绑在男人的身上，可见中国女性独立解放的历史行程有多么曲折艰难！

现代文学的负心汉系列，有一类介于“全恶型”与“悔过型”之间的形象，如《雷雨》中的周萍、《金粉世家》中的金燕西等。他们都有一副纨绔面孔与玩乐派头，从不以严肃认真的态度对待女性乃至人生。爱的时候也许不乏真诚，遗弃所爱时却没有半点留恋。所受的文明教育使他们懂得自己在两性关系中应负的责任，但他们的家世地位却纵容他们不负责任，而他们自己也没有男人的骨头来承担责任。他们考虑的只是如何卸掉良心的重负和现实的纠缠，逃之夭夭。他们远不如他们的父辈那般强硬，人格低劣，灵魂脆弱。金燕西费尽心机追求冷清秋，并不是倾慕知识女性的傲骨与才情，而是爱她的美貌与娴淑。一旦正式结婚，他的玩乐为本与她的独立自尊便尖锐对立，就成天在外与各种女性厮混。得到冷清秋的“绝笔书”，他“如释重负”：“人既不会死，婚姻又脱离了关系”，“我也没有什么对她不住的”。周萍起初对蘩漪的爱是出于对她的同情与对父亲专制主义的憎恨。久而久之，他苍白的灵魂受不住蘩漪爱之野火的冶炼，孱弱的气质受不住提心吊胆的偷情生活，便缩着脑袋与肩膀企图溜走。“我是我父亲的儿子”，他终于宣布了对封建权势与传统伦理的投靠，而出卖了蘩漪的人格与他自己的过去。如同昨天他对蘩漪的爱是真诚实在一样，今天他对蘩漪的厌恶也实在真诚，同样的真诚实在还会用于今天对四凤的爱以及明天对四凤的抛弃。他自己犹如无主孤魂，尚不知依附于何物，哪有坚实的臂膀容女性依靠于他！张忠良其实也属此种类型。严酷的现实很快洗尽了他的忠诚、热情与勇敢。他不得不把自己的人格拴在邪恶女人的裤腰带上，连看自己结发妻子的信，对被遗弃的妻子略略表示一下内疚都不敢，道德堕落到何等地步！这一类形象的出现说明专制与夫权已失去了最初的正统威严，正接近无力的尾声。

作为现代作家的曹禺，他的一大贡献是为负心汉形象注进了具有民主和人道内容的“忏悔意识”。这主要表现为对周朴园的塑造。周朴园对侍萍的爱刻骨铭心，他珍藏着侍萍的照片，纪念她的生日，保留她用过的家具，甚至保留着侍萍产后因怕风连夏天也关窗的习惯……古代负心汉张正字的“回肠危结”，李甲的悔恨至死，都没有被描写得这般鲜明生动。但周朴园的忏悔与托尔斯泰《复活》中的聂赫留朵夫脱胎换骨的道德重建相比的话，周朴园简直没有什么成绩，他还留在罪恶与私欲的泥坑里。聂赫留朵夫不但忏悔，公开承认他对玛丝洛娃的罪恶，想尽千方百计营救她，而且放弃贵族的一切生活方式，跟着她到西伯利亚去流放，成为一个思想进步品格高尚的新人。这正是民族的社会历史条件和具体的文化环境所造成的巨大差异。在基督教文化圈里，聂赫留朵夫身陷邪恶，面临整个社会的良心死灭，却可以乞灵于“心中的上帝”，在精神里面而不是在世俗和专制的教会里祈祷，从而获得自主独立的道德意识和忏悔力量。周朴园呢，只能面对整个封建的人伦关系。群体淹没了个体，脆弱的个体意识很难从群体意识中分化出去对抗世俗传统而独善其身。这就是孔孟的本是重视个体独立完善的修身之道在实践中只能变成消灭个性意识的中庸保命哲学的原因之一。所以周朴园“忏悔”了三十年，最终也没能冲出人伦关系的文化沼泽，站到聂赫留朵夫的精神自由和理性觉醒的历史高度上。曹禺赋予周朴园悲剧的意义，不仅在于道德个体的罪恶与良心的永恒冲突，而且显示了中国传统文化对于中国人灵魂统治之深、残害之毒。

周朴园不及聂赫留朵夫纯正高尚，但他作为负心汉形象却并没有因此受到削弱，相反，他因此成为更真实更严格的现实主义典型。在托尔斯泰的日记中，记载着他为《复活》续篇拟定的大纲：“他（聂赫留朵夫）的工作，厌倦，重新觉醒过来的老爷习性，女人的诱惑，堕落，错误，同时一切都发生在由移居垦荒的农民所组成的‘鲁滨逊公社’的背景中。”[①]真奇妙！聂赫留朵夫又回到了他罪恶的起点上。在充满罪恶的社会里，良心是脆弱的。是不是严酷的现实使作者认识到了道德重建的艰难性呢？或许，作者在批判自己的理想主义与宗教精神对于现实主义人物的损害。曹禺似乎是清醒明智得多，他原本就没有让周朴园走到良心发现的端点，他老让周朴园在原地打转，在

①贝奇柯夫：《托尔斯泰评传》，人民文学出版社1959年版，第532页。

眷恋与绝情中徘徊，在罪恶与良心间冲突。可以说，周朴园的主要性格特征不是伪善——内心的恶与表面的善所形成的矛盾，他的内心世界与外在行为都各自拥有善恶交织的矛盾，其道德心理本身就是一个矛盾重重的结构。只有在尊重人理解人并研究人的复杂性的文化氛围中，才可能产生周朴园的忏悔意识以及对他人格的深入解剖。

现代的“痴情女子负心汉”叙事模式表现出新的形式特征。其一，现代作家已不沿用“求爱—盟誓—婚变”这种古典的情节结构，他们往往切取一个横断面，重点表现其中某一环节，而对其他环节采取略写、穿插、交代的方式。《咖啡店之一夜》《现代的牺牲者》《回家以后》都是重点写“婚变”这一情节。师陀四十年代的长篇小说《结婚》，写中学教师胡去恶为挤进冒险家乐园做投机生意而抛弃未婚妻去追逐一位富家小姐，结果人财两空。上卷由胡去恶写给未婚妻的几封信组成，下卷变换成第三人称写他的无耻与失败，完全打破了古典结构，显出更大的灵活性。《雷雨》借鉴西方近代话剧的“锁闭式”，从遗弃的结果开始写起，中间用“回顾法”交代三十年前的恩怨，创造出了古典戏剧所没有的紧张强烈的悬念与气氛。其二，人物关系设计错综复杂。古典作品只安排一对痴情女与负心汉，一般不旁生枝节，其他人物不介入男女主人公的感情纠葛。现代作家不满足于此。《雷雨》安排了两组痴情女与负心汉：侍萍与周朴园，蘩漪与周萍。而且还有周朴园对蘩漪的变相遗弃——虐待，周萍对四凤的可能性遗弃——只身出逃不愿带走四凤。作者让这四组两性关系陷入血缘纠葛之中，又产生出两组乱伦关系：周萍与蘩漪的母子乱伦，周萍与四凤的兄妹乱伦。使遗弃悲剧与乱伦悲剧相互交织、相互作用，艺术效果更加强烈。《雷雨》显然已不属于纯粹的“痴情女子负心汉”的叙事模式，它与“乱伦”等叙事模式结合起来，起到了拓展思想内涵、增强戏剧性、深化悲剧美的作用。当然，传统的叙事格局仍然有它特殊的艺术魅力与历史惰性，现代作家也有用“旧瓶装新酒”的。《商人妇》只是用现代白话叙述一个古老的故事；《金粉世家》的结构基本承袭旧路，而且是章回体；《一江春水向东流》则是套用《琵琶记》的“双线平行对照法”，一边是张忠良的人格堕落，新娶“抗战夫人”“接收夫人”，一边是素芬含辛茹苦抚养父母孩子，同样产生了很好的艺术效果。

“痴情女子负心汉”的叙事模式在现代文学中，还产生了它的变体——“负心女子痴情汉”。这种变体把原模式中男女主人公的道德位置作了对换，亦可称作原模式的“反模式”。本来，在古典文学中已见这一变体的端倪，如冯梦龙“三言”中所搜集改编的“朱买臣休妻”“庄生假死”“蒋兴哥重会珍珠衫”等几则故事便是。但作者是站在封建卫道者的立场上，用“从一而终”的纲常礼教评判女性对于婚姻自由的追求。女性的改嫁与离异及另有所爱等行为都被歪曲描写，“负心女”形象十分丑恶，近于漫画。透过这种曲折之光，我们能依稀看到封建社会中女性挣脱礼教束缚的身影，只是由于传统伦理对作家的俘虏，她们的形象才没能得到合乎历史面貌的展示。现代文学完成了这一任务，负心女形象恢复了真实的面目。巴金《寒夜》中塑造的曾树生便很真实。她既想维持家庭和睦，与得了不治之症的丈夫共度患难，做一个忠贞不二的贤妻；但她的生命活力与虚荣心又驱使她耐不住艰苦和寂寞，去充当“花瓶”，跟着新的追求者出走。田汉《丽人行》中的梁若英也是如此。离开抗战丈夫另寻主子贪图安逸享乐，最后仍能得到赦免，让她在新丈夫的遗弃下幡然悔悟自新了。能负心出走另求新生活，本来就说明社会已给了她们某种程度的自由，巴金和田汉又怀着对女性的宽容来写她们的负心，她们便获得了双倍的同情，没有遭受到中国文人磨炼了千百余年的经常攻击负情者的那种枪刺。这是现代社会所特有的妇女解放思潮和民主人道的文化氛围作用于文学艺术的结果。

（原载《文学评论》1989年第1期）

【说明】

本文运用叙事模式分析方法，以中西文学史上“痴情女子负心汉”叙事模式为宏观参照，对《雷雨》中周朴园这个“负心汉”心灵中的罪恶与良心、忏悔与绝情的内在矛盾，作了颇为深刻的分析。

结构主义批评按对象不同可分两种：以抒情文学为对象的结构主义诗学，以叙事文学为对象的结构主义叙事学。结构主义叙事学主要研究共时性的叙事模式。所谓“叙事模式”，简言之即“故事下面的共同故事”：文学史上有许多作品，其作者、时代、地域、体裁等完全不同，但作品所叙述的故事，包括人物关系、情节发展、事件起因及人物的命运和结局等方面，显示出惊人的一致性，这种不同故事下面所潜藏的这个高度一致的基本故事，即称为叙事模式或情节模式。

叙事模式的研究可以从两个角度展开：一是对文学史上某一叙事模式进行宏观概括；一是对某一作品叙事模式作具体的分析评价。这两个方面可以各自独立，也可以结合运用。本文同时运用两种思路。全文三部分。首先，本文作者对多年来“曲解周朴园”的种种原因逐一作了剖析，并揭示了周朴园悲剧的精神根源，认为《雷雨》是“描写二元道德造成心灵分裂与痛苦的艺术”。其次，对中西文学史上古典型的“痴情女子负心汉”叙事模式的结构、演变及内在特点，作了系统研究和宏观把握。再次，为了改变周朴园形象分析中普遍存在的曲解和简单化做法，正确评价“良心发现”对于周朴园形象塑造的意义，把周朴园形象“移位”到“痴情女子负心汉”的文学模式中进行对比分析，进一步揭示了周朴园性格的复杂性和矛盾性；同时，对“痴情女子负心汉”叙事模式在现代文学中的新发展和新特征，提出了自己的新看法。在众多分析周朴园形象的文章中，这篇论文令人耳目一新；而把一个作品“移位”到宏观的叙事模式中作对比分析，更具有普遍的借鉴意义，既开阔了诠释视野，也深化了对作品意蕴的理解。

作者吴建波，1954年生，华中师范大学中文系教授，中国现代文学研究者，专治中国现代戏剧。（陈文忠）

【文献链接】

1. 普罗普：《故事形态学》，中华书局2006年版。本书是结构主义叙事学的经典之作。普罗普在研究俄国民间故事的分类和结构时，从100个童话故事中抽象出三十一种顺序不变的功能和七个人物角色，进而概括出四条基本原则，建构了一个独特的民间故事形态学体系。西方学者一致认为，结构主义小说研究是从普罗普的俄国童话故事研究开始的。普罗普为小说研究提供了“简单形式”，即叙事模式的理论，这种简单形式或叙事模式对结构主义思想一直起着重大的推动作用。

2. 许子东：《为了忘却的集体记忆——解读50篇文革小说》，生活·读书·新知三联书店2000年版。本书是普罗普叙事模式理论的具体运用。作者在考察“50篇作品”的基础上，在“文革小说”千奇百怪变化多端的灾难故事中，归纳出二十九个情节功能、四种叙事模式、四个叙事阶段和五种主要人物角色，探讨并揭示了这一时期人们的集体记忆的主要模式。本书是迄今运用结构主义叙事学研究中国小说最成功的著作。

3. 郑振铎：《论元人所写商人、士子、妓女间的三角恋爱剧》，《中国文学研究》（上），人民文学出版社2000年版。本文研究元代恋爱剧中一种常见的故事模式，即“商人、士子、妓女间的三角恋爱”。首先考察渊源，认为盛行于元代双渐与苏卿的悲欢离合故事是后来同类故事的范式；接着考察了“商人、士子、妓女”三个角色在同类故事中大致相似的命运遭际；最后探讨了元代戏剧中盛行这一叙事模式的社会文化根源。本文可视为结构主义叙事学在古代戏剧故事研究中的非自觉成功运用。

4.黄子平：《同是天涯沦落人——一个“叙事模式”的抽样分析》，《沉思的老树的精灵》，浙江文艺出版社1986年版。“落难书生”与“风尘女子”，长久以来一直是中国社会的“同是天涯沦落人”，他们的惺惺相惜成为历代文学的描写对象，并由此形成的特定的叙事模式。本文就是对这一叙事模式的专题研究。文章系统考察了“同是天涯沦落人”这一叙事模式在白居易《琵琶行》、马致远《青衫泪》、一直到郁达夫《沉沦》《春风沉醉的晚上》等作品中的共同性和差异性。独特的角度，开阔的视野，精彩的分析，读来令人荡气回肠。

答《鱼目集》作者

李健吾

人心不同，
各如其面。

一本书象征一个人最高的精神作用，一首诗是这最高活动将逝未逝的精英。了解一个人虽说不容易，剖析一首诗才叫“难于上青天”。托尔斯泰的感染说（Infectiousness）是一切艺术的一个基本条件，因为艺术本身含有普遍性，而感染说也只是艺术普遍性的一种解释，或者一种衡量。但是，犹如任何理论，临到应用，我们不能全盘收受。托尔斯泰并非不慎重，他开首就把下流的情绪和美感的情绪分成两截。不过，临到他说，一件真正艺术作品能够铲除读者自觉里他和艺术家的隔离，我们便得考虑一番；等他说到不仅此也，还能够铲除他和其他读者的隔离，我们更不能囫囵咽下。

同样一个爱国忠君的观念，表现出来的时节，我们迄今最欣赏的却是屈原。屈原虽说是贵族，他的感染性却比任何遗民的诗作浓烈。民间的文学因为单纯，所以动人；因为表现直露，所以忠实。然而，我们明白，基于个人的爱恶，托尔斯泰举的是一个极端的例证，不能做为全部人生和文学的诠释的准则。每个作者，因为性情环境时代种种交错而繁复的背景，虽说处理同一的题材，难得和第二个作者在在皆同。我们不一定承认文学是天才的把戏，但是我们相信艺术的可贵正在它个性的表现。托尔斯泰虽说提出个别的情感，却不屑于细加推敲。推敲是一切理论的基础。从作者的经验到表现是一个坎坷的“天国历程”，结局多半倒是颓然而废。我们看一眼文学史，就知道有多少杰作是完成的，而完成的，又有多少能让作者瞑目的。一个读者，所有经验限于对象（一部书，一首诗）的提示，本身和作者已然不同，想象能否帮他打进读书的经验，即使打进去，能否契合无间，正如一句伤心的俗话：“天晓得”！一个读者和一个作者，甚至属于同一环境，同一时代，同一种族，也会因为一点头痛，一片树叶，一粒石子，走上失之交臂的岔道。一个作者，从千头万绪的经验，调理成功他表现的形体；一个读者，步骤正好相反，打散有形的字句，踱入一个海阔天空的境界，开始他摸索的经验。这中间，由于一点点心身的违和，一星星介词的忽略，读者就会失掉全盘的线索。

而时间，这不作美的天公，更是一切误会的根苗。不必举例古人，我们就拿一首如画也如话的白描小诗来看：

“水上一个萤火虫，
水里一个萤火虫，
平排着，
轻轻地，
打我们的船边飞过。
他们俩儿越飞越近，
渐渐地并作了一个。”

胡适先生这首《湖上》，写他“一时所见”，时在一九二〇年八月二十四日。这首诗当得起一个明白清楚。但是，如今，如今即令作者亲自来下注解，他能保险一丝不漏，重新获有那天“夜游”的经验吗？我们知道，明白清楚是托尔斯泰感染说的第二个条件。然而，对于文学，一切富有性灵的制作，绝对不免相当的限制，这就是说，好坏是比较的，层次的，同时明白清楚，所谓表现，也只是比较的，层次的。同样一个经验，有的诗人体会的更为深刻些，有的更为辽阔些，有的简直就不知道什么时候是他最后的止境。明白清楚是作者努力追求的一个目标，是作品本身的一个要求，是读者一种意内的希望，却不是作者达到目标的征记，作品价值的标准。至于读者的希望，在创作的过程中，很少放在作者的心上。时间是爱情的试金石，也是智力测验的一个条件。一个十六岁孩子看《红楼梦》，他的经验和二十岁青年的不同，和四十岁成人尤其径庭。一个十四岁孩子会把《七侠五义》当做杰作，再过二十年，你若问他，他会微微一笑，红上脸来，勾起悲哀的回忆。一个读者，本人因为年龄心境差异，对于一部作品不能终始如一，怎么会同另一个读者合好无间呢？

这不可能，然而这不是说，绝对不可能。人和人有息息相通的共同之点，大致总该有个共同的趋势。托尔斯泰的感染说，自有其颠扑不破的道理，但是临到承受时节，我们却不能不参照个别的经验。如若托尔斯泰攻击象征主义，认为由于上层阶级精神生活过分贫乏，我们必须原谅托尔斯泰伯爵，因为他有他全部的思想情感做他的注脚。道德宗教的情绪！这是他艺术观的有色眼镜。把晦涩暂时放开，我们立即看得出来，特别是他从举的例证可以意会，托尔斯泰厌恶的是诗里的情绪，或者用个术语：内容。他不明白一个人会一无所爱，偏偏钟情那过往的浮云。实际波德莱耳有的是难懂的诗，他却硬派《异乡人》晦涩。《异乡人》和胡适先生的《湖上》同样明白清楚，只是《异乡人》缺乏尘世的依恋罢了。所以托尔斯泰攻击，因为他憎恶这里旁门左道的思想。——然而可怜的是，他以为晦涩做成波德莱耳的盛名，却不料正是这种内容——一种精神的反抗，一种生活的冒险，一种世界的发现，或者说坏些，一种反常的经验——激起青年的同情和认识。然后这些青年，渐渐明白内容和外形虽二犹一，体会出这里的金声玉相，潜下心来学习。这不是精神生活贫乏，而是精神生活不同。我们承认上层阶级往往缺乏生活真实的经验，作品因而离开人生的泉源，内容和外形分道扬镳。但是，内容和外形析离，我们明白根本就没有那样的作品，犹如布莱德雷（Bradley）所谓："这不在这一个（内容）里面，也不是在那一个（外形）里面，也不在二者的总和里面，而是在二者不在的诗里面。"意义和声音不能分开，把

"举头望明月"，

改做

"举首看明月"，

你马上体会出这里的损失。我们鄙视南朝的诗赋，原因不在精神生活贫乏：虽说境界不大，却在体验浅浮，好像一个乡下姑娘，穿了一身百乐门的跳舞衣裳。她的过失不在她是一个乡下姑娘而在她穿了一身不匀称的裤褂。我们欣赏一件作品，应当先行接受它的存在，这就是说，它带来的限制。所以我说："拿一个人的经验裁判另一个人经验，然而缺乏应有的同情，我们晓得怎样容易陷于执误。"

记住明白清楚是比较的，层次的，我们便好用来观察晦涩。晦涩是表现

当头的一个难关。这在中国文学史上，久已成为一个不言而喻的重要问题。陆机的《文赋》有段切实的短序，不过一百来字，中间有几句提到他创作的经验道：

“夫放言遣辞，良多变矣。妍蚩好恶，可得而言，每自属文，尤得其情，恒患意不称物，文不逮意，盖非知之难，能之难也。”

他以为表现的窳陋——“意不称物，文不逮意”——由于眼高手低。同样刘勰告诉我们：

“方其搦翰，气倍辞前，暨乎篇成，半折心始。何则？意翻空而易奇，言征实而难巧也。”

他进而指出言语本身的缺陷。表现形成一切作家的痛苦，而不仅是二三人的特殊现象。讲到梵乐希的谨严，莫洛泩（A. Maurois）告诉我们一个有趣的故事道：

“我记得有一天：梵乐希在老鸽子窝(Vieux-Colombier)讲演，大概这样道：

“‘晦涩’？我？人家那么说我，我就用力把这信做真的。然而我觉得我不像缪塞(Musset)，雨果，斐尼(Vigny)那样晦涩。你们觉得吃惊吗？看看缪塞。我不知道你们中间有谁能解释这两行诗：

“最美的歌最悲伤，我知道
有些永生的歌只是呜咽。”

“‘至于我，我简直无能为力！一声呜咽怎么就会是一首永生的歌呢？我觉得这不可理会。一首歌是一种节奏；一声呜咽没有形式。我就让多么晦涩，我也写不出这样晦涩的东西。’

“这时候，听众中间有一个年轻人仿佛激恼了，站起来说：‘怎么，先生，你不在取笑吗？这两行诗，我看不出有什么晦涩的地方，我不妨给你解释一下！’梵乐希道：‘我求你给我解释一下，我很高兴把我的位子让给你。’他站起来，燃起一支香烟，那位激恼了的先生走上讲台……他解释缪塞，却终不能满足梵乐希谨严的需要，甚至于宽大为怀的听众的需要。”

表现不仅是文人的痛苦，也是人人的魔难。我们不妨注意一个婴儿的表情，从哭笑到学习语言，中间需要多少提醒，重复，应用。等他长大了，他会发见婴提的语言，离完美的表现正不知要有若干路程。他必须进学校，父母要他知识充足；随着知识的增多，他语言的范围扩大。他用和知识相当的语言来应付人世，然而临到专门问题，他会看出还得另有一种术语。同样是诗人，他得在所有人话之中，选择最富可能的字汇。听说莎士比亚伟大，不会英文就是看翻译，你也抓不住他的精微。即使会英文——饶恕我的唐突，你是否能和莎士比亚契合，终成一个疑问。在表现上，一字一句会变成致命伤，犹如一方白玉，中间不幸有点瑕疵。忽略一个字，一个句子，你或许丢掉全诗的精英。一幅锦缎是一根丝一根丝交织成的；抽去一根丝，毁坏全幅的美丽。在欣赏时节，我们得和梵乐希一同赞美渥尔泰（Voltaire）这句话："诗只是美丽的节目做成的。"这就是为什么，福楼拜轻易不放他的作品出手，而往日中国文人，只有薄薄一本交给子弟行世。

所以晦涩是相对的，这个人以为晦涩的，另一个人也许以为美好。工具抓不住，便是印得多么讲究，只是白纸黑字，说不到文学，更谈不上艺术。但是工具抓得住，一切从生命里提炼出来的制作，除非本质上带有不可救药的缺陷，都有为人接受的可能。知道创作不是蚕吐丝，生孩子（用得最滥的比喻），我们就得把表现格外看重，唯其人力有限，"日月逝于上，礼貌衰于下"，我们得赞美那最经济也最富裕的表现。此其象征主义那样着眼暗示，而形式又那样谨严，企图点定一片朦胧的梦境，以有限追求无限，以经济追求富裕。一切临了都不过是一种方法，或者说得更妥当些，一种气质。古典主义告诉我们，下雨就得说做下雨，象征主义并不否认这种质实的说法，不过指示我们，人世还有一种说法，二者并不冲突。实际文学上任何主义也只是一种说明，而不是一种武器。梵乐希以为既有的经验开始自我审判的时辰，便是古典主义露面的时辰。所以他说：

> "古典和浪漫的差别正很简单：把手艺交给昧于手艺的人和学会手艺的人。一个浪漫主义者学会了他的艺术，就变成了一个古典主义者。这就是为什么，浪漫主义临了成功巴尔纳斯(Pamasse)诗派。"

象征主义从巴尔纳斯诗派衍出，同样否认热情，因为热情不能制作，同样尊重想象，犹如考勒瑞儿（Coleridge），因为想象完成创造的奇迹。然而它不和巴尔纳斯诗派相同，唯其它不甘愿直然指出事物的名目。这就是说，诗是灵魂神秘作用的征象，而事物的名目，本身缺乏境界，多半落在朦胧的形象以外。所以梵乐希又说：

“一行美丽的诗，由它的灰烬，无限制地重生出来。”

一行美丽的诗永久在读者心头重生。它所唤起的经验是多方面的，虽然它是短短的一句，有本领兜起全幅错综的意象：一座灵魂的海市蜃楼。于是字形，字义，字音，合起来给读者一种新颖的感觉；少一部分，经验便有支离破碎之虞。象征主义不甘愿把部分的真理扔给我们，所以收拢情感，运用清醒的理智就宇宙相对的微妙的关系，烘托出来人生和真理的庐山面目。是的，烘托出来；浪漫主义虽说描写，却是呼喊出来；古典主义虽说选择，却是平衍出来。

所以任何主义不是一种执拗，到头都是一种方便。

一首诗唤起的经验是繁复的，所以在认识上，便是最明白清楚的诗，也容易把读者引人殊途。例如，对着这样一首四行小诗：

“你站在桥上看风景，
看风景的人在楼上看你。

明月装饰了你的窗子，
你装饰了别人的梦。”

我冒然看做寓有无限的悲哀，着重在“装饰”两个字，而作者恰恰相反，着重在相对的关联。我的解释并不妨害我首肯作者的自白。作者的自白也绝不妨害我的解释。与其看做冲突，不如说做有相成之美。但是，有趣的是，检点一下我的《圆宝盒》。临到这首诗，我再三使用“不妨”和“猜测”，预先给自己埋伏一个退步，好充来日抽身而下的掩护。不幸是我那个“全错”，出来做成了我的奸细。然而临到交锋失利，与其指摘奸细，宁可搜寻一己的疏忽。我最冒昧的是，抓住我的形而上的线索死死不放。而第二个错误，要不是作者如今把“圆”和“宝盒”分开，我总把“圆宝”看做一个名词，第三个，我把“你”字解做诗人或者读者，没有想到这指情感而言。同时第四，犹如作者所谓，我过分注目“挂在耳边”，联想到上面那首小诗的“装饰”字样。现在，我的解释要是“全错”，出乎作者意外，我相信，至少我顺着我那根红线，走出我给自己布置的迷宫。

经过作者的指示，我体会出来自己何等地粗浮。作者开首不明明告诉我，他

“捞到了一只圆宝盒”

吗？这“捞”字清清楚楚说出这“宝盒”——理智——不是他自己原来就有的。等到理智（?）捞到了手，

“跟了我的船顺流
而行了”

理智已然情感化了。这“船”象征生存也难说。但是，即使我们顺从作者，把“桥”看做情感的结合，我们能够三言两语，说明全诗的印象吗？例如，现在，我重读这首诗，到了这句：

“永远在蓝天的怀里，”

虽说诗人不屑于抛弃我俗浅的解释：“永远带有理想”，我自己如今觉得，譬做自然，同样可以说得过去，甚至于接受字面，不妄附会，我觉得更其自然些。而最初我没有弄懂的第一个“你们”，或许正指理智和自我，或者诗里的“人”和“宝盒”。

但是，如今诗人自白了，我也答复了，这首诗就没有其他“小径通幽”吗？我的解释如若不和诗人的解释吻合，我的经验就算白了吗？诗人的解释可以撵掉我的或者任何其他的解释吗？不！一千个不！幸福的人是我，因为我有双重的经验，而经验的交错，做成我生活的深厚。诗人挡不住读者。这正是这首诗美丽的地方，也正是象征主义高妙的地方。这不是笨谜。一个谜，等你猜出来以后，除去那点儿小小得意的虚荣之外，只是一个限制好了的呆呆的对象。但是，一首诗，当你用尽了心力，即使徒然，你最后得到的不是一个名目，而是人生，宇宙，一切加上一切的无从说起的经

验——诗的经验。

一九三六年五月十六日

（选自《咀华集·咀华二集》，复旦大学出版社，2005年）

【说明】

李健吾此前写过一篇评论卞之琳诗集《鱼目集》的文章，卞之琳随即撰文回应，指出其中的几处误解。本文则是李健吾的答复。其主旨可用文中的一句话来说明："我的解释并不妨害我首肯作者的自白。作者的自白也绝不妨害我的解释。与其看做冲突，不如说做有相成之美。"

李健吾的文学批评深受西方印象主义、审美主义批评的影响，而本文探讨诗歌文本的解读原理，已经触及阐释学、接受美学和读者反映批评的某些命题。文章首先从中外文学欣赏的现象和文学理论的辨析入手，以大量篇幅，阐明读者经验与作者自白的差异，以及"明白"与"晦涩"等阅读理解中存在的问题。然后回到对卞之琳《断章》《圆宝盒》两首诗的文本分析，对自己原先的观点有修正，也有坚持。最后，他指出："诗人挡不住读者"，才是一首诗"美丽的地方"。

李健吾的评论，强调读者在文学欣赏中的"感受"；卞之琳的自白，强调作者在文学创作中的"意图"。这很容易使人想到英美新批评文论中的"意图谬见"和"感受谬见"。但在阐释学那里，这些都谈不上"谬见"，只是"理解"和"阐释"的差异、"含义"和"意义"的差异。在文学欣赏中，不必追求唯一正确的答案。各持己见，各执一词，自圆其说，和而不同，这便是李健吾所说的"相成之美"。

李健吾（1906—1982），笔名刘西渭，中国现代作家、文学评论家，代表作有《咀华集》《咀华二集》等。（桑农）

【文献链接】

1. 李健吾：《鱼目集》，《咀华集》，花城出版社1984年版。这是一篇关于卞之琳诗集《鱼目集》的书评。在切入正题之前，作者以大量篇幅探讨了中国新诗的发展史。作者认为："从《尝试集》到现在，例如《鱼目集》，不过短短的年月，然而竟有一个绝然的距离。"过去的新诗人只在摆脱旧诗的形式，如今的新诗人未尝不也继承“民族自来的品德”，追求“言近而旨远”的境界。卞之琳的《鱼目集》正好象征这样一个转变的肇始。文章最后，以卞之琳的诗句来印证自己的论点。

2. 卞之琳：《关于〈鱼目集〉》，《咀华集》，花城出版社1984年版。卞之琳读过李健吾的书评后，以书信的形式，写了这篇回应。作者认为批评家的解读，有的“出我意料之外的好”，如《寂寞》；有的“显然是‘全错’”，如《圆宝盒》《断章》。文章对被误解诗作的创作背景、意图和思路，作了一些解释，并特别对有关其诗作“没有内容”的观点予以反驳，对当时流行的文学观念进行了批评。从中可以看到，卞之琳诗歌创作的心理过程，也可以看到他独具特色的文学主张。

3. 卞之琳：《关于“你”》，《咀华集》，花城出版社1984年版。李健吾对卞之琳的答复，即《答〈鱼目集〉作者》，没有回应有关作品内容的评判，也没有回应有关具体诗句的解读，而是谈到读者解释与作者表白的相成之美。卞之琳觉得意犹未尽，于是就诗作中的“你”字，又作了详细的说明。视角的变化，是现代文学的重要表现技巧。特别在现代诗中，人称有时是不一定指人，而是指物。所以，阅读时，弄清楚人称的特指尤其重要。否则就会陷入作品的迷宫，不识庐山真面目了。

4. W.K.维姆萨特、M.C.比尔兹利：《意图谬见》，《二十世纪西方文论选》(上卷)，高等教育出版社2002年版。美国批评家维姆萨特和比尔兹利合著的《意图谬见》和《感受谬见》，是新批评派文论的两篇重要论文。新批评派的文论观，是极端的作品中心主义。他们将作品的分析限制在文本之内，作者的意图和读者的感受都可能是“谬见”。本文认为，衡量一部文学作品成功与否，作者的构思或意图既不是一个适用的标准，也不是一个理想的标准。因为文学作品本身是一个独立自主的存在，如果作者成功地实现了自己的创作意图，那么它就会在作品本身中得到充分表现，大可不必再以作品之外的意图去加以评判了。

5. W.K.维姆萨特、M.C.比尔兹利：《感受谬见》，《二十世纪西方文论选》(上卷)，高等教育出版社2002年版。新批评派文论不仅试图割断作品与作者意图的联系，还试图割断作品与读者意图的联系。在他们看来，“感受谬见”则在于将作品与作品的效果相混淆，最终会导致印象主义和相对主义。本文正是从这一立场出发，批评西方文论史上一些陷入“感受谬见”的评论家。巧合的是，李健吾的文学评论也被称为“印象主义批评”，可能沦为“感受谬见”。当然，卞之琳的一再“表白”，是否也带有“意图谬见”呢？由此可见，李健吾强调读者解释与作者表白的相成之美，是有意要超越“意图谬见”和“感受谬见”的狭隘之分。

6. E.D.赫施：《为作者辩护》，《二十世纪西方文论选》（下卷），高等教育出版社2002年版。自阐释学和接受美学盛行以来，“作者无足轻重”的观点已被普遍接受。美国文论家赫施却提出了“保卫作者”的口号。在他看来，文本在阅读中确实存在着差异性。他的解决方法是区分文本的“含义”和“意义”。所谓“含义”是指文本作者的原初意义，所谓“意义”是指文本在读者眼中各有差异的意义。他认为，一切通过文本交流的意义，在某种程度上是受语言约束的，文本的意义不可能超越用来表达文本意义的语言的可能性和控制。正是在这一点上，他要“为作者辩护”。

7. S.费什：《看到一首诗时，怎样确认它是诗》，《二十世纪西方文论选》（下卷），高等教育出版社2002年版。费什是美国“读者反应批评”的代表人物，他的观点与赫施截然相反。本文是他的专著《上课时有文本吗?》中的一章。费什认为，文本表现为一个事件，而非内容或信息。读者的阅读是对这一事件的反应。至于文本是否有确定不变的内容，似乎没有什么理由可以证明，没有什么方法可以获得。当然，相对稳定的意义还是有的，但这个意义不是文本告诉的，而是来自相对稳定的读者群体，即“解释群体”。在他看来，“解释群体”才是确定文本意义的“权威”。

唐人青春之歌走向顶峰之路
——《春江花月夜》1300年接受史考察

陈文忠

张若虚《春江花月夜》被闻一多先生视为中国诗歌史上“以孤篇压倒全唐”的“诗中的诗，顶峰上的顶峰”，又被称为“抒情诗的最好标本”。然而，其迄今1300年接受史，并非“滟滟随波千万里，处处春江有月明”。诞生近400年无处寻觅，到宋代借郭茂倩《乐府诗集》方重现诗坛，又近500年后在《诗薮》中得到第一次阐释。胡应麟之后迄今400年才真正进入接受史的黄金时期代。《春江花月夜》的接受史为何如此跌宕起伏？明清之后的诗评家如何细读这篇抒情经典？从20世纪40年代延续到80年代的“宫体之辨”应当怎样理解？这是《春江花月夜》1300年接受史中颇为有趣的问题。

“春江花月”何处寻？

唐宋两代可视为张若虚《春江花月夜》接受史的第一阶段。分而论之，略有差别：唐五代近250年，只传文名，不见诗名；两宋金元400年，虽见诗篇，不见诗评。

张若虚在唐代的文名，散见于身后的笔记、史籍，共有三处记载。现存文献最早提到张若虚的是晚唐郑处诲的《明皇杂录》；其次是成书于五代后晋的《旧唐书》卷一九〇《文苑中·贺知章传》；最后是成书于北宋仁宗时期的《新唐书》卷149《刘晏传》附《包佶传》。这三则材料透露了多方面信息。首先，这位被闻一多视为与陈子昂同为“初唐双峰”的杰出诗人在两《唐书》中均无传，其名字仅依附于他人传记才得以留传。其次，官职止于兖州兵曹、“恃才浮诞”而“流落不偶”的张若虚，虽正史无传，却“位卑而名著”。这位“文词俊秀、名扬于上京”的吴越之士，当时已被列为“吴中四士”之一。但在唐代文献中，始终未见《春江花月夜》这首杰作的篇名。他的作品似乎在唐代就未编集成书，这便极大影响到诗人作品的传播与传世。

宋代郭茂倩是《春江花月夜》传播接受史上的莫大功臣。今人见到的《春江花月夜》最早文本即载于郭茂倩《乐府诗集》第47卷。此卷收录清商曲辞吴声歌曲《春江花月夜》，包括张氏之作共5家7篇。但这篇杰作只是静静地躺在《乐府诗集》中，无人过问。除郭茂倩《乐府诗集》，宋金元三代的唐诗选，尚未见一个选本选载张作。宋代诗话大盛，前代与时人的名篇佳句，无不进入诗话家的阐释视野。然而在数百种宋人诗话笔记中，均未见片言只语论及《春江花月夜》的诗意和诗境。元代的数十种诗话、诗格著述，同样如此。

初唐诗坛，“春、江、花、月”作为一组青春洋溢、充满时代朝气的母题意象，反复出现在诗人笔端，留下了许多脍炙人口的名篇佳句。然而，此一将“春、江、花、月、夜”五字炼成一片奇光的长篇杰作却长久默默无闻、几乎失传。面对中国诗歌史上“抒情诗最好的标本”，唐宋金元诗评家的集体性盲视，令人唏嘘不已。倘若郭茂倩选诗稍严，一个伟大青春时代的文学象征就会从此沉入诗海，销声匿迹。

什么是艺术作品的存在方式？杜夫海纳《审美经验现象学》把“艺术作品”和“审美对象”作了明确区分，认为前者的“文本性存在”只具有潜在价值，后者的“心灵性存在”才实现其真正价值。从盛唐至宋元，张若虚的《春江花月夜》湮埋在少数几个选本中，没有留下任何一位有名有姓的可靠接受者。因此，它只能算是一篇具有潜在价值的“艺术作品”，没能成为真正的“审美对象”。

从“诗之旁流”到“竟为大家”

从明初高棅的《唐诗品汇》（1393）到万历年间胡应麟的《诗薮》（1590），从选家到诗评家，此一诗篇终于从文本性的“艺术作品”成为心灵性的“审美对象”。同时，《春江花月夜》自明代以降的接受过程也是其被经典化的过程。而从明初到清末的经典化，应归功于选家的慧眼和评家的慧心，其背后则折射出这一时代审美意识和审美风尚的特点。

高棅《唐诗品汇》中《春江花月夜》是以低调入选的。《唐诗品汇》“七言古诗”一体共13卷，《春江花月夜》即被置于第13卷“旁流”中。尽管如此，高棅在《春江花月夜》接受史上仍有重要意义。《唐诗品汇》的精选不同于《乐府诗集》的广采。选择即评价，高棅也成为《春江花月夜》接受史上第一个自觉读者。《春江花月夜》接受史的真正转折点，当在16世纪中叶的嘉靖时代。其标志是后七子领袖李攀龙在《古今诗删》中再选此诗。此后的百年左右，《春江花月夜》接受史出现了第一个高潮。

清初选家不减晚明热情。康熙、雍正、乾隆三朝的重要唐诗选本，无不选录此诗。清代选家兼选、评于一身，在明代选家基础上对诗境和诗艺作了更深入阐释，形成了《春江花月夜》接受史的第二个高潮。经历晚明和清初的两个接受史高潮，《春江花月夜》的经典地位已牢固确立。

在诗歌接受史上，评家大多晚于选家。但在经典地位的确立过程中，评家的作用和影响往往超过选家。《春江花月夜》在从明代至清末的经典化进程中，万历胡应麟、乾隆贺裳和清末王闿运三位是最值得重视的诗评家。他们从三个不同的阐释角度，由品赏风格、到定为“名篇”、再到推为“大家”，构成了经典化进程的三部曲。

如果说高棅是第一个别具慧眼的自觉读者，那么将近200年后的胡应麟则是第一个别具慧眼的审美阐释者。《诗薮》内编卷三七言古体曰：

> 张若虚《春江花月夜》，流畅婉转，出刘希夷《白头翁》上，而世代不可考。详其体例，初唐无疑。

这段评论是《春江花月夜》阐释史的开篇，虽寥寥数语，却内涵丰富。首先，胡氏从审美直觉出发揭示了这篇歌行“流畅婉转”的风格特色。这也是其作进一步判断的立论基础；其次，他由此论定《春江花月夜》与《代悲白头翁》风格相似，而艺术性则“出刘希夷《白头翁》上”。这一论断既具有翻案性质，又初步确定了《春江花月夜》的经典意义，为后来者奠定了阐释基调；再次，由于《春江花月夜》“世代不可考”，他便根据作品的文体风格或体制格调，进一步推断其创作年代为“初唐无疑”。

胡应麟评语中，“流畅婉转”和“初唐无疑”是关键所在，它体现了阐释者对《春江花月夜》既充分肯定，又有所保留的谨慎态度。遍览《诗薮》，胡应麟评论唐人歌行，“流畅婉转”绝非轻许之词。但胡应麟对《春江花月夜》的推许又是有所保留的，即所谓“详其体制，初唐无疑”。在唐诗阐释学中，初、盛、中、晚既是一个时代概念，又是一个价值概念。他认定《春江花月夜》“初唐无疑”，同样既推定其创作年代，又论定其风格境界。换言之，《春江花月夜》的“流畅婉转”，止乎“才藻”而未达“风神”，更未抵李杜歌行才藻、风神和气概的浑融化合。

过了将近150年，贺裳《载酒园诗话》把《春江花月夜》的经典地位又提高了一步。《载酒园诗话又编》专评唐诗，贺裳把张若虚列为“盛唐”第一家，曰：

> 《春江花月夜》，其为名篇不待言，细观风度格调，则刘希夷《捣衣》诸篇类也。此诚盛唐中之初唐。且若虚与贺季真同时齐名，遽分初盛，编者殊草草。吾读诗至贺秘书，真若云开山出，境界一新，毋宁置张于初，列贺于盛耳。

贺裳的这番议论并非直承胡应麟而来，但二人的见解则有异同相间之处。首先，起句便由胡应麟对作品审美风格的描述变而为对作品经典地位的论定。从高棅《唐诗品汇》到贺裳《载酒园诗话》的350年间，《春江花月夜》反复入选各种唐诗选本，并频频得到评家称赏，故其虽无“名篇”之名，却有“名篇”之实。贺裳认为“其为名篇不待言”，可以说是对《春江花月夜》此前350年“声誉史”的总结。其次，论及作品的“风度格调”，贺裳的见解同胡应麟基本一致，即所谓“刘希夷《捣衣》诸篇类也”。“《捣衣》诸篇”，当指《捣衣篇》《公子行》和《代悲白头翁》等刘氏歌行名篇。贺裳论刘希夷诗风，“多倾怀而语，不肯留余”。《春江花月夜》既然与刘氏歌行同为一“类”，它同样存在“倾怀而语，不肯留余”的不足，尚未达到唐诗澹远含蓄的艺术境界。其三，正是基于上述看法，贺裳又把《春江花月夜》定为“盛唐中之初唐”。这就是说，虽若虚与知章同时齐名，但诗风与希夷相类的张若虚尚未达到贺知章的高妙境界，故毋宁置张若虚于“盛唐中之初唐”，而列贺知章于“盛唐中之盛唐”。这里的初、盛之分，更是一个价值范畴。

贺裳之后又经过150年左右的审美积淀，到清末王闿运，《春江花月夜》终于获得“大家”的称誉。王闿运《论唐诗诸家源流（答陈完夫问）》评曰：

> 张若虚《春江花月》用《西洲》格调，孤篇横绝，竟为大家。李贺，商隐挹其鲜润，宋词，元诗尽其支流，宫体之巨澜也。

所谓“孤篇横绝，竟为大家”，意谓《春江花月夜》如孤峰突起，似横空出世，令人有空前绝后之感，诗人更是竟以一篇杰作，成为具范兼镕的“大家”。这八个字，与其说是评语，不如说是惊叹。评语的前后两句，以宏阔的诗史眼光，从艺术原创和历史影响两个方面，点明了“孤篇横绝，竟为大家”的原因，也为《春江花月夜》的影响史勾画出了简明的研究提纲。

能否把经典的建立完全归功于诗评家的发现？真正的批评家都有自己的批评智慧，但同时任何一个批评主体的价值取向和审美判断又离不开特定的阐释群体和时代风尚。正如程千帆在《张若虚〈春江花月夜〉的被理解和被误解》一文中所说：“《春江花月夜》的由隐而显，是可以从这一历史阶段诗歌风会的变迁找到原因的。”[①]依据作品的风格特点和明清诗评家的一致看法，张若虚的《春江花月夜》在文体和风格上属于初唐四杰一派，因此它在中国诗史上始终“与四杰共命运，随四杰而升沉”。初唐四杰的歌行从总体看未脱齐梁余习，当陈子昂的价值为人们所认识后，四杰的地位便陡然下降。远在吴越的张若虚，更难进入主流审美视野。到明代，何景明在《明月篇序》中对四杰作了“重新估价”。他从诗学“性情”论出发，对否定四杰的言论作了彻底颠覆，甚至认为四杰歌行还在杜甫之上，并把爱情题材和爱情主题置于至高无上的地位。这个大胆见解显然是时代的产物，是明代中叶以后更为开放的社会风气和浪漫的审美思潮的反映。洋溢青春朝气的《春江花月夜》才因此见重诗坛。

在诗歌的经典化进程中，代表特定审美风尚的选家和诗评家在诗歌的经典化过程中发挥着重大作用。但一部作品之所以最终成为经典，最终还在于自身具有经典品质。明代以后《春江花月夜》的细读史，就是一部经典品质的发掘史，也是一部歌行美学的建构史。

历史视野中的经典细读

让我们回到文本。《春江花月夜》全诗从月升写到月落，实境与梦境结合，春江与明月照应，幽情与妙思相融，迷离惝恍，一片奇光，犹如一支梦幻般的月光曲。读者的心随着美丽的诗句起伏流转，往往只觉其美而把握不住诗人要写的究竟是什么，但又觉得深蕴的情思令人怦然心动忽有所悟。这是一个神秘的审美召唤结构，吸引着无数不畏艰辛的接受者探寻美的奥秘。

① 程千帆：《古诗考索》，上海古籍出版社1984年版，第88页。

明清两代的接受者以持续不断的热情对歌行作了精彩解读，形成了《春江花月夜》阐释史上的高潮。从解读方式看，主要集中在诗话和选本的评点中。从解读内容看，除像胡应麟等对作品的写作年代和价值地位作出推测和总体性评价外，广泛涉及作品的诗体、诗旨、诗境以及声韵结构、语言技巧、渊源创新等多方面问题。从解读趋势看，由明而清，呈现出不断深化的趋向。而解读的焦点集中于张若虚对长篇歌行的诗体发展和诗境创造的贡献上，通过直面《春江花月夜》的诗学沉思，形成了一套独特的歌行美学。

其一，论诗体，解读"流畅婉转"的歌行之美。"流畅婉转"是胡应麟吟诵作品获得的第一印象，也是歌行给所有初读者最强烈的第一印象。李攀龙《唐诗选》曰："绮回曲折，转入闺思，言愈委婉轻妙，极得趣者。"毛先舒《诗辩坻》曰："而缠绵酝藉，一意萦纡，调法出没，令人不测，殆化工之笔哉！"当然，解读者并未停留于审美印象的笼统描述，而是从文体特点出发，对长篇歌行"流畅婉转"的内在成因作了进一步的探索。概而言之略有三端：句法的长言咏叹、韵法的回环有序、结构的波折有致。

一是变五言为七言，有长言咏叹之美。六朝诗体尚以五言为主，入唐七言大量涌现。如果说五言以简约典雅为美，那么七言则有长言咏叹之美。七言的涌现催生了四杰的长篇歌行。张若虚也乘此东风，把传统的五言体的《春江花月夜》改造成了长言咏叹、流畅婉转的七言长篇。

二是逐解转韵，有声韵回环之美。长篇歌行为避免节奏单调和择韵困难，大多需要转韵。不同的韵法形成不同的节奏。四句一韵，最具委婉回环之美。《春江花月夜》的转韵之法即属此法。对谙熟声韵之学的明清评家，无不一目了然。真正作具体分析的是王尧衢的《古唐诗合解》："此篇是逐解转韵法，凡九解。前二解是起，后二解是收。起则渐渐吐题，收则渐渐结束。中五解是腹。虽其词有连、有不连，而意则相生。"九解九转韵，似九首绝句连缀而成。唐人歌行的转韵之法渊源乐府，其自身又经历了由随意到规范的发展。四杰以后，歌行转韵渐有规律，大多四韵一转，且平仄韵递用。《春江花月夜》的逐解转韵则标志着歌行韵法的成熟，也为后人确立了典范。

三是波折有致，有绵绵不断之美。这是"流畅婉转"在结构上的体现。短章一目了然，长篇需留住读者的目光，因此七言长篇特别讲究结构的经营。在明清评家看来，《春江花月夜》的结构正节节相生而波折有致，句句翻新又千条一缕。钟惺《唐诗归》卷六曰："浅浅说去，节节相生，使人伤感，未免有情，目不能读，读不能厌。"徐增《而庵说唐诗》卷四引而伸之曰："此诗如连环锁子骨，节节相生，绵绵不断，使读者眼光正射不得，斜射不得，无处寻其端绪。”应当指出，《春江花月夜》波折有致的结构，同转韵与转意相结合的韵法有关。

其二，论诗境，探寻悬感见奇的“微情渺思”。吟诵诗篇，有流畅婉转之美，寻问诗境，则给人迷离微渺之感。陆时雍《唐诗镜》卷九叹曰：“微情渺思，多以悬感见奇。”诗体的“流畅婉转”和诗境的“微情渺思”，使《春江花月夜》成为一个艺术矛盾体，也造成了审美解读的困难。明清诗评家对《春江花月夜》“微情渺思”的探寻，大致经历了三个阶段，即由注目“题面字翻弄”，到诗之“正意”的诠释，再到多重意蕴的解读。这是一个由表层到深层的理解过程，也是由封闭到开放的解读过程。

古典诗学强调“诗与题称乃佳”。故最初评家大多以为《春江花月夜》同寻常古题乐府一样，诗人只是依题吟咏以逞才情而已，好处就是能将题中五字安放自然。明人王世懋说：“句句以春江花月妆成一篇好文字。”钟惺《唐诗归》曰：“将‘春江花月夜’五字，炼成一片奇光，分合不得，真化工手。”周珽《唐诗选脉会通评林》更直接指出：“语语就题面字翻弄，接笋合缝，铢两皆称。”那么诗人究竟是如何翻弄题面文字的呢？清人王尧衢和徐增循着同一思路从文字细读和表现手法两方面作了分析。在《古唐诗合解》中，王尧衢1500余字的解读围绕“春江花月夜”五字逐层展开，最后的“总评”作了统计式总结：

> 至于题目五字，环转交错，各自生趣，“春”字四见，“江”字十二见，“花”字只二见，“月”字十五见，“夜”字亦只二见。于“江”则用海、潮、波、流、汀、沙、浦、潭、潇湘、碣石等以为陪；于“月”则用天、空、霰、霜、云、楼、妆台、帘、砧、鱼、雁、海雾等以为映。于代代无穷乘月、望月之人之内，摘出扁舟游子、楼上离人两种，以描情事。楼上宜“月”，扁舟在“江”，此两种人于“春江花月夜”最独关情。故知情文相生，各各呈艳。光怪陆离，不可端倪，真奇制也。①

这段细读看似琐屑，实质极有价值。首先可发现诗人于“春江花月夜”五字并非平均用力，而是以“江”和“月”为中心，所谓“楼上宜‘月’，扁

① 王尧衢：《唐诗合解笺注》，河北大学出版社2000年版，第83页。

舟在‘江’，此两种人于‘春江花月夜’最独关情”；同时，抒情主人公在春江花月之夜，问明月，俯江流，最能生发无穷的微情渺思，把意境引向深入。徐增则对全诗起结处翻弄题面字的手法作了这样的概括：“‘昨夜闲潭梦落花’此下八句是结，前首八句是起。起用出生法，将春、江、花、月逐字吐出；结用消归法，又将春、江、花、月逐字收拾。”所谓“起用出生法”、“结用消归法”，虽带评点家习气，却也有助对章法结构的理解。

随着《春江花月夜》审美声誉的不断提升，人们对诗旨诗境的理解不再满足于只是“题面字翻弄”的解释，而力求把握诗之“正意”或诗境的“微妙情思”。明清诗评主要有两种看法，一是“望月思家”的单一主题说，二是顾及前后篇的双重意蕴说。

单一主题说以明人唐汝询为代表。《唐诗解》卷11围绕“望月思家”的诗旨对全篇作了逐层解读：

> 此望月而思家也。言月明而当春水方盛之时，随波万里，靡所不照。霜流沙白，状其光也。因言月之照人，莫辨其始。人有代更，月长皎洁。我不知为谁而输光乎？所见唯江流不返耳！又睹孤云之飞，而想今夕有乘扁舟为客者，有登楼而伤别者，已兴室家是也。遂叙闺中怅望之情，久客思家之意。因落月而念归路之遥，恨不能乘月而归，徒对此江树含情也。①

清人吴乔持同一见解，《围炉诗话》卷二曰：“《春江花月夜》正意只在‘不知乘月几人归’”。所谓“正意”，当指诗境的核心意蕴，而“不知乘月几人归”，既传达了游子望月思家之情，也蕴含了思妇望月盼归之意。“望月思家”说是有文本依据的，然而这主要是就全诗后半部分而言，未能顾及全篇；而且，“望月思家”的单一主题虽直截了当，却把“微情渺思”的诗境解说得索然无味。

清代诗评家以更开放的视野提出了双重意蕴说。沈德潜对意蕴的阐释顾及到了诗的前后两大部分，其《唐诗别裁集》卷五曰：“前半见人有变易，月明常在，江月不必待人，惟江流与月同无尽也。后半写思妇怅望之情，曲折三致。”简言之，前半写望月时思人生宇宙，后半写月下的思妇游子；一轮明

① 唐汝询：《唐诗解》，河北大学出版社2001年版，第247页。

月，两种情致，虽分犹合。这虽是一个折中之见，却提出了一种新的阐释思路:《春江花月夜》虽流畅婉转，浑然一体，但在“滟滟随波千万里”的曲折长篇中，不同段落包含不同意蕴，对诗意的解说不应执着单一的作者原意，而应从节节相生的文本出发，作开放的多元阐释。

对诗境意蕴的探寻远未就此终结。闻一多先生作为《春江花月夜》接受史上最伟大的现代读者，其重要贡献之一，就是以诗人兼哲人的特有敏悟，在这一深沉而寥廓、宁静而爽朗的境界中，发现了具有永恒价值的哲理玄思和生命精神，提出了三重意蕴说。他在《宫体诗的自赎》中写道:

> 这里一番神秘而又亲切的、如梦境的晤谈，有的是强烈的宇宙意识，被宇宙意识升华过的纯洁的爱情，又由爱情辐射出来的同情心，这是诗中的诗，顶峰上的顶峰。①

先是“强烈的宇宙意识”，再升华为“纯洁的爱情”，再“由爱情辐射出来的同情心”，从单一主题，到双重主题，再到这里的三重意蕴，这是对诗境的“微情渺思”所作的最深刻的阐释，不仅包容了前人的理解，更以现代精神深化了前人的理解，赋予了这首唐人青春之歌全新的审美品格和现代人文意味，也为现代读者确立了新的接受基调。

加达默尔说得好：对一个本文或一部艺术作品里的真正意义的汲舀是永无止境的。参酌从胡应麟到闻一多以来400余年的阅读经验，再细察文本，可以发现《春江花月夜》实质是由四个段落、四幅画面、四重意蕴、抒情主人公的四重角色所构成；同时，一轮明月由升而降贯穿始终，构成了全诗浑然一体的多元诗境。

其一，四韵一转，段落分明。从外在文体看，《春江花月夜》四韵一转，规则有序，恰如九首绝句连缀而成的组诗。从内在诗意看，转韵与转意并不一致，全篇三十六句可分为相对独立的四个段落。首八句为第一段；次八句为第二段；再次十二句为第三段；最后八句为第四段。王尧衢依头、身、尾的文章法，把全诗九解分成三部分，即“前二解是起，后二解是收，中五解是腹”。其实，“中五解”应当一分为二，前二解写“问明月”，后二解写“看人间”，画面情致绝然不同。

① 《闻一多全集》第6卷，湖北人民出版社1993年版，第27页。

其二，俯仰之际，画面转换。透过委婉轻妙的诗句，可以看到在这个明月之夜，随着抒情主人公视角的转移，诗中四个段落依次幻化成四幅画面。这四幅画面可以用四个字来概括：一“看”、二“问”、三“瞰”、四“叹”。首八句，看“春江明月生”。诗人用“出生法”，将春、江、花、月逐字吐出，画出一幅前无古人的春江明月图。张九龄“海上生明月，天涯共此时”的简约之句，化为张若虚笔下的绮丽名篇；次八句，问“江畔孤月轮”。诗人写月由大到小、由远及近，凝聚于一轮孤月，引发无穷遐想，连连发问，创造出玄妙无穷的“天问篇”。此后，李白的《把酒问月》、苏轼的《水调歌头》，无不采用此种“天问模式”；又十二句，瞰“明月照离人”。诗人化身为月，由仰视明月转而为俯瞰人间，以最深情的笔墨写出了一幕思妇游子相思图。“谁家今夜扁舟子，何处相思明月楼?”“谁家”与“何处”，互文见义，把人世间的离愁相思之情渲染得充天塞地；结八句，叹“乘月几人归”。诗人用“消归法”，将春、江、花、月逐字收拾，同时由凌空俯瞰转而为体贴生情。收尾两句，余韵无穷。“不知”者，似渺茫而又未全失望；“摇情”者，将月光之情，离人之情，诗人之情融成一片，令读者与诗人为“月下未归人”同声慨叹。

其三，四重意蕴，层层深化。四幅画面，四重意蕴，由浅入深，层层递进，从而创造出微情渺思的复杂意境。一看“春江明月生”，用赋法描绘春江明月图，传达出一种纯粹的自然美感，也表明诗人具有自觉的自然美意识；二问“江畔孤月轮”，诗人由看春江时的感性审美转而为望星空后的哲理玄思。费尔巴哈说得好：“最初的哲学家，就是天文学家。天空使人想到自己的使命，即想到自己不仅生来应当行动，而且，也应当要观察。”[①]诗人正是在“望星空”时，观古今于须臾，抚四海于一瞬，与“永恒”猝然相遇，生发“敻绝的宇宙意识”。三瞰“明月照离人”，诗人的“观察”由天空转向人间，主题也为之转换，从永恒的把握到人性的歌唱。诗人通过对月下离人相思意的描写，歌唱了人间最纯洁的爱情；四叹“明月几人归”，由人间的纯洁爱情启发博大的同情心，表达了抒情主人公感叹世事古难全的悲天悯人之怀。据此，可对《春江花月夜》的四重意蕴作这样的概括：这里有着一番对春江的亲切晤谈，对明月的超然凝视，对人间的深情俯察，于是有的是纯粹的自然美感，有的是强烈的宇宙意识，继而是被宇宙意识升华过的纯粹的爱情，最后又由爱情辐射出来的广博的同情心。

① 费尔巴哈：《基督教的本质》，商务印书馆1997年版，第34页。

其四，抒情主体，多重角色。随着画面的转化和意蕴的深化，抒情主人的角色也在不断变化。可以这样说，看“春江明月生”时，他是一往赏美的诗人；问“江畔孤月轮”时，他是一往问天的哲人；瞰“明月照离人”时，他是一位相思的情人；叹“乘月几人归”时，他又是一往悲悯的仁人。与此同时，抒情主人公的立场也在不断变换，时而在诗中，时而在诗外。如果说作为赏美的诗人和相思的情人他深入诗中，那么作为问天的哲人和悲悯的仁人他又超然诗外。

最后，四幅画面和四重意蕴虽相对独立，但全诗以月为主线，一轮明月在一夜之间由生而落，贯穿始终。首段“海上明月共潮生”，点明“月初生”；次段“皎皎空中孤月轮”，点明“月中悬”；再次“可怜楼上月徘徊”，写出“月将斜”；最后“落月摇情满江树”，写出“月西落”。《春江花月夜》的高妙之处，正在于表层的咏月绝唱和深层的微情渺思的浑融一体，从而造成了情景画面句句翻新，诗体意境又流畅婉转的独特审美效果。

宫体之辨中的双重发现

20世纪80年代的宫体之辨是围绕闻一多的著名论文《宫体诗的自赎》展开的。闻一多在分析了《春江花月夜》的审美意境后，高度的评价了它在宫体诗发展中的功绩：

> 至于哪一百年间梁、陈、隋、唐四代宫廷所遗下的那份黑暗的罪孽，有了《春江花月夜》这样一首宫体诗，不也就洗净了吗？向前替宫体诗赎清了百年的罪，因此也就和另一个顶峰陈子昂分工合作，清除了盛唐的路——张若虚的功绩是无从估计的。[①]

这就是著名的“宫体自赎”说，它至少包含了四层意思：自梁至唐初的宫体诗犯了黑暗的罪孽；《春江花月夜》是一首宫体诗；张若虚的《春江花月夜》以夐绝的宇宙意识和沉静的美学境界替宫体诗赎清了百年的罪；作为初唐双峰，张若虚和陈子昂一起清除了盛唐的路。闻一多的论述充分显示出哲人的审美洞察力和史家的宏伟历史感，对《春江花月夜》的艺术价值和历史

① 《闻一多全集》第6卷，湖北人民出版社1993年版，第28页。

意义的认识达到了空前的高度。

然而20世纪80年代初，围绕闻一多的“宫体自赎”说，出现了对立的两派：程千帆和周振甫认为闻一多的“宫体说”是“误解”和“混淆”；李泽厚和吴小如则认同闻一多的观点，并针对周振甫的“认识”作了“再认识”。

如何看待闻一多的“宫体自赎”说及80年代的“宫体之辨”？闻一多的“赎罪说”，无非是一种形象化的比喻。所谓“以毒攻毒”“以宫体救宫体”，实质上揭示了《春江花月夜》的双重身份和双重超越性。首先从诗题看，它确为陈后主所做，是从陈朝宫中传出来的宫廷艳曲，但到了张若虚手中，他以“强者诗人”的巨大气魄战胜了《春江花月夜》作为艳曲的传统，实现了《春江花月夜》创作史上的伟大超越。其次从性质看，它原为宫廷艳曲，当然属于宫体诗范畴，但到了张若虚的手中，诗人充分感受到初盛唐之际的时代精神，赋予作品以青春时代的青春激情，实现了宫体诗净化史上的伟大飞跃，清除了走向盛唐之路。简言之，具有双重身份的张氏之作，一是实现了《春江花月夜》创作史上的伟大超越，二是实现了宫体诗净化史的伟大飞跃。这就是考察“宫体之辨”后，对闻一多“宫体自赎”说的双重发现。如果说程千帆的质疑提示我们发现了前者，那么吴小如的“再认识”则启示我们更深刻地认识到后者。

程先生认为闻一多的“宫体自赎”说实质是“对《春江花月夜》的误解”，误解的原因，一是“把宫体诗的范围扩大了”，二是对《春江花月夜》的创作实际缺乏具体分析。于是他根据现存作品把《春江花月夜》分成宫体和非宫体两类：

> 作为乐府歌辞的《春江花月夜》虽然其始是通过陈后主等的创作而以宫体诗的面貌出现的，但旋即通过隋炀帝的创作呈现了非宫体的面貌。而张若虚所继承的，如果说他对其前的《春江花月夜》有所继承的话，正是隋炀帝等的而非陈后主等的传统。作品俱在，无可置疑。①

这段话至少传达了三点信息：从现存作品看《春江花月夜》可分为宫体面貌和非宫体面貌两类；隋炀帝“是宫体诗的继承者，又是其改造者”，通过隋炀帝的创作《春江花月夜》呈现了“非宫体的面貌”；张若虚所继承的是隋

---

① 程千帆：《古诗考索》，上海古籍出版社1984年版，第100页。

炀帝而非陈后主的传统。

把《春江花月夜》区分为宫体面貌和非宫体面貌，这确是一个重大发现，有助于我们认识张若虚《春江花月夜》的双重身份，既源出宫体又超越宫体。问题在于，《春江花月夜》的“改造者”是隋炀帝还是张若虚？张若虚的艺术功绩，是继承了隋炀帝的传统？还是彻底改造了这种传统？答案显然是后者而非前者。

首先，现存隋炀帝和张子容的《春江花月夜》并非没有宫体诗的“艳情”成分。如隋炀帝诗中“汉水逢游女，湘川值两妃”两句，字面虽不“艳”，故事却有“艳”的成分。隋炀帝的《春江花月夜》属吴声歌曲，为五言四句体式，后世同一体式的同题作品不但没有被“改造”过的迹象，反而仍有“尤艳丽者”。明代唐伯虎《春江花月夜》二首：

> 嘉树郁婆娑，灯花月色和；春江流粉气，夜水湿裙罗。
> 夜雾沉花树，春江溢月轮；欢来意不持，乐极词难陈。

不仅故事艳，字面也艳。相反，后世同张若虚同一体式的《春江花月夜》，从晚唐温庭筠到清代王锡，真正呈现出了“非宫体的面貌”。

其次，传统《春江花月夜》的真正“改造者” 当是张若虚。张若虚作品之所以真正呈现出“非宫体的面貌”，决非继承了“隋炀帝的传统”，而在于用清新的“《西洲》格调”和崭新的“四杰之体”，对宫体传统作了真正的脱胎换骨的改造，从而实现了《春江花月夜》创作史上的伟大超越。张若虚的改造是多方面的。首先是句式和文体的改造，以新兴的七言长篇歌行体，改造了五言四句的吴声歌曲体。其次是《西洲曲》艺术结构的创造性转化。张玉谷《古诗赏析》卷十九评《西洲曲》曰：“此闺情诗也。由春而夏而秋，直举一岁相思，尽情倾吐，真是创格。”《春江花月夜》从月生到月落的“一夜望月”，正是对《西洲曲》“由春而夏而秋，直举一岁相思”的创造性转换。再次是格调意境的脱胎换骨。闻一多论及《春江花月夜》“学《西洲曲》”时指出：“刘、张七古，不但句法似，情调尤似。”[①]这里所说的用《西洲曲》的格调和情调，就是用在《西洲曲》中表现出来的“纯洁的爱情”，对肉欲主义的“艳情”进行脱胎换骨的改造。

---

① 《闻一多全集》第6卷，湖北人民出版社1993年版，第99页。

正因为张若虚对以“宫体面貌”的《春江花月夜》作了全面的创造性转换，实现了《春江花月夜》创作史上的伟大超越，使他的《春江花月夜》成为中国“抒情诗最好的标本”[①]；同时也使这首真正“非宫体面貌”的《春江花月夜》成了后世同题七言歌行的艺术典范。从温庭筠的《春江花月夜词》、到清人王锡《春江花月夜》、再到《红楼梦》第45回林黛玉的《秋窗风雨夕》，无不飘动张氏之作的风神。

闻一多进而考察了《春江花月夜》在宫体诗净化史上意义。为什么他如此重视《春江花月夜》在宫体诗净化史上的意义？这与他对宫体诗的净化与唐诗发展之间关系的认识密切相关。

“宫体诗”这一概念在古典诗学中可作两种理解，一是指诗歌创作中的一种类型，一是指诗歌史上的一个流派。当代学者讨论作为诗歌流派的宫体诗，一般都把时限范围严格限定在齐、梁、陈、隋四朝，上限可以追溯至晋宋，下限决不下移至初唐。[②]这或许是为了维护唐诗的纯粹性和纯洁性。闻一多则认为：“严格的讲，宫体诗又当指以梁简文帝为太子时的东宫及陈后主、隋炀帝、唐太宗等几个宫廷为中心的艳情诗。”这符合宫体诗派的实际，也符合诗史变迁的一般规律。从唐太宗“戏作艳诗”，到上官仪“绮错婉媚”诗风，史有明文，作品俱在。当然，初唐宫体不同于梁代宫体。闻一多把一部宫体诗史分成“宫廷中”和“出宫后”两大时段，着重考察“出宫后”被逐步净化直至走向盛唐的过程。对初唐宫体诗出宫后的“净化”过程，闻一多细述为三个阶段：卢照邻和骆宾王以“真实的感情”和“洋洋洒洒的巨篇”实现了宫体诗的第一个剧变；刘希夷通过“直向汉、晋人借贷灵感”，使“感情返到正常状态”，是宫体诗嬗变的又一重大阶段；最后终于出现了张若虚，“如果刘希夷是卢、骆的在狂风暴雨后宁静爽朗的黄昏，张若虚便是风雨后更宁静更爽朗的月夜”。与此同时，张若虚和陈子昂作为初唐双峰，一以灵感，一以理智，彻底清除了通向盛唐之路。

吴小如对闻一多的“净化”说和《春江花月夜》在宫体净化与唐诗高潮之间的关系深以为然。他写道：

要知从艳情诗趋于净化、淡化，升华为美而不艳，也有一个逐渐进展、

---

① 郑临川述评：《闻一多论古典文学》，重庆出版社1984年版，第134页。

② 如汪春泓：《论佛教与梁代宫体诗的产生》，《文学评论》1991年第5期；石观海：《宫体诗派研究》，武汉大学出版社2003年版。

> 转化的过程，不是只凭张若虚一个作家的一首诗就倏尔妙手回春、尽湔前垢的。……不过张若虚的这一首《春江花月夜》，确乎出手不凡，一举而定乾坤，彻底改变了（或说扭转了，甚至可以说抛弃了）宫体诗的纨绔习气和以女性为玩物和恶劣作风，从而才博得闻先生如此崇高的评价。①

或许这也就是贺裳称张若虚的《春江花月夜》为“盛唐中之初唐”的真义之所在。

李泽厚则在闻一多基础上，从美学和审美意识史角度，在广阔的文化史背景上对《春江花月夜》这一体现了新精神的新意境作了更具体的阐发。简言之，从初唐四杰开始，诗歌随时代的变迁由宫廷走向生活，六朝宫女的靡靡之音变而为青春少年的清新歌唱，代表这种清新歌唱成为初唐最高典型的正是张若虚的《春江花月夜》。张若虚成为一位使衰老颓废恢复青春朝气、变狂风暴雨为静朗月夜的“强者诗人”；《春江花月夜》则是一首体现了走向盛唐的青春少年情怀的青春之歌。从王闿运的“孤篇横绝，竟为大家”，到闻一多的“诗中的诗，顶峰上的顶峰”，再到李泽厚的“青春少年的青春之歌”，《春江花月夜》终于达到了声誉的顶峰。

闻一多在《读骚杂记》中有一段妙语：“一个历史人物的偶像化的程度，往是与时间成正比的，时间愈久，偶像化的程度愈深，而去事实也愈远。”②如果说历史人物的偶像化，可能会因时间愈久去事实愈远，那么真正的经典作品的接受史则恰恰相反，时间愈久，对意蕴的阐发则会愈丰富愈深入。面对《春江花月夜》这样“以孤篇压倒全唐”的杰作，我们有充分理由相信：“每一时代总能在过去的伟大作品中发现某种新东西。”③本文的“四重意蕴”说，自然也不意味着《春江花月夜》接受史的终结。

（原载《东方丛刊》2008年第1辑，此次选录有所修正）

【说明】

这是一篇“经典作品接受史”研究的力作。一部众声喧哗的经典接受史，就是一个思想史的事件；在众声喧哗的思想史事件的背后，必然包含丰富的

---

① 吴小如：《古典诗词札丛》，天津古籍出版社2004年版，第150页。
② 《闻一多全集》第5卷，湖北人民出版社1993年版，第4页。
③ 巴赫金：《文本、对话与人文》，河北教育出版社1998年版，第367页。

人生意义、审美意义和诗学意义。经典作品接受史的研究，就是要透过众声喧哗的接受史，发现其所蕴含的丰富的思想史、诗学史意义。

盛唐诗人张若虚的《春江花月夜》，被闻一多誉为“诗中的诗，顶峰上的顶峰”，可谓“唐人青春时代的青春之歌”。本文从四个方面深入考察《春江花月夜》迄今1300年接受史。首先，唐宋两代只传其名，不论其诗，若非郭茂倩《乐府诗集》慧眼收入，洎乎灭迹；其次，细绎此作自明至清、从风格品赏到定为“名篇”、再到“竟为大家”的经典化进程；再次，由明清400年间的诗评家在历史视野中对作品的“诗体”和“诗境”的精彩细读，探得此作实为“四重意蕴”构成的多元统一的审美意境，指出“明代以后《春江花月夜》的阐释史，就是一部《春江花月夜》经典品质的发掘史，也是一部歌行美学的建构史”；最后，作者通过对20世纪40年代延续到80年代的“宫体之辨”的考察，发现此作在唐诗史及中国诗歌史上有着双重的贡献和影响。论文在系统梳理史料的基础上进行理论阐述，在整体把握的基础上进行微观描述，既有思辨性又具审美性，史料、理论、审美三位一体。

本文的接受史研究方法，致力于将西方理论与中国本土文学研究相结合，文献梳理与理论阐释相并重，可谓是“有学问的理论”和“有理论的学问”。这不仅有利于纠文学理论研究领域“空梳”之弊，亦有助于去古代文学研究“堆垛”之嫌，实有研究方法和方向上的典范意义。

作者陈文忠，1952年生，上海市人，安徽师范大学文学院教授。出版著作《中国古典诗歌接受史研究》《美学领域中的中国学人》《文学美学与接受史研究》等多种。（李伟）

【文献链接】

1.尧斯、霍拉勃：《接受美学与接受理论》，辽宁人民出版社1987年版。这部选集可谓是接受美学的理论纲领和经典表述。从中可以窥见接受美学的基本理论和基本方法，以及接受美学发展的来龙去脉和整体面貌。是了解接受美学的必读文献之一，具有重要的文献价值和理论意义。

2.柯林武德：《历史的观念》（增补版），北京大学出版社2010年版。如果从哲学理路看，接受美学自然导源于哲学诠释学和现象学，但就接受美学的历史意识看，更可能源自柯林武德的历史哲学，主要就是这部《历史的观念》。是书提出的诸如“一切历史都是思想史”“历史即心灵中的重演”“证据的意向性”等，均已成为史学界的共识。文、史、哲诸领域的研究者都应当读读这本杰作，它的启发性无疑是多面的。

3.艾柯：《诠释与过度诠释》，生活·读书·新知三联书店1997年版。这是意大利著名小说家、符号学家艾柯与罗蒂、卡勒、罗斯三位著名学者就文本诠释的有限性问题相互论辩的结集。从中可以非常鲜明地看到诠释学内部各异的理论倾向及其间的思想交锋，读来兴味盎然。

4.陈文忠：《古典诗歌接受史研究刍议》，《文学评论》1996年第5期。作者是“当代接受史研究的开拓者”，台湾研究者称誉此文：“犹新文学革命家胡适的《文学改良刍议》一样，有其历史深刻之意义。”这是中国学者建构的第一个较为成熟的诗歌接受史理论框架。此后的接受史研究证明，此文对后来的研究有着重要的导示意义。

5.陈文忠：《走出接受史的困境：经典作家接受史研究反思》，《陕西师范大学学报》2011年第4期。此文可视为《古典诗歌接受史研究刍议》的姊妹篇，在“经典作品”接受史之外，建构了“经典作家”接受史研究的理论框架，可为当下作家接受史研究提供有效的理论支撑，是又一接受史研究领域的开拓。

河、海、园
——《红楼梦》《莫比·迪克》和《哈克贝里·芬》的比较研究

周珏良

《红楼梦》里如果没有大观园，《莫比·迪克》里如果没有海，《哈克贝里·芬》里如果没有密西西比河，那将是不可想象的。但是在这几本书中，这河、海、园各起何种作用？相同之处何在？不同之处又何在？从中能得出哪些具有一般性的结论？这些问题却需要回答，本文拟就这些方面作一些探讨。

首先我们当然可以看到这河、海、园在人物性格描写上的作用。林黛玉住在大观园里“凤尾森森，龙吟细细”的潇湘馆，以我国古典文学里对竹子常有的联想写出了她不同凡俗的性格。贾宝玉的怡红院是“金碧辉煌，文章闪灼”，还有那块“怡红快绿”匾额，正衬托出一个倜傥风流的公子身份。同样的描述也用在较次要人物身上。探春住的秋爽斋中三间房子不隔断这一点就和一般小姐的“深闺”不相同，还配上大理石大案，数十方宝砚，笔筒内插的如树林一般的毛笔，瓶花又是水晶球儿的白菊，加之挂的画是米芾的“烟雨图”，书法却偏是和一般闺阁笔墨颇不一样的大气磅礴的颜真卿。这样探春的开阔泼辣令人“见之忘俗”的风度就巧妙地给烘托出来了。以上三例中以各人的住所和其中的安排陈设来显出主人性格的方法我们可以称之为以地见人法。

《哈克贝里·芬》中的河也起类似的描述作用，虽然在程度上和大观园在《红楼梦》里有所不同。在十九章里哈克同逃奴吉姆重逢，一起登上木筏逃走后在河上漂流了两三天，觉得日子“swum by, they slid along so quiet and smooth and lovely”①（悄悄地，平静而又美妙地流过去，溜走），然后他和吉

① *Adventures of Huckleberry Finn*, ed. Sculley Bradley ot al，Norton Critical Edition，1977年版。以后引文均用此版本。

姆都说：

……there warn't no home like a rafts, after all. Other places do seem so cramped up and smothery, but a raft don't. You feel mighty free and easy and comfortable on a raft.①

坐木筏在河上漂流，哈克觉得这样再好不过，因为那里“free and easy”（自由自在），这种选择正表现出了哈克的性格，他之所以出走不正是因为他爸爸对他的虐待和道格拉斯寡妇对他的慈爱都使他“喘不出气来”（smothery）吗?而他所向往的生活不也就是日子可以“悄悄地，平静而又美妙地流过去，溜走”的那一种吗?所以哈克的性格也从他选择的住所（河上木筏）表现出来。

《莫比·迪克》是一部比《红楼梦》和《哈克贝里·芬》都要复杂的书。书中用海来表现埃哈伯船长性格的地方很多，这里只举一个典型的例子。在第116章埃哈伯有一段向大海申述心情的独白：

Born of earth, yet suckled by the sea; though hill and valley mothered me, yet billows are my foster-brothers!②

这很能说明他同自己选择的（他十八岁即上捕鲸船，到那时已四十年，见132章）并养育他的大海紧密相连，但并不止于此。在132章埃哈伯对莫比·迪克进行最后一次追捕之前，有以天和海作对比的一段描述：

Hither, and thither, on high, glided the snow-white wings of small, unspeckledbirds; those were the gentle thoughts of the feminine air; but to and fro in the deeps, far down in the bottomless blue, rushed mighty leviathans, sword-fish, and sharks; and these were the strong, troubled, murderous thinkings of

① “总之再没有比木筏再好的住处了。别处都太挤，让人喘不出气来，木筏上可不这样，在筏上多自由自在，多舒服。”96页。

② “大地生我，海洋育我；高山深谷是我母，大海波涛，你是我弟兄！”410页，Hoby Dick ed. H. HayFord et al, Noton CritIcal Edution, 1967年版，以后引文均用此版本。

> the masculine sea.[①]

下面又有一段描写埃哈伯本人的：

> Tied up and twisted; gnarled and knotted with wrinkles; haggardly firm and unyielding; his eyes glowing like coals, that still glow in the ashes of ruin; un-tottering Ahab stood forth in the clearness of the morn; lifting his splintered helmet of a brow to the fair girl's forehead of heaven.[②]

在这里雄性的海和雌性的天的对比发展成为等同于海的埃哈伯和雌性的天的对比，而再下去又有一段：

> But the lovely aromas in that enchated air did at last seem to dispel, for a moment, the cankerous thing in his soul.[③]

上文的"the strong， troubled， murderous thinkings of the masculine sea"（雄性的海强烈，焦躁，充满杀机的思想）又成为在埃哈伯心灵中的"the cankerous thing"（折磨人的东西），而埃哈伯之所以是"haggardly firm and unyielding"（瘦骨棱棱而坚强不屈）和"untottering"（屹立不动）也就是因为心灵中有这种东西。梅尔维尔这里是以海来表现埃哈伯的性格的。而海也恰恰是埃哈伯自己选择来渡过四十年光阴的地方，和宝玉之于大观园，哈克贝里·芬之于密西西比河相似。

当然在这三本书中园、海、河还有制造气氛，烘托行动的作用，但这些都是文章之常事，这里不谈。

园、海、河在这三本书中起的作用最重要的是在全书结构上。它们都提供了一个和外界开放世界相对的封闭世界。有了这个世界，书中的主要情节

---

① "在上面，这方那方都高高地滑翔着洁白无瑕的小鸟的翅膀；这些是雌性的天空的温和思想；但在蔚蓝无底的海里冲来冲去的是强有力的鲸鱼，剑鱼和鲨鱼，而这些就是雄性的海强烈、焦躁，充满杀机的思想"，442页。

② "执着而郁结；饱经风霜，皱纹满面；瘦骨棱棱而坚强不屈；两眼好像在灰烬中仍然发光的煤块；屹立不动的埃哈伯在早晨的晴空下站着，高抬他那破碎的头盔般的前额望着美女额头般的天空。"132章422页。

③ "但是从梦幻似的天空发出的宜人的芬香似乎暂时排除了他灵魂中折磨人的东西。"443页。

才合乎或然律成为可信的。这两个世界又不能截然分开，那一开放的世界常要影响乃至浸入封闭的世界，这时候就要发生冲突，造成戏剧性的场面。这是三本书结构上的重要问题，也是它们最主要的共同点。每本书中的主角（贾宝玉，哈克贝里·芬，埃哈伯）都选择了一个封闭的世界而背离了那开放的世界，以追求自己认为最有价值的东西。追求的结果是成功还是失败决定了主角的命运，也决定了作品的特殊效果是悲剧性的还是喜剧性的。

为了证实以上论点，我们要把这三本书来具体分析一下。

《红楼梦》中主角贾宝玉生活在一方是宁荣两府（代表传统的社会、道德观念），一方是大观园（代表宝玉的反传统的观念）的两个世界里，前者是开放的，后者是封闭的。宝玉不能完全脱离那开放的世界，但在大观园这一封闭环境里他在大多时间里在很大程度上能过上他愿意过的生活，恣其"意淫"，实行他的"女儿是水作的骨肉，男人是泥作的骨肉。我见了女儿，我便清爽；见了男子，便觉浊臭逼人"①，并且公开以仕途经济为混帐话的哲学，而在荣国府中这是不可能的。从二十三回贾元春降谕要贾家姊妹和宝钗黛玉等进大观园去住以免"佳人落魄，花柳无颜"，宝玉也随进去读书，到七十七回王夫人下令搜查大观园，晴雯、司棋等被逐，王夫人下决心说："明年一并给我仍旧搬出去心净"为止，是全书情节的中心部分。②在这一段经历中宝玉在大观园里度过最合他心意的生活，主要表现在他和黛玉以及身边的一些女孩儿的感情关系上，宝玉入园不久（第二十三回）就经历了一个感情上的大变化。他静中生烦恼，这也不好，那也不好，说不出的不自在。茗烟给他找《会真记》和《飞燕合德传》等书来看，使他如得珍宝。然后就是和黛玉同看《会真记》，第一次向黛玉正式表示爱情。若不是在大观园而在荣国府里，这件事就不可能发生。在这封闭世界里宝玉和黛玉相互之间的了解和爱情日深一日。经过几次直接间接表示之后（见二十六回，二十八回，二十九回，三十回），宝玉终于向黛玉明确说要她"放心"，两人充分理解了对方的感情，都有"万句言语，不知从那一句上说起"，这时宝玉达到了乐极忘情之境，而就是这个时候也被袭人看破了真情。她从园外世界的传统观点来看，把宝玉黛玉的真心相爱认为"难免不才之事……心下暗度如何处治方免此丑祸"，这就为园外势力侵入园内，破坏宝玉的乐园提供了条件。接着是宝玉挨打。挨

---

①《红板梦》第二回28–29页。本文中《红楼梦》引文都采用中国艺术研究院红楼梦研究所校注本，人民文学出版社1982年版。

②这里的分析以八十回本和脂评中所透露的后四十回的情节为根据。

打的直接原因是金钏儿，但宝玉对金钏的行为若在园内是不会成问题的，宝玉就曾猴在鸳鸯身上，要吃嘴上的胭脂（二十四回），还同碧痕一起洗澡（三十一回），并没有惹出事来，可见园中是另一天地。宝玉挨打后王夫人叫宝玉身边一个人去问情况，本没想到要袭人去，但她自己去了，实际上是告了宝玉黛玉一状，得到王夫人赏识，成为园外势力在园里的代表，后来对宝玉的园里世界起了直接的破坏作用。

宝玉挨打之后贾母不许出二门，就躲在大观园里生活。书中说宝玉最懒与士大夫诸男人接谈，又最厌贺吊往还等事，籍此机会就将亲友来往一概停了，每日只在园中游卧，和姊妹们以及诸丫环在一起。宝钗辈有时见机劝他，他反而生气说前人立言竖辞原为后世的须眉浊物，不想闺阁中也染此习气，真是不幸，一生气除《四书》外竟将别的书焚了。这里明显地将两个世界对比起来，说明宝玉即是在园中最能为所欲为的时候也还有代表园外世界的宝钗等人来干扰他，他这个封闭世界之不能长久也就可知了。

但大观园还是兴旺了一阵，主要是因为宝玉在园中养伤时贾政放了学差，去了一个最大的威胁，使他得以逍遥了一个长时期。这其间的重要情节有探春结社咏白海棠，史湘云请吃螃蟹赋菊花诗，贾母给史湘云还席，两宴大观园。然后是贾母为凤姐做生日，她醉后泼醋，错怪平儿。平儿入怡红院理装，宝玉得在平儿前尽心，“有意想不到之乐”。后来来了宝琴、邢岫烟、李纹、李绮，大观园人丁兴旺，演出了史湘云吃鹿肉，芦雪庵联句，晴雯补裘，湘云醉眠芍药，寿怡红群芳开宴等非大观园这一特定世界不能有的有声有色场面来。但是乐极生悲，一个绣春囊惹起了抄检大观园，这是园外世界势力的一次大举入侵，然后发生晴雯、四儿、芳官被逐，晴雯死，芳官等出家，司棋和入画出园，大观园人物七零八落。到了宝玉撰写芙蓉女儿诔，前八十回出自曹雪芹手笔的《红楼梦》也到此为止，后文详情虽不可知，然从王夫人说明年都搬出大观园，则这一封闭世界终于不能长久，全书结局是悲剧却是清楚的。

把一条密西西比河说成一个封闭世界似乎不甚恰当，但是任何东西到了文学作品里总会因艺术的需要而经过一番变形。在《哈克贝里·芬》这本书里，河上生活基本是与外界分开的，在这个意义下是封闭的。而书中主角哈克贝里所最向往的自由而无拘束的生活也在这里得到了。和贾宝玉一样（尽管两人又是那么不同!）他也是有所就有所逃，所就的是河上生活，所逃的是他父亲对他的虐待和道格拉斯寡妇和华特生小姐想“sivilize”（把他变成文明人）的好心的努力[①]。他和逃奴吉姆逃到了河上的木筏上后，昼歇夜行，让木筏顺水漂流“sometimes we'd have that whole river to ourselves for the longest time”[②]，在筏子上他们可以不计时间，不穿衣服[③]，完全是另一天地。而偶一上岸遭遇到艰难险阻后，只要回到木筏上就自由安全。他和吉姆的关系和岸上蓄奴制下白人黑人关系完全不同。在岸上，即使对哈克这流浪儿如此慈爱的笃信上帝的华特生小姐也免不了因为高价而打算把吉姆卖到密西西比河下游最苦的地方，并使他一家分散。而在河上木筏上，哈克贝里·芬却经过了那著名的良心（在岸上的偏见下形成的）斗争的一场，下了“A11 right, then, I'll go to hell”（好，我就下地狱）的决心，和吉姆成了生死之交，而这在岸上的蓄奴社会中当然是不可想象的。

岸上的世界则完全另一样，那里有蓄奴制；野蛮的打冤家（十七、十八章）；残忍地打死了醉汉波格司的歇尔本上校（二十一章）和吵嚷着要对他处私刑的人群（二十二章）；而当冒牌的公爵和王储从岸上到了木筏上之后，首先就把哈克和吉姆当作仆人使唤，破坏了河上世界的自由无拘束。这两个人到了岸上也无非是招摇撞骗，欺人谋财。最后竟至伤天害理，打算欺骗威尔克斯家的三个孤女，夺她们的全部财产（二十四至二十九章），计划被哈克挫败。然后他们又出卖了吉姆，吉姆从筏上被捕，拘留在岸上。情节发展到这里，这封闭的河上世界几乎被毁灭，要导向一个悲剧的结局。这时马克·吐温用了一个至今评论家间仍有争议的办法使外部开放世界发生了质的变化，具有了人性，表现在华特生小姐临终发善心解放了吉姆，又让汤姆·莎耶登场，导演了一场吉姆从拘留中逃脱的闹剧，给全书以一个喜剧结局。这种办法艺术上的功过如何，暂时可以不谈，但从全体结构上来看，利用一个封闭世界提供情节的可信性，由两个世界的对立，外部世界侵入封闭世界造成冲突，造成戏剧性效果（在这里是喜剧效果）这一结构上的原则，在这本书中也是运用得很成功的。

在《莫比·迪克》里，埃哈伯船长同宝玉和哈克不同，他是背离了一个有人情味的外在开放世界而进入一个由他的偏执复仇心统治的封闭世界，而这一海上封闭的世界因为是一艘可以几年不靠岸的捕鲸船《皮阔德》号，所以受外界直接入侵的可能性很小，但这种冲突仍然存在，主要表现在人物的

①见第六章26页。

②“有时好长一段时间里这整个一条河就是我们两人的。”19章97页。

③三十一章，169页。

内心上。《莫比·迪克》情节之所以可信，同另外两部小说一样，也是因为有这一特定的封闭世界，结构上同它们是相通的。对《皮阔德》号的特点，书中通过水手伊希梅尔的眼光有一段提纲挈领的叙述：

Here, then, was this grey-headed ungodly old man, chasing with curses a Job's whale round the world, at the head of a crew, too, chiefly made up of mongrel renegades, and castaways, and cannibals-morally enfeebled also, by the incompetence of mere unaided virtue or right-mindedness in Starbuck, the invulnerable jollity of indifference and recklessness in Stubb, and the pervading mediocrity in Flask. Such a crew, so officered, seemed especially picked and packed by some infernal fatality to help him to his monomaniac revenge…[①]

所以《皮阔德》号上的世界是由埃哈伯统治的，为捕杀白鲸以复仇的偏执狂所笼罩的一个十分封闭的世界。而代表外界开放世界（在这里和其他两书不同，是有人性的，善的）的力量则是薄弱的，无能为力的，虽可冲击一下，但不能拯救除伊希梅尔一人之外的《皮阔德》号上的全体人员免于悲剧命运。

这个封闭的世界的中心是周游四海的捕鲸船，这一事实增加了书中情节的可信性。在海船上船长总享有绝对的权力，而在危险性极大的捕鲸船上更加如此。《皮阔德》号又和别的船不同，它主要目的并非捕鲸得油，因为埃哈伯船长偏执地要对莫比·迪克复仇，任何危险在所不惜。要使全船人都跟着执行这一异乎寻常的任务，只凭船长的权威就很不够，所以埃哈伯被写成一个古怪偏执，而又具有几乎是超自然的坚强意志力量，能笼罩身边一切的老人。在一百三十章里有关于埃哈伯的意志如何统治全船的描述：

It [Ahab's purpose] domineered above them so, that all their bodings,

① “这儿有这位灰白头发，不敬苍天的老头，率领一群主要由种族不清的背教者，被弃者和吃人生番组成的水手，满怀诅咒，走遍天下来追捕约伯的大鲸——因为斯塔巴克虽然近人情明事理但坚强不足，斯塔布一切不管一息不停地总是乐天，永远改不了，拉斯克又总是那样浑浑噩噩。因之这群人在道德上也是不坚强的。这一群水手由那样的大、二、三副所率领，真像是由某种邪恶命运特别选来帮助埃哈伯进行他的偏执狂的复仇的了。”四十一章162页。

doubts, misgivings, fears, were fain to hide beneath their souls, and not sprout forth a single spear or leaf.①

Alike, joy and sorrows, hope and fear, seemed ground to finest dust, and powdered, for the time, in the clamped mortar of Ahab's iron soul. Like machines, they dumbly moved above the deck, ever conscious that the old man's despotic eye was on them.②

埃哈伯的三个主要助手的特点在前面引文里已有描述，大副斯达巴克是近人情而明事理的，但软弱不能坚持意见，二副斯塔布随遇而安，是个乐天派，三副弗拉斯克浑浑噩噩，但非懦夫。这样三个人当然在意志上无法和埃哈伯抗衡，可是在执行他的意图上行动又是坚决的。再从全船的人员上来看，他们是一群种族不清的背教者等等，也就是说不像是干什么都要思前想后的。就以三个主要的投镖手来说，魁魁格和达哥都是黑种人，塔斯梯哥是印第安人。他们的价值观念当然和基督教世界的白种人不同。其他的水手也都是各种族的，白种人极少，所以被描述为全听埃哈伯的专横指挥就是较可信的了。第三十六章，埃哈伯动员全船去追捕白鲸是一个生动的场面。当他召集全体船员水手在甲板上进行动员，要他们回答遇上了鲸鱼应如何办的一个连一个问题时，

More and more strangely and fiercely glad and approving, grew the countenance of the old man at every shout; while the mariners began to gaze curiously at each other, as if marvelling how it was that they themselves became so excited at such purposeless questions.③

这时埃哈伯取出一枚金钱钉在主桅上以奖赏第一个发现白鲸的人。他越来越兴奋，全船水手也越来越兴奋，直到全体围绕着埃哈伯高呼“A sharp eye for

①“它（埃哈伯的意图）笼罩着他们，使他们的一切不吉的念头，怀疑，担心和害怕都被埋藏在心灵里而冒不出一枝一叶。”437页。

②“欢乐和悲伤，希望和恐怖一时都好像在埃哈伯石臼般的铁的心灵里研成齑粉。他们沉默无言机械地在甲板上来往着，总觉得那老人的专横眼光正落在他们身上。”138页。

③“每一次响亮回答都使老人脸上显得更加奇怪地和恶狠狠地既露出高兴又表现赞赏，同时水手们却好奇地互相望着，好像很惊讶，为什么他们自己会被那些看上去很无意义的问话所激动。”三十六章，141页。

the white whale; a sharp lance for Moby Dick !"[①]这时在船上这一封闭世界里埃哈伯的偏执复仇心理已统治了一切，最后船毁人亡的悲剧结局已定，外界的人性的世界已无能为力。但是，虽然如此，开放的人性的世界的影响仍然有表现，造成一定冲突。在埃哈伯动员之时，大副斯达巴克就曾说他是为捕鲸取油，不是给船长复仇来的，但这种抵制十分微弱，在埃哈伯下了决心，甚至说"I'd strike the sun if it insulted me"[②]时，斯达巴克已无能为力，只能希望上帝保佑了。

捕鲸船和外界接触的一方面是偶然遇见其他的捕鲸船。书中特别说明，依习惯两船相遇，船上水手要互相访问，船长和大副也要登上对方的船，互相交换捕鲸或者其他情况，有时传送托带的信件。在它的航程上《皮阔德》号一共看见了九艘捕鲸船，但埃哈伯避免了他们可能对《皮阔德》号发生的影响，他违背了惯例，不进行船员水手间的访问，一心就在一件事上：打听白鲸的消息。打听不到，他马上就离开，打听到了，他马上就追去。别人警告他不要去追白鲸（一三一章），他完全不听。但就是这样，外界的人性世界对这封闭世界也非全无影响。在一一五章中《皮阔德》号遇见《单身汉号》时，后一条船满载鲸油欢乐地向家乡驶去，《皮阔德》号上的水手严肃地，依依不舍地看着它逐渐消失，表示出他们的乡思。就连埃哈伯此时也把身上装有家乡南塔开特的泥土的小瓶取出来，看了它，又看看那走远的船只，这表明两个世界在《皮阔德》号全船人员包括埃哈伯在内的心灵里的冲突。

然后，在埃哈伯最后一次追捕莫比·迪克之前（一三二章），他和全船上最清醒的大副斯达巴克有一段对话。他回忆自己从十八岁起过了四十年危险孤独的海上生活。五十多岁结婚，第二天就起航，使新娘等于守寡。多年来自己过的简直是非人生活，干了一件大蠢事，好像是一人承担了亚当被逐出伊甸园后无数世纪积累起来的痛苦。他要求斯达巴克走近他，让他看看斯达巴克表现出人情的眼睛。他从这眼中看到了自己遥远的家园。这次是外界的开放世界对《皮阔德》号上的封闭世界的最大冲击。斯达巴克乘机劝他赶快调转船头回家乡去，他也表示怀念自己的妻子和孩子。但他深知埃哈伯已非埃哈伯，一切都已命定，他已无法回头。最后斯达巴克不得不失望地偷偷走开。两个世界的最后交锋终于以封闭世界之胜利告终。这一点和《红楼梦》与《哈克贝里·芬》不同，在《红楼梦》里是外在的世界侵入破坏了大观园

① "仔细看准了那白鲸；磨快了镖枪等着莫比·迪克!" 143页。

② "太阳侮辱了我，我也要给他一下子。" 144页。

世界，造成悲剧；在《哈克贝里·芬》里是外在世界侵入了河筏上的世界，但自己的性质变了，变成有人性的，因而导向喜剧结局，这里则是外在的，人情味的世界未能冲破偏执的、封闭的世界而造成悲剧，但两者相争一胜一负这一点上则相同。两者冲突的结果造成全书特殊的戏剧效果这一点也相同。

以上就三本世界名著中的一个结构上的共同方面进行了分析，回答了起什么作用，相同和不同的问题。除此之外，我们还不能得出进一步更具有一般性的结论，因为分析的作品还不够多。但有一点我们几乎可以肯定，就是在这国家不同，时代不同，文化背景不同的三本名著中竟能明显地体现出一个共同的结构原则，那么经过对不同国家不同时代的作品的更多的归纳研究应当能发现更多共同的艺术结构原则，甚至达到建立某种普遍性的有实用价值的诗学都将不是不可能的事了。

（选自《周珏良文集》，外语教学与研究出版社1994年版）

【说明】

“比较文学”大致有四条途径：一是法国学派的“影响研究”，即具有事实联系的类同研究；二是美国学派的“平行研究”，即没有事实联系的类同研究；三是美国学派的“跨学科研究”，即文学与其他知识信仰领域之间的比较研究；四是中国学派的“跨文化研究”，即不同文化体系之间文学艺术的类同性研究。这四条思路和途径既可各自独立，也可交融互补。

本文可以说是一种“跨文化”的“平行研究”，即对《红楼梦》中的“园”、《莫比·迪克》中的“海”和《哈克贝里·芬》中的“河”，这三个“空间意象”在作品中的不同意义作了跨文化的比较诠释。首先，作者简要分析了河、海、园在三部作品中共同具有的性格描写、制造气氛、烘托行动的作用。接着，着重分析了河、海、园这三个空间意象在全书结构上的重要意义，即它们都提供了一个和外界开放世界相对的封闭世界。作者发现：“每本书中的主角（贾宝玉，哈克贝里·芬，埃哈伯）都选择了一个封闭的世界而背离了那开放的世界，以追求自己认为最有价值的东西。追求的结果是成功还是失败决定了主角的命运，也决定了作品的特殊效果是悲剧性的还是喜剧性的”。在《红楼梦》里，是外在的世界侵入破坏了大观园世界，造成了悲剧；在《哈克贝里·芬》里，是外部世界侵入河筏上的世界，最后导向喜剧的结局；在《莫比·迪克》里，则是一个有人情味的外在世界试图进入一个由偏执复仇的心统治的封闭世界，两个世界的最后交锋终于以封闭世界之胜利而告终。最后，作者根据“国家不同，时代不同，文化背景不同的三本名著中体现出一个共同的结构原则”的文学现象，提出了“建立某种普遍性的有实用价值的诗学”的理论设想，从而使本文由“比较文学”上升到“比较诗学”的层面。值得一提的是，余英时的《红楼梦的两个世界》,与本文的两个世界的观点，颇有异曲同工之妙。

本文作者周珏良（1916—1992)，安徽东至人，北京外国语大学英语系教授，著名翻译家，英美文学和比较文学研究家，主要著述收入《周珏良文集》。(陈文忠)

【文献链接】

1. 张隆溪选编:《比较文学译文集》，北京大学出版社1982年版。本书收录西方学者讨论比较文学各方面问题的论文十五篇。选文大致围绕三个中心，前三篇总论比较文学的概念和方法，中间五篇讨论比较文学的各个研究领域，最后一组涉及东西方文学的具体比较研究。本书是大陆第一本比较文学译文集，也是影响最大的一本译文集，编者张隆溪已成为著名的比较文学专家。

2. 李达三、罗钢主编:《中外比较文学的里程碑》，人民文学出版社1997年版。本书是以香港中文大学比较文学中心搜集的英文资料为基础编选而成，作者绝大多数是海外或港台知名比较文学学者，论文绝大多数是第一次翻译成中文，是一部具有国际水准的比较文学译文集。全书五编，第一编“中外比较文学的理论与方法”，以下依次是“中外比较诗学”“中外诗歌比较”“中外小说比较”“中外戏剧比较”。每一篇选文前均有“编者按”，简介作者，提示要点，方便阅读理解。

3. 林海:《围城与Tom Joncs》(1948),《中国比较文学研究资料：一九一九——一九四九》，北京大学出版社1989年版。作者林海即钱锺书清华大学同系后辈郑朝宗，本文是《围城》出版后，第一篇从比较文学角度进行诠释评价的论文。作者认为，《围城》取法西洋小说真不知几派几家，这里只挑出一部性质跟它最近似的菲尔丁的《汤姆·琼斯传》来比较。文章从作者的才情和学养两方面作了比较分析，最后得出一个结论，即“不由得令人想出一个新的名词：‘学人之小说’”。这个结论已成为《围城》诸多考语中最著名的一个。

4. 杨周翰:《中西悼亡诗》,《镜子和七巧板》，中国社会科学出版社1990年版。1934年，朱光潜在《中西诗在情趣上的比较》一文中指出，“恋爱在中国诗中不如在西方诗中重要”；本文作者通过“中西悼亡诗”的比较指出，夫妇之间的“悼亡诗”，西方不如中国重要。这是一个极为有意思的问题。比较阅读两篇论文，可以启发我们深入思考中西抒情诗、中西人伦关系以及中西文化心理的差异诸问题。

5. 秦家琪、陆协新：《阿Q和堂吉诃德形象的比较研究》，《文学评论》1982年第2期。这是一篇平行比较的论文，旨在考察文学史上没有事实联系的类同现象。文章分别考察了阿Q和堂吉诃德性格的异同性，两个人物美学性格的异同性，以及两位作家所处时代和创作思想的异同性，进而探讨了文学史上文学形象的“类似再现”问题。本文有助于揣摩文学人物比较研究的思路和方法。